JENNY BLACKHURST
Das Gift deiner Lügen

Weitere Titel der Autorin:

Die stille Kammer
Das Mädchen im Dunkeln
Das Böse in deinen Augen
Mein Herz so schwarz

Jenny
Blackhurst

Das Gift deiner Lügen

Psychothriller

Aus dem Englischen von
Anke Angela Grube

lübbe

Dieser Titel ist auch als E-Book erschienen

MIX
Papier aus verantwortungsvollen Quellen
FSC® C014496

Vollständige Taschenbuchausgabe

Deutsche Erstausgabe

Titel der englischen Originalausgabe: »Someone is Lying«
Originalverlag: Headline Publishing Group, London

Textredaktion: Anita Hirtreiter, München
Titelillustration: © Lyn Randle/Trevillion Images;
© Andrea McClain/Arcangel images
Umschlaggestaltung: Manuela Städele-Monverde
Satz: hanseatenSatz-bremen, Bremen
Gesetzt aus der Stempel Garamond
Druck und Verarbeitung: GGP Media GmbH, Pößneck
Printed in Germany
ISBN 978-3- 404-17995-4

2 4 5 3 1

Sie finden uns im Internet unter
www.luebbe.de
Bitte beachten Sie auch: www.lesejury.de

Für meinen wunderbaren Neffen Nyjah:
Dein Lächeln ist mehr wert als tausend Worte

Prolog

Erica

Niemand hatte mit dem Facebook-Beitrag gerechnet, und doch hatten alle ihn schon kurz nach dem Posten gesehen, und jeder hatte etwas dazu zu sagen. So war es eben in unserer Villensiedlung. Gute Neuigkeiten sprechen sich schnell herum; wenn es allerdings um schlechte Nachrichten oder gar Skandale geht, erfährt man davon geradezu in Lichtgeschwindigkeit.

In dem ersten Facebook-Post wurden keine Namen genannt, was aber, glaube ich, in gewisser Weise noch schlimmer war. Jeder wusste, von wem die Rede war, doch diese sechs mussten den Schein wahren, so tun, als hätten sie keine Ahnung, dass sie gemeint waren, und warten. Warten auf die nächste Folge, abwarten, ob diese näselnde, belegte Stimme sie des Mordes verdächtigen würde. Des Mordes an mir. Zwar würde ich nur zu gern sagen, dass die Berichte von meinem Ableben übertrieben waren, aber leider bedeutete mein Tod für mich das Ende der Geschichte. Für die Sechs von Severn Oaks, wie sie später genannt wurden, war es hingegen erst der Anfang.

*

Jede Geschichte braucht einen Helden. Und dieser Held muss irgendetwas wollen.

Dies ist meine Geschichte … also was will ich?

Ich will, dass alle die Wahrheit erfahren.

Denn einer lügt.

1

Als am Montag, dem 20. August, um Viertel vor sechs der Wecker klingelte, zählte Felicity Goldman von fünf rückwärts, wälzte sich aus dem Bett und stellte ihn ab. Sie leerte die Flasche Wasser, die sie am Vorabend auf dem Frisiertisch bereitgestellt hatte, schluckte zwei Vitamintabletten und ging nach unten, wo sie wie immer ihr fünfundzwanzigminütiges Fitnessprogramm absolvierte. Als das erledigt war, duschte sie und zog sich an, und um sechs Uhr dreißig war sie bereit für Meditation und Übungen im positiven Denken. Die Wecker der Kinder klingelten um sieben, und bis dahin stand auch das Frühstück für sie auf dem Tisch.

Ein geregelter Tagesablauf war Felicity sehr wichtig. Sie hatte sämtliche Bücher über Produktivität und Persönlichkeitsentwicklung gelesen, die sie finden konnte; ihr »Wundermorgen« entstammte den Köpfen einiger der erfolgreichsten Menschen der Welt, und es gab wenig Raum für Abweichungen. Um zwanzig nach sieben hatten die Kinder gefrühstückt und sich die Zähne geputzt, um zehn vor acht waren sie angezogen und wurden ins Auto verfrachtet. Während der Fahrt zur Schule sprachen sie über ihre Ziele für den Tag und etwaige Hindernisse, und es wurde ein Plan zur Überwindung dieser Hindernisse entworfen. Jeder Morgen lief genau gleich ab – wenn man feste Gewohnheiten hatte, konnte man alles erreichen, und Felicity war darin unschlagbar. Nicht, dass das je jemandem aufgefallen wäre.

Nein, in den Augen der übrigen Bewohnerinnen von Severn Oaks definierte sie sich dadurch, dass ihr etwas Entscheidendes fehlte: und zwar ein Mann. Die Annahme lag nahe, Felicity mit ihren langen blonden Haaren, dem strahlenden Teint und der sportlichen Figur – sie absolvierte jeden Tag ihr Lauftraining, manchmal sogar zweimal – würde Glück in der Liebe haben. Man hätte einen blendend aussehenden Mann an ihrer Seite vermutet, der sie mit Geschenken überschüttete und überall in ihrer geräumigen Villa mit ihr Sex hatte, aber dem war nicht so: Felicity war ganz eindeutig Single. Seit sie in Severn Oaks aufgetaucht war, war sie den übrigen Frauen ein Rätsel. Niemand wusste, was aus dem Vater von Mollie und Amalie geworden war. Abgesehen von Erica natürlich.

Sie gab die Kinder stets um Punkt acht bei der Frühgruppe ab, was von den übrigen Müttern, die ihren Nachwuchs kurz vor Schulbeginn, um zehn vor neun, durchs Schultor trieben, keine mitbekam. Danach holte sie sich in der Starbucks-Filiale direkt neben der Zufahrt nach Severn Oaks einen Flat White. Mit ihrem Kaffee kehrte sie in ihr Homeoffice zurück, das auf der Rückseite des Hauses lag und daher von nirgendwo einzusehen war.

Der 20. August begann nicht anders als jeder andere Montag auch, obwohl es mitten in den Sommerferien war. Mollie und Amalie gingen zur Ferienbetreuung, und Felicity hielt sich an ihren Zeitplan. Als sie die Zwillinge bei den *Kleinen Eulen* ablieferte, wurde sie mit einem herzlichen Lächeln von Jemma, der Leiterin der Ferienbetreuung, begrüßt. »Morgen, Miss Goldman«, sprudelte sie hervor, ohne darauf zu achten, dass Felicity bei dieser Anrede die Augen verdrehte. Sie hatte alle Formulare mit »Ms« ausgefüllt und beantwortete sämtliche Mails mit »Ms«, sie hatte die begeisterungsfähige Teenagerin in den drei Jahren, die die Zwillinge bereits an der Ferienbetreuung teilnahmen, bestimmt einmal pro Woche korrigiert, und trotzdem wurde sie mit »Miss Goldman« angeredet. »Kommen Sie nachher auch zum Nachbarschaftspicknick?«

»Das würde ich mir doch auf keinen Fall entgehen lassen.« Felicity lächelte und warf einen Blick auf ihre Smartwatch. Ihr blieben nur noch vier Minuten, um die Kinder abzugeben, sonst würde sie ihren Flat White opfern müssen – und wenn es irgendetwas gab, das sie hasste, war es, von der Routine abweichen zu müssen. Jemma schenkte ihr ein verschwörerisches Lächeln. Selbstverständlich nahm sie an, dass Felicity das Nachbarschaftspicknick total verschwitzt hatte und jetzt noch schnell zum Supermarkt fahren würde, um die Cupcakes zu besorgen, die sie mitzubringen versprochen hatte. Sie konnte unmöglich wissen, dass Felicitys köstliche hausgemachte Cupcakes seit dem Vorabend fertig waren. Sie hatte das Gebäck noch eine Stunde abkühlen lassen, bevor sie es gekonnt mit Zuckerguss überzog.

»Und, alles bereit für den Ausflug übermorgen?«

Das zu sagen war noch untertrieben. Felicity fieberte dem Schulausflug geradezu entgegen, seit sie sich bereit erklärt hatte, als Begleitperson mitzufahren. Ihre Agentur war ihr wichtig, aber nicht annähernd so sehr wie ihre Kinder. Sie hatte in den letzten vier Jahren bis zur Erschöpfung gearbeitet und dabei so viele entscheidende Momente im Leben der Zwillinge verpasst. Sie redete sich ein, dass sie es ja für ihre Töchter tat, obwohl die beiden nichts lieber gewollt hätten als eine Mama, die so war wie die anderen Mütter. Die kamen bei Schulaufführungen immer eine Stunde früher, um sich einen Platz in der ersten Reihe zu sichern, anstatt in letzter Minute hineinzueilen und ganz hinten zu stehen. Mollie und Amalie hatten sich zusammengetan und sie gebeten, auf dem Ausflug mitzukommen, und Felicity hatte Himmel und Hölle in Bewegung gesetzt, um sich den Tag in ihrem Terminkalender freizuschaufeln, um nur für die Mädchen da zu sein. Jetzt freute sie sich mehr darauf als die Zwillinge.

»Aber ja. Die beiden können es gar nicht abwarten, dass Mami den ganzen Tag bei den *Kleinen Eulen* ist, oder? Kommt, noch ein Küsschen!« Sie drückte beiden zwei Küsse auf die Wange, richtete die Schleife in Amalies Haar und war um Punkt fünf nach acht zur Tür hinaus.

*

»Einen Flat White zum Mitnehmen. Ich habe noch einen Muffin dazugetan, als kleine Aufmerksamkeit für unsere Stammkunden.«

Der Barista lächelte, stolz darauf, dass er sich an eine Bestellung erinnert hatte, die sie buchstäblich jeden Tag aufgab. Diesmal lag ein Blaubeermuffin daneben.

»Vielen Dank.« Felicity lächelte. Es war ihr nicht entgangen, wie süß er war, und er war ihr gegenüber stets besonders aufmerksam und wechselte ein paar Worte mit ihr. Einmal hatte er ihr sogar zugezwinkert, jedenfalls glaubte sie das.

»Kein Problem. Sie leben in Severn Oaks, stimmt's?«

»Woher wissen Sie das?«

»Ein Freund von mir wohnt da. Tristan Patterson?«

Felicity runzelte die Stirn. »Patterson? Warten Sie, ja, ich kenne seine Mutter. Janet, oder? Fährt er ein gelbes Auto?«

»Ja, das ist er.«

»Also, ich kenne Tristan nicht, aber seine Mutter ist ganz reizend.«

Es entstand eine peinliche Pause, während Felicity herauszubekommen versuchte, worauf er mit diesem Gespräch hinauswollte. Wollte er mit ihr ausgehen? Das könnte peinlich werden.

»Na, Sie haben es vermutlich eilig. Schönen Tag noch.«

Felicity atmete erleichtert auf, verließ das Starbucks und warf den Muffin in den Mülleimer vor der Tür.

2

Das Nachbarschaftspicknick war eine beliebte Attraktion der Severndale-Grundschule. Dieses Sommerfest war Ericas Idee gewesen, was alle vielleicht vollkommen vergessen hätten, wenn Erica sie nicht jedes Jahr daran erinnert hätte. Sie hatte immer gehofft, dass sie die Tradition fortführen würden – natürlich in ihrem Namen –, wenn ihr je etwas Tragisches zustoßen sollte, und zur Überraschung aller war es Karla Kaplan gewesen, die das Thema bei der ersten Sitzung des Eltern-Lehrer-Rats nach Ericas Tod angeschnitten hatte.

»Ich denke, wir sollten damit unsere Hochachtung vor Erica bezeugen«, hatte sie verkündet, begleitet von zustimmendem Gemurmel.

Erstaunlich, wie großzügig ein schlechtes Gewissen einen machen kann.

Die Severndale-Grundschule wählten Eltern, die wollten, dass ihre Kinder eine anständige Schulbildung bekamen, ohne die Kosten für eine Privatschule aufbringen zu müssen. Es wurde allgemein angenommen, dass die Bewohner von Severn Oaks – der abgeschirmten Villensiedlung, die zur Gemeinde Severndale in Cheshire gehörte – sich eine Privatschule hätten leisten können und sich nur aus politischen Gründen »unters Volk mischten«, doch in Wahrheit waren Karla und Marcus die Einzigen, die fünfundzwanzigtausend Pfund dafür übrig gehabt hätten, und ihre Kinder würden nie auf eine Privatschule geschickt werden – schließlich war ihr »Markenzeichen« ihre Bodenständigkeit, dafür waren sie berühmt. Aus diesem Grund hatte Karla, Cheshires Antwort auf Martha Stewart, auch allen erzählt, die es hören wollten, dass sie bereits zweimal das Angebot abgelehnt hätte, bei der Sendung *Real Housewives of Cheshire* mitzuwirken, einer Doku-Soap über das Familien- und Sozialleben echter Hausfrauen. Vielleicht aber auch, weil die Leute vom Sender möglicherweise herausgefunden hätten, dass sie jeden zweiten Abend etwas beim Lieferservice bestellte und ihre Kinder an den übrigen Abenden gebackene Bohnen auf Toast vorgesetzt bekamen. Kaum eine Übermutter, könnte man folgern.

*

Miranda Davenport fuhr schwungvoll mit ihrem weißen Kia Sportage auf den Stellplatz, der streng genommen nur für Taxis und Busse gedacht war, und zog die Handbremse an. Ihr war klar, dass sie ihr Auto eigentlich nicht hier abstellen durfte, aber sie kam immer erst, nachdem der Schulbus schon weg war, also sah sie da kein Problem. Und in den Schulferien verkehrten sowieso keine Schulbusse, also war es völlig in Ordnung. Die Straße vor der Schule war immer total zugeparkt, und wenn sie beim Gemeinschaftshaus parkte, würde sie gezwungen sein, sich mit den anderen Müttern zu unterhalten. Würg. Niemanden störte es, wenn sie ihren Wagen hier abstellte – zumindest hatte ihr noch nie jemand gesagt, sie solle es bleiben lassen.

»Bleib da stehen«, wies sie ihren Ältesten an und postierte ihn so, dass er allen Vorbeikommenden die Sicht auf den Kofferraum versperrte. »Warte mal kurz, Charity, sei ein braves – nein, ich sagte, warte! Mach die Autotür zu!« Kopfschüttelnd und leise »Herrgott noch mal« murmelnd, riss sie die Plastikverpackung auf und begann vorsichtig, die »Luxus-Cupcakes mit belgischer Schokolade« von dem runden Plastiktablett in den großen Tupperware-Kastenkuchenbehälter zu laden, auf den sie mit Eddingstift *Miranda Davenport* geschrieben hatte.

»In dem schwarzen Dings sehen sie besser aus«, bemerkte Logan und warf einen Blick über die Schulter. »In der Dose sehen sie aus, als hättest du sie selbst gebacken.«

Miranda lächelte. »Guck lieber mal, ob du diese neugierige Kuh Mary-Beth King irgendwo siehst.«

Nachdem sie die Cupcakes sicher umgeladen hatte, nahm sie den Kuchenbehälter aus dem Kofferraum und wäre dabei fast mit Felicity Goldman zusammengeprallt, die ebenfalls einen Tupperware-Kuchenbehälter mit köstlich aussehendem Gebäck in den Händen hielt. Miranda warf einen bedeutungsvollen Blick darauf. »Sieht wirklich gut aus, Felicity. Es geht doch nichts über Selbstgebackenes, oder?« Sie sagte das mit einem verschwörerischen Lächeln, das nicht erwidert wurde. »Wo sind denn deine Kinder?«

»Ich hole sie gleich von der Ferienbetreuung ab«, erklärte Felicity. »Ich musste heute Vormittag arbeiten.«

»Ach …« Miranda lächelte sie mitfühlend an – jedenfalls hoffte sie, dass es so wirkte. »Arme Dinger. Meine Kinder würden durchdrehen, wenn ich sie in den Ferien in die Schule schicken würde.«

»Also, ich hab's eilig«, sagte Felicity, ging um Miranda herum und ließ sie stehen.

Miranda schüttelte den Kopf. Manche Leute wollten einfach feindselig sein. Wirklich, sie begriff nicht, warum einige Mütter an dieser Schule die Nase so hoch tragen mussten.

»Miranda! Genau Sie habe ich gesucht! Ich hatte gehofft, Sie hier zu treffen.«

Steph, die Schulsekretärin, hatte die Eigenart, plötzlich

wie aus dem Nichts aufzutauchen – besonders gut war sie darin, wenn es darum ging, von Eltern Spendengelder aus der Tasche zu leiern. »Kommen Sie, lassen Sie mich das Gebäck halten, während Sie Charity aus dem Auto helfen.« Sie nahm den Behälter mit den Cupcakes und schnupperte genüsslich daran – Miranda hatte keine Ahnung warum, denn alles, was die Schulsekretärin riechen konnte, war zweifellos Plastik. »Die sehen einfach wunderbar aus«, strahlte sie, die runden Wangen zu einem permanenten Lächeln verzogen.

»Was wollten Sie von mir, Steph?« Besser, sie brachte es gleich hinter sich.

Steph erstarb das Lächeln auf den Lippen. »Oh, ich hatte nur überlegt, ob Sie vielleicht in diesem Jahr für das Amt der Elternvertreterin im Schulbeirat kandidieren wollen? Sie haben großartige Arbeit geleistet, als Sie eingesprungen sind, nachdem Erica, also, nachdem Erica letztes Jahr –«

Sonst will ja auch niemand den Posten, dachte Miranda. Nicht jetzt, nachdem Erica tot ist. Sie setzte ein Lächeln auf. »Aber natürlich! Sie können auf mich zählen.«

Sobald sie das gesagt hatte, wünschte sie, sie hätte es sein lassen. Nun würde sie zwei Monate lang Wahlkampf gegen die armen Schweine führen müssen, die Steph breitgeschlagen hatte, damit es nicht so aussah, als würde Miranda sowieso gewinnen. Sie wusste nicht genau, ob sie sich das antun wollte. Und doch wünschte sie sich so verzweifelt, eine richtige Anführerin zu sein: Vorsitzende des Eltern-Lehrer-Rats, Elternvertreterin im Schulbeirat, Stadtverordnete. Du lieber Himmel, sie hatte sogar versucht, eine Nachbarschaftswache ins Leben zu rufen, allerdings hatte in Severn Oaks keiner Lust, sich damit zu befassen. Übrigens würde sie die Zeit finden müssen, noch mal mit allen über das Thema Videoüberwachung zu sprechen. Es war mindestens ein halbes Jahr her, dass sie zuletzt einen Versuch gestartet hatte. Vielleicht sollte sie Felicity anheuern, um die Kampagne für sie zu führen – schließlich war sie eine PR-Frau, und Miranda hätte dann mehr Zeit für all die anderen Ehrenämter, die sie sich ständig aufhalsen ließ. Aber als sie daran dachte, wie Felicity sie eben abserviert hatte, beschloss sie, doch lieber zur Konkurrenz zu gehen.

*

Felicity hatte ihren eindeutig nur mittelgroßen Behälter mit Gebäck am Kuchenstand abgegeben und unterhielt sich gerade höflich mit Cynthia, die die Standbetreuung übernommen hatte, als Miranda mit ihrem gigantischen Kuchenbehälter angerauscht kam.

»Du hast es echt richtig gemacht, Felicity«, bemerkte Miranda mit einem Blick auf die Cupcakes, die Cynthia noch in der Hand hielt. »Ich wünschte, ich hätte auch daran gedacht, mein Gebäck fertig zu kaufen. So viel einfacher, als selbst zu backen. Die sehen ja fantastisch aus.«

Bevor Felicity etwas auf diese böse Unterstellung erwidern konnte, hatte Miranda bereits ihren Kuchenbehälter auf dem Tisch abgestellt und ging davon. Charity hüpfte vor ihr her, und Logan folgte ihr, einen verwirrten Ausdruck im Gesicht.

3

»Ich dachte, die anderen Väter würden auch kommen.« Marcus Kaplan sprach mit zusammengebissenen Zähnen und wies mit dem Kopf auf Miranda Davenport, die in der Nähe des Kuchenstands herumstand und hochzufrieden mit sich wirkte. Seine Frau Karla, das Handy ans Ohr gepresst, winkte Miranda mit einem strahlenden Lächeln zu, das auf ihren Lippen erstarb, sobald die Frau außer Sicht war. »Du hast gesagt, Alex hätte sich den Nachmittag freigenommen. Ich bin nur mitgekommen, weil –«

»Hi, hier ist Karla. Ich wollte nur noch mal wegen der *Real Housewives* nachfragen – ich drück die Daumen! Melde dich, sobald du was hörst, ja? Danke, bis dann.« Mit einem Wischen beendete sie den Anruf. »Sie geht nicht ran. Ich wette, es kommt mal wieder eine Absage. Weißt du, was ich gehört habe? Angeblich soll die Frau von Martin Houseman in der nächsten Staffel dabei sein. Was macht die schon? Nichts! Sie ist nur Hausfrau.«

»Ich dachte, das wäre genau der Punkt?«

»Sehr witzig. Worüber hast du dich gerade beschwert?«

»Du hast gesagt, die Väter würden auch zum Picknick kommen.«

»Oh, ach ja, das hatte ich auch angenommen.« Karla log mit solcher Leichtigkeit, dass es schwer war zu erkennen, warum sie und Erica zu deren Lebzeiten nicht bessere Freundinnen gewesen waren. »Außerdem sehe ich nicht ein, warum du dich drücken solltest, ich bin schließlich auch hier. Ich habe die beiden letzten Schultermine allein wahrgenommen, während du auf Lesereise im Land herumgegondelt bist. Du kannst von Glück sagen, dass ich dich nicht gezwungen habe, allein zu gehen.«

»Was, und mich mit unseren ganzen respektablen Nachbarn allein lassen? Das würdest du nicht wagen.«

Marcus Kaplan, der sich aus dem Nichts ein Vermögen aufgebaut hatte, war der ortansässige Promi von Severn Oaks. Er war Autor der Lebenshilfebücher *Entfessle das volle Potenzial deines ICH*, *DU bist alles, was DU brauchst* und *Zerstöre das alte ICH*, die internationale Bestseller waren, sich alle über zehn Millionen Mal verkauft und zahlreiche Preise eingeheimst hatten, die zurzeit die Wände seines kleinen Gartenbüros zierten. Marcus reiste durch die ganze Welt und hatte bereits die größten Stars und Regierungsmitglieder gecoacht – sogar den Präsidenten der Vereinigten Staaten hatte er schon beraten. Seine dreitägigen Tagungen zogen Tausende von Besuchern an, die das Beste aus sich und ihrem Leben machen wollten. Miranda hatte einmal versucht, sich eins seiner YouTube-Videos anzusehen, aber es waren so viele Kraftausdrücke gefallen, dass sie nach weniger als zehn Minuten abgeschaltet hatte.

»Kannst du mir das verübeln? Nach dem letzten Grillabend bei Mary-Beth musste sie Teddy erklären, was ein Heroinabhängiger ist. Nur weil unsere Kinder sich auskennen, Marcus, kannst du nicht vor den Kindern anderer Leute daherreden, wie dir der Schnabel gewachsen ist.«

Ah ja. Die Sache mit Marcus Kaplan, der Teil seiner Geschichte, die ihn wirklich zum Stadtgespräch von Severn Oaks machte, waren die Drogen. Sehen Sie, wenn man den Leuten erzählen will, wie sie ihr Leben ändern können, hilft es, wenn man selbst einmal dort war, wo sie sind – ganz unten, wie man so sagt. Und Marcus Kaplan wusste, was es bedeutete, ganz unten zu sein. Wenn man seine Bücher liest, stellt man fest, dass die gesamten ersten drei Kapitel sich mit seiner schlimmen Kindheit und seinem Abstieg in den Heroinkonsum befassen, damit, wie er nur mit knapper Not dem Gefängnis und dem Tod entkommen ist und wie es ihm gelang, durch die Anwendung seiner ICH-Prinzipien sein Leben von Grund auf zu ändern und zum Millionär zu werden, der die Stars coacht. Wenn er das schaffen konnte, kannst DU es auch.

»Mary-Beth hat es mit Humor genommen«, grinste Marcus, und Karla schüttelte den Kopf und ließ die Sache auf sich beruhen. Das war die Sache mit ihrer Paarbeziehung, etwas, das die meisten Leute nicht wussten. Die meisten nahmen an, dass es Teil ihrer Marketing-Masche als »die Kaplans« war, wenn sie ständig Händchen hielten, sich das Gesicht streichelten und die Blicke nicht voneinander abwenden konnten, doch die Wahrheit war, sie waren einander in aufrichtiger Liebe zugetan. *Bis dass der Tod euch scheidet.* Wessen Tod, das war eine andere Frage.

»Felicity!« Karla wedelte mit dem Arm, und ihre Freundin, erleichtert darüber, sie zu sehen, überquerte das Spielfeld. Die Zwillinge trabten munter vor ihr her.

»Kinder! Langsamer, sonst fallt ihr noch hin!«

Mollie und Amalie warfen sich auf Karla und Marcus. Karla drückte Amalie fest und reichte sie an Marcus weiter, der sich bereits Mollie auf den Rücken gehievt hatte.

»Ihr zwei!«, sagte Felicity kopfschüttelnd. »Armer Marcus.«

»Oh, ist nicht weiter der Rede wert – zumindest sind sie leichter als meine beiden«, bemerkte Marcus, als die beiden Fünfjährigen sich an seinen Nacken klammerten. »Obwohl

Brandon mich schon seit einer ganzen Weile nicht mehr aufgefordert hat, ihn Huckepack zu nehmen.«

»Ich nehme an, Bran ist nicht hier?«, fragte Felicity und sah sich um.

Karla schnaubte.

»Wie, was mit der Familie unternehmen? Nein, da würden ihm ungefähr fünfzig bessere Dinge einfallen. Zach ist drüben am Fußball-Stand – er wird den ganzen Nachmittag dortbleiben«, antwortete Marcus und richtete sich dann an die Zwillinge. »Soll Onkel Marcus euch Kuchen spendieren, wie wär's?«

Die kleinen Mädchen jubelten, und Marcus federte ein paarmal auf und ab. »Die Damen wollen nichts Süßes?«

»Nicht für mich«, sagte Felicity. »Außerdem ist Miranda da drüben. Wisst ihr, sie hat mich praktisch zur Rabenmutter erklärt, weil ich meine Mädchen über den Sommer in die Ferienbetreuung gebe. Sie meinte, ihre Kinder würden durchdrehen.«

»Wirklich?« Karla machte ein finsteres Gesicht. »Wenn ich eins ihrer Kinder wäre, würde ich darum betteln, das ganze Jahr in die Schule gehen zu dürfen.«

Felicity lächelte. »Auch wieder wahr. Aber ich fühle mich schon schlecht deswegen. Ich meine, es sind Sommerferien, und sie müssen zur Kinderbetreuung.«

»Es gefällt ihnen doch bei den *Kleinen Eulen.*« Karla hakte Felicity unter und zog sie zu einer Picknickdecke hinüber, die auf dem Rasen ausgebreitet war. »Hier, das ist unsere. Meine Kinder waren jedenfalls viel lieber bei der Ferienbetreuung als bei mir zu Hause. Du wärst bloß gestresst und würdest an die ganze Arbeit denken, die liegen bleibt, und sie würden sich schon nach wenigen Stunden langweilen. Zumindest sind sie bei der Ferienbetreuung von anderen Kindern umgeben, und dieses irritierend muntere Mädchen – wie heißt die Erzieherin noch gleich, Jemma? Ist sie immer noch da?«

»Ja«, seufzte Felicity. »Du hast ja recht, es ist nur … als Miranda das gesagt hat, fühlte ich mich wie die schlimmste Rabenmutter überhaupt.«

»Ignorier sie einfach. Solche Frauen haben es zu ihrer Mission erklärt, andere Mütter dazu zu bringen, sich mies zu fühlen.«

»Das stimmt, glaube ich. Es hat mich die ganze Nacht gekostet, diese blöden Cupcakes zu backen, und als ich sie zum Stand brachte, hat sie allen erzählt, die wären fertig gekauft.«

»Das musst du alles ausblenden. Du bist die Einzige von uns, die keine Falten hat – diesen Stress musst du dir nicht antun, glaub mir.«

Felicity schnitt eine Grimasse. »Ich versuch's, aber es ist nicht leicht, ihr aus dem Weg zu gehen.«

»Stimmt leider«, stöhnte Karla. »Da kommt sie gerade.«

»Guten Tag, die Damen!« Miranda kam strahlend auf sie zu. »Marcus sagte, ihr wärt hier drüben. Darf ich mich zu euch setzen?«

4

»Kommt Mary-Beth nicht her?«

»Wollte sie eigentlich.« Karla wühlte in ihrer Handtasche nach der Sonnenbrille. »Hat sie jedenfalls gesagt, als ich sie am Tor sah. Es machte den Eindruck, als würde sie bereuen, dass sie sich freiwillig gemeldet hat, um ehrlich zu sein. Fast wäre ich geblieben, um ihr zu helfen.«

»Fast?« Felicity grinste.

Karla setzte die Brille auf die Nase. »Na, ich konnte Marcus ja schlecht allein lassen, oder?«

»Es überrascht mich, dass sie überhaupt gekommen ist«, meinte Miranda nachdenklich.

Alle hatten Mary-Beth versichert, dass sie es verstehen könnten, wenn sie dieses Jahr auf das Picknick verzichtete. Es ist sicher nicht leicht für dich, allein zu kommen, hatten sie gesagt, mitanzusehen, wie jemand anders den Kuchenstand betreut oder den Gewinnern des Dreibeinlaufs die Medaillen überreicht. Es hatte sich noch nicht mal jemand die Mühe gemacht, den Dreibeinlauf zu organisieren – alle waren zu beschäftigt damit, faul im Gras zu liegen und die Sonne zu genießen. Erica würde sich im Grab umdrehen. Aber Mary-Beth hatte erklärt, es sei alles gut, sie wolle kommen. Doch nun schien sie ihre Meinung geändert zu haben.

»Vielleicht musste sie überraschend zur Arbeit«, mutmaßte Felicity.

Mary-Beth liebte ihren Job bei dem örtlichen Immobilienmakler, der es ihr ermöglichte, das passende Traumhaus für ihre Kunden zu finden. »Das Wichtigste überhaupt, das man kaufen kann, und ich bin dabei an ihrer Seite«, sagte sie immer.

»Sie meinte, sie hätte sich den Tag freigenommen«, antwortete Karla. »Ich glaube, sie hatte das Gefühl, dazu verpflichtet zu sein, wegen Erica.«

»Armes Ding.« Felicity zog eine ihrer kleinen Töchter auf den Schoß und fing an, sie mit Sonnenschutz einzucremen. »Sie trauert immer noch. Die letzten zehn Monate waren furchtbar schwer für sie.«

»Für uns alle«, betonte Miranda und fuhr sich durch das rote Haar. »Wir alle haben Erica geliebt.«

Anerkennenswerterweise unterließ Karla es, die Augen zu verdrehen. Sie hatte nie so richtig nachvollziehen können, warum Mary-Beth und Erica einander so gerngehabt hatten – die beiden waren so verschieden wie Tag und Nacht. Mary-Beth blieb gern für sich, war still und trug bloß dann etwas zum Gespräch bei, wenn sie irgendetwas Diplomatisches sagen konnte. Erica dagegen hatte eine freche Klappe gehabt und ständig schnippische Bemerkungen gemacht, ohne sich darum zu scheren. Während anderen Frauen erst Stunden später, wenn sie in der Badewanne lagen, einfiel, was sie am besten in irgendeiner Situation hätten sagen sollen – etwas, was sie allerdings nie ausgesprochen hätten, selbst wenn es ihnen rechtzeitig eingefallen wäre –, hatte Erica stets ein ganzes Arsenal an herabsetzenden Kommentaren parat. Manchmal war sie sogar enttäuscht gewesen, wenn sie nichts davon anbringen konnte.

Und nicht nur das: Mary-Beth war stets großzügig, nicht bloß, wenn es um Finanzielles ging, obwohl sie ebenso viel spendete wie die Kaplans, und zwar ohne das Bedürfnis, es mit einer ganzseitigen Anzeige im *Chester Herald* zu feiern.

Nein, Mary-Beth war großzügig von den strähnchenlosen Haarspitzen bis hinunter zu den unpedikürten Zehennägeln. Sie gab einem, was immer man brauchte, sei es Geld, ihre Zeit, kluge Ratschläge oder ihren Mann.

*

»Könnte ich mir was von deiner Sonnencreme borgen, Fliss? Brans Haut ist so unempfindlich wie die seines Vaters, aber Zach verbrennt sogar bei Regen.«

Felicity warf Karla das Fläschchen zu. Die hielt publikumswirksam auf dem Sportplatz nach ihrem Jüngsten Ausschau, und als alle mitbekommen hatten, dass sie es versucht hatte, ließ sie sich geschlagen zurücksinken.

Mirandas Handy vibrierte, und mit viel Tamtam griff sie danach und warf einen Blick auf das Display. »Oh, wieder Zeit zum Eincremen für meine zwei.« Sie lächelte Felicity und Karla an. »Ich geh besser mal los und hol die Sonnencreme aus dem Auto.«

»Nimm einfach etwas von meiner«, bot Felicity ihr an. »Dann sparst du dir den Weg.«

»Oh.« Miranda begutachtete die Sonnencreme. »Sonnenschutzfaktor 50, oder?«

»Selbstverständlich.« Felicity hob die Augenbrauen.

Miranda nahm das Fläschchen, das Karla ihr entgegenhielt. »Danke, dann muss ich nicht erst zum Auto.«

Niemand konnte ahnen, dass Miranda gar keine Sonnencreme für die Kinder dabeihatte. Sie hatte sie nicht finden können, obwohl sie das ganze Haus auf den Kopf gestellt hatte. Oder dass der Signalton ihres Handys auf ein Update ihrer Nachrichten-App hinwies und Miranda keineswegs die Zeit für das erneute Eincremen der Kinder eingestellt hatte.

Sie rief nach Charity, wobei sie sicher war, den Eindruck vermittelt zu haben, dass sie alles perfekt im Griff hatte.

»Muss Alex heute arbeiten?«, fragte Felicity betont beiläufig.

Karla sah sie mit hochgezogenen Augenbrauen an – die Freundin wusste sehr gut, dass Mirandas Mann solche Veranstaltungen mied wie die Pest. »Marcus meinte, er hoffe, dass er kommen würde.«

»Nein, er arbeitet, wie immer«, murrte Miranda. »Ich würde jede Wette eingehen, dass er lieber eine Extraschicht übernimmt als zu einer Schulveranstaltung zu gehen.«

»Er macht also in letzter Zeit viele Überstunden?«, bohrte Felicity.

Karla warf ihr einen finsteren Blick zu. »Geht er nächste Woche mit zum Männerabend bei diesem Thailänder, von dem neulich die Rede war?«, warf sie ein und versuchte damit, das Gespräch in sichere Bahnen zu lenken.

Die beiden anderen ignorierten sie.

»Nicht mehr als üblich.« Miranda lächelte verkniffen.

»Es ist nur, ich habe jetzt schon ein paarmal mitbekommen, dass er sehr spät nach Hause gekommen ist …«

Miranda sah aus, als hätte sie einen von Felicitys Chiasamen-Smoothies getrunken.

»Nett von dir, dass du dir solche Gedanken um die Arbeitsgewohnheiten meines Mannes machst. Zufällig macht er in letzter Zeit Überstunden, weil er sich freigenommen hatte, um etwas mit mir unternehmen zu können. Er wird gerührt sein, dass du sich so für sein Kommen und Gehen interessierst.«

Felicity lachte, ungerührt von Mirandas Unbehagen. »Wir sind eine kleine Gemeinschaft – alle sehen alles, schon vergessen? Ich hoffe, er übernimmt sich nicht beim Arbeiten.«

Durch die Betonung auf dem Wort »Arbeiten« rieb Felicity es ihr noch einmal unter die Nase – Miranda, die sich der Treue ihres Mannes nicht sicher war, hatte ihre Unsicherheit nicht verbergen können, und Felicity hatte nicht vor, sie mit ihrem hingeworfenen Seitenhieb über selbst gebackene Cupcakes einfach so davonkommen zu lassen. Ob Miranda sie mit ihren Kommentaren über Alex' Überstunden davonkommen lassen würde, blieb abzuwarten. Und weniger als zehn Minuten später geschah etwas, das sie ihre kleinlichen Scharmützel vergessen ließ.

5

Es war Viertel nach zwölf, als der erste Post erschien, und um halb eins hatten bereits über vierzig Leute den Beitrag geteilt. Größtenteils handelte es sich dabei um die Mütter auf dem Nachbarschaftspicknick, die sich ihren Smartphones widmeten, während ihr Nachwuchs sich auf der Hüpfburg austobte. Manche luden mit einem törichten Lächeln im Gesicht Fotos ihrer Kinder hoch, um zu beweisen, dass sie liebevolle, engagierte, Schulfest-besuchende Mütter waren. Eine zeigte es der nächsten, die sich wiederum an ihre Nachbarin wandte. Was hat das zu bedeuten, was meinst du? Soll das irgendein Witz sein? Wer würde so etwas sagen? Die Leute machten Screenshots, bevor die Administratorin der Schule reagieren konnte, und binnen kürzester Zeit stieg die Zahl der Personen, die den Beitrag gesehen hatten, auf fünfzig an, dann auf sechzig. Rekordzahlen für die Facebook-Seite der Schule. Die Eltern behaupteten sonst immer, sie nicht gesehen zu haben, und überschlugen die neuesten Informationen über Bingo-Abende und Schuldiscos, um sich lieber mit den Disputen ihrer Nachbarn über wildes Parken zu beschäftigen.

Miranda nutzte Facebook selten. Instagram war so viel besser geeignet, das eigene Leben geschönt zu zeigen, kleine Schnappschüsse eines Vorzeige-Lifestyles, während die Realität doch in Wahrheit eher weniger spektakulär war. Auf Instagram sah man nichts von dem hastigen Supermarktbesuch in letzter Minute, weil man das Nachbarschaftspicknick total vergessen hatte, nur das »Danach«-Bild von Kindern beim genussvollen Verspeisen von fertigen Supermarkt-Sandwiches, die in eine blitzsaubere Lunchbox umgebettet worden waren: #LiebedasLeben #Gewinnen.

*

Karla lag auf dem Rasen, die langen gebräunten Beine ausgestreckt, ihre bloßen Füße ruhten auf dem Schoß ihres Mannes. Ihre abgeschnittenen Denim-Shorts waren so kurz, dass die Taschen unter den ausgefransten Rändern sichtbar waren, und ihr schwarzes *Born to fly*-T-Shirt mit dem Adler war hochgerutscht und enthüllte einen flachen bronzefarbenen Bauch, der nichts von den zwei Kindern erahnen ließ, die sie geboren hatte.

»Muss sie sich so anziehen?«, raunte Miranda Felicity zu und musterte Karla unter dem Schutz ihrer Sonnenbrille. »Ich meine, es sind Kinder hier. Kleine, leicht zu beeindruckende Jungs. Was müssen Brandon und Zachary bloß denken? Ihren Freunden muss beim Anblick ihrer Mutter ja fast die Zunge raushängen!«

»Ich bin mir ziemlich sicher, dass Zach noch zu klein ist, um auf so was zu achten«, sagte Felicity. »Und Bran würde bei einem Schulfest nicht mal tot über dem Zaun hängen. Außerdem sieht sie toll aus, finde ich. Wenn die Zwillinge meinen Bauch nicht völlig ruiniert hätten und meine Beine nicht so weiß wären, dass ich jemanden damit blenden könnte, würde ich auch alles zeigen, was ich habe.«

»Hm, tja ...« Miranda gab ein unbeeindrucktes Schnauben von sich. »Ich finde es unpassend.«

Karla rollte sich auf die Seite und nahm die Sonnenbrille ab. Sie zog die perfekt gezupften Augenbrauen hoch. »Gibt es irgendein Problem, Miranda?«

Miranda stieß ein scharfes Lachen aus, das klang wie das Klirren von splitterndem Glas. »Nicht doch, Süße. Ich sagte nur gerade, wie schön es ist, dass wir das hier im Andenken an Erica genießen können –«

»Verdammte Scheiße!«

Alle Augen richteten sich auf Marcus, aber anstatt sich für seinen Ausbruch zu entschuldigen, reichte er Karla sein Smartphone. Die blickte fassungslos drein.

»Was zum Teufel soll das?«, murmelte sie, und ihre Brauen zogen sich zu einem Stirnrunzeln zusammen. »Ist das auf der Schulseite?«

»Ja«, sagte Marcus, »seit über einer Viertelstunde. Hat die Schule denn niemanden, der die Posts sichtet?«

»Das habe ich Steph schon tausendmal gesagt«, meinte Felicity. »Aber was weiß ich denn schon? Ich bin ja bloß eine Social-Media-Managerin. Was steht denn drin?«

»Sieh selbst.« Karla schaute sich suchend auf dem Sportplatz um und warf ihr Marcus' Smartphone zu. »Wo ist Mary-Beth?«

Felicitys Blick wanderte den Textbeitrag hinunter. Sie schnappte nach Luft. »Verdammt, das ist nicht komisch.«

»Mary-Beth wird das auch nicht lustig finden, wette ich«, sagte Karla. »Aber ich kann sie nirgends entdecken. Ob ich sie anrufen soll?«

»Was ist los?«, trillerte Miranda und sah Felicity an. »Was ist hier los?«

»Ich geh mal los und such sie.« Karla ignorierte Miranda, schlüpfte in ihre schwarzen Ledersandalen und versuchte hektisch, die Riemen durch die Schnallen zu ziehen.

»Um Himmels willen, sagt mir vielleicht mal jemand, was hier eigentlich los ist?«, fuhr Miranda sie an.

Schweigend reichte Felicity ihr das Handy.

Miranda las den geposteten Beitrag und stieß einen leisen gurgelnden Laut aus. »Wer hat das gepostet? Hier steht nur *Andy Noon.*«

»Klick auf den Namen …« Felicity deutete auf das Display. »Da ist das Profil. Klick es an. Oh, um Himmels willen, Miranda, gib mal her!« Sie entriss ihr das Handy und tippte herum, um es ihr schließlich mit einem entnervten Stöhnen zurückzugeben. »Hat keinen Sinn, das Profil ist nicht öffentlich sichtbar. *Wenn du sehen willst, was Andy Noon mit Freunden teilt, schick ihm eine Freundschaftsanfrage.*«

Miranda wirkte wie erstarrt, und ihr blieb der Mund offen stehen. Kein Wunder – schließlich war für sie klar, von wem in diesem Facebook-Beitrag die Rede war. Und bald würden das alle anderen das auch wissen.

*

»Hat jemand Mary-Beth King gesehen?« Karla schlängelte sich durch das Gewühl von Müttern, die ihre Kinder von Stand zu Stand schoben.

»Karla, hi!« Cynthia Elcock, Poppys Mutter, packte sie am Arm. »Hast du schon gesehen, was jemand auf der Facebook-Seite der Schule gepostet hat? Soll das irgendein Witz sein, weiß das jemand?«

»Wenn ja, ist es ein ziemlich kranker Witz.« Karla schnitt eine Grimasse. »Hast du Mary-Beth gesehen? Sie wird am Boden zerstört sein, wenn sie das liest. Sie und Erica waren so eng befreundet.«

»Nein, tut mir leid, ich habe sie den ganzen Tag noch nicht gesehen.« Cynthia schüttelte den Kopf. »Was ist bloß aus dieser Welt geworden? Wie kann nur jemand so etwas für witzig halten?«

»Gott weiß, wer das für witzig hält.«

Karla zückte ihr Smartphone und sah sich um. Dutzende von Leuten taten dasselbe, reichten Freunden und Bekannten ihr Telefon, deuteten auf das Display. Sie loggte sich bei Facebook ein und überprüfte es noch einmal. Es war nach wie vor da, und jetzt poppten alle paar Sekunden neue Kommentare darunter auf.

DER MORD AN ERICA SPENCER

Ein faszinierender neuer Podcast mit dem Titel *Die Wahrheit über Erica* beschäftigt sich mit der Frage, was am 28. Oktober 2017 geschah, als die hiesige Heldin Erica bei einer Halloween-Feier aus einem Baumhaus stürzte und starb, angeblich, weil sie zu viel getrunken hatte.
Ich weiß es besser.
In diesem Podcast werden neue und noch nie vorgelegte Beweise veröffentlicht, die Zweifel auf das werfen, was Sie über diesen »tragischen Unfall« zu wissen glauben.
Und es wird ein Mörder entlarvt, der in der exklusiven abgeschirmten Villensiedlung Severn Oaks lebt. In den kommenden Wochen werde ich die sechs Personen vorstellen, die von Ericas Tod am meisten profitiert haben, und die schockierenden Geheimnisse enthüllen, die sie vor uns allen verbergen.
Wer hat Erica Spencer umgebracht?
Schalten Sie morgen ein, wenn Sie mehr darüber erfahren wollen.

4 Kommentare 42 Nutzer haben den Beitrag geteilt
Gefällt mir Kommentieren Teilen

Savannah Hepworth
Wer sind Sie? Warum tun Sie das?

Annalise Rodgers
Ist Ihnen eigentlich klar, dass Ericas Familie das sehen kann?
Hat die Familie denn nicht schon genug durchgemacht?

Gary Holding
Habe es Facebook und der Schule gemeldet. Einfach widerlich!

Francis Carter
Wer diese sechs Personen wohl sind?

6

»Hast du sie gefunden?«, hörte Miranda Felicity fragen, als Karla zu ihnen zurückkam.

Felicity hatte alle Kinder zusammengerufen, während Marcus und Miranda einander stumm anstarrten, ohne zu wissen, was sie tun oder sagen sollten. Karla verneinte mit einem Kopfschütteln.

Denn trotz aller Unstimmigkeiten war Erica eine der ihren gewesen. Gut, sie wusste gern über alles Bescheid, was im Leben der anderen vorging, war voller Sarkasmus und riss immer alles an sich, wenn es etwas zu organisieren galt, doch das hieß ja nicht, dass sie nicht auch gute Eigenschaften gehabt hätte. Sie war ein Organisationstalent und beschwerte sich niemals darüber, dass das meiste an ihr hängen blieb, wenn es Spenden einzusammeln oder Kostüme zu schneidern galt. Sogar das Sommerfest war in diesem Jahr nicht so glanzvoll wie sonst, weil Erica nicht das Sagen hatte – so sehr es Miranda auch schmerzte, das zuzugeben. Und ihr Tod hatte ihren Mann Jack und ihre beiden Kinder, Max und Emily, in tiefe Trauer gestürzt und alle Anwohner von Severn Oaks sowie der Kleinstadt Severndale sehr getroffen. Jetzt, zehn Monate später, wollte niemand, dass die näheren Umstände ihres Todes wieder aufgerollt wurden, am allerwenigsten die übrigen Gäste dieser Halloween-Party.

Felicity hielt ihr Telefon ans Ohr gepresst. Es klingelte und klingelte. Sie beendete den Anruf.

»In der Schule ist niemand. Ich dachte eigentlich, auch

während der Ferien sei immer jemand von den Lehrern dort. Ich habe Stephs Nummer – soll ich sie anrufen, was meint ihr? Sie hat sicher Zugriff auf die Facebook-Seite der Schule.«

»Sie ist die Administratorin«, bestätigte Miranda. »Und offensichtlich hat sie den Beitrag noch nicht gesehen, sonst hätte sie ihn inzwischen gelöscht. Ja, vielleicht solltest du sie anrufen.«

Aber sie wussten beide, dass es zu spät war. Schadensbegrenzung funktioniert in Grundschulen nicht – wenn man sicherstellen wollte, dass eine Information sich rasch verbreitete, musste man dafür sorgen, dass sie die Klatschlust bediente. Als 2016 der Verkauf von Karten für die Ostereisuche nur schleppend anlief, hatte Erica allen erzählt, dass Phoebe Miller und Mr. Randall, der Sportlehrer, sich im Anbau zu außerehelichen Stelldicheins zu treffen pflegten. Wahrscheinlich auch an dem Tag, für den sie die Karten verkaufte. In genau diesem Anbau! Komisch, wie viele Leute auf dem Weg zu ihren Autos einen kleinen Abstecher machten – und Karten für die Ostereisuche erwarben, um nicht wie schamlose Gaffer zu wirken.

Und nun stand wieder Erica im Mittelpunkt, bloß dass diesmal nicht sie die Gerüchte verbreitete, sondern Gegenstand des Klatsches war. Und es hatten bereits derart viele Leute den Beitrag gelesen, dass man für den Rest des Tages, wenn nicht länger, von nichts anderem reden würde, selbst wenn er jetzt sofort gelöscht wurde.

»Warum war sie eine hiesige Heldin?«, wollte Felicity wissen.

»Vor ein paar Jahren hat sie jemanden aus dem Fluss gezogen und vor dem Ertrinken gerettet. Wusstest du das nicht?«

Felicity schüttelte den Kopf. »Ich wohne noch nicht so lange hier wie du, schon vergessen?«

»Stimmt, es überrascht mich nur, dass sie es nicht irgendwann beiläufig erwähnt hat. Hat sie sonst immer. Erica hat sehr gern die Heldin gespielt.« Karla senkte die Stimme. »Angeblich hat sie mit ihm gevögelt, aber den Teil hat sie jedes Mal weggelassen, wenn sie davon erzählte.«

»Was meint er wohl mit *den sechs Personen, die von Ericas Tod am meisten profitiert haben*?«, fragte Miranda unvermittelt, als wäre ihr gerade eingefallen, dass sie auch noch da waren. »Glaubt ihr, er meint uns?«

»Natürlich nicht«, fuhr Karla sie an. »Tut mir leid, verdammte Scheiße, das ist doch lächerlich.«

Miranda fehlte die Energie, um Karla zu rügen, weil sie in Gegenwart ihrer Kinder solch einen Kraftausdruck benutzte. Ihr ganzer Kopf tat weh, ein bohrender Schmerz im Hinterkopf, ein Hämmern vorne – da kündigte sich eine schlimme Migräne an. Sie musste unbedingt nach Hause und sich hinlegen. Als sie aufblickte, sah sie ein Grüppchen von sechs Müttern miteinander tuscheln. Zwei schauten in ihre Richtung, und beide wandten den Kopf ab, als sie ihren Blick bemerkten.

»Tut mir leid«, murmelte sie. »Hat vielleicht jemand etwas Wasser für mich? Ich muss einfach – ich kann nicht …«

»Migräne?« Karla, die normalerweise bei Mirandas Anblick die Augen verdrehte oder den Kopf schüttelte, wenn sie glaubte, dass sie es nicht mitbekam, schien sofort zu verstehen. »Fahr einfach schon mal los. Charity und Logan können mit zu uns kommen. Zach kann mit Logan ein bisschen Basketball üben, und Charity kann basteln. Ich muss dringend meine Agentin anrufen.«

Miranda nickte. Normalerweise hätte sie nie zugelassen, dass ihre Kinder allein bei den Kaplans blieben, deren Erziehungsstil für ihren Geschmack viel zu lax war, aber sie fühlte sich, als würde sämtliche Energie mit einem Strohhalm aus ihr herausgesaugt. »Danke. Ich schicke Alex los, damit er sie abholt, sobald er nach Hause kommt.«

»Kannst du fahren, Miranda?«, fragte Marcus. Es stand ihm ins Gesicht geschrieben, dass er wirklich besorgt war. »Ich könnte dich heimbringen, während Karla mit den Kindern in unserem Auto zu uns fährt.«

»Nein, ist schon gut, danke. Und danke noch mal, dass ihr die Kinder nehmt. Ihr zwei seid brav, ja? Papa holt euch bald ab.«

Sie wartete kaum die Antwort ab, bevor sie sich abwandte und durch die sie anstarrende Menge zum Parkplatz stolperte. Sie setzte sich auf den Fahrersitz ihres Kia Sportage und umklammerte das Lenkrad so fest, dass die Knöchel weiß hervortraten.

7

Mary-Beth King lehnte sich von Schluchzern geschüttelt gegen die Hintertür und versuchte, wieder zu Atem zu kommen. Als sie sich mit dem Ärmel das Gesicht abwischte, beschmierte sie ihren Pullover mit Tränen und Rotz. Ihre Beine gaben nach, und sie ließ sich auf den Boden des Haushaltraums sinken und lehnte den Kopf gegen den kalten Wäschetrockner. Sie bekam es einfach nicht aus dem Kopf, erst der durchdringende Schrei und dann der entsetzliche dumpfe Aufschlag auf dem Boden. Gott sei Dank waren die Kinder bei ihrer Mutter – sie hatte das Gefühl, sie würde noch den Verstand verlieren.

Sie musste mit jemandem reden. Sie sollte die Polizei anrufen, das war das Einzige, was ihr übrig blieb, das einzig Richtige, was sie tun konnte. Sie könnte Karla anrufen, oder vielleicht Felicity, aber das wär's dann gewesen – sie würden sie dazu bringen, zur Polizei zu gehen, und danach würde es keinen Weg zurück mehr geben.

Peter.

Sie würde ihrem Mann alles sagen müssen.

Würde er sie verlassen? Möglich. Doch er war der Einzige, der vielleicht zu ihr stehen würde. Der sie nicht zwingen würde, zur Polizei zu gehen und zu gestehen, der sie das alles vielleicht nicht allein durchstehen lassen würde, der sich nicht von ihr abwenden würde.

Er war der Einzige, der ihr vielleicht helfen würde.

8

»Laut Aussage der Polizei wird es keine weiteren Ermittlungen im Todesfall der siebenunddreißigjährigen Erica Spencer aus Severndale, Cheshire, geben …«

»Sei so gut und schalte diesen Mist aus, ja?« Karla tat so, als würde sie über die teure Granitfläche hinweg mit der Plastik-Fliegenklatsche nach ihrem Sohn schlagen.

Brandon machte ein finsteres Gesicht. »Findest du nicht, dass es in unserem ureigenen Interesse liegt, darüber Bescheid zu wissen?« Er wies auf den smarten Alexa-Lautsprecher auf der Fensterbank der Küche, aus dem die näselnde Stimme des Podcasters drang. »Er redet von etwas, das in unserer Siedlung geschehen ist. Hier passiert doch sonst nie irgendwas Aufregendes.«

»Das, was Erica zugestoßen ist, war nicht aufregend. Es war ein tragischer Unfall.« Marcus lud sich Pasta auf seine Gabel und deutete damit auf seinen ältesten Sohn. »Und zwar auf unserer Party – oder hast du das bereits vergessen? Sie ist aus unserem Baumhaus gestürzt, das wir dann abreißen mussten, weil eure Mutter deswegen so außer sich war. Und dieser Typ beutet die Trauer ihrer Familie aus Gewinnsucht und zum voyeuristischen Vergnügen der Zuhörer aus.«

»Und das würde ja nur ein echtes Arschloch tun«, konterte Brandon.

Karla ließ den Servierlöffel in den Le-Creuset-Topf fallen. »Mist!« Sie fischte den Löffel aus der Soße und wischte ihn mit einem Küchenhandtuch ab. »Brandon Kaplan, du entschuldigst dich sofort bei deinem Vater! Und so einen Kraftausdruck will ich nie wieder hier in unserem Haus hören.«

Marcus schüttelte den Kopf. »Ist schon gut, Schatz.« Er sah Brandon mit hochgezogenen Augenbrauen an. »Ich habe nie jemanden ausgebeutet, um das zu bekommen, was wir haben.« Er deutete auf die Einbauküche aus massiver Eiche, den großen Landküchenherd, reichlich ausgestattet mit Töpfen und Pfannen, Brandons iPad, nachlässig neben der Spüle abgelegt. »Ich habe auch noch nie irgendwelche Klagen von dir darüber gehört, dass du hier leben musst. Und offenbar hast du auch nichts dagegen, das Geld auszugeben, das ich mit meiner fragwürdigen Unterhaltung verdiene.«

»Alexa, Stopp«, murmelte Brandon widerstrebend, und die unerkennbare Stimme verstummte abrupt.

»Danke«, sagte Karla, die genau wusste, dass er nach dem Essen sofort in sein Zimmer gehen würde, um sich den Rest des Podcasts anzuhören. »Die einzige Möglichkeit, mit solchen Leuten umzugehen, ist, sie völlig zu ignorieren. Wenn er nächste Woche keine Zuhörer mehr hat, ist die Show vorbei, und Erica kann in Frieden ruhen, wie sie es verdient hat.«

»Machst du Witze?«, höhnte der zehnjährige Zachary. »Jeder in der Schule wird sich das anhören. Nächste Woche um diese Zeit wird das größer sein als *Serial*. Glaubt ihr, er wird wirklich am Ende verraten, wer sie umgebracht hat?«

»Wie oft soll ich es denn noch sagen?« Seufzend zog Karla sich einen Stuhl an die Kücheninsel heran. »Niemand hat sie umgebracht. Erica hat zu viel getrunken und ist aus dem Baumhaus gestürzt – es war ein tragischer Unfall.«

»Du kannst ja meinetwegen tun, als würde es dich nicht

interessieren, aber du weißt genau, wie sehr in einer Kleinstadt die Gerüchteküche brodelt«, sagte Bran. »Und die Leute in meiner Schule verarschen uns sowieso ständig –«

»Deine Mutter hatte dir gesagt, dass du am Esstisch auf deine Ausdrucksweise achten sollst«, rügte Marcus ihn.

Karla sah ihren Ältesten neugierig an. »Warum machen sich deine Mitschüler denn über uns lustig?«, wollte sie wissen. »Mit *uns* meinst du Severn Oaks?«

Brandon zuckte die Achseln. »Klar. Weil es so scheißvornehm ist und alle so scheißarrogant tun. Anwesende ausgenommen natürlich.«

»Deine Schule ist ja wohl kaum die Bronx, Bran.«

»Das nicht, aber die anderen Kids müssen sich nicht hinter hohen Mauern verstecken, als hätten sie Angst, von den Normalos draußen infiziert zu werden, oder? Sie machen Witze darüber, dass wir eines Tages unsere eigenen Schulen haben und unsere eigenen Lebensmittel anbauen werden, damit wir nie rausmüssen.« Er grinste. »Laura nennt es die Kaplan-Sekte, wisst ihr, weil wir in diesem großen Haus in der Mitte wohnen. Mit unseren Jüngern um uns herum.«

»Diese Laura scheint ja ein echtes Goldstück zu sein.« Bevor sie ihn weiter darüber ausfragen konnte, wie die Leute draußen so über sie »hinter den Mauern« sprachen, meldete sich Marcus zu Wort.

»Wer wohl dahintersteckt, was meint ihr?«

»Ich dachte, wir wollten die ganze Sache vergessen«, mahnte Karla. »Ihr nicht weiter Beachtung schenken.«

Brandon achtete nicht auf sie. »Ich denke, es muss jemand sein, der hier wohnt.«

Wider besseres Wissen wandte Karla ein: »Er hört sich nicht an wie jemand, der in Severn Oaks lebt.«

Brandon lachte. »Na, das ist ja wohl kaum seine echte

Stimme, oder? Hast du etwa auch geglaubt, dass Andy Noon sein richtiger Name ist?«

»Wovon redest du? Was soll das heißen, nicht seine echte Stimme?«

»Er lässt es durch eine Verzerrungssoftware laufen«, erklärte Brandon. »Und ich sage *er*, aber es könnte natürlich auch eine Frau sein. Es könnte jeder sein.«

»Ich könnte es sein ...«, witzelte Zachary mit seiner besten gruseligen Stimme.

»Also, er – oder sie, sorry – muss auch nicht unbedingt so alt sein, wie es sich anhört?«

»Genau.«

»Und –« Das Telefon klingelte.

»Gerettet.« Brandon warf die Gabel auf seinen Teller. »Darf ich aufstehen?«

Karla entließ ihn mit einer Handbewegung und ging ans Telefon. »Kaplan.«

»Karla, hast du es schon gehört?« Felicity sprach mit gedämpfter Stimme, als hätte sie Angst, jemand könne sie belauschen.

»Was, diesen blöden Podcast? Bran hatte ihn gerade in der Küche laufen, aber ich habe dafür gesorgt, dass er es abschaltet. Ich hoffe, du machst dir jetzt keine Gedanken deswegen, Fliss. Erica ist inzwischen seit fast einem Jahr tot. Die Polizei hat damals ermittelt und es nicht als verdächtigen Todesfall eingestuft. Wenn du nun anfängst, dich deswegen zu stressen, wirst du noch – Moment. Kann ich dich zurückrufen?« Sie legte das Telefon hin. Brandon war in die Küche gekommen, ganz blass im Gesicht.

»Was ist los?« Marcus sprang auf und lief zu seinem Sohn hin. »Stimmt was nicht?«

»Laura hat mir gerade eine SMS geschickt.« Brandon

sprach leise, von freudiger Aufgeregtheit und Klatschlust war nichts mehr zu spüren. »Sie hat sich den Podcast angehört …«

»Oh, um Himmels willen, Bran, ich hatte dir doch gesagt –«

»Er hat euch zwei genannt«, murmelte Brandon und blickte auf seine Füße hinab. »Ihr werdet verdächtigt, Erica Spencer umgebracht zu haben.«

Das Telefon begann wieder zu klingeln.

9

»Laut Aussage der Polizei wird es keine weiteren Ermittlungen im Todesfall der siebenunddreißigjährigen Erica Spencer aus Severndale, Cheshire, geben. Mrs. Spencer kam bei einer Halloween-Feier in der exklusiven abgeschirmten Villensiedlung, die als Severn Oaks bekannt ist, durch einen Sturz ums Leben. Die gerichtliche Untersuchung kam zu dem Ergebnis, dass eine Kombination von Alkohol und dem falschen Schuhwerk für den Tod der zweifachen Mutter verantwortlich ist ...«

Hier ist Andy Noon, und Sie hören die erste Folge von Die Wahrheit über Erica. *Was Sie gerade gehört haben, stammt aus einer Nachrichtensendung, die nach der kurzen gerichtlichen Untersuchung der Todesursache ausgestrahlt wurde. Die Polizei hat es als Unfall zu den Akten gelegt. Aber ich werde Ihnen eine Geschichte von Lügen, Rache und Täuschungen erzählen, die mit einem Mord zu Halloween hier innerhalb der abgeschirmten Villensiedlung Severn Oaks, Cheshire, endete.*

Als Erica Spencer, seit sechs Jahren in Severn Oaks ansässig, am 28. Oktober 2017 aufwachte, ging sie davon aus, dass es ein Tag wie jeder andere werden würde. Sie wollte im Supermarkt einkaufen gehen und noch die letzten Feinheiten für das Outfit besorgen, das sie am Abend tragen wollte. Sie freute sich auf ihr Kostüm, auf die Party mit Freunden, und rechnete damit, danach zusammen mit ihrem Mann Jack todmüde ins Bett zu fallen. Sie hatte keine Ahnung, dass einer der

Menschen, die sie an diesem Morgen lächelnd begrüßte, am Abend zu ihrem Mörder werden sollte.

Für diejenigen unter Ihnen, die es nicht wissen: Jedermann strebt danach, an einem Ort wie Severn Oaks zu leben, wo es lauter nette Nachbarn gibt, wo jeder deinen Namen kennt und wo niemand eindringen kann, um deine friedliche Existenz zu stören. Severn Oaks ist ein sicheres Viertel – unser Geld und unser Status beschützen uns vor den Gefahren der großen bösen Welt da draußen. Aber was ist, wenn die Gefahr längst innerhalb der Mauern war? Am 28. Oktober sollte Erica Spencer es herausfinden.

Sprechen wir über Erica. Jack und sie waren seit fast siebzehn Jahren glücklich verheiratet. In der Tat war es die Planung ihres Hochzeitstages, die Erica am Tag ihres Todes gedanklich beschäftigte. Sollten sie in ein Restaurant zum Abendessen gehen oder zusammen wegfahren? Wer würde sich in dem Fall um die Kinder kümmern? Das Paar hat zwei gemeinsame Kinder, Max und Emily – Max war fast sechzehn, als seine Mutter starb, Emily erst sieben. Emily besucht die hiesige Grundschule, Max ist in der Oberstufe.

Erica war zwar nicht berufstätig, aber sie war immer tätig. Sie stellte ihre Zeit und ihre Arbeitskraft zur Verfügung, um der Gesellschaft etwas zurückzugeben: Sie arbeitete ehrenamtlich in der Stadtbibliothek, leitete den Eltern-Lehrer-Rat, hatte das Ehrenamt der Elternvertreterin an Emilys Schule übernommen und organisierte zahlreiche Veranstaltungen. Das weitläufige Haus der Familie in Severn Oaks thront auf einem Hügel und blickt auf die übrigen Häuser hinab, die demütig zu seinen Füßen *liegen – insgesamt sind es zwölf weitere* Häuser. *Eine kleine, eng verbundene Gemeinschaft – das wollen sie einem jedenfalls weismachen.*

Also wie kam es, dass Erica Spencer mit zweifach gebroche-

nem Genick im Gras unter einer großen Eiche in Severn Oaks endete? Waren die Kopfverletzungen, die sie erlitt, tatsächlich »mit einem Sturz vereinbar«, wie der Rechtsmediziner sagt? Oder wurden ihr die Verletzungen bereits vor dem Sturz zugefügt? Sollte Erica zum Schweigen gebracht werden? Und wenn ja, von wem?

Wer könnte den Tod dieser philanthropischen zweifachen Mutter wollen? Was ist wirklich an jenem Abend passiert? Und wie viele der Gäste dieser Halloween-Feier kennen die Wahrheit über Erica?

In diesem Podcast werde ich mich mit den sechs Personen beschäftigen, die am meisten zu verbergen haben. Ich werde darlegen, dass jeder Einzelne von ihnen ein Motiv hatte, die Frau zu ermorden, die 2015 als hiesige Heldin bezeichnet wurde, weil sie einen jungen Mann vor dem Ertrinken rettete. Wir werden einer Geschäftsfrau mit jugendlichem Aussehen begegnen, die einen Ruf und ein Geheimnis zu bewahren hat; der neuen Alpha-Mutter, die nahtlos die Lücke füllte, die Ericas Verlust in unsere Gemeinschaft riss; dem hiesigen Promipaar, das nicht ganz das ist, was es zu sein scheint; einer besten Freundin, die ein wenig zu gut ist, um wahr zu sein, und ihrem Mann, von dem in Ericas Tagebuch viel die Rede ist. Ein Tagebuch, zu dem ich zufällig exklusiven Zugang habe.

Sechs Verdächtige, sechs Podcasts und ein Mörder. Wir hören uns in der nächsten Woche um dieselbe Zeit. Dann werden wir uns mit der Frage befassen, wie Erica Spencer starb, und uns auf die Erste der Sechs von Severn Oaks konzentrieren.

10

»Eine Geschäftsfrau mit jugendlichem Aussehen, die einen Ruf und ein Geheimnis zu bewahren hat? Hinter meinem Rücken spekuliert ihr alle darüber, ob ich wohl beim Schönheitschirurgen war, das weiß ich sehr wohl. Der Heini verspottet mich! Wer zum Kuckuck könnte denn sonst gemeint sein, Karla?«

»Der Heini? Zum Kuckuck?«

»Ich bringe gerade Amalie ins Bett. Sie ist wie ein Schwamm, der Schimpfwörter aufsaugt. Neulich hat die Lehrerin sie getadelt, weil sie die Spielecke in Unordnung gebracht hatte, und Amalie hat gefragt, was zum Teufel sie denn jetzt vor ihr erwarte, verdammt. Kommst du noch vorbei? Drehst du nicht auch fast durch?« Felicity klemmte sich das Handy zwischen Wange und Schulter und hielt ein Kuscheltier nach dem anderen hoch, damit Amalie sich eins aussuchen konnte.

»Nicht den da.« Ihre Tochter schüttelte den Kopf.

»Aber diesen Teddybär nimmst du doch jede Nacht mit ins Bett, schau –«

»Nicht den.«

Felicity versuchte es mit einem anderen Teddybären – Benji Bear hieß er, irgendwas Dämliches jedenfalls. Sie erinnerte sich genau an den Kauf, weil es das erste Mal war, dass sie fast »Scheiße« in einem Spielzeugladen gesagt hätte. Ihr war nicht klar gewesen, dass man eine Hypothek aufnehmen musste, um zwei Teddybären zu kaufen, insbesondere, wenn man bedachte, dass man die halbe Arbeit auch noch selbst machen musste, nämlich das Ausstopfen und Anziehen.

»Nein. Der ist blöd.«

Blöd. Fast fünfzig Pfund für Stopfmaterial und rosa Tutus, und jetzt wurde der arme Transvestit Benji als »blöd« herabgewürdigt.

»Tja, ich meine, es ist nicht gerade das Schönste, was einem an einem Dienstagabend passieren kann, aber was soll man machen? Direkt nach der Ausstrahlung bekamen wir einen Anruf von einem Journalisten – wir selbst hatten es noch nicht mal gehört. Marcus telefoniert gerade mit seinem Anwalt, wir werden abwarten müssen, was der sagt. Ich bin zuversichtlich, dass wir es bis morgen entfernen lassen können. Wenn wir Glück haben, hat es sich sowieso keiner angehört. Schneide doch ein paar Grimassen, vielleicht kriegst du dann Falten wie wir anderen auch, und niemand wird glauben, dass du gemeint sein könntest.«

»Sehr witzig!« Felicity hielt einen ramponierten Plüschelefanten hoch. Amalie schüttelte den Kopf. »Für meinen natürlich jungen Teint kann ich nichts.«

»Ich nehme den«, verkündete Amalie und deutete auf das erste Plüschtier, das ihre Mutter ihr offeriert hatte.

Felicity seufzte. Mollie schlief bereits seit über zwanzig Minuten tief und fest. Die Augen fielen ihr zu, sobald ihr Kopf das Kissen berührte, wie bei einer Baby-Annabell. Wie konnten Zwillinge bloß so unterschiedlich sein?

Sie glaubte keine Sekunde, dass Karla nicht hochgradig beunruhigt wegen der möglichen Auswirkungen auf ihre Karriere war. Was ihr selbst als PR-Agentin wohl ebenfalls Sorgen bereiten sollte, schließlich war Karla ihre lukrativste Kundin, aber momentan konnte sie an nichts denken als an ihren eigenen Ruf.

»Natürlich junger Teint, klar«, säuselte Karla. »Das habe ich auch zu Miranda gesagt. Ich sagte, stell dir einen Wecker, nimm alle fünfundvierzig Minuten einen Algendrink zu dir und tunk das Gesicht in Eiswasser, vielleicht beschreibt man dann deine Haut auch als jung. Glaubst du, Miranda kennt den Podcast schon?«

»Ich mache mir mehr Sorgen über Mary-Beth. Hast du irgendwas von ihr gehört? Warum ist sie gestern so plötzlich vom Sommerfest verschwunden? Und jetzt wird in diesem furchtbaren Podcast angedeutet, dass Ericas beste Freundin irgendetwas weiß. Was das wohl sein mag, was meinst du?«

»Sie weiß gar nichts«, sagte Karla, aber ihre Stimme brach ein wenig. »Glaubst du nicht, dass sie sofort zur Polizei gegangen wäre, wenn sie wüsste, was mit Erica passiert ist? Niemand ist so ehrlich und anständig wie Mary-Beth. Wenn sie Erica aus einem Fenster im fünfzigsten Stock gestoßen hätte, würde sie beim Eintreffen der Polizei bereits ein unterschriebenes schriftliches Geständnis parat haben.«

Felicity beugte sich hinunter, um Amalie einen Kuss auf den Scheitel zu drücken, wobei sie fast das Handy auf sie fallen ließ. Amalie warf ihr einen Blick zu, der klar und deutlich sagte: Wenn du glaubst, dass es so einfach sein wird, bist du verrückt.

»Ich weiß, ich weiß. Du hast ja recht.«

»Ich weiß, dass ich recht habe. Wir können jetzt nicht anfangen, uns gegenseitig zu misstrauen. Es wird genug Leute geben, die das für uns erledigen.«

»Sagtest du nicht eben, dass es sich bestimmt sowieso keiner angehört hat?« Felicity nahm ihren Platz oben am Treppenabsatz ein und stöhnte. »Das wird garantiert morgen Stadtgespräch sein. Ich kann mir mit meiner Agentur keinen Skandal leisten, Karla. Ich bin gerade an einem Punkt angelangt, wo ich mir nicht ständig Gedanken darüber machen muss, wo der nächste Kunde herkommen soll. Ich mache Social-Media-Marketing. Wer soll mich engagieren, um seine Marke bekannt zu machen, wenn mein Name mit einem Todesfall in Verbindung gebracht wird?«

»Du machst dir völlig unnötig Sorgen.« Karlas Stimme klang beruhigend, aber Felicity spürte, dass die Freundin selbst nicht glaubte, was sie da sagte. »Es wird überhaupt keine Auswirkungen haben, das verspreche ich dir.«

Amalie fing an, lautstark nach ihrer Mutter zu rufen, was jede Antwort im Keim erstickte, die Felicity hätte geben können. Sie seufzte. »Ich hoffe, du hast recht. Ich muss auflegen. Sprechen wir uns morgen?«

»Natürlich. Versuch, dir keine Sorgen zu machen, Fliss. Ich tu's auch nicht.«

*

Karla stellte das Telefon in die Ladeschale zurück und stieß die Luft aus.

»Geht es ihr gut?«, fragte Marcus und legte die Hand auf die Schulter seiner Frau.

»Ich hoffe es. Sie ist für das Management meiner Marke zuständig – wenn sie zusammenbricht, bin ich geliefert. Hast du mit dem Anwalt gesprochen?«

»Noch nicht. Ich versuche seit zwanzig Minuten, Jack anzurufen, aber er geht nicht ran. Ich werde mal kurz rübergehen, an seine Tür klopfen und fragen, ob alles in Ordnung ist.«

»Ja, du hast recht. Armer Kerl«, nickte Karla leicht beschämt. »Wir können morgen früh mit Anwälten und Agenten sprechen. Jack ist jetzt wichtiger.«

»Mum«, hörte sie Zacharys Stimme hinter sich, »ich habe über diesen Podcast nachgedacht –«

»Du lieber Himmel, Zach«, fuhr sie ihn an. »Warum sind bloß alle so besessen von diesem Unfug? Das ist nur irgendein Idiot, der nichts Besseres zu tun hat, als ein Drama zu inszenieren. Geh und spiel in deinem Zimmer, ja?«

Zachs blaue Augen blinzelten zweimal, dann nickte er, bestürzt über den scharfen Ton seiner Mutter. »Ja, okay«, murmelte er. »Na schön, wie du willst.«

»Du solltest dich beruhigen«, sagte Marcus leise, als der niedergeschlagene Zach an ihm vorbei die Treppe hinauftrottete.

»Ich weiß. Ich entschuldige mich nachher bei ihm. Ich sollte es nicht an ihm auslassen.«

Marcus zog sie eng an sich und schlang die Arme um ihre Schultern. »Es ist genau so, wie du eben zu Felicity gesagt hast – das ist bloß irgendein kranker Witz, und die Aufregung wird sich wieder legen, sobald die Leute merken, dass er gar nichts weiß.«

»Und wenn nicht?« Karla blickte zu ihrem Mann auf – dem Mann, den sie während ihrer ganzen Ehe beschützt hatte, dessen Berühmtheit und dessen Ruf ihrer Familie das Leben ermöglichte, das sie führte. Sie durfte – nein, sie konnte das jetzt nicht alles verlieren. Sie hatte so hart daran gearbeitet, dieses Leben zu erschaffen, ihr perfektes Heim, ihrer beider Bekanntheit und Beliebtheit, den Erfolg. Karla Kaplan wusste sehr gut, wie es war, das Gefühl zu haben, nie gut genug zu sein. Nun hatte sie alles, und sie würde tun, was nötig war, um es zu schützen.

Genau wie vor zehn Monaten.

»Was ist, wenn das Problem sich nicht einfach in Luft auflöst, Marcus?«, wiederholte sie und schaute ihrem Mann in die blauen Augen, die denen ihres Jüngsten so ähnlich waren – nur dass Zacharys Blick unschuldig und vertrauensvoll war, während in Marcus' Augen das Wissen darum lag, wie die Welt für sie alle aussehen könnte, wenn er sich irrte. »Wer ist dieser Mann? Andy Noon, wer ist das? Was ist, wenn er doch etwas weiß? Vielleicht sogar alles?«

Marcus drückte seiner Frau einen sanften Kuss auf den Scheitel. Wenn ihre Ängste gerechtfertigt waren, dann würde weder ihr Geld noch ihr Promistatus, nichts, was sie hatten, sie vor dem bewahren, was kommen würde. Aber er hatte keine Ahnung, wie er ihr das beibringen sollte, also schwieg er.

11

»Mami? Kann ich kurz diese Nachricht auf das Kreuzchen verschieben?«

Miranda seufzte und machte, ohne aufzublicken, eine vage Handbewegung in Richtung ihrer kleinen Tochter, die sich auf ihrem Smartphone Videos auf YouTube ansah. Sie war dabei, die unterste Küchenschublade nach den Post-its zu durchwühlen, auf denen sie die Bankverbindung des Eltern-Lehrer-Rats notiert hatte. Denn sehen Sie, obwohl sie scheinbar Ericas adäquate Nachfolgerin war, war sie das keineswegs. Tatsächlich war ihre Fähigkeit, sich schnell einen Ausweg einfallen zu lassen, das Einzige, was für sie sprach. Nehmen wir beispielsweise das eine Mal, als sie total verschwitzt hatte, Charity für den »Mein Held/meine Heldin«-Tag an der Schule zu kostümieren. Als sie die anderen Mütter mit ihren kleinen Feuerwehrmännern und Krankenschwestern auftauchen sah, während Charity wie immer ihre Schuluniform trug, hatte Miranda hinten im Auto schnell die Bluse ausgezogen, ihr Schminktäschchen gezückt und die Kleine als ihre selbst gewählte Heldin ausstaffiert – die Mama, selbstverständlich. Wie entzückt alle über den kleinen Engel in Mamas geblümter, viel zu großer Bluse gewesen waren! Für den Notfall hatte Miranda stets eine Jacke dabei, deren Reißverschluss behielt sie trotz des warmen Frühlingswetters bis zum Hals zugezogen. Ja, ihre Fähigkeit zu improvisieren hatte es ihr ermöglicht, praktisch mit einem Mord davonzukommen.

Jedenfalls bis gestern Abend, wie es schien. Gestern Abend,

als dieser Mann mit einer Stimme, die klang, als kratzte jemand mit dem Fingernagel über eine Kreidetafel, sich über eine engelhafte Version von Erica ausließ. Niemand, den Miranda kannte, hätte sie darin wiedererkannt.

»Wann fahren wir zu Poppy?« Charity erschien erneut in der Tür.

»Oh Mist, das hatte ich ganz vergessen, ihr hattet euch ja vorhin zum Spielen verabredet. Schnell, Schätzchen, zieh eins von deinen hübschen Kleidchen an, dann geht's los. LOGAN! Zieh deine Schuhe an, wir müssen deine Schwester bei den Elcocks vorbeibringen.«

Miranda ignorierte das verärgerte Aufstöhnen ihres Sohnes, schlüpfte in ihre Pumps und hielt nach dem Autoschlüssel Ausschau. Wieso verschwand in diesem Haus bloß ständig alles?

»Fertig, Mama!« Charity kam stolz ins Zimmer, in ihrem schönsten Kleid und Ballerinas, und drehte eine Pirouette.

Miranda lächelte. »Wie schön du aussiehst, Süße. Ich muss nur noch meine Schlüssel finden, dann ... LOGAN, BIST DU FERTIG?«

»Die Schlüssel sind in der Obstschale.« Charity deutete auf den Tisch, und tatsächlich lagen die Autoschlüssel auf den ziemlich überreifen Äpfeln.

»Danke, Schatz. Komm, ab ins Auto ... DU HAST NOCH FÜNF SEKUNDEN, LOGAN, SONST FAHRE ICH OHNE DICH UND ÄNDERE DAS WLAN-PASSWORT.«

Ihr Sohn erschien widerstrebend, die Nase in seinem Tablet vergraben. Miranda lächelte. In weniger als einer Stunde aus dem Haus – nicht übel.

*

Logan wollte natürlich lieber im Auto warten, während Miranda ihre Tochter bis zur Haustür brachte. Die beiden kleinen Mädchen waren praktisch seit ihrer Geburt befreundet, sehr zu Mirandas Missvergnügen. Es sah Charity ähnlich, sich die Tochter der Anführerin der hiesigen Klatschbrigade als beste Freundin auszusuchen.

Miranda klingelte und wartete. Als die Tür endlich geöffnet wurde und Cynthia vor ihnen stand, war sie ganz rot im Gesicht und schien verwirrt.

»Hallo, Miranda.« Sie lächelte, wirkte allerdings nicht sonderlich glücklich und schaute sich nach allen Seiten um. »Hast du meine Nachricht nicht erhalten? Aber auf Facebook war sie als gelesen markiert …«

»Hatte ich doch gesagt, Mami«, meldete Charity sich zu Wort. »Dass ich es auf das Kreuzchen verschoben habe. Ich wollte mir etwas auf YouTube ansehen, und der Kreis war im Weg.«

Miranda lachte. »Gut, das erklärt es. Was stand denn drin?«

Cynthia nagte an ihrer Unterlippe. »Nur, dass es besser wäre, wenn Charity heute nicht vorbeikommt. Poppy hat nicht gut geschlafen und –«

Erwartungsgemäß, wie es immer ist, wenn man versucht, eine andere Mutter anzulügen, wählte Cynthias Tochter diesen Moment, um lautstark zu rufen: »MAMA? Bekommen Amy und ich später ein Eis?«

Miranda räusperte sich. »Wenn es Poppy nicht so gut geht, wieso ist dann Amy hier?«

»Also, ihre Mutter hat die Nachricht auch nicht erhalten, und sie war schon so weit gefahren, und Poppy fühlte sich auch schon ein bisschen besser, also …«

»Das freut mich.« Miranda setzte ein Lächeln auf. »Dann kann Charity doch sicher auch mit ihr spielen, oder?«

»Aber natürlich.« Cynthia gab sich geschlagen und trat zur Seite. »Komm doch rein, Schatz.«

»Wann soll ich sie nachher abholen?«

Erneut schaute Cynthia sich um, und Miranda hätte am liebsten gefragt, ob sie erwarte, dass die Polizei plötzlich auftauchen würde, um sie festzunehmen. Die Worte aus dem Podcast, den sie sich bis zu Ende angehört hatte, auch wenn sie es kaum ertragen konnte, fielen ihr ein: *Der neuen Alpha-Mutter, die nahtlos die Lücke füllte, die Ericas Verlust in unsere Gemeinschaft riss.* Würde es von jetzt an immer so sein? Würden Frauen, die sie seit Jahren kannte, nicht wollen, dass Miranda bei ihnen vor der Tür stand, aus Angst, jemand könnte etwas von ihrem Besuch mitbekommen?

»Ich kann sie auch gern bei euch vorbeibringen, wenn du willst.« Cynthias Stimme klang so beiläufig, dass Miranda sie am liebsten auf ihrer eigenen Veranda gepackt und erwürgt hätte.

»Nein, Cynthia, das will ich verdammt noch mal nicht. Ich werde zu dem Zeitpunkt herkommen, den du mir nennst, und wenn du noch mal diese Scheißnummer mit mir abziehst, tauche ich blutüberströmt hier auf und lasse diesen verdammten Podcast mit voller Lautstärke im Autoradio laufen. Wollen wir doch mal sehen, was deine verdammten Nachbarn dann sagen.«

Miranda stelzte zum Gartentor, während Cynthia ihr mit offenem Mund fassungslos nachsah. Sie musste zugeben, es fühlte sich gut an, nach all den Jahren endlich auch mal ein paar wohl platzierte Schimpfwort-Bomben fallen zu lassen.

12

Felicity klopfte ungeduldig mit dem Fuß auf den Boden und presste zum dritten Mal den Finger auf den Klingelknopf. Die Zwillinge stritten sich unaufhörlich über die Frage, welches bunte Schleifchen besser war, und sie hatte das Gefühl, wenn sie heute ihren Kaffee nicht bekäme, wäre der Tag gelaufen. Scheiß drauf, so wie sie sich heute fühlte, würde sie sich ihren Kaffee holen, ob sie das nun aus dem Zeitplan warf oder nicht. Der Gedanke war irgendwie ganz befrei-

»Morgen, Kinder!«

Die Tür wurde aufgerissen, und Felicity machte keinen Versuch, die Ungeduld in ihrer Stimme zu verbergen, als sie sagte: »Oh, haben wir noch Morgen?« Dann lachte sie, als würde sie Witze machen.

»Tut mir leid«, murmelte Jemma, ohne sie anzusehen. »Wir wissen nicht, wo uns der Kopf steht.«

»Macht nichts, jetzt sind Sie ja da. Könnten wir kurz die Planungen für nächsten Mittwoch durchgehen, wo ich schon mal hier bin?« Felicity zückte ihren Planer und schlug die Seite auf, auf der stand: Ausflug der Mädchen (Hurra!).

»Oh, ach ja, wegen des Ausflugs …« Jemma sog an ihrer Unterlippe und tat so, als würde sie über Felicitys Schulter hinweg die spielenden Kinder beobachten. »Es hat da wohl, äh, ein kleines Durcheinander gegeben. Sehen Sie, wir haben mehr als genug Begleitpersonen, also müssen Sie im Grunde gar nicht mitkommen.«

Felicity erstarrte, den Planer in der Luft. »Was wollen Sie

damit sagen, ich muss im Grunde gar nicht mitkommen? Ich habe für die ganze Woche Meetings und Termine so geschoben, dass ich mir den Mittwoch freinehmen kann. Seit die Zwillinge herkommen, ist es das erste Mal, dass ich mich als Begleitperson für einen Ausflug melden konnte.«

»Ich weiß.« Jemma schien sich unbehaglich zu fühlen, und ihr Blick fand einen Punkt an der Wand und blieb daran kleben. »Und es tut mir auch leid, Miss Goldman, wirklich, aber die Plätze für Begleitpersonen sind alle vergeben.«

»Dann sagen Sie einer anderen, dass sie nicht mitkann«, forderte Felicity. »Was ist mit der Mutter von Chloe? Sie fährt jedes Mal mit. Sagen Sie ihr, sie soll zu Hause bleiben und sich die Haare machen lassen oder was auch immer – Gott weiß, sie hätte es nötig.«

Jemma seufzte. »Ich teile Ihnen lediglich mit, was mir gesagt wurde. Sicher verstehen Sie das. Hören Sie, ich muss wieder rein – wir sind heute unterbesetzt.«

Felicity warf einen Blick auf ihre Uhr und stöhnte. 9:02 Uhr.

»Na schön«, murmelte sie und blinzelte heftig, um die Tränen zurückzuhalten, die drohten, ihr in die Augen zu treten, und drehte dem jungen Mädchen den Rücken zu, bevor sie jemand sah.

*

Im Coffeeshop war weniger Betrieb als sonst – es hatte vermutlich auch Vorteile, wenn man nach neun Uhr kam. Die Frau vor ihr, die ein Baby auf der Hüfte hielt, kämpfte mit einem Kinderwagen, während ein Kleinkind, vermutlich vier Jahre alt, zu ihren Füßen saß und eine Serviette zerfetzte. Hinter der riesigen Kuchentheke unterhielten sich zwei Baristas angeregt.

»Ich habe es mir zweimal angehört. Glaubst du –« Das Ende des Satzes ging im Zischen des Milchaufschäumers unter.

»– überhaupt. Ich meine, wer ist dieser Typ? Woher will er mehr wissen als die Polizei? Wenn ich so darüber nachdenke, wenn er wirklich Beweise hat, warum ist er dann nicht –« Felicity strengte sich an, Bruchstücke des Gesprächs zu verstehen, während die beiden jungen Mädchen hinter dem Tresen hin und her liefen, Becher klirrten und eine der großen Kaffeemaschinen ansprang.

»– wird er? Wahrscheinlich am Ende des Podcasts oder so. Was ich gern mal wissen würde, ist, wieso er ihren Mann nicht als Verdächtigen genannt hat. Ich meine, der Ehepartner steht doch immer unter Verdacht, oder?«

»Es sei denn, der Podcast-Typ ist der Ehepartner. Er würde sich ja wohl kaum selbst belasten, oder? Vielleicht versucht er ja, die Aufmerksamkeit von sich abzulenken …«

Felicity krümmte sich innerlich und dachte an ihren kleinen Zusammenstoß mit Jemma von der Ferienbetreuung zurück. Plötzlich war sie ganz sicher, dass es etwas mit dem Podcast zu tun hatte, der gestern ausgestrahlt worden war. Eine hiesige Geschäftsfrau – tja, sie wusste sehr gut, dass damit bloß sie gemeint sein konnte, es sei denn, man betrachtete Kelsie Majors Avon-Kataloge als Business. Wollten sie deshalb nicht, dass Felicity auf den Ausflug mitkam? Hatte sich jemand beschwert? Das Risiko einer möglichen Mörderin im Begleitpersonen-Pool ließ sich wohl nicht auf dem Fragebogen ankreuzen.

Sie ließ sich auf einen der Sitze in der Ecke sinken, möglichst weit entfernt von den jungen Mädchen, die über den Podcast sprachen. Sie hatte plötzlich wenig Lust, gleich nach Hause zu fahren. Sie wollte die Sache einfach nur vergessen, aber überall, wo sie hinkam, hatten die Leute sich den Podcast angehört. Severndale war eine Kleinstadt, und Severn Oaks war noch kleiner. Sie fragte sich, wie Karla wohl damit zurechtkam – wenn der Hinweis auf Felicity schon kaum verschleiert war, Karla und ihren Mann hätte der Podcaster ebenso gut gleich beim Namen nennen können. Sicher, in Cheshire gab es ziemlich viele Promis, beispielsweise die *Real Housewives* und jede Menge Fußballspieler, aber bloß zwei dieser Promis wohnten in Severn Oaks. Und was hatte der Podcaster über Mary-Beth gesagt? Eine beste Freundin, die ein wenig zu gut ist, um wahr zu sein. Und deren Mann – Peter, offensichtlich –, von dem in Ericas Tagebuch viel die Rede sei. Wieso hatte Erica überhaupt ein Tagebuch geführt, in dem sie vorkamen? Das Leben der Bewohner von Severn Oaks war wohl kaum sonderlich aufregend. Gelegentlich trafen sich die Männer irgendwo, um sich zusammen ein Fußballspiel anzusehen, und es war möglich, dass sie dann über interessante Dinge redeten, aber Felicity bezweifelte es. Vielleicht waren die Baristas auf der richtigen Fährte, wenn sie vermuteten, es könnte Jack sein – wenn jemand zufällig auf Ericas Aufzeichnungen über das Kommen und Gehen ihrer Nachbarn stoßen konnte, dann er. Aber nein, das war verrückt. Jack war ein ganz normaler Mann, ein netter Kerl – überhaupt nicht der Typ, der so etwas ins Rollen bringen würde. Felicity seufzte. An so etwas wollte sie überhaupt nicht denken.

Würde es von jetzt an immer so sein? Würde sie sich ständig fragen müssen, wer was über ihr Leben wusste? Und was hatte Erica in diesem gottverdammten Tagebuch über Felicity geschrieben? Und dann war da noch der Mann der besten Freundin, von dem im Tagebuch so viel die Rede war. Was hatte Erica über Peter geschrieben?

Felicity zog ihr Smartphone hervor und wählte Mary-

Beths Nummer. Mary-Beth hatte sich seltsam still verhalten, seit vor zwei Tagen der Facebook-Beitrag erschienen war – es war ungewöhnlich, dass sie sich seitdem bei niemandem gemeldet hatte. Karla war es gelungen, Steph zu erreichen, die Administratorin der Schulseite, die prompt den Beitrag gelöscht hatte. Von dem Podcast erfahren hatten aber offensichtlich trotzdem alle. Mary-Beth musste es wissen.

Es klingelte und klingelte. Niemand ging ran. Warum meldete Mary-Beth sich nicht?

Felicity pfefferte das Handy auf den Tisch und ignorierte die Blicke der übrigen Gäste um sie herum. Wussten sie bereits, wer sie war? Sie malte sich aus, wie sie später ihren Freunden oder Männern erzählen würden, dass diese Frau aus Severn Oaks sich heute Morgen im Café höchst verdächtig verhalten habe.

Sie schrak zusammen, als sie den Signalton ihres Handys hörte, doch es war nicht Mary-Beth, die zurückrief, es war Karla.

»Was ist los?«

Karla rief sie nie tagsüber an – sie wusste, dass Felicity Privatgespräche nur annahm, wenn es ein Anruf von der Schule oder der Ferienbetreuung war. Wenn Karla irgendwas wollte, schickte sie ihr eine Mail – die einzige Möglichkeit, in Felicitys durchgetakteten Tagesablauf eingebaut zu werden.

»Entschuldige, Fliss.« Karlas Ton war eindringlich. »Ich weiß, du arbeitest, aber ich muss dringend mit jemandem reden. Ich werde noch verrückt, wenn ich hier sitze und über die Sache mit Erica nachdenke. Willst du nicht vorbeikommen?«

»Ich dachte, es besteht kein Grund zur Beunruhigung? Dass euer Anwalt –«

»Ich weiß, das waren meine Worte, aber das ist leichter gesagt als getan. Marcus hat gestern Abend noch mit unserem Anwalt gesprochen, und der meinte, solange dieser Typ nicht unsere Namen nennt oder uns explizit der Mittäterschaft an einem Verbrechen beschuldigt, können wir gar nichts tun, und wenn wir versuchten, in diesem Stadium irgendwas zu unternehmen, würde es so aussehen, als hätten wir etwas zu verbergen.«

»Aber das ist ja gerade das Problem, nicht wahr?«, erwiderte Felicity und biss sich auf die Unterlippe. »Wir haben etwas zu vertuschen.«

13

Mirandas Begeisterung über ihre beinharte, aggressive Reaktion hielt vor, bis sie am Ende der Straße angelangt war, dann hielt sie an und sackte über dem Lenkrad zusammen. Was zum Teufel war da gerade passiert? Warum hatte Cynthia ihr ins Gesicht gelogen? Warum wollte sie nicht, dass Charity mit ihrer Tochter spielte?

Oder, genauer gesagt, warum wollte sie nicht, dass Miranda zu ihr nach Hause kam? Denn darum war es doch bei der kleinen Szene eben gegangen. Die Alpha-Mutter, die nahtlos Ericas Platz eingenommen hatte – nun, jeder wusste, auf wen sich das bezog. Auf gar keinen Fall würde sie noch einmal zu den Elcocks fahren, obwohl sie gerade so vehement darauf bestanden hatte. Alex würde eben nach der Arbeit herfahren und Charity abholen müssen, vorausgesetzt, er musste nicht wieder länger arbeiten. Ihre Wangen brannten beim Gedanken an Felicitys selbstgefällige Miene und ihre Andeutungen, Alex mache vielleicht gar keine Überstunden, wenn er erst gegen acht heimkam. Sie wusste, was alle über ihren Mann dachten, den Spaßvogel mit dem spitzbübischen Lächeln, der gern mal einen Blick riskierte. Wenn es ein Severn-Oaks-Jahrbuch gäbe, wäre Alex' Name unter der Rubrik »derjenige, der am wahrscheinlichsten seine Frau betrügen wird« zu finden. Und doch hatte sie nie auch nur den kleinsten Hinweis auf irgendeinen Fehltritt gefunden, obwohl sie sein Handy, seine Mails und jedes Foto in seiner Cloud überprüft hatte. Einmal hatte sie ein Smartphone im Garderobenraum versteckt gefunden und es unter Tränen stundenlang aufgeladen, bloß um später festzustellen, dass es ein altes Handy war, dass sie selbst Logan vor etwa drei Jahren gegeben hatte, damit er darauf Spiele spielen konnte.

*

Severn Oaks bestand hauptsächlich aus großen Einfamilienhäusern mit vier Schlafzimmern. Ganz hinten auf dem Areal gab es einige Reihenhäuser mit drei Schlafzimmern, aber da von den Bewohnern keiner Kinder hatte … oder hatten die Leute aus Nr. 6 seit Neuestem ein Baby? Miranda hatte keine Ahnung. Erica hatte immer Willkommensbesuche gemacht, sie hätte es gewusst. Sie hätte auch den Namen und das Geburtsdatum des Babys gewusst. Und dann gab es natürlich noch Karlas und Marcus' Villa mit den fünf Schlafzimmern mittendrin, umgeben von einem riesigen Garten mit der Eiche, in der früher das inzwischen verrufene Baumhaus gewesen war. Vom Tor aus gesehen wohnten Miranda und Alex im dritten Haus links, von wo aus man die Häuser von Erica, Mary-Beth und Felicity sowie das Tor perfekt im Blick hatte. Miranda hatte oft gedacht, wie gern Erica ihren Beobachtungsposten gehabt hätte, auch wenn das Haus der Spencers etwas erhöht am Hang lag und man daher wunderbar auf die übrigen Häuser und ihre Bewohner herunterblicken konnte. *Damit ich dich besser sehen kann*. Doch nun war es Miranda, die das Kommen und Gehen am besten im Blick hatte, und so sah sie auch, wie Karla und Felicity nach Severn Oaks zurückkehrten, mit getrennten Autos, aber zur selben Zeit. Miranda sah sie in Karlas endlose Einfahrt einbiegen, dann verschwanden sie aus ihrer Sicht. Allerdings malte sie sich aus, wie die beiden in Karlas hochmoderne Küche gingen und sich einen Wein einschenkten, am Frühstückstresen saßen und Käsehäppchen aßen, während sie tratschten.

Miranda sehnte sich nach einer solchen Freundschaft, aber sie hatte nie eine Frau kennengelernt, mit der sie sich so gut verstanden hätte. Mary-Beth hatte Erica – tja, das war vorbei. Sie hatte gehofft, dass sie und Mary-Beth sich vielleicht anfreunden würden, jetzt, wo sie genauso einsam war wie Miranda. Sie hatten vieles gemeinsam, Kinder im selben Alter, Männer, die gern mal anderen Frauen hinterhersahen oder auch mehr. Doch Mary-Beth war nicht an einem Ersatz für Erica interessiert gewesen. In den letzten zehn Monaten hatte sie sich eigentlich überhaupt ziemlich zurückgezogen. Es war fast, als gäbe sie ihnen die Schuld an Ericas Tod, bloß weil sie an dem Abend, an dem es passierte, auch auf dieser Feier gewesen waren. Vielleicht versuchte sie allerdings auch nur, ihre eigenen Geheimnisse zu bewahren – laut dem Podcast hatte sie davon ja genauso viele wie der Rest von Severn Oaks.

Miranda überlegte, ob sie Mary-Beth unter dem Vorwand anrufen sollte, sich erkundigen zu wollen, wie es ihr ging. Vielleicht würde diese Sache eine Erfahrung sein, die sie einander näherbrachte, sodass doch noch etwas Gutes dabei herauskam. Sie würden Wein trinken und sich einander anvertrauen, Geheimnisse austauschen und sich besorgt fragen, womit dieser grässliche Mann wohl als Nächstes kommen würde. Womöglich würden Karla und Felicity sie beide zu ihrem nächsten Treffen einladen, und sie konnten sich an die arme Erica erinnern, die so gern gefeiert hatte, die immer dafür gesorgt hatte, dass alle zusammenkamen, aber das war okay, weil sie ja jetzt einander hatten.

Und dann würdest du ganz sachlich und nüchtern irgendwas sagen, über das sich jemand oder alle zusammen aufregen, obwohl es überhaupt nicht deine Absicht war, und dann müsstest du umziehen. Weißt du noch, wie du mal Felicity gefragt hast, wer ihre Botox-Behandlungen macht? Es hat schon seinen Grund, dass du keine Freundinnen hast, Miranda.

Da war sie wieder, diese leise Stimme, die sich jedes Mal zu Wort meldete, wenn sie überlegte, ob sie zu einem dieser Treffen gehen oder auch nur die Straße überqueren sollte, um ein paar Worte mit einer Bekannten zu wechseln. Es war schlimmer geworden, seit sie ihren Beruf aufgegeben hatte – es hatte eine Zeit gegeben, da hatte sie ein Gespräch führen können, ohne dass diese beschissene Stimme in ihrem Gehirn ihr hinterher vorwarf, dass sie mal wieder zu laut gesprochen oder zu entschieden ihre Meinung vertreten hatte. Ob sie nicht einmal die Klappe halten und zur Abwechslung einfach mal zuhören könne? Wie sie überhaupt auf die Idee käme, dass irgendjemand daran interessiert wäre, ihre Meinung zu allem und jedem zu erfahren? Obwohl sie kaum jemals dazu kam, ein intelligentes Gespräch zu führen, das über die Erörterung der Frage, welches L.O.L.-Surprise-Emoji am besten war, hinausging. Genau das war es, das in ihr den Wunsch erweckte, mit jedem, der lange genug stehen blieb, um zuzuhören, Debatten über alle möglichen Themen zu führen.

Sie hatte in ihrer Handtasche gekramt und blickte gerade rechtzeitig auf, um das Auto durchs Tor fahren zu sehen. Ihr fiel die Kinnlade herab. Also das war es dann? In den Nachrichten hatte es geheißen, dass keine neuen Ermittlungen eingeleitet werden würden, aber offenbar hatte die Polizei ihre Ansicht geändert. Sie würden alle vernommen werden, einer nach dem anderen, und die Risse würden sich zeigen. Und da der Polizeiwagen vor Mary-Beths Haus hielt, hatten sie offenbar beschlossen, mit ihr anzufangen.

Vielleicht sollte sie sich doch besser eine andere Kandidatin als neue beste Freundin aussuchen.

*

»Also, ich glaube, dieser Typ hat uns nur deshalb genannt, weil wir an dem Abend alle da waren. Ginge gar nicht anders, wenn man mal darüber nachdenkt. Es ist eine klassische Krimi-Konstellation. Eine Halloween-Party – ich meine, besser geht's ja gar nicht, der Teil ist ihm einfach in den Schoß gefallen – und verdächtigt werden natürlich die Leute, die auf der Party waren. Ich meine, wenn er sechs zufällig ausgewählte Personen genannt hätte, die an dem Abend nicht mal in der Nähe von Severn Oaks waren, würde ihn das vor weit größere Probleme stellen. Nehmen wir bloß die Frage, wie sie durchs Tor gekommen sein sollen. Außerdem ist es so viel spannender. Ein Mörder innerhalb der Mauern und dieser ganze Mist. Am Ende wird er zugeben, dass alles aus der Luft gegriffen ist, reine Fiktion, und wir werden ihn wegen der schweren psychischen Belastungen verklagen, denen wir ausgesetzt waren.«

»Ich dachte, euer Anwalt meinte …«

»Ja«, unterbrach Karla sie, und Felicity ließ es ihr durchgehen. Sie war jetzt in voller Fahrt, fast so, als würde sie nicht über ihrer aller Leben reden, sondern über eine Folge irgendeiner Serie oder einer Krimisendung. Wenn das ihre Art war, mit der Sache umzugehen, gut. Felicity streifte ihre Pumps ab und rieb sich die Füße.

»Laut unserem Anwalt können wir diesen Typen nicht verklagen, solange er nicht irgendwas sagt, aus dem eindeutig hervorgeht, dass er uns meint. Mich und Marcus, meine ich. Aber das wird er ja wohl müssen, oder? Die Party fand bei uns statt.

Er kann uns nicht als Verdächtige vorführen, ohne zu erwähnen, dass die Party in unserem Haus stattfand, und Bingo! Er hat uns mit einem Verbrechen in Verbindung gebracht.«

Karla öffnete ihre Riesen-Kühlgefrierkombination im amerikanischen Stil und nahm ein mit Frischhaltefolie abgedecktes Tablett mit Häppchen heraus. Ein Klebezettel verkündete: »Karla/6. Buch«.

»Probier mal«, drängte sie. »Ich muss wissen, ob es furchtbar schmeckt, bevor ich das Rezept in mein neuestes Buch aufnehme.«

»Sieht bombig aus«, meinte Felicity, nahm sich eine mit Frischkäse bestrichene Scheibe Salatgurke mit einem Lachsröllchen darauf und schob sie sich in den Mund. Sie kaute, nickte begeistert und schluckte es hinunter. »Echt lecker. Aber was, wenn er zum Schluss nicht sagt, dass alles reine Fiktion ist? Es bleibt doch immer was hängen. Denk nur an all diese Netflix-Dokumentarfilme über tatsächlich stattgefundene Verbrechen. Es reicht, den Namen irgendwelcher Leute im selben Satz wie das Wort Mord zu nennen. Das wird unser aller Leben zerstören.«

»Sei doch nicht so dramatisch. Jede Publicity ist gute Publicity, schon vergessen? Denk nur an Martha Stewart. Sie musste ins Gefängnis, aber das konnte sie nicht aufhalten. Vielleicht wird die Geschichte ja verfilmt. Charlize Theron wird mich spielen, George Clooney spielt Peter, und dieser sexy Typ aus *Breaking Bad* spielt Marcus. Im schlimmsten Fall können wir immer noch Führungen anbieten. *Und hier ist die Stelle, wo sie mit dem Kopf aufgeprallt ist.«* Karla grinste, als die Freundin sie mit offenem Mund anstarrte.

Felicity warf mit einer Weintraube nach ihr. »Schön, dass du noch darüber Witze machen kannst. Und was ist, wenn die Polizei die Ermittlungen wieder aufnimmt?«

Karla wurde schlagartig wieder ernst. »Warum denkst du das?«

»Na, weil er sagt, dass es Beweise gibt. Was ist, wenn das stimmt? Was ist, wenn einer von uns Erica ermordet hat?«

»Sei nicht albern, Felicity.« So kannte Karla ihre beste Freundin gar nicht, und es beunruhigte sie. Felicity war sonst immer so ausgeglichen – sie war die Ruhige, Gelassene, die für jeden Tag eine Liste mit Zielen machte und einen Plan erstellte, wie sie zu erreichen waren. Felicity war so, wie Karla gern gewesen wäre – wenn ihre Agentin ein bisschen mehr von Felicity hätte, wäre Karla vielleicht längst bei den *Real Housewives* dabei. »Er kann unmöglich irgendwelche Beweise haben, von denen die Polizei nichts weiß. Und wenn doch, dann hat er Strafverfolgung und Strafvollstreckung vereitelt, und sollte er die Beweise auf den Tisch legen, ist er ebenfalls dran.«

»Nur dass niemand weiß, wer er ist.«

»Du hast es doch in den Nachrichten gehört. Die Polizei ermittelt nicht in dem Fall.«

»Bist du dir da sicher?« Felicity blickte durch die Terrassentür. »Aber warum ist denn dann gerade ein Polizeiwagen vor Mary-Beths Haus vorgefahren?«

14

DS Harvey blickte stur geradeaus auf den Gartenweg, der zum Haus von Peter und Mary-Beth King führte, und versuchte, sich zu zwingen, nicht nach links zu blicken, wo die imposante Villa der Kaplans stand und sich nicht ignorieren lassen wollte. Die Erinnerung an jenen Abend vor zehn Monaten ließ ihn einfach nicht los, als wäre er gerade von der Nachtschicht gekommen, ein eifriger Neuling bei der Kripo, um seine Ergebnisse dem Detective Chief Inspector vorzulegen, den er nur zu gern beeindruckt hätte. Er schauderte, um die Erinnerung an dieses Gespräch abzuschütteln. Die Worte würde er nie vergessen: *Einen Skandal, in den die Kaplans verwickelt sind, können wir nicht brauchen.*

»Sie waren an jenem Abend vor Ort, nicht wahr, Sir?«

Die Frage von Detective Constable Allan erinnerte ihn daran, dass er jetzt Detective Sergeant war, jemand, der »Sir« genannt wurde, nicht länger der Niedrigste in der Kripo-Rangordnung. Normalerweise wäre er in diesem frühen Stadium überhaupt nicht involviert worden, aber sobald Barrow, sein Chef, Wind von einem Vermisstenfall in Severn Oaks bekommen hatte, hatte er ihn in sein Büro zitiert und darauf bestanden, dass er DC Allan begleitete. Aus diesem Grund waren zwei Leute von der Kripo hier, während sonst erst mal jemand von der Schutzpolizei geschickt worden wäre.

»Ja.«

Allan ließ sich durch die kurz angebundene Antwort seines Vorgesetzten nicht abschrecken. »Und wie waren sie so? Die Leute hier?«

Harvey unterdrückte ein Stöhnen. Das war einer von den ganz Eifrigen.

Unangreifbar. Das war das erste Wort, das ihm in den Sinn kam, als er sich erinnerte, wie sie alle im Garten der Kaplans gestanden hatten, die Frauen tränenüberströmt. Und doch, als sie ihn angesehen hatten, war es mit Trotz im Gesicht. *Die Wahrheit werden Sie hier nicht finden.* War das wirklich erst vor einem knappen Jahr gewesen? Es kam ihm vor wie ein Jahrzehnt. Beruflich hatten sich die Dinge seitdem gut entwickelt, dank DCI Barrow. Das versüßte allerdings den sauren Geschmack im Mund nicht, den der Gedanke an Severn Oaks bei ihm auslöste.

»Sie waren erschüttert«, entgegnete er, als er merkte, dass Allan auf eine Antwort wartete.

»Das ist wohl verständlich. Was halten Sie von diesem Podcast? In dem behauptet wird, dass es kein Unfall war?«

Harvey stieß das Gartentor auf und warf DC Allan einen finsteren Blick zu, in der Hoffnung, dass ihn das zum Schweigen bringen würde – obwohl er das bezweifelte. Im Grunde konnte er dem jungen Kripo-Anwärter seine Neugier nicht verübeln. Aber das bedeutete noch lange nicht, dass er diese Neugier stillen musste. Die Wahrheit war, nachdem er sich gestern Abend den Podcast angehört hatte, war er ins Auto gestiegen, ins Fitnessstudio gefahren und hatte so hart trainiert, dass er sich übergeben musste.

»Die Gesprächsführung sollten Sie übernehmen«, sagte er nach einer kurzen Pause. »Sind Sie damit einverstanden?«

»Ja, Sir, danke. Ich weiß es zu schätzen, dass ich die Gelegenheit bekomme.«

»Vergessen Sie nicht, in siebzig Prozent aller Vermisstenfälle tauchen die Leute nach ein paar Tagen wohlbehalten wieder auf. Wahrscheinlich ist die Frau mit dem Klempner durchgebrannt, doch das wird er kaum hören wollen.«

DC Allan, der die Hand nach der Klingel ausgestreckt hatte, erstarrte. »Glauben Sie das wirklich? Trotz des Zeitpunkts?«

Noch ein finsterer Blick. »Ja, das tue ich. Ich weiß, Sie warten auf einen großen, aufregenden Fall, aber dieser hier ist es nicht. Versuchen Sie nicht, die Sache zu etwas zu machen, was sie nicht ist.«

Als er diese Worte aussprach, hörte er sie gleichzeitig aus einem anderen Mund kommen, an einem anderen Ort, zu einer anderen Zeit. Harvey rümpfte die Nase. Doch diesmal war es die Wahrheit. Er war nicht dabei, wie Barrow zu werden. Bestimmt nicht.

15

Peter holte tief Luft und wischte sich die Hände an seiner grauen Anzughose ab, bevor er die Tür öffnete. Vielleicht war es das jetzt. Das hatte er von dem Augenblick an gewusst, wo er die Polizei durchs Tor fahren sah. Es könnte bald alles vorbei sein. Die Leute tratschten sicher bereits, aber sollten sie ruhig. Das hier war nicht irgendeine blutrünstige Geschichte, die man bei der Vorspeise erzählen konnte, es war sein Leben. Heute sah man ihm jedes seiner achtundvierzig Jahre an – deutliche Bartstoppeln auf den normalerweise glatten Wangen, dicke Augenringe. Peter wusste, wie attraktiv er war, und normalerweise war er stolz auf sein Äußeres, gönnte sich regelmäßige Gesichtsbehandlungen und arbeitete dreimal die Woche mit einem persönlichen Fitness-Trainer. Im Moment sah er furchtbar aus, doch ausnahmsweise war ihm das egal.

»Sie haben sie gefunden«, sagte er, ohne darauf zu warten, dass einer der Polizisten das Wort ergriff.

Sie warfen sich einen Blick zu, den Peter mehr als Stunde lang analysieren würde, nachdem sie gegangen waren.

Der jüngere der beiden Männer räusperte sich. Er wirkte fast so nervös, wie Peter sich fühlte. »Nein, Mr. King, ich fürchte, wir haben sie nicht gefunden, und es tut mir wirklich leid, dass wir Ihnen einen solchen Schreck eingejagt haben. Könnten wir vielleicht reinkommen?«

Er war etwa Ende zwanzig, was Peter sofort beruhigte. Wenn sie ihn für irgendeine Art Gattenmörder hielten, hätten sie doch sicher jemanden geschickt, dessen Hosen nicht immer noch von der Mutter gebügelt wurden. Er schien ein sympathischer Junge zu sein mit seinen raspelkurzen roten Haaren, den Sommersprossen auf der Nase und den roten Wangen. Insgesamt erinnerte er eher an einen Pfadfinder, der Spenden sammelte, als an einen Polizisten. Sein Kollege, älter, mit härteren Gesichtszügen, stand mit den Händen in den Taschen da, und seine Miene machte deutlich, dass es ihm vollkommen egal war, ob sie reingebeten wurden oder nicht.

»Ja, natürlich, entschuldigen Sie.« Peter trat zur Seite und bedeutete ihnen, ihm zu folgen. »Wir können hier drin reden. Die Kinder sind oben, wahrscheinlich mit Kopfhörern im Ohr. Ich habe ihnen nicht alles erzählt – ich weiß nicht, was ich ihnen sagen soll.«

Er führte sie in das Zimmer, das seine Frau für besondere Gäste reservierte, und überprüfte mit einem kurzen Blick, ob auch nichts herumlag, das die Polizei nicht sehen sollte. Er wischte sich die Handflächen an der Hose ab und deutete auf das Sofa. »Setzen Sie sich doch. Möchten Sie etwas trinken?«

»Nein, danke, alles gut.«

Der Jüngere setzte sich, sein Partner blieb stehen.

»Ich bin Detective Constable Allan. Das ist Detective Sergeant Harvey, mein Ausbilder.«

Das Erste, was Peter an Harvey auffiel, war seine Größe. Oder vielmehr seine mangelnde Größe. Er maß etwas unter ein Meter siebzig und verbrachte offensichtlich viel Zeit im Fitnessstudio, um das wettzumachen. Sein Hemd war ein wenig eng um die Schultern herum und zu weit in der Taille – vielleicht reichte sein Gehalt nicht für maßgeschneiderte Hemden. Er hatte kurz geschorene blonde Haare, und als er einen Schritt vortrat, um Peter die Hand zu schütteln, stieg ihm der Duft nach Menthol-Kaugummi und einem teuren

Aftershave in die Nase. So schlecht war die Bezahlung denn offenbar doch nicht. Vielleicht wollte der Mann nur, dass den Leuten seine Muskeln auffielen, wenn sie von oben auf ihn herabblickten. Aber irgendwas an seinem Gesicht …

»Kennen wir uns?« Peter musterte ihn. Er kam ihm irgendwie bekannt vor, doch in Severn Oaks gab es kaum jemals Polizeieinsätze. Das letzte Mal war die Polizei hier gewesen, als …

»Waren Sie nach Ericas Sturz hier? Harvey, ja doch. Ich erinnere mich.«

Der Polizist neigte den Kopf. »Sie haben ein gutes Gedächtnis.«

»Eigentlich nicht«, meinte Peter. »Es ist nur so, dass die Polizei nicht oft herkommt. Normalerweise ist es hier sehr ruhig. Wir aus Severn Oaks achten aufeinander. Sie waren damals gerade erst zur Kripo gekommen, nicht wahr? Da haben Sie ja in weniger als einem Jahr eine steile Karriere hingelegt.«

Der Sergeant lief rot an. Hatte er da etwa einen wunden Punkt getroffen? Obwohl Peter nicht verstand, wieso eine Beförderung einem peinlich sein sollte; er war ein Mann, der überzeugt war, dass man auf jeden Fall den Platz an der Spitze anstreben sollte. Hatte ja wenig Sinn, um den letzten Platz zu konkurrieren. Harvey schien da allerdings anderer Ansicht zu sein, jedenfalls wechselte er rasch das Thema.

»Es gibt keine Videoüberwachung mehr, wie ich gesehen habe?«

Peter schüttelte den Kopf und versuchte den Eindruck zu erwecken, als bedaure er es, dass nicht jede ihrer Bewegungen aufgezeichnet wurde, damit alle Welt sie sah. »Wir hatten mal Sicherheitskameras. Für die ersten fünf Jahre hat der Bauträger die Kosten für den Vertrag übernommen, das war Teil des Deals – obwohl es natürlich auf den Kaufpreis aufgeschlagen wurde. Später hat Erica sich darum gekümmert, und wir haben einfach ihr das Geld dafür gegeben. Nach ihrem Tod war dann niemand mehr zuständig, und die Sache ist eingeschlafen. Meine Frau wollte immer …«

»Sie sprechen von Erica Spencer?«

Der jüngere Polizist blickte seinen Kollegen an, der langsam nickte, aber nicht weiter darauf einging.

»Warum fangen wir nicht an?«, drängte der Sergeant.

Der Jüngere lief rot an und zückte seinen Notizblock. »Also, Mr. King –«

»Peter, bitte.«

»Gut, Peter. Wir sind wegen der Vermisstenanzeige hier, die Sie aufgegeben haben. Zunächst einmal, hat sich seitdem irgendetwas an der Sachlage geändert? Hat Ihre Frau Kontakt mit Ihnen aufgenommen?«

»Nein.« Peter schüttelte den Kopf. Das zumindest stimmte. »Ich habe nichts von ihr gehört.«

»Gut.« DC Allan machte sich eine Notiz. »Es könnte so aussehen, als würde ich Ihnen Fragen stellen, die Sie schon beantwortet haben, aber ich möchte sichergehen, dass wir ein vollständiges Bild von dem gewinnen, was passiert sein könnte.«

Wohl eher, um zu sehen, ob ich bei meiner Geschichte bleibe, dachte Peter, aber deshalb machte er sich keine Sorgen. Er war es tausendmal im Kopf durchgegangen, er dachte kaum an etwas anderes.

»Natürlich«, sagte er. »Ich werde Ihnen alles sagen, was ich weiß.« Er wusste nicht, was er tun oder sagen sollte, was von ihm erwartet wurde, wie man sich verhalten sollte, wenn die eigene Frau seit zwei Tagen vermisst wurde. Würde man ihn verdächtigen? War das im Fernsehen nicht immer so? Die Polizei tat so, als wollte sie einem helfen, versuchte allerdings nur, einen dazu zu bringen, sich selbst zu belasten. Konnte man allzu unschuldig wirken, gab es das?

»Zunächst müssen wir eine Gefahreneinschätzung vornehmen.«

»Eine Gefahreneinschätzung?«, wiederholte Peter. »Ist nicht klar, dass jemand in Gefahr ist, wenn er vermisst wird?«

»Nicht unbedingt, nein«, antwortete Harvey anstelle seines jüngeren Kollegen. »Insbesondere bei Erwachsenen kann es zahlreiche Gründe dafür geben, dass jemand weggeht, ohne es jemandem zu erzählen, und es kann eine ganz harmlose Erklärung dafür geben. Daher brauchen wir von Ihnen sämtliche sachdienlichen Informationen, damit wir eine fundierte Entscheidung darüber treffen können, ob eine Fahndung eingeleitet wird.«

»Aber Sie werden ermitteln?« Peter rieb sich seine schweißnassen Handflächen an der Hose ab und hoffte, dass es den Polizisten nicht auffallen würde.

Allan nickte. »Es werden immer Ermittlungen aufgenommen. Wir müssen nur wissen, womit wir es hier höchstwahrscheinlich zu tun haben.«

Peter rieb sich das Gesicht und presste die Handballen gegen die Augen. Als er den Druck wieder löste, sah er kurz alles ganz verschwommen, bevor sich sein Blick wieder klärte.

DC Allan fragte gerade: »Wann haben Sie Ihre Frau das letzte Mal gesehen?«

»Am Montagmorgen, so gegen acht, bevor ich zu einer zweitägigen Schulung gefahren bin.«

DC Allan machte sich eine Notiz. »Aber als vermisst gemeldet haben Sie Ihre Frau erst gestern Abend um 21.00 Uhr?«

»Nein, also, da wurde mir erst klar, dass sie verschwunden ist. Montags sind die Kinder immer bei Marys Mutter. Erst als meine Schwiegermutter gestern anrief und sagte, Mary hätte die Kinder nicht abgeholt, und fragte, ob wir sie vergessen hätten, wurde mir klar, dass da irgendetwas nicht stimmte.« Peter stand auf und setzte sich abrupt wieder hin. Er wusste nicht, was er mit sich anfangen sollte, seine Gliedmaßen schienen zu wollen, dass er sich nervös bewegte. Er legte die Finger zusammen, damit sie sich nicht verkrampften.

»Sie haben nicht mit ihr gesprochen, seit Sie am Montagmorgen losgefahren sind? War das normal?« DS Harvey versuchte nicht einmal, die Ungläubigkeit in seiner Stimme zu verbergen.

»Nein, war es nicht, allerdings auch nicht ungewöhnlich, wenn Sie wissen, was ich meine. Na ja, wissen Sie vermutlich nicht. Ich habe am Montag versucht, sie anzurufen, sobald ich angekommen war, aber es meldete sich nur die Mailbox. Der Empfang hier ist ziemlich schlecht, also hat mich das nicht weiter überrascht, doch normalerweise ruft sie zurück. Nach der Schulung hatte ich noch ein paar Drinks an der Hotelbar, und dann bin ich ins Bett – mir fiel erst am Morgen auf, dass sie nicht zurückgerufen hatte, allerdings war ich da schon in einer Schulungseinheit. Auf der Rückfahrt habe ich es dann noch mal versucht, im Auto, aber es klingelte bloß. Ich war nicht weiter beunruhigt – ich meine, warum sollte ich? Wenn die eigene Frau ein paarmal nicht ans Telefon geht, denkt man doch nicht automatisch –« Er verstummte, unfähig, es auszusprechen.

»Natürlich nicht«, sagte DC Allan. Es klang, als bemühe er sich um einen beruhigenden Tonfall. »Also, als Ihnen klar wurde, dass Ihre Frau die Kinder nicht abgeholt hatte, was taten Sie dann?«

»Ich habe sie erneut angerufen.« Peter erinnerte sich an das Geräusch eines Telefons, das klingelte und klingelte, ohne dass jemand ranging. »Natürlich ohne Erfolg. Dann bin ich zu Marys Mutter gefahren, um die Kinder abzuholen, und auf der Rückfahrt habe ich immer wieder versucht, sie zu erreichen. Ich wollte die Kinder nicht in Panik versetzen, daher habe ich Witze über die dumme Mami gemacht, die mal wieder ihr Handy auf stumm geschaltet hat. Das hat sie ständig getan. Als wir daheim waren, habe ich die Kinder zum Spielen geschickt, und ich habe das Haus durchsucht. Alles war aufgeräumt und an seinem Platz. Von ihrer Kleidung schien nichts zu fehlen, und der Koffer war da, wo er immer ist.«

»Und dann haben Sie die Polizei informiert?«

»Nicht sofort. Ich bin raus auf die Straße und habe einen unserer Nachbarn getroffen, Larry Gorman, er wohnt im übernächsten Haus – er hatte Mary-Beth seit Montag nicht mehr gesehen, aber er hat auch sehr unregelmäßigen Arbeitszeiten. Ich habe an Jacks Tür gehämmert – Jack Spencer, er wohnt nebenan –, doch es war keiner zu Hause. Dann habe ich noch kurz bei Felicity reingeschaut, allerdings hat sie gerade telefoniert, glaube ich, und dann sah ich Marcus in der Auffahrt. Er wirkte irgendwie geschockt, gar nicht wie sonst, und ich fragte ihn, ob er Mary-Beth gesehen habe, und er sagte, seit dem Picknick nicht mehr.«

»Dem Picknick?«

»Das hatte ich völlig vergessen. Das Sommerfest, das jedes Jahr in der Schule stattfindet. Normalerweise von Erica organisiert, aber seitdem sie nicht mehr ist …«

»Wieder Erica Spencer?«

»Ja, sie und Mary-Beth waren sehr gute Freundinnen. Mary-Beth hat einen Großteil der Organisationsarbeit erledigt – so ist sie eben, sie kann nicht Nein sagen. Sie war beim Picknick, und danach hat sie die Kinder zu ihrer Mutter gebracht. Seitdem wurde sie von niemandem mehr gesehen.«

»Gut, tut mir leid, Mr. King, ich möchte nur sichergehen,

dass wir alle Details kennen. Also Sie haben bei den Nachbarn nachgefragt, und dann haben Sie Ihre Frau als vermisst gemeldet?«

»Ja. Ich meine nein, nicht sofort, aber fast. Ich bin wieder ins Haus gegangen und habe überlegt, was ich denn jetzt tun soll, ob ich der Polizei damit kommen darf, obwohl sie doch jede Sekunde in der Tür stehen und sich dafür entschuldigen könnte, dass sie vergessen hat, die Kinder abzuholen. Ich glaube, ich habe noch einmal versucht, sie auf dem Handy anzurufen, und eine Nachricht geschickt, dass sie sich bitte melden soll. Ich habe einige ihrer Freundinnen angerufen, andere Schulmütter – wir haben eine Liste mit allen Telefonnummern, und ich habe es bei den Namen probiert, die ich kannte. Dann habe ich die Polizei verständigt und wurde aufgefordert, aufs Revier zu kommen, um eine Vermisstenanzeige aufzugeben.«

»Gut, vielen Dank, Mr. King. Ich weiß, Sie machen sich sicher große Sorgen um Ihre Frau, und die folgenden Fragen werden Ihnen vielleicht etwas persönlich vorkommen, aber wir versuchen lediglich, uns ein Bild davon zu machen, was hier passiert sein könnte.«

Peter seufzte. »Nur zu. Fragen Sie, was Sie wollen. Ich will bloß, dass sie gefunden wird.«

»Gut. Würden Sie sagen, dass Ihre Frau sich am Montagmorgen ganz normal verhalten hat?«

Peter nickte. »Nichts an ihrem Verhalten war irgendwie ungewöhnlich. Sie hat den Kindern Frühstück gemacht und war auf Facebook oder Twitter oder so unterwegs. Ich habe geduscht, mich angezogen, kam runter und gab ihr einen Abschiedskuss. Wir sehen uns dann morgen, sagte ich, und sie wies mich darauf hin, vorsichtig zu fahren. Sie vergaß das nie, als wäre es sonst ihre Schuld, wenn irgendwas passiert.«

»Und am Tag davor? Ist da irgendwas Ungewöhnliches vorgefallen?«

»Ich habe jedenfalls nichts bemerkt. Aber das sagen vermutlich alle.«

Allan ignorierte die Bemerkung und notierte sich etwas. »Okay. Es tut mir leid, aber ich muss das fragen … gab es irgendwelche Eheprobleme? Wollte Ihre Frau Sie verlassen? Haben Sie Grund zu der Annahme, dass sie eine Affäre haben könnte?«

Peter wurde ganz schlecht, als er das Wort hörte. »Nein, nein und nochmals nein. Ich weiß, das sagen vermutlich alle, aber selbst wenn irgendwas nicht gestimmt hätte oder sie mich verlassen wollte – sie würde niemals die Kinder im Stich lassen.«

»Machen Sie Onlinebanking? Vielleicht könnten Sie mal die Kontobewegungen überprüfen. Wenn Frauen sich aus dem Staub machen, kommt es häufig vor, dass sie über Monate hinweg kleinere Beträge abheben, als finanzielle Grundlage –«

»Das hat sie bestimmt nicht getan«, fauchte Peter. »Sie wird nichts abgehoben haben.« Er stöhnte auf, wie ein Tier, das Schmerzen leidet. »Entschuldigen Sie. Tut mir leid. Es ist nur, Gott, von allen Möglichkeiten, die mir einfallen, ist die beste noch, dass meine Frau mich wegen eines anderen Mannes verlassen hat. Ist das nicht beschissen? Denn wenn sie nicht gegangen ist …«

DS Harvey machte eine unauffällige Handbewegung, und DC Allan erhob sich.

»Sie befinden sich in einer unglaublich belastenden Situation. Ich will Ihnen gar nicht mit Statistiken kommen, aber ich möchte doch sagen, dass es in den meisten Fällen eine ganz harmlose Erklärung gibt und die Leute wohlbehalten wieder auftauchen. Wir werden uns jetzt ein wenig in der Siedlung umsehen und mit den Nachbarn reden. Wir melden uns, sobald wir irgendwas in Erfahrung bringen. Werden Sie zurechtkommen?«

»Es wird mir wieder gut gehen, wenn Sie herausfinden, was mit meiner Frau passiert ist.«

16

Als die Haustür sich mit einem Klicken hinter ihnen geschlossen hatte, drehte Allan sich zu seinem Vorgesetzten um. Harvey hatte beide Hände in die Taschen geschoben, und Allan überkam plötzlich der Drang, ihm ein Bein zu stellen, damit er auf sein irritierend leeres Gesicht fiel. Er verstand nicht, warum Harvey so wenig mitteilsam war – nicht nur, was den Vermisstenfall anging, sondern eigentlich bei allem, was mit Severn Oaks zu tun hatte. War etwa mehr dran an dem Erica-Spencer-Fall, als er zugeben wollte? Harvey war offenbar nicht offen dafür, darüber zu sprechen, und noch weniger schien er bereit zu sein, die Möglichkeit in Betracht zu ziehen, dass die verschwundene Frau etwas mit dem zu tun haben könnte, was letztes Halloween hier passiert war.

»Glauben Sie immer noch, dass sie einfach gegangen ist?«

»Ja.«

Allan unterdrückte einen Seufzer. Harvey konnte ja wohl kaum dumm sein. Er hatte alles über ihn gehört – wie er seine Ausbildung abgeschlossen hatte und schneller Detective Sergeant geworden war als jeder andere im Dezernat, nicht lange nach dem tödlichen Sturz von Erica Spencer. Momentan war von den intuitiven Eingebungen, die zu seiner schnellen Beförderung geführt hatten, wenig zu merken.

»Er sagte, es gibt Überwachungskameras.«

»Er sagte, die Überwachungskameras sind seit Erica Spencers Tod nicht mehr in Betrieb.«

»Genau. Was bedeutet, an dem Abend, als sie aus dem Baumhaus stürzte, gab es noch Videoüberwachung.«

Harvey warf ihm einen scharfen Blick zu. »Und was soll das mit unserem Vermisstenfall zu tun haben?«

»Sie können doch nicht einfach ausschließen, dass es da eine Verbindung gibt. Wurde das Bildmaterial damals gesichtet? Vielleicht sollte ich mir mal die Akte ansehen.«

»Vielleicht sollten Sie Ihren Bericht schreiben und den DCI über das weitere Vorgehen entscheiden lassen. So funktioniert das nämlich. Wir rennen nicht einfach rum und halten nach mysteriösen Fällen Ausschau. Wir müssen an unsere Ressourcen denken. Und bevor Sie anfangen, alles wieder auszugraben – das Bildmaterial wurde gesichtet. Von mir persönlich. An jenem Tag ist lediglich eine einzige Person, die nicht in Severn Oaks ansässig ist, durchs Tor gefahren. Eine Frau, sie bog in die Einfahrt der Kaplans ein. Die Kamera war auf die Straße gerichtet, nicht auf die Häuser, also ist von der Villa nichts zu sehen. Nach weniger als einer halben Stunde taucht die Frau wieder auf, fährt durchs Tor und kommt nicht zurück. Das war zwei Stunden vor Ericas Sturz vom Baumhaus. Die Unbekannte kann also gar nichts damit zu tun haben.«

»Haben Sie Karla Kaplan gefragt, wer das war?«

Harvey machte ein finsteres Gesicht. »Natürlich. Eine Freundin, sagte sie, sie hätte irgendwas abgegeben. Es schien mir wenig sinnvoll, noch mehr Zeit und Mittel darauf zu verschwenden.«

Er zuckte die Achseln, als wäre es nicht weiter wichtig, aber Allan spürte, dass sein Sergeant ihm etwas verschwieg.

»Schade, dass die Überwachungskameras nicht mehr in Betrieb sind. Ich würde zu gern wissen, ob Peter King die Frage, wann er seine Frau zuletzt gesehen hat, wahrheitsgemäß beantwortet hat.«

»Sie glauben, er lügt?«

»Haben Sie nicht gehört, was er gesagt hat? Als er erzählte, was Mary-Beth zum Abschied zu ihm gesagt hat? Dass er vorsichtig fahren soll?«

»Gut, sie ist abergläubisch. Was soll damit sein? Abgesehen davon, dass es ein Haufen Mist ist.«

»Seine Worte waren: *Sie vergaß das nie, als wäre es sonst ihre Schuld, wenn irgendwas passiert.*«

»Und?« Man konnte Harveys Ton schon fast als aggressiv bezeichnen.

»Er hat die Vergangenheitsform benutzt. Über seine Frau, die seit knapp achtundvierzig Stunden vermisst wird.«

Harvey schnaubte. »Sie interpretieren da zu viel hinein. Solche Fehler kommen ständig vor. Wir sind nicht in einem Fernsehkrimi, wo irgendeine unüberlegte Bemerkung das Rätsel löst. Ich verstehe ja, dass Sie begierig sind, den Fall aufzuklären, aber –«

»Wie auch immer.« Allan blickte an den Häusern empor, die in einem Kreis um sie herumstanden, alle mit teuren Autos in der Einfahrt und leeren Fenstern, und es kam ihm vor, als würden hinter jedem Fenster Augen sein, die sie beobachteten. »Ich glaube immer noch, dass mehr dahintersteckt. Ich glaube, Mary-Beth King ist in Gefahr, und ich habe vor, herauszufinden, warum.«

17

»Sie kommen raus«, zischte Felicity und sprang von der Terrassentür zurück. »Was ist bloß los, was meinst du? Mary-Beth ist nicht bei ihnen.«

»Vielleicht hat der Podcast-Typ doch der Polizei seine Beweise übergeben«, spekulierte Karla. Sie scrollte durch ihr Handy und tippte auf Marcus' Nummer. »Baby, ich bin's. Die Polizei ist bei den Kings.«

»Verdammt. Ob das wohl was mit Mary-Beth zu tun hat?«

»Haben wir auch gesagt. Glaubst du, sie wollen ihr den Mord an Erica anhängen?«

»Den Mord an Erica? Anhängen? Scheiße, Kay, du siehst zu viel fern. Jedenfalls, das meine ich nicht. Ich habe Peter gestern Abend gesehen und –«

»Sie kommen her«, verkündete Felicity und trat nervös von einem Fuß auf den anderen. »Sie kommen. Die. Einfahrt. Hoch. JETZT.«

»Verdammt. Marcus, komm sofort her. Und ruf deinen Anwalt an«, zischte Karla ins Telefon und drückte auf *Anruf beenden*.

»Anwalt?« Felicity riss die Augen weit auf. »Verdammt, Karla, ich habe keinen Anwalt. Ich meine, ich kenne Anwälte, für die Agentur und so, aber ich musste mir noch nie einen nehmen. Ich hätte nie gedacht, dass ich mal einen brauchen würde. Was werden sie wohl sagen, was meinst du?«

»Das werden wir gleich herausfinden.« Karla schnitt eine Grimasse, als es klingelte.

Sie riss die Tür auf und verkündete: »Sie werden mit meinem Anwalt sprechen müssen.«

Die beiden Polizisten, die auf der Schwelle standen, wirkten alarmiert.

»Ihren Anwalt?«, wiederholte der Jüngere verständnislos.

Der Ältere grinste. »Promis«, fügte er als Erklärung an. »Mrs. Kaplan, habe ich recht? Wenn Sie nur in Gegenwart Ihrer Anwälte darüber Auskunft geben wollen, wann Sie Ihre Nachbarin zuletzt gesehen haben, bitte, rufen Sie an. Wir kommen dann wieder, nachdem wir den Rest der Straße befragt haben. Diejenigen, die sich nicht so verhalten, als befänden wir uns in einer Folge von *Law & Order*.«

Karla spürte, wie sie rot anlief. »Meine Nachbarin? Meinen Sie Mary-Beth?«

»Ja, ihr Mann hat sie gestern als vermisst gemeldet, und wir versuchen festzustellen, wann sie zum letzten Mal gesehen wurde. Dürfen wir reinkommen, oder wollen Sie immer noch einen Anwalt dabeihaben?«

»Entschuldigen Sie«, murmelte Karla und trat beiseite, um sie eintreten zu lassen. »Ich habe mich ein wenig mitreißen lassen. Wir haben es hier nicht oft mit der Polizei zu tun.«

»Sie wären überrascht, wie viele Leute im *Miami Vice*-Jargon reden, Leute als ›Täter‹ bezeichnen und wissen wollen, ob wir die Kriminellen ›identifiziert‹ hätten. Das ist DC Allen, und ich bin DS Harvey.«

Karla lachte ein perlendes Lachen und warf einen finsteren Blick auf Felicity, die sich die Faust in den Mund gestopft hatte, um nicht zu grinsen. »Ha! Idioten. Warten Sie … Harvey? Sie waren letztes Jahr schon hier. Sie haben abgenommen.«

Harvey lief rot an. »Ein wenig«, gab er zu.

»Ich bin Felicity Goldman.« Sie streckte die Hand aus, und

beide Polizisten schüttelten sie. »Ich würde sagen, schön, Sie wiederzusehen, DS Harvey, das wäre allerdings gelogen. Ich weiß nicht, ob Sie sich erinnern, aber ich wohne da drüben« – sie deutete auf ihr Haus –, »neben Mary-Beth und Peter King. Und sie wird vermisst? Das kann ich gar nicht glauben. Sind Sie sicher, dass sie nicht nur zu ihrer Mutter gefahren ist?«

»Macht sie das öfter? Zu ihrer Mutter fahren? Hatte sie Eheprobleme?«

Felicity schlug sich die Hand vor den Mund. Dann ließ sie sie wieder sinken und deutete auf den Polizisten. »Oje, ich hatte vergessen, wie gut Sie sind.«

»Möchten Sie etwas trinken?« Karla kehrte aus der Küche zurück, ein Tablett in den Händen. »Dazu ein paar Häppchen?«

»Nein, danke, alles gut. Also, Miss Goldman …«

Karla bemerkte die Verärgerung, die über Felicitys Gesicht huschte. Sie hasste es, wenn man sie »Miss« nannte. Sie sagte immer, das höre sich an, als wäre sie ungefähr zwölf.

»… und Mrs. Kaplan, wann haben Sie Mary-Beth King zum letzten Mal gesehen?«

»Bei dem Picknick«, antwortete Karla. »Am Tor, sie hat die Eintrittskarten verkauft. Danach wollte sie zu uns kommen, wir saßen auf dem Rasen, aber sie ist nicht aufgetaucht.«

»War da nicht ziemlich viel Betrieb? Vielleicht konnte sie Sie nicht finden.«

»Möglich«, gab Karla zu. »Obwohl sie ja unsere Handynummern hat. Ich habe nach ihr gesucht, nachdem der Beitrag gepostet wurde, und ich konnte sie nirgends finden.«

»Der Beitrag?«

Karla stöhnte. »Nur gut, dass ich keine Kriminelle bin, ich bin so was von mies darin. Ich kann es Ihnen ebenso gut erzählen, ich bin überrascht, dass Peter es nicht getan hat. Es wurde etwas gepostet, auf der Facebook-Seite der Schule, und dort wurde behauptet, der Tod unserer Freundin Erica sei … dass sie ermordet wurde. Und dass einer von uns es getan hat. Ich weiß.« Wieder das perlende Lachen. »Absurd, nicht wahr? Sie waren ja vor Ort, Sie wissen, dass es ein Unfall war. Und dann wurde gestern Abend ein Podcast ausgestrahlt, in dem angedroht wurde, das Ganze wieder aufzurühren und den Mörder zu entlarven. Absolut vulgär. Völlig respektlos. Ich wusste, Mary-Beth würde sich darüber aufregen – sie war Ericas beste Freundin.«

»Wann genau wurde dieser Beitrag gepostet?«

»Ich weiß es nicht genau …« Karla sah Felicity an.

»Das Schulfest fing um zwölf an, also wahrscheinlich gegen Viertel vor eins, eins?«

»Und danach haben Sie Mary-Beth nicht mehr gesehen?«

Beide schüttelten den Kopf. »Nein«, sagte Karla. »Wir dachten, sie wäre früher nach Hause gegangen.«

»Aber Sie waren nicht beunruhigt?«

Felicity runzelte die Stirn. »Warum hätten wir das sein sollen? Wenn man Kinder hat, können tausend Dinge passieren, die einen daran hindern, das zu tun, was man sich vorgenommen hatte. Als meine Zwillinge zwei Jahre alt waren, habe ich einmal meinen eigenen Geburtstag total vergessen. Ich bin einfach aufgestanden, habe mein Programm durchgezogen und es erst geschnallt, als ich am Abend meine Mails checkte und das Datum sah. Wir nahmen an, sie hätte den Post gar nicht gesehen und einfach die Kinder zu ihrer Mutter gebracht – montags sind sie immer bei der Oma.«

Der Polizist lächelte. »Gut, wenn Ihnen noch irgendetwas einfällt – wenn Mary-Beth Ihnen etwas von Eheproblemen anvertraut oder Andeutungen gemacht hat, dass sie ihren Mann verlassen wollte oder sonst irgendwas, das Licht auf die

Sache werfen könnte, melden Sie sich bitte. Inzwischen werden wir uns mal diesen Podcast anhören, der Zeitpunkt wirkt schon verdächtig. Vielleicht hat es sie aufgewühlt und sie ist weggefahren, um ihre Gedanken zu ordnen.«

Ja, dachte Karla, als sie die Tür hinter den beiden schloss. Oder weil ihr Gewissen ihr keine Ruhe lässt.

*

Felicity warf einen letzten Blick auf beide Bildschirme und sah zwei blonde Köpfchen, beide mit dem Gesicht nach unten und den pyjamabedeckten Po in die Luft gereckt, stellte die Monitore auf dem Terrassentisch ab und schlich sich nach hinten in den Garten. Das hatte sie mittlerweile so oft getan, dass sie den Ablauf perfektioniert hatte. Sie wusste, welche Schuhe sie am besten anzog (entweder die UGG-Stiefel oder ihre Plüschpantoffeln mit fester Sohle), sie wusste, wo man außer Reichweite der Lampen blieb, die den Garten mit grellem weißem Licht fluteten, sie wusste, wo auf der linken Seite des Grundstücks der Holzlamellenzaun hinter den Büschen lose genug war, um hindurchschlüpfen zu können. Als sie ins Buschwerk eindrang, blieb ihre Bluse an den Zweigen einer Konifere hängen. Sie schob die losen Bretter beiseite, zwängte ihre sportliche Figur hindurch und kam in einer ähnlichen Gruppe von Koniferen auf der anderen Seite wieder zum Vorschein. Aus der Dunkelheit erschien eine Hand, die sie hindurchleitete. Felicity ergriff sie, schob die Zweige beiseite und warf sich in die Arme des Mannes, der hinter den Büschen wartete.

Peter zog sie an seine Brust und schlang die Arme um sie, und sofort fühlte sie sich ruhiger, sicherer. Er drückte die Lippen auf ihren Scheitel, und sie sog seinen Duft ein.

»Du hast geraucht«, sagte sie und versuchte, es nicht anklagend klingen zu lassen. »Das wird Mary-Beth aber gar nicht gefallen.«

»Ich weiß. Ich habe mir gerade diesen verdammten Podcast noch einmal angehört.«

Felicity schnitt eine Grimasse. »Wo sind die Kinder?« Sie warf einen Blick auf das Haus, das im Dunkeln dalag.

»Marys Mutter hat sie mitgenommen. Falls ich ... für den Fall, dass ich noch mal wegmuss.« Peters Stimme klang erstickt, und Felicity legte ihm die Hand auf den Arm.

»Du hast wirklich keine Ahnung, wo sie hin ist?«, fragte sie leise und blickte ihm forschend ins Gesicht.

Er schüttelte den Kopf, schaute ihr allerdings nicht in die Augen. »Ich nahm an, sie hätte von dir erfahren und sei gegangen, um mir eine Lektion zu erteilen.«

»Gott, als die Polizei zu uns kam –«

»Du hast ihnen doch nichts von uns erzählt, oder? Der Jüngere – er ist ... ich hatte den Eindruck, er glaubt nicht, dass Mary-Beth aus freien Stücken gegangen ist.«

Felicity schüttelte den Kopf. »Natürlich habe ich nichts erzählt. Das liegt nicht bei mir. Du meinst also, Mary-Beth hat es nicht herausgefunden? Aber warum sollte sie denn sonst gehen? Bist du sicher, dass sie abgehauen ist?«

Peter zuckte die Achseln. »Ich weiß es nicht. Vielleicht hatte sie ja einen Unfall.«

Felicity fragte sich, warum er ihr nicht in die Augen sehen konnte. »Aber –«

»Ich weiß es doch auch nicht, Fliss«, fuhr er sie an. »Es gibt keinerlei Hinweis darauf, wo sie hingegangen sein könnte, nachdem sie die Kinder bei ihrer Mutter abgegeben hat. Ihre Sachen sind alle noch da. Keine verdächtigen Kontobewegungen.«

»Hast du all ihre Konten überprüft?«

»Was meinst du mit *all ihre Konten*? Hör mal, willst du nicht reinkommen? Es ist niemand da und –«

»Wie würde das denn aussehen, wenn die Polizei auftaucht? Nein, das geht nicht. Die Zwillinge schlafen, drinnen im Haus kann ich das Babyfon allerdings nicht hören. Ich weiß, du bist sicher fast wahnsinnig vor Sorge, aber es gibt garantiert irgendeine vernünftige Erklärung. Glaubst du, es hat etwas mit dem Podcast zu tun?«

»Ich weiß es nicht. Hängt vermutlich davon ab, wann sie gegangen ist. Dieser Beitrag wurde erst gegen Mittag gepostet, und Mary-Beth wird sowieso erst in dem Podcast erwähnt, der am Dienstag hochgeladen wurde. Niemand erinnert sich, ihr Auto nach dem Picknick gesehen zu haben, aber es erinnert sich auch keiner daran, es nicht gesehen zu haben. Das ist alles so verdammt verfahren.« Er fuhr sich mit den Händen übers Gesicht und stöhnte. »Warum ist sie bloß nicht zu mir gekommen? Wenn sie irgendwie in Schwierigkeiten steckte, wenn sie irgendwas mit dem zu tun hatte, was mit Erica passiert ist – warum ist sie dann einfach abgehauen?«

»Sie kann überhaupt nichts mit Ericas Tod zu tun haben. Erica ist gestürzt, es war ein Unfall, zu diesem Schluss ist das Gericht gekommen. Und dieser Typ – dieser Andy Noon, wer auch immer das sein mag –, der weiß gar nichts.«

»Aber wer ist er? Es muss jemand von hier sein, oder? Jemand aus Severn Oaks. Was bedeutet, er hat uns beobachtet – vielleicht beobachtet er uns auch gerade jetzt in diesem Moment.«

Beide blickten sich um, wie in der Erwartung, ein Periskop zu sehen, das sich über den Zaun schob.

»Und was war das mit dem Tagebuch? Wenn das stimmt, weiß er genauso viel wie Erica, und das heißt, er weiß so ziemlich alles über jeden. Sie konnte noch nie ihre verdammte Nase aus irgendwas raushalten.«

»Wusste sie von mir?« Doch Felicity kannte die Antwort bereits. Wie Peter eben gesagt hatte, Erica war über alles im Bilde.

Er nickte, und Felicity war niedergedrückt, als ihre Vermutung sich bestätigte.

»Ja. Sie wusste von mir und dir, von den Zwillingen – wer der Vater ist …«

Felicity stieß einen Quietschlaut aus. »Wie zum …?«

»Frag mich nicht.« Peter zuckte die Achseln, und Felicity wusste sofort, dass er log. »Auf der Party hat sie mich in die Enge getrieben und gefragt, wie es im Zoo war – weißt du noch, wir waren eine Woche vorher im Zoo, als Mary-Beth in ihrem Wellness-Urlaub war? Ein dämliches Risiko, das wir da eingegangen sind, aber ich wollte so gern den Tag mit dir und den Zwillingen verbringen. Und wir waren so selbstzufrieden, weil wir damit durchgekommen waren. Erica sagte, sie würde mir Gelegenheit geben, es Mary-Beth selbst zu sagen – meine Frau hätte ein Recht, es zu erfahren, und wenn ich es nicht täte, würde sie es tun. Dann ist sie aus dem Baumhaus gestürzt, und Mary-Beth war so aufgelöst deswegen und –«

»Du willst also sagen, Erica Spencer hat am Abend ihres Todes damit gedroht, dich als Vater des Jahres bloßzustellen? Toll, Peter. Ich weiß nicht, wie man das in deiner Welt nennt, aber hier in der realen Welt nennt man so was ein Motiv. Und es betrifft uns beide. Und nun ist Mary-Beth weg und … oh!« Felicity presste die Hand vor den Mund, spürte, wie ihr Brustkorb sich verkrampfte und ihr Atem schneller ging. »O Gott, o Gott.«

»Was ist denn, was ist los?« Peter ergriff ihren Arm. »Alles in Ordnung mit dir? Was ist los?«

»Sie werden glauben, dass du sie umgebracht hast. Sie werden glauben, dass du Erica ermordet hast und Mary-Beth es herausgefunden hat, und da hast du sie ebenfalls getötet. Und man wird glauben, dass ich da ebenfalls mit drinstecke. Sie werden denken, dass wir beide umgebracht haben, und wir kommen ins Gefängnis.«

18

Als Marcus von der Bühne trat, klebten seine zu langen Stirnfransen an der Haut, und Schweißtropfen rannen ihm den Nacken hinunter. Die Hochstimmung bei einem Auftritt war das beste Gefühl, das es gab, die Art Euphorie, die einen überkommt, wenn die eigenen Kinder geboren werden oder man die erste eigene Luxuskarosse fährt. Im Zuschauersaal skandierten die Leute noch immer seinen Namen – *seinen Namen* –, und er wusste, er würde sich morgen den ganzen Tag freinehmen müssen, um die Mails zu beantworten, die seine Fans ihm in der Nacht schrieben. Sie würden ihm mitteilen, wie aufgeregt sie über die Chance waren, ihr Leben zu ändern, so aufgeregt, dass sie nicht schlafen konnten, und ihm dafür danken, dass er ihr gesamtes Mindset verändert hatte, ihr ganzes Leben.

Er veränderte das Leben von Menschen. Das klang vielleicht angeberisch und übertrieben, doch Marcus Kaplan konnte gar nicht mehr zählen, wie viele Leute sich in den letzten zwei Jahren bei ihm gemeldet hatten, Menschen, die total verzweifelt und schwer depressiv gewesen waren, die nicht wussten, wie sie morgens aus dem Bett kommen und den Tag überstehen sollten, als sie ihn im Fernsehen oder im Radio hatten reden hören, was sie inspiriert hatte, wieder zu leben. Dann waren da noch die Menschenleben, die er mit seiner *Bringing you home*-Initiative rettete. Die Stiftung finanzierte die Suche nach Jugendlichen, die auf der Straße lebten, weil sie aus dem einen oder anderen Grund das Gefühl hatten, nicht mehr nach Hause zu können. Marcus hatte es zu seiner Mission gemacht, in seinem Leben so vielen Menschen wie möglich zu helfen. Er hatte diese Gabe bekommen, diese unglaubliche Chance, und es wäre undankbar von ihm gewesen, jetzt nicht anderen zu helfen. Er tat es auch nicht wegen der öffentlichen Anerkennung. *Bringing you home* war keine Stiftung, die häufig in den Medien erwähnt wurde, und er veranstaltete keine protzigen Charity-Bälle und drängte sich nicht vor jede Kamera, da er unbedingt sein Gesicht in den Zeitungen sehen wollte.

»Mr. Kaplan, das war einfach wunderbar.« Der Veranstalter kam zu Marcus hinüber, ergriff seine Hand und schüttelte sie fest. »Das Publikum liegt Ihnen praktisch zu Füßen. Wie machen Sie das nur? Wie schaffen Sie es, mit solcher Leidenschaft und Begeisterung zu sprechen?«

»Das liegt daran, dass ich ehrlich für das brenne, worüber ich spreche.« Marcus zuckte die Achseln. »Man muss eben ein Thema finden, das man liebt.«

»Tja, das Publikum liebt Sie ganz bestimmt.« Der Veranstalter strahlte. »Ich hoffe, Sie werden in Erwägung ziehen, noch zu verlängern? Die Veranstaltung heute war ausverkauft, und es stehen Tausende von Leuten auf der Warteliste. Wir würden sehr gern ein paar zusätzliche Termine anbieten können.«

»Sprechen wir doch morgen darüber«, erwiderte Marcus mit einem Lächeln. »Ich bin ein wenig –« Die Worte erstarben ihm auf der Zunge, als er die Frau auf sich zukommen sah. »Ich dachte, es darf niemand in den Backstage-Bereich?«

Der Veranstalter folgte seinem Blick, und das Leuchten auf seinem Gesicht erlosch. »Ist auch so. Am letzten Abend planen wir ein Meet & Greet, wo sich Gelegenheit für ein kurzes persönliches Gespräch bietet, aber dafür muss man extra zahlen, und es gibt lediglich hundert Plätze. Hier im

Backstage-Bereich sollte niemand sein. Es tut mir so leid, Mr. Kaplan, ich werde die Frau sofort hinausbefördern lassen.«

Marcus hob die Hand. »Nein«, sagte er rasch, »das ist nicht nötig. Ich kümmere mich selbst darum. Sorgen Sie bloß dafür, dass niemand sonst in meine Garderobe kommt, ja? Ich habe gerade einen dreistündigen Vortrag hinter mir, da kann ich es nicht brauchen, von einem Haufen Fans überrannt zu werden. Ich bin total erledigt.«

Der Veranstalter nickte diensteifrig. Er wollte Marcus auf keinen Fall verärgern. »Natürlich, natürlich. Ich werde dafür sorgen, dass Sie nicht erneut belästigt werden, Mr. Kaplan. Es tut mir wirklich wahnsinnig leid.«

Mit einem finsteren Blick auf den Fan ging er, um ein Wörtchen mit dem Wachmann zu reden.

»Marcus …« Die Frau lächelte. »Es ist schon ein Weilchen her. Ich war heute bei dem Vortrag – es war wirklich großartig.«

»Was tust du hier?«, zischte Marcus leise und mit gefährlichem Unterton. »Ich dachte, wir hätten eine Abmachung. Du solltest nicht hier sein.«

Sein Herz hämmerte. Warum verstieß sie jetzt gegen die Abmachung? Sie war es, weiß Gott, die in ihrer Beziehung die ganze Macht hatte; nur ein einziges Interview von ihr, und alles würde den Bach runtergehen. Die Jungs, Karla, sie würden ihm niemals vergeben. Sein Ruf, alles, was er in den letzten Jahren aufgebaut hatte, konnte durch ein einziges Wort dieser Frau zerstört werden.

Sie hob die Hand. »Kein Grund zur Sorge, ich bin nicht hier, um dir Ärger zu machen. Ich will nicht, dass du Probleme bekommst, das musst du doch wissen. Es ist bloß, ich liebe dich noch immer, Marcus. Und ich glaube nicht, dass sich daran je etwas ändern wird.«

Marcus seufzte. »Das haben wir doch alles durchgesprochen«, sagte er und rieb sich das Gesicht. »Du hast gesagt, du wolltest nur das Beste für mich. Du hast zugestimmt.«

»Ja, ich weiß.« Sie nickte. »Ich weiß, was wir vereinbart haben, und ich will wirklich nur das Beste für dich. Ich bin wirklich nicht hier, um dir Probleme zu machen. Es ist bloß, du fehlst mir so.«

Marcus weigerte sich, der Frau in die Augen zu sehen, diese blauen Augen, die er so gut kannte. Er konnte sie nicht ansehen, er wollte nicht sehen, was seine Entscheidung mit ihr gemacht hatte. Die Tatsache, dass er sich für seine Karriere, seine Familie, sein Geld entschieden hatte, und gegen sie.

»Ich liebe dich auch«, sagte er mit erstickter Stimme. »Ich will nur … Ich weiß einfach nicht …«

»Ich hätte nicht herkommen sollen.« Sie wich rasch zurück. »Es tut mir leid, ich hätte nicht kommen dürfen, ich weiß, was wir vereinbart haben. Wir dürfen nicht zusammen gesehen werden.«

»Nein, nein, ich bin froh, dass du gekommen bist.« Marcus ergriff ihre Hand, als sie sich abwandte und gehen wollte. »Wirklich, ich bin froh darüber, es ist so schön, dich zu sehen. Ich weiß bloß einfach nicht …«

Die Frau sah traurig zu ihm hoch. »Ich weiß«, sagte sie ruhig. »Du kannst momentan einfach nicht die Wahrheit sagen.«

19

»Ich bin so froh, dass wir vollzählig sind.« Miranda stand vor der versammelten Gruppe und strich sich das schulterlange kastanienbraune Haar glatt. Es wäre viel einfacher gewesen, es bei Karla stattfinden zu lassen, dachte sie und blickte auf die zahlreich erschienenen Personen in ihrem Wohnzimmer, die auf einer Ansammlung von Esszimmerstühlen, Sofas und dem Fußboden saßen. Aber dann hätte Karla Kaplan im Mittelpunkt gestanden und das Treffen moderiert, und das war ganz und gar nicht das, was Miranda wollte. Sie hatte Ericas Nachfolge als Leiterin der Nachbarschaftswache angetreten, und dies zählte zu ihren Aufgaben. Zwar hatte Alex gegrummelt, weil er gestern am späten Abend noch hatte losfahren müssen, um Knabberzeug und Getränke zu besorgen, doch sie spielte eben gern die Gastgeberin. Sie musterte die Gesichter der versammelten Bewohner von Severn Oaks. Jack Spencer fehlte und natürlich Mary-Beth – aber sie wären nicht hier, wenn sie nicht verschwunden wäre. Und Alex war noch in der Firma, er würde später kommen. Felicity wäre bestimmt wieder schadenfroh.

»Wie alle wissen, wird eine aus unseren Reihen derzeit vermisst. Die Polizei ist eingeschaltet, aber es macht nicht den Eindruck, als würden sie die Gefahr als hoch einstufen – haben sie es nicht so formuliert, Peter?«

Peter King, ganz grau im Gesicht und in zerknitterten Sachen, nickte. Er sah aus, als hätte er in dem Hemd geschlafen, das er trug, obwohl die Vermutung vielleicht zutreffender war, dass er gar nicht geschlafen hatte. Es war bestürzend, ihn so zu sehen – sonst war er immer so gepflegt und elegant. Sein dunkles Haar wurde an den Schläfen schon silbern, war aber stets top geschnitten, er war bestens gekleidet und duftete immer ganz wunderbar. Miranda fragte sich, wie wohl die armen Kinder damit zurechtkamen. Sie hatte Hannah und Teddy nicht mehr gesehen, seit die Polizei gestern hier aufgetaucht war.

»Ja«, bestätigte er mit brüchiger Stimme. »Es gibt im Haus keine Anzeichen von, äh, einem Verbrechen.« Er holte tief Luft. »Ihr Portemonnaie, ihr Handy und das Auto sind weg, der Pass ist allerdings noch da. Es wird angenommen, dass sie aus freien Stücken gegangen ist, jedenfalls so lange, bis es Hinweise auf das Gegenteil gibt –«

»Und wir finden, die gibt es.« Miranda übernahm wieder die Gesprächsführung. »Von ihrem Konto wurde seit Dienstag nichts abgehoben, es fehlen keine Kleidungstücke, auch der Koffer ist noch da, ebenso wie ihre Toilettenartikel. Vor allem aber, sie hat sich nicht bei ihren Kindern gemeldet, was für sie höchst ungewöhnlich ist – diejenigen unter uns, die Mary-Beth kennen, werden mir da sicher zustimmen. Also habe ich dieses Treffen einberufen, damit wir einige der Aufgaben übernehmen, die eigentlich Sache der Polizei sein sollten.«

»Aber was können wir denn tun?«, fragte Simon Barker aus Nr. 8, der unnötigerweise die Hand gehoben hatte, um sich zu melden. Er war ein ganz netter Mann, stets tadellos gekleidet, fuhr ein gutes Auto und hatte saubere, polierte Schuhe, womit er in Mirandas Augen in die Kategorie *passt nach Severn Oaks* fiel. Seine magere, farblose Frau Gilly blieb gern für sich, war allerdings immer bereit, sich zu engagieren, wenn irgendwas anlag. Sie hatten sich gegen Kinder entschieden, was natürlich bedeutete, dass sie eher Außenseiter waren – bei der Elternbrigade in Severn Oaks gehörte man erst richtig dazu, wenn man Kinder hatte –, doch in diesen Zeiten konnte man ihnen das wohl kaum verübeln. »Ich meine, was können wir tun, wozu die Polizei nicht in der Lage ist?«

Alle Köpfe drehten sich, als man die Haustür aufgehen hörte. Alex erschien in der Wohnzimmertür, ein verlegenes, abbittendes Lächeln im Gesicht. »Entschuldige die Verspätung, Schatz.« Bevor Miranda reagieren konnte, fügte er »Ich hab Donuts mitgebracht!« hinzu und zauberte eine Riesenschachtel mit dem Aufdruck *Planet Donut* hervor.

Mirandas Wut verrauchte zu einem winzigen Funken. Wieder einmal hatte er sich mit seinem Charme aus der Affäre gezogen. Alle griffen gerne zu, und Miranda räusperte sich, begleitet von einem vielstimmigen Chor von »Ich sollte eigentlich nicht …«.

»Das ist eine gute Frage, Simon. Was können wir tun, wozu die Polizei nicht in der Lage ist?« Natürlich war sie darauf vorbereitet. Sie marschierte ins Esszimmer und kehrte mit einem Stapel A4-Blätter zurück. »Die habe ich heute Morgen kopieren lassen.« Sie begann, den Stapel herumzureichen. Von jedem Flugblatt starrte Mary-Beths Gesicht den Betrachter an, darüber stand: *Haben Sie diese Frau gesehen?* »Ebenso wie diese Karte, auf der jeder Coffeeshop, jedes Hotel, jede Bar und jedes Einzelhandelsgeschäft in Cheshire verzeichnet ist. Ich habe die Gebiete verschiedenfarbig gekennzeichnet, und ich dachte, wir könnten uns jeweils zu zweit zusammentun und diese Flugblätter verteilen, mit den Geschäftsinhabern sprechen. Vielleicht hat ja jemand etwas gesehen. Zudem könnten wir –«

»Ich dachte, wir gehen von der Annahme aus, dass sie nicht abgehauen ist?«, unterbrach Karla sie. »Wenn ihr irgendetwas zugestoßen ist, wird sie sich wohl kaum bei River Island eine Hose kaufen, oder?«

Miranda brachte ein gezwungenes Lächeln zustande. »Natürlich nicht, aber wenn wir so vorgehen und alle Ladeninhaber bitten, die Flugblätter aufzuhängen, stellen wir sicher, dass möglichst viele Personen Mary-Beths Gesicht zu sehen bekommen. Wenn also jemand etwas darüber weiß, wer sie ergriffen haben könnte –«

Peter King stieß einen leisen, heiseren Laut aus. »Tut mir leid«, flüsterte er. »Ich kann einfach nicht …«

Felicity sprang auf und rieb seinen Arm. »Ist schon gut«, sagte sie beruhigend, wie zu einem kleinen Kind, das seinen Teddy verloren hat. »Sie meint es nicht so, wie es sich angehört hat.«

Miranda hatte es sehr wohl so gemeint – was taten sie denn hier, wenn sie nicht annahmen, dass Mary-Beth durch die Hand von irgendjemand zu Schaden gekommen war? Wenn sie lediglich mit einem geheimen Lover durchgebrannt war, war dieses Treffen ja wohl sinnlos. Trotzdem lief sie rot an, als sie Peters offensichtliche Qual sah, und räusperte sich, in der Hoffnung, das Treffen noch irgendwie retten zu können.

»Gott, ja, es tut mir leid, Peter. Ich bin sicher, dass nichts dergleichen passiert ist und sie leben- … wohlbehalten gefunden werden wird, und zwar bald. Entschuldige, das muss alles sehr belastend für dich und die Kinder sein.«

Und wo sind deine Kinder, Peter? Warum hast du sie fortgebracht, sobald Mary-Beth von der Bildfläche verschwunden war? Und warum liegt Felicitys Hand immer noch auf deinem Arm?

»Natürlich, tut mir leid, Miranda. Du versuchst bloß zu helfen, und dafür bin ich dir dankbar. Es ist nur –«

Aber keiner sollte herausfinden, was das war, weil genau in diesem Moment Peters Handy zu klingeln begann.

»Ich gehe da besser ran, vielleicht gibt es was Neues, oder

es sind die Kinder.« Er schlängelte sich zwischen seinen auf dem Fußboden verteilten Nachbarn hindurch und verschwand im Esszimmer.

Dann hörte man, wie die Hintertür zugeschlagen wurde.

Es war, als wäre ein Zauber aufgehoben worden. Nach Peters Abgang hatten sämtliche Bewohner von Severn Oaks ihre Fragen parat.

»Hat irgendjemand sie an dem Tag ihres Verschwindens gesehen?«, fragte Kelsey aus Nr. 4 und blickte sich um. Alle schüttelten den Kopf. »Wissen wir genau, dass sie erst seit Montagabend vermisst wird?«

»Peter hat sie gesehen.« In Felicitys Stimme schwang Ungeduld mit. »Und ich glaube wirklich nicht, dass –«

»Stimmt es, dass Erica Spencer ermordet wurde, was meint ihr? Der Zeitpunkt des Verschwindens von Mary-Beth ist doch ziemlich verdächtig, schließlich heißt es in dem Podcast, dass sie und Peter irgendwas damit zu tun hatten.« Das war Larry Gorman aus dem hintersten Winkel von Severn Oaks – Haus mit drei Schlafzimmern, keine nennenswerte Einfahrt. Seine Turnschuhe waren total verdreckt, wie Miranda aufgefallen war. Sie hatte verlangt, dass alle sich an der Tür die Schuhe auszogen.

»In dem verdammten Podcast wird auch behauptet, dass Marcus und ich etwas damit zu tun hätten.« Karlas Stimme war scharf. »Also sei vorsichtig mit dem, was du sagst.«

»Sicher, aber du bist noch hier, oder?« Larry ließ sich nicht einschüchtern. »Du bist geblieben, um dich der Situation zu stellen. Die Einzige, die verängstigt weggerannt ist –«

Die Worte erstarben ihm auf den Lippen, als Peter wieder erschien, sein Smartphone in der schlaff herabhängenden Hand. »Das war die Polizei. Sie haben Mary-Beths Wagen gefunden. Am Fluss Dee.«

20

Hohes Risiko. Vermuteter Suizid. Seien Sie auf das Schlimmste gefasst.

Die Worte wirbelten ihm im Kopf herum, prallten gegen andere Gedanken, Gedanken, die er versucht hatte beiseitezuschieben. Das war vor dem Anruf der Polizei und der Mitteilung gewesen, dass Mary-Beths Auto am Fluss gefunden worden war. Was ja eigentlich gut war. Er hatte gewusst, dass ihr Auto gefunden werden würde. Das wollte er doch schließlich. Also warum fühlte er sich trotzdem ganz krank?

Peter wusste, was die anderen über seine Frau dachten. Sie war eine ganz Ruhige, schüchtern und zurückhaltend, die nie für sich selbst einstand. Und deshalb wurde sie von allen ausgenutzt. Oh, Mary-Beth, könntest du vielleicht so lieb sein und Emily heute zum Ballettunterricht fahren? Wie schaffst du es nur, dass dein Natronbrot so köstlich schmeckt? Du musst mir unbedingt das Rezept geben. Ich habe dich als zuständige Person für die Kostüme der Schulaufführung eingetragen, das war doch okay, oder?

Und sie lächelte dann und sagte, sie mache das gerne, keine Frage. Sie beschwerte sich nicht, wenn sich herausstellte, dass *Die kleine Meerjungfrau* aufgeführt werden würde, was hieß, dass sie für Mirandas kleinen Liebling Charity handgefertigte Schuppen einzeln auf einen Nixenschwanz aufnähen musste. Oder wenn das Natronbrot-Rezept ihrer Großtante Helen auf Karla Kaplans Website auftauchte, als »altes Familienrezept«.

»Ist es ja im Grunde auch«, hatte sie gesagt, als Peter seiner Verärgerung darüber Ausdruck verlieh.

»Ja, aber deiner Familie, nicht ihrer.«

Mary-Beth hatte die Achseln gezuckt. »Was spielt das schon für eine Rolle? Ein einziges Rezept macht mich nicht zu Karla Kaplan. Sie hat eine bessere Verwendung dafür.«

Peter presste die Handballen gegen die Augen, um nicht bei der Erinnerung an seine Frau in Tränen auszubrechen. Ihre weiche Stimme, ihr verstohlenes, schelmisches Lächeln. Was sollte denn jetzt aus ihnen werden? Was sollte aus den Kindern werden?

Sofort nach Erhalt des Anrufs hatte er Mirandas Versammlung angeblich ach so besorgter Mitbürger verlassen und war direkt zur Polizeistation gefahren. Marys Mutter würde die Kinder nehmen, bis er klarer sah. Natürlich war das keine endgültige Lösung. Aber hoffentlich würde auch Mary-Beth nicht ewig wegbleiben.

»Mr. King, hier entlang, bitte.«

Direkt nach seinem Eintreffen war er in PC Allan reingerannt. Der Constable hatte kurz überrumpelt gewirkt, und Peter fragte sich, ob man ihm am Telefon vielleicht nicht alles erzählt hatte.

»Mir wurde gesagt, dass Marys Wagen gefunden wurde.«

»Ja, das stimmt.« DC Allan nickte. »Hören Sie, vermutlich sollte ich jemanden von der psychosozialen Notfallvorsorge holen. DC Harvey habe ich bereits benachrichtigt, er ist auf dem Weg und –«

»Psychosoziale Notfallvorsorge? Warum sollte ich so jemanden brauchen? Wurde irgendwas gefunden?«

PC Allan schüttelte heftig den Kopf. Er machte den Eindruck, ein Mensch zu sein, der weiß, dass er dabei ist, etwas im ganz großen Stil zu vermasseln. »Nein, nein, Mr. King, man hat Ihre Frau nicht gefunden. Wir wissen immer noch nicht, wo sie ist. Es ist nur …«

Die Tür ging auf. Peter hatte noch nie im Leben jemanden so erleichtert wirken sehen.

DC Allan sprang auf. »DC Harvey. Ich wollte Mr. King eben fragen, ob er etwas trinken möchte.«

»Das ist nett, aber nein danke.«

»Mr. King, vielen Dank, dass Sie vorbeigekommen sind. Wie geht es Ihnen?«

»Was ist das denn für eine Frage? Meine Frau wird vermisst, und niemand will mir sagen, was los ist. Was glauben Sie, wie ich mich da fühle?«

DS Harvey setzte sich an den Tisch und bedeutete Peter, seinem Beispiel zu folgen. Er legte eine dünne braune Aktenmappe auf den Tisch, und urplötzlich hatte alles einen viel ernsteren Anstrich.

»Wie meine Kollegen Ihnen bereits am Telefon mitgeteilt haben, wurde das Fahrzeug Ihrer Frau heute am frühen Abend am Fluss Dee gefunden.«

»Wo genau?«, fragte Peter. Er malte sich die Szene aus, der laufende Motor, die Wagentür sperrangelweit offen, das Auto in einem spontanen Entschluss stehen gelassen.

»Ziemlich dicht am Stauwehr. Das Fahrzeug war links davon abgestellt.«

»Aber das ist meilenweit entfernt. Warum sollte sie die ganze Strecke fahren, bloß um dann den Wagen stehen zu lassen?«

»Ihr Fahrzeug wurde in der Nähe der Brücke entdeckt.«

DS Harvey blickte auf die Tischplatte nieder und wartete, bis Peter begriffen hatte.

»Also glauben Sie, dass Mary-Beth gesprungen ist?« Allein, das auszusprechen, ließ seine Brust schmerzen. Hatte man sie einfach so aufgegeben? Und wenn ja, wenn sie glaubten, dass sie längst tot war, warum bearbeitete jemand von der Kripo den Fall?

»Abgesehen von dem Fahrzeug nahe der Brücke gibt es keinerlei Hinweise darauf, dass Mary-Beth ins Wasser gesprungen ist. Es ist eine viel befahrene Brücke, und offenbar hat niemand beobachtet, wie Ihre Frau über die Brüstung kletterte oder sich in den Fluss stürzte. Genauer gesagt wurde sie von niemandem gesehen, nirgendwo. Nach dem Auffinden des Fahrzeugs haben wir die Gefahreneinschätzung geändert. Wir sehen jetzt ein hohes Risiko.«

»Was, davor also nicht? Was soll das überhaupt bedeuten?«

DS Harvey seufzte, und Peter merkte, dass er sich bemühte, die richtigen Worte zu finden, zu sagen, was er sagen wollte, ohne Peter in Rage zu versetzen oder ihn in eine Depression zu stürzen. Warum konnte er nicht einfach sagen, was los war?

Weil du jetzt ein Tatverdächtiger bist. Es ist immer der Ehemann. Es sei denn, es ist der Liebhaber.

Harvey legte beide Hände auf den Tisch. »Mr. King, ich will offen zu Ihnen sein.« Als hätte er Peters Gedanken gelesen. »Als Sie Ihre Frau als vermisst gemeldet haben, gab es keine Hinweise darauf, dass sie nicht aus freien Stücken gegangen ist. Moment –« Er hob eine Hand. »Ich weiß, Sie werden jetzt sagen, das würde sie nie tun, sie hat Kinder, Sie beide sind glücklich zusammen, aber Sie würden nicht glauben, wie oft wir das zu hören bekommen, nur um später herauszufinden, dass der Ehepartner, sei es die Frau oder der Mann, nach einem Streit ein paar Tage auf Tauchstation gegangen oder mit jemand anderem durchgebrannt ist. Tatsache ist, Ihre Frau hat dafür gesorgt, dass die Kinder sicher und gut untergebracht waren, bevor sie verschwand. Entführungsopfer tun so was normalerweise nicht. Und so sehr wir alle auch durch die Medien beeinflusst werden, die Mehrheit der vermissten Personen wurde nicht entführt oder durch einen unbekannten Täter ermordet. Die meisten Menschen haben keine dunkle Vergangenheit, von der sie wieder eingeholt werden. Und wenn doch, geschieht es nicht völlig unvermittelt. Die Öffentlichkeit weiß das nicht, aber in den meisten Mordfällen hat die Polizei nach wenigen Stunden eine ziemlich gute Vorstellung davon, wer der Täter sein könnte – es gab einen Streit oder häusliche Gewalt, wir haben Zeugen oder irgendwelche Spuren. Vor dem Auffinden von Mary-Beths Fahrzeug gab es keinen Anlass anzunehmen, sie könnte in Gefahr sein oder Opfer einer Straftat geworden sein.«

Peter seufzte. »Gut, aber jetzt tun Sie das. Was bedeutet das konkret? Wie sieht das weitere Vorgehen aus?«

DS Harvey nickte, erfreut über die Art, wie er es aufgenommen hatte, und schlug die Aktenmappe auf. »Wir haben ein Team für die Aufgabe abgestellt, Ihre Frau zu finden. Momentan werden die Flussufer abgesucht –«

»Aber Sie sagten doch –«

»Ich weiß, ich sagte, es gebe keine Hinweise auf einen Suizid, aber nachsehen müssen wir trotzdem. Ehrlich gesagt ist der Fundort des Fahrzeugs der einzige Anhaltspunkt, den wir haben. Also möchte ich Sie bitten, mal genau nachzudenken und mir jede Person zu nennen, bei der Mary-Beth eventuell untergekommen sein könnte, und zu überlegen, ob es jemanden gibt, der ihr möglichweise schaden wollte. Das bedeutet allerdings nicht, dass wir glauben, dass sie sich umgebracht hat, aus freien Stücken gegangen ist oder Opfer einer Straftat geworden ist. Es bedeutet, dass wir Augen und Ohren offen halten und in alle Richtungen ermitteln. Und das können wir bloß mit Ihrer Mitwirkung tun. Einverstanden?«

»Natürlich.« Peter blickte auf seine Hände hinab und merkte, dass er unaufhörlich seinen Ehering herumdrehte. Er erinnerte sich an das, was Felicity gestern Abend gesagt hatte, ihre Worte klangen ihm in den Ohren, als stünde sie neben ihm:

Sie werden glauben, dass du sie umgebracht hast. Sie werden glauben, dass du Erica ermordet hast und Mary-Beth es herausgefunden hat, und da hast du sie ebenfalls getötet. Und man wird glauben, dass ich da ebenfalls mit drinstecke. Sie werden denken, dass wir beide umgebracht haben, und wir kommen ins Gefängnis.

»Mary-Beth hätte sich nie das Leben genommen«, sagte er und versuchte, Überzeugung in seine Stimme zu legen. Und ich habe sie auch nicht umgebracht, hätte er am liebsten hinzugefügt, doch er wollte die Worte nicht aussprechen, aus Angst, sie könnten sich sonst im Kopf des Detectives einnisten, ein Same, der aufgehen könnte. »Aber es gibt da etwas, das Sie wissen sollten.«

21

»Du hast es ihnen gesagt.« Felicity wusste, dass sie eine ihrer gemeinsamen Regeln brach, als sie Peter auf seinem Handy anrief, aber es war ja nicht so, als könnte Mary-Beth etwas davon mitbekommen, oder? Momentan war sie schließlich kaum in der Lage, seine Anrufe zu überwachen.

Wie gefühllos du doch bist, Fliss!, rügte sie sich selbst. Was ist, wenn ihr irgendetwas Furchtbares zugestoßen ist? Wie Erica?

Sie konnte nicht anders. Peter vermittelte ihr das Gefühl, eine bockige Vierjährige zu sein, die wütend mit den Füßen aufstampfte. Sie kannte die Gründe für die Heimlichtuerei, doch langsam fing es an, ihr auf die Nerven zu gehen. Sie hatte eigentlich vorgehabt, ihm ein Ultimatum zu stellen, aber dann war Mary-Beth verschwunden. Und zwar genau zum richtigen Zeitpunkt, wie ihr schien. Jetzt konnte niemand sie wegen des Abends der Party befragen, niemand wollte von ihr wissen, was sie ihrer besten Freundin angetan hatte. Und Mary-Beth war wieder Peters Nummer eins, stand für ihn an erster Stelle, und Felicity war auf den zweiten Platz verwiesen.

Er hatte jede nur denkbare Ausrede vorgebracht. *Denk an die Kinder, wie unangenehm das sein* würde, *schließlich wohnst du nebenan …* Gut, es war nicht ideal, die Kinder würden wütend über die Affäre ihres Vaters sein, aber irgendwann würden sie ihm vergeben und Felicity akzeptieren. Vielleicht konnten sie sogar eine Familie sein. Sie hatte so lange darauf gewartet, dass alles herauskommen würde, und zwar so, dass man sie nicht dafür verantwortlich machen konnte, und nun, wo es so weit war, war sie wie gelähmt.

»Das musste ich. Wenn sie Mary-Beth finden sollen, müssen sie die Wahrheit kennen, so schwierig es auch sein mag.«

»Wissen sie, wer ich bin?«

»Wenn ja, dann nicht von mir. Ich habe nur gesagt, ich hätte Kinder mit einer anderen Frau und es wäre denkbar, dass Mary es herausgefunden hat. Sie werden das wohl kaum herumerzählen, oder? DS Harvey hat mir versprochen, diskret zu sein.«

Felicity seufzte. Wie hatte das alles bloß so furchtbar schieflaufen können? Sie hatte sich hier niedergelassen, sie hatte Peter gefunden … sie wollte nur ein sorgenfreies Leben führen, war das etwa zu viel verlangt? Plötzlich hatte sie den dringenden Wunsch, mit irgendjemandem außerhalb dieser gottverdammten Mauern zu sprechen – Mauern, die ihr immer ein sicheres Gefühl vermittelt hatten. Aber plötzlich kam sie sich vor wie im Gefängnis.

»Hat man dich nach dem Podcast gefragt? Nach Halloween?«

»Er wollte wissen, ob es denkbar ist, dass Mary-Beth irgendwas mit dem zu tun hatte, was mit Erica passiert ist, ob sie möglicherweise deshalb genau an dem Tag verschwand, an dem der Facebook-Beitrag mit der Ankündigung des Podcasts gepostet wurde.«

»Und du hast geantwortet …?«

»Ich habe gesagt, Erica wäre aus dem verdammten Baumhaus gestürzt und Mary-Beth hätte daher selbstredend nichts damit zu tun.« Peter klang nun ziemlich genervt.

Felicity erschrak. Ihr war klar, dass sie vorsichtig vorgehen musste – wenn das alles zu schwierig für ihn wurde, konnte er sie schließlich einfach aus seinem Leben streichen.

»Und du hast nichts von dem erzählt, was vorgefallen ist, bevor sie stürzte?«

»Was soll das sein, die Spanische Inquisition?«

»Ich muss es nur wissen, damit ich weiß, was ich sagen soll, wenn man mich fragt, Peter. Das Allerschlimmste wäre jetzt, wenn wir unsere Geschichten nicht aufeinander abstimmen und bei einer Lüge ertappt werden. Wie würden wir dann dastehen?«

»Wir würden schuldig wirken«, murmelte Peter. »Aber direkt unschuldig ist schließlich keiner von uns, nicht wahr?«

22

Sie hören Die Wahrheit über Erica, *und ich bin Andy Noon.*

Wie versprochen werde ich heute einen Auszug aus Ericas Tagebuch vorlesen – beziehungsweise ihr »Hassbuch«, wie es in den letzten Tagen innerhalb der Mauern bezeichnet wurde. Das Tagebuch kam wenige Wochen nach dem Mord an Erica in meinen Besitz – nein, ich kann Ihnen nicht verraten, wie –, und obwohl einiges in Kurzschrift verfasst war und Initialen und Anspielungen enthielt, die nur für Erica verständlich waren, ist es mir gelungen, fast alles zu entschlüsseln. Wenn Sie das ganze Tagebuch sehen wollen, ich werde jede Woche Auszüge auf meinem neuen Blog www.diewahrheitübererica.com veröffentlichen.

Das Folgende ist ein Eintrag vom 1. März 2017. Mal sehen, ob Sie erraten können, auf wen er sich bezieht.

»Es ist ironisch, wirklich, dass sie ein Vermögen damit gemacht hat, die perfekte Frau und Mutter zu sein, obwohl ich sie nie auch bloß eine Lasagne habe zubereiten sehen. Vor ein paar Monaten hatte ich ein interessantes Gespräch mit Jess, die bezweifelt, dass K. ihre eigenen Bücher überhaupt gelesen hat. Marcus steht ständig unter Stress – er raucht wieder und hinterlässt Sterling-Dual-Kippen auf seinem Weg wie Brotkrumen. Und was die Verbesserung der Beziehungen im Familiengefüge angeht – nach dem, was *er* getan hat, überrascht es mich, dass nicht ihre halbe Familie im Gefängnis sitzt.«

Wir können wohl mit ziemlicher Sicherheit davon ausgehen, dass mit K Karla Kaplan gemeint ist und Jess eine Person ist, deren bloße Existenz Karla abstreiten würde. Als Ermittler können wir die ein wenig verlogene und gehässige Bemerkung abtun, Karla habe nie auch bloß eine Lasagne zubereitet – so viel Erica auch über ihre Nachbarn gewusst haben mag, sie wird nicht bei jeder Mahlzeit der Familie Kaplan anwesend gewesen sein. Also was wusste Erica über den Mann, den sie nur als »er« bezeichnet? Und reichte das als Grund für den Mord an ihr?

»Karla und Marcus gewinnen in der Welt der Promis schneller an Bedeutung als damals Posh und Beckham.«

Was Sie jetzt hören, ist ein Interview mit einem von Karla Kaplans Fans, einer jungen Frau Ende zwanzig, die ich ansprach, als ich mitbekam, wie sie das Buch Die unterhaltsame Gastgeberin *kaufte, ein Werk von Mrs. Kaplan.*

»Sie bringt echt was zustande, wissen Sie? Sie ist nicht einfach bloß die Frau von Marcus Kaplan – obwohl sie gar nicht arbeiten müsste –, sie hat ihre eigene Marke. Sie ist eine Inspiration.«

Ah ja, Karla Kaplans Marke. Karla hat eine Reihe von Büchern und Produkten im Angebot, die anderen dabei helfen sollen, ein optimales Leben zu leben. Gemanaged von ihrer guten Freundin Felicity Goldman, hilft Karla uns armen Sterblichen mit ihren mittlerweile vier Büchern, bessere Beziehungen zu unseren Eltern, Kindern und Freunden aufzubauen, unser Leben neu zu organisieren, finanziellen Erfolg zu haben, und natürlich, eine unterhaltsame Gastgeberin zu sein.

Hat es negative Auswirkungen auf ihre Marke, dass auf einer ihrer Partys jemand zu Tode kam?

»Natürlich nicht«, versicherte mir ihr Fan entschieden, »das war ein Unfall. Sogar die beste Partyplanerin kann nicht verhindern, dass jemand aus einem Baumhaus stürzt.«

Die Kaplans haben ein Vermögen damit gemacht und ih-

ren Ruhm darauf aufgebaut, dass Karla die perfekte Mutter und Gastgeberin ist – also, wie weit würde sie gehen, um dieses Image zu verteidigen?

In ihrer Aussage gegenüber der Polizei erwähnt Karla Kaplan, sie habe Mrs. Spencer »irgendwann gegen Mitternacht« auf dem Treppenabsatz gesehen, als diese schnell rausgehen wollte, um eine zu rauchen. Doch hat sonst irgendjemand Erica an diesem Abend mit einer Zigarette gesehen? Nein, denn Erica Spencer hatte das Rauchen vier Wochen zuvor aufgegeben. Natürlich kommt es immer wieder zu Rückfällen, besonders an einem geselligen Abend, wenn man was trinkt. Das ist möglich. Nur dass Erica an diesem Abend gar keinen Alkohol getrunken hat, ganz gleich, was unsere sechs »Zeugen« sagen mögen. Und doch wurde sie mit einer Packung Zigaretten in der Tasche gefunden – Zigaretten der Marke Sterling Dual –, und in ihrem Blut wurde Alkohol nachgewiesen.

Dann muss ich mich wohl irren, kann ich Sie sagen hören. Erica muss wieder zur Flasche gegriffen haben – einmal ist keinmal, oder? Ein zügelloser Abend, und ab dem nächsten Morgen ist man wieder abstinent. Das Problem ist bloß, sie ging nicht nur das Risiko ein, ihre eigene Gesundheit zu schädigen. Denn an dem Abend, an dem sie starb, hatte sie nicht ausschließlich an ihr eigenes Wohlergehen zu denken. Erica hatte das Rauchen aufgegeben und trank keinen Alkohol mehr, weil sie schwanger war. Wer immer Erica an jenem Abend umbrachte, hat auch ihr ungeborenes Kind getötet.

Gute Nacht, liebe Hörerinnen und Hörer … bis nächste Woche, und bleiben Sie sauber.

23

»Es ist mir scheißegal, wie beschäftigt er ist, ich will ihn innerhalb der nächsten Stunde hier sehen, sonst suche ich mir einen Anwalt, der Zeit hat, wenn ich anrufe.«

Karla zuckte zusammen, als Marcus das Telefon zurück auf die Ladestation knallte. So wütend wurde ihr Mann nur, wenn irgendwas ihn ernsthaft aus der Fassung gebracht hatte.

Sie hatten kaum ein Wort miteinander gesprochen, seit der Podcast vor einer halben Stunde zu Ende gegangen war. Zachary hatte nicht zuhören dürfen, und bei den letzten Tönen der Schlussmelodie hatte Brandon sich stumm sein Handy gegriffen und war nach oben auf sein Zimmer gegangen. Karla hatte nicht die Energie, ihm zu folgen.

Eine Mischung aus Erleichterung und Entsetzen ergriff sie, als es an der Haustür klingelte. War das bereits die Polizei?

»Das war Felicity.« Marcus kehrte in die Küche zurück. »Ich lasse sie nicht rein. Ich habe vorne die Jalousien heruntergelassen und alles abgesperrt. Sollen sie sich doch ihren Klatsch woanders herholen.«

»Wird uns das nicht schuldig wirken lassen?« Karla griff nach ihrem Handy und legte es wieder hin, ohne eine der sechs Nachrichten zu lesen, die sich angesammelt hatten. »Wenn dann noch dein Anwalt hier auftaucht, können wir uns ebenso gut gleich *Ich habe Erica Spencer ermordet*-T-Shirts drucken lassen.«

»Siehst du, das liebe ich so an dir.« Obwohl Marcus eben

am Telefon noch so verärgert gewirkt hatte, grinste er. »Du stehst vor einer schwierigen Situation und denkst sofort: Wie könnte ich das zu Geld machen?«

Karla spähte durch die Jalousie im Flur und beobachtete, wie Felicitys Haustür sich hinter ihr schloss. Schuldgefühle meldeten sich – Felicity war sicher bloß gekommen, um ihnen ihre Unterstützung zuzusichern, und sie konnten es sich in dieser Situation wohl kaum leisten, Freunde wegzuschicken. Doch Marcus hatte recht, sie mussten sich nur bedeckt halten, bis sie sich überlegt hatten, wie sie vorgehen wollten. Der heutige Podcast hatte nichts zu bedeuten. Gut, sie kamen nicht besonders gut dabei weg, doch die angekündigten Beweise für Mord, die Andy Noon – wer zum Teufel das auch sein mochte –, angeblich gegen sie in der Hand hatte, waren ausgeblieben. Aber was, wenn das erst der Anfang war?

»Hast du gehört, wie er über alle gesprochen hat? Wie er sich an alle gewandt hat? Als würde er uns kennen. Es muss jemand sein, der hier wohnt. Er sprach von *unserer Gemeinschaft*, um Himmels willen. Warum versuchen wir nicht herauszufinden, wer er ist?«

»Was soll ich machen, an die Türen aller Nachbarn klopfen und fragen, ob sie uns des Mordes beschuldigen? Wir dürfen jetzt nicht anfangen, uns gegenseitig an die Gurgel zu gehen, Karla. Es könnte auch jemand von außerhalb sein, der versucht, uns glauben zu machen, dass er in Severn Oaks wohnt. Vielleicht denkt er, wir würden nun anfangen, uns gegenseitig die Häuser in Brand zu stecken, um den Scheißkerl Andy Noon auszuräuchern.«

Karla seufzte. »Ich weiß. Es ist nur so blöd. Es gibt hier bloß dreizehn Häuser, und wir haben keine Ahnung, wer der Kerl sein könnte.«

»Vielleicht ist es ja gar kein Kerl«, meinte Marcus. »Du erinnerst dich, was Brandon über den Stimmenverzerrer gesagt hat? Vermutlich ist es eine Frau – hätte ein Mann nicht zur Tarnung eine Frauenstimme gewählt?«

Karla dachte an die Frau und ihre Auseinandersetzung vor fast einem Jahr, am Abend der Halloween-Party. Könnte die Frau Andy Noon sein …? Aber wieso? Sie war wütend gewesen, ja, aber wütend genug, um sie und Marcus des Mordes zu beschuldigen? Oder war das lediglich ihre Art, Karlas und Marcus' Lügen aufzudecken, damit sie hereinrauschen und die Scherben aufsammeln konnte – damit sie Marcus zurückbekam, wie sie es wollte? Am liebsten hätte Karla ihn gefragt, ob die Frau sich bei ihm gemeldet hatte, ob er sie wiedergesehen hatte. Doch das würde bedeuten, über das Thema zu sprechen, und wenn es erst einmal offen zur Sprache kam und nicht mehr totgeschwiegen wurde, ein unausgesprochenes Wissen zwischen ihnen beiden, wer wusste, wo das enden mochte?

»Ich geh noch mal weg.« Brandons Stimme unterbrach ihre Überlegungen.

Marcus war bei der Treppe, bevor ihr Sohn unten angelangt war.

»Jetzt nicht, Kumpel. Heute Abend bleiben wir alle hier und verhalten uns möglichst unauffällig.«

Brandon hob die Augenbrauen. »Was, weil Mum die Polizei angelogen hat, darf ich nicht –«

»Deine Mutter hat die Polizei nicht angelogen, und du passt besser auf, was du sagst. Wenn die Medien Wind von solchen Äußerungen kriegen, ist es mit meiner Karriere vorbei, und mit der deiner Mutter vermutlich auch.«

»Oh, das wäre ja furchtbar.« Brandons Stimme war voller Sarkasmus.

»Da hinein.« Marcus führte seinen Ältesten in das kleine,

gemütliche Wohnzimmer, das nur die Familie benutzte und das sie immer als »Familienzimmer« bezeichneten. Hier hatte Karla ihre Kinder gestillt, hier hatten Marcus und sie, eingekuschelt in flauschige Decken, nächtelang Horrorfilme geguckt, hierher hatten sich die Jungs zurückgezogen, wenn sie sich krank fühlten, um sich auf das weiche Sofa zu legen und alte Folgen von Serien zu gucken, die in Brandons Kindheit beliebt gewesen waren. Heutzutage konnte Karla sich ihren Sohn kaum noch als kleines Kind vorstellen – es schien ihr, als wäre er schon immer ein mürrischer Sechzehnjähriger gewesen.

»Zach?« Marcus rief ihren Jüngsten, der oben war.

Karla folgte Brandon ins Familienzimmer, und sofort fühlte sie sich ruhiger. Die Bücherregale an der linken Wand waren vollgestopft mit einer bunten Mischung von Autoren von Jenny Colgan bis Shaun Hutson, Bücher aus jedem Jahrzehnt ihres Familienlebens. Es gab Gesamtausgaben der *Die Schwarze Sieben*-Reihe von Enid Blyton und True-Crime-Sammelbände. Auf der Auslegeware in gedecktem Scharlachrot lag ein bunter Teppich, den Karla auf einem Markt in Benidorm entdeckt hatte. Ein DVD-Schrank beherbergte Komplettboxen von Serien wie *Lost* und Filme wie *Taxi*. Auf dem Schreibtisch, der in der Ecke stand, hatte Zach seine Hausaufgaben ausgebreitet, und an der Wand darüber hingen Familienfotos – nicht Riesenleinwände, von professionellen Fotografen aufgenommen, sondern echte Fotos – die Familie beim Campingurlaub, Bran auf seinem ersten Fahrrad, Zach auf dem Töpfchen. In einer Ecke war eine elektrische Gitarre aufgebockt; sie lag da seit vier Jahren, und Brandon hatte sie seit drei Jahren kaum angerührt. Es war der einzige Raum im Haus, der zeigte, wie sie waren, wenn sie nicht die berühmten Kaplans gaben.

Karla ließ sich auf dem Lehnstuhl nieder und zog die Füße hoch, während Brandon sich in die Sofaecke lümmelte. Marcus setzte sich auf den Fußboden, und dann tauchte Zachary auf, der als Einziger keine Ahnung hatte, was los war.

»Was ist? Was ist denn? Ist jemand krank?«

Unvermittelt wurde Karla klar, wie lange es her war, dass sie sich alle als Familie versammelt hatten. War das mittlerweile so ungewöhnlich, dass ihr zehnjähriger Sohn sofort annahm, etwas müsste passiert sein? Sie hatten eine Marke darauf aufgebaut, anderen zu zeigen, wie das perfekte Familienleben aussah, und dabei konnten ihre eigenen Kinder sich nicht mal erinnern, wie lange es her war, dass sie alle zusammen etwas unternommen hatten.

»Hört zu, wir müssen darüber reden, was dieser Typ sagt, dieser anonyme Podcaster. Wenn die Presse euch danach fragen sollte, dürft ihr auf keinen Fall irgendeinen Kommentar abgeben – das ist wichtig! Eigentlich wäre es am besten, wenn ihr mit überhaupt niemandem darüber redet, nicht mit euren Mitschülern, nicht –«

»Was sagt der Podcaster denn?« Zach blickte verwirrt drein.

Karla winkte ihn zu sich heran, und als er kam, zog sie ihn auf ihren Schoß.

»Er sagt, dass Mum die Polizei angelogen hat.« Brandons Stimme hat einen harten Unterton, der Karla nicht gefiel. »Er sagt, Dad hat der toten Erica Spencer Zigaretten untergeschoben.«

»Brandon!« Karla schlug die Hand vor den Mund, aber Marcus schüttelte den Kopf.

»Nicht, Kay, er hat ja recht. Wir haben gehört, was er gesagt hat: Angeblich hat Erica in ihrem verdammten Tagebuch geschrieben, dass ich wieder rauche, und es wurden Zigaretten meiner Marke in ihrer Tasche gefunden, obwohl sie vor Wochen das Rauchen aufgegeben habe. Also lass uns ausnahmsweise unsere Kinder wie die Erwachsenen behandeln, zu denen sie langsam werden. Wenn sie hier bei uns nicht darüber reden können, werden sie es in der Schule tun.«

»Jetzt klingst du wirklich wie ein Selbsthilfe-Guru«, murmelte Brandon und verdrehte die Augen.

»Was ist eigentlich dein Problem?«, fuhr Karla ihn an. »Was haben wir dir denn angetan, das so schlimm ist? Wir haben dir alles gegeben – wahrscheinlich zu viel, so wie's aussieht –, aber wir haben immer gedacht, wir hätten dir beigebracht, respektvoll mit dem umzugehen, was du hast, unser Glück wertzuschätzen. Wir arbeiten ehrenamtlich in Obdachlosenunterkünften, wir spenden für die Tafel – lieber Gott, dein Vater hat eine eigene Stiftung –, und trotzdem ist ein verwöhnter Bengel aus dir geworden. Was genau ist dein Problem, Bran?«

»Warum sehen wir Oma Randley nie?«, fragte Brandon und schaute seiner Mutter direkt in die Augen.

Karla zuckte zurück.

»Du weißt, warum«, mischte sich Marcus ein. »Ich habe seit Jahren nicht mehr mit meiner Mutter gesprochen. Genaueres brauchst du nicht zu wissen, aber wir hatten einen Streit, und wir finden es am besten, sie aus unserem Leben auszuschließen.«

»Weil sie dich misshandelt hat.«

Karla schnappte nach Luft. »Woher weißt du das?«

Als Brandon nicht antwortete, tat Marcus es für ihn. »Du hast mein Buch gelesen.«

»Was, hast du wirklich erwartet, dass ich es nicht lesen würde? Wo doch in der Schule alle über meinen Junkie von Vater reden, dessen Mutter ihn windelweich geprügelt hat.

Weißt du eigentlich, wie oft ich schon gefragt wurde, ob in den Büchern meiner Mutter auch Rezepte mit Hundefutter stehen? Oder ob ihr plant, zusammen an einem Haschkekse-Backbuch zu arbeiten?«

»Oh, Bran«, hauchte Karla.

Marcus war ganz weiß im Gesicht geworden. Zach schien verwirrt vom Ausbruch seines Bruders.

»Kumpel, es tut mir leid –«, begann Marcus, doch Brandon sprang auf.

»Ich bin nicht dein Kumpel, also warum musst du mich so nennen? Du denkst, du bist so wahnsinnig cool und hip, weil du mal auf Drogen warst, aber alle, die ich kenne, wissen, dass Drogen nur was für Loser sind. Also, Kumpel, zu was macht dich das?«

Ohne eine Antwort abzuwarten, stürmte er aus dem Zimmer. Marcus sah Karla an, und sie hatte das Gefühl, ihr Herz würde brechen. Sie waren so damit beschäftigt gewesen, sich ihr Imperium aufzubauen, dass ihnen nie der Gedanke gekommen war, sich zu fragen, welche Auswirkungen das Öffentlichmachen ihres Familienlebens auf ihre Kinder haben könnte, die wichtigsten Personen in dieser Familie.

Man hörte, wie die Tür von Brandons Zimmer zugeknallt wurde.

»Ich rede morgen mit ihm«, sagte Marcus. »Ich muss noch mal weg.«

»Warte, wo willst du denn hin?« Lange blonde Haare und blaue Augen blitzten vor ihrem inneren Auge auf.

Marcus zögerte. Noch konnte er beschließen zu bleiben. Noch war es nicht zu spät. Er schüttelte den Kopf. »Einfach mal raus.«

24

Karla beugte sich über den Laptop, der gefährlich auf der Armlehne des Sessels balancierte, und klickte noch einmal die Website an. Es wurde langsam spät, verdammt, und Marcus war immer noch nicht wieder zu Hause. Sie erwartete lediglich die Ankündigung »kommt demnächst«, die sie alle seit dem ersten Podcast zum Narren hielt, und fiel fast vom Stuhl, als die Seite zu laden begann.

Die Startseite von *Die Wahrheit über Erica* bestand aus einer Montage von Schwarz-Weiß-Fotos, die aussahen, als wären sie von einem geistig gestörten Stalker aufgenommen worden. Was vermutlich auch so war. Karla entdeckte sich selbst, offenbar zu Anfang des Sommers beim Spazierengehen mit Gigi. Sie trug eine dunkle Weste und knappe, abgeschnittene Shorts, dazu griechische Sandalen. Aus dem Blickwinkel, in dem das Foto aufgenommen war, wirkten ihre Beine stämmig – wie konnte der es wagen! Auf ihre schönen Beine war sie besonders stolz.

Es gab noch weitere Fotos: Marcus vor dem Büro seines Steuerberaters, Felicity und Peter, die sich in Felicitys Vorgarten unterhielten, Miranda am Steuer ihres Wagens, Mary-Beth, die über die Schulter blickte. Die Fotos waren kreuz und quer arrangiert und übereinandergelegt, als hätte jemand sie auf einem Tisch ausgebreitet. Mittig darüber befand sich die Hauptnavigation mit Auswahlmöglichkeiten:

Halloween 2017
Ericas Tagebuch
Die Sechs von Severn Oaks
Was ist die Wahrheit?

Karla klickte die Tabs einen nach dem anderen an und überflog den Inhalt. Informationen über den Abend, an dem Erica zu Tode stürzte. Fotos und Biografien von ihnen allen: Felicity, Peter, Mary-Beth, Miranda, Marcus und ihr selbst. Über »Ericas Tagebuch« verharrte der Cursor länger – sie wollte es nicht sehen, doch sie wusste, dass es sein musste. Die Seite lud, und Karla überflog sie rasch – da war sie, Ericas angebliche Behauptung, dass Karla nie auch nur eine Lasagne zubereitet hätte. Aber nichts Neues. Karla stieß einen erleichterten Seufzer aus. Was hatte dieser grässliche Mann gesagt? Dass er jede Woche neue Auszüge veröffentlichen würde? Vielleicht sparte er sich die großen Enthüllungen für seinen Podcast auf. Sie klickte auf »Was ist die Wahrheit?«, und ihr Herzschlag beruhigte sich langsam. Es stand nichts Neues darin – Marcus' Anwälte konnten wahrscheinlich dafür sorgen, dass es aus dem Netz genommen wurde, vielleicht ließ sich sogar herausfinden, wer hinter der Website –

Sie keuchte auf, als die letzte Seite lud. Sie bestand bloß aus einem Ganzkörper-Foto von Erica, und darüber war mit blutroten Buchstaben das Wort *ermordet!* geschmiert.

»Brandon!«, schrie sie die Treppe hinauf. Sie wollte nicht, dass ihr Sohn das sah, aber nun, da es eine greifbare Verbindung zum Podcaster gab, war er doch bestimmt leichter aufspürbar? »BRANDON!«

Ihr Ältester erschien in der Tür des Familienzimmers, in Turnschuhen, die Kopfhörer um den Hals geschlungen.

»Ich wollte gerade weggehen«, sagte er mürrisch. Die Auseinandersetzung von eben war noch nicht vergessen.

»Um diese Zeit? Ich brauche deine Hilfe bei etwas.« Karla drehte den Laptop zu ihm um. »Diese Website – weiß du, wie man rausfindet, wer hinter der Website steckt?«

Brandon tat ein paar Schritte ins Zimmer, beugte sich hinab und sah auf den Bildschirm. »Ach du Scheiße.«

»Ja, genau«, sagte Karla. »Scheiße. Kannst du irgendwie feststellen, wer der Inhaber der Website ist?«

Brandon zuckte die Achseln. »Hängt davon ab. Die Kontaktdaten werden kaum einsehbar sein, aber ich kann's ja mal versuchen.«

Er setzte sich mit dem Laptop aufs Sofa, und Karla kauerte sich neben ihn hin und verfolgte, wie er die Seite *whois.com* aufrief.

»Normalerweise findet man da nur die Host-Adresse, es sei denn, die Leute haben ihre persönlichen Angaben öffentlich gemacht. Ich glaube kaum, dass dieser Typ das tun würde, da müsste er ja schön blöd sein, also wird da wahrscheinlich bloß LCN oder HostGator stehen oder sonst irgend… Oh. Fuck.«

»Was ist? Zeig her«, verlangte Karla und beugte sich hinüber, um besser sehen zu können. »Das verstehe ich nicht …«

»Ich auch nicht.« Brandon zog die Augenbrauen hoch. »Hier steht, dass Dad der Domain-Inhaber ist.«

25

»Natürlich wusste ich nicht, dass sie schwanger war«, sagte Felicity und rückte ein Stück in der Schlange vor. »Du etwa?«

»Mir gegenüber hat sie es mit keinem Wort erwähnt. Ob Jack es wohl gewusst hat?«

Miranda sah furchtbar aus. Felicity hatte sie gestern Abend gleich nach ihrem vergeblichen Besuch bei Karla angerufen – ihre beste Freundin hatte weder auf ihr wiederholtes Läuten noch auf Textnachrichten reagiert, und Felicity musste unbedingt mit jemandem sprechen. Da war ihr sogar Miranda recht gewesen.

»Muss er doch wohl«, antwortete sie nachdenklich. »Aber was noch wichtiger ist – wo zum Teufel steckt er? Hast du Jack mal gesehen, seit es mit diesen beschissenen Podcasts losging?«

»Nein.« Miranda schüttelte den Kopf. »Ich dachte, er hätte vielleicht die Kinder weggebracht, aber die Vorhänge werden wie immer auf- und zugezogen. Der Wagen stand nicht in der Auffahrt, aber er könnte natürlich auch einfach in der Garage sein.«

»Wäre doch möglich, dass die Putzfrau die Vorhänge aufzieht.«

»Was ist mit Peter?«

»Ich hole die Getränke«, sagte Felicity und ignorierte die Frage. »Setz dich schon mal hin. Was möchtest du denn?«

»Oh …« Miranda sah aus, als hätte ihr noch nie zuvor jemand etwas zu trinken spendiert. »Einen heißen Kakao, bitte. Ohne Sahne, aber ich nehme gern die Streusel.«

Felicity sah Miranda nach, die zu einem freien Tisch ging, und ihr fiel noch einmal auf, wie anders sie heute aussah. Ihr normalerweise glänzendes rotbraunes Haar war zu einem unordentlichen Nackenknoten geschlungen, und sie hatte offensichtlich vergessen, eine getönte Creme aufzutragen, denn sie war eine Schattierung blasser als weiß. Einer ihrer Gelnägel war abgegangen. Das hätte für gewöhnlich einen Notfallbesuch der Nagelfrau bei Miranda zu Hause erfordert – Miranda ging nicht in ein Nagelstudio wie der Rest der Mütter, sie hatte eine »Frau« –, aber heute hatte sie offensichtlich andere Dinge im Kopf.

»Was hätten Sie gerne?« Den Typen hinter dem Tresen hatte Felicity noch nie gesehen. Wo war ihr alter Freund, wenn sie ihn brauchte? Ein Gratis-Muffin wäre heute Seelenfutter für sie.

»Einen Flat White und einen heißen Kakao, ohne Sahne, mit Streuseln. Zum Hiertrinken, bitte.« Sie hätte gern gefragt, wo denn sein Kollege sei, und sei es nur, um zu betonen, dass sie ständig herkam, doch spielte das wirklich eine Rolle? War es ihr wirklich so wichtig, eine besondere Kundin zu sein, anders als die anderen? Würg. Sie war auch nicht besser als Miranda.

»Ein Flat White und ein heißer Kakao. Macht vier achtzig.«

Felicity zahlte und stellte fest, dass sie verstärkt auf seine Stimme achtete. Seit dem ersten Podcast hatte sie das bei allen Männern getan, denen sie begegnete. Könnte er der geheimnisvolle Podcaster sein? Nein, die Stimme war zu jung, und er sprach zu schnell. Andy Noon sprach langsam, mit einem tieferen, raueren Timbre. Aber würde er nicht seine Stimme verstellen? Sieh der Wahrheit ins Gesicht, dachte sie. Es könnte jeder sein, und wir haben keine Ahnung.

Als sie mit den Getränken zu dem Tisch ging, an dem Miranda saß, mit dem Rücken zum Rest des Coffeeshops, war sie froh – sie konnte den Gedanken nicht ertragen, dass alle, denen sie begegnete, über sie tuschelten, sich heimlich anstießen. Kein Wunder, dass Karla abgetaucht war – für sie und Marcus, zwei der bekanntesten Gesichter von ganz Cheshire, musste es noch hundertmal schlimmer sein.

»Hast du schon die Website besucht?«, fragte Felicity und stellte den Kakao vor Miranda hin.

»Dank dir. Ich hab's versucht, aber da stand nur: *Kommt demnächst*. Und du?«

»Ging mir genauso. Heute Morgen habe ich noch nicht nachgesehen. Er hat überhaupt nichts von Mary-Beth gesagt«, fügte Felicity hinzu und sprach damit etwas aus, das ihr Kopfzerbrechen machte, seit sie sich den zweiten Podcast angehört hatte. »Er hat ihr Verschwinden mit keinem Wort erwähnt.«

»Was bedeutet das?«

Felicity zuckte die Achseln. »Vielleicht gar nichts. Vielleicht hat er es vorab aufgenommen und hatte keine Lust, es nach ihrem Verschwinden noch einmal zu bearbeiten.«

»Ich habe überhaupt keine Ahnung, wie so was funktioniert. Logan würde sich besser damit auskennen als ich.«

»Hast du die Stimme erkannt?«

Miranda schüttelte den Kopf. »Ich habe es mir zweimal angehört, auch wenn ich mich dazu zwingen musste. Er klingt nicht wie jemand, der in Severn Oaks wohnt, oder was meinst du? Ich meine, da wäre Marcus – und ich glaube eindeutig nicht, dass er es ist, warum, ist ja wohl offensichtlich. Dann wäre da noch Peter, und Gott weiß, der hat im Moment auch so schon genug Sorgen.«

»Karla sagt, Brandon hat gesagt, es muss nicht mal unbedingt ein Mann sein. Die Stimme klingt wie technisch verfremdet, mit einem Stimmenverzerrer. Es könnte jeder sein. Sogar du.«

Miranda stieß ein glockenhelles Lachen aus, wirkte aber nicht sonderlich belustigt. »Tja, ich glaube, wir wissen beide, dass ich es nicht bin.«

Felicity neigte dazu, ihr zu glauben. Zunächst einmal war da der Blog. *Die Wahrheit über Erica*. Felicity konnte sich einfach nicht vorstellen, wie Miranda vor ihrem Rechner saß, Websites einrichtete und Podcasts aufnahm. Sie hätte sich zuerst bei Felicity erkundigen müssen, was ein FTP-Protokoll war oder warum LCN die Website hostete. Die Vorstellung, dass sie hinter dem Ganzen stecken könnte, war im Grunde lachhaft.

»Übrigens, hast du mit ihm gesprochen?«

Felicity fuhr zusammen, als sie merkte, dass Miranda mit ihr redete. »Entschuldige. Mit wem?«

»Peter.« Mirandas Stimme klang ganz unschuldig, aber das war eben das Problem mit ihr. Wenn sie sich die Mühe machte, unschuldig zu klingen, war man besser auf der Hut.

Felicity spürte, wie sie rot anlief. »Nein, warum sollte ich?«

Miranda schnitt eine Grimasse. »Er hat uns neulich Abend nach der Ankündigung, dass die Polizei Mary-Beths Wagen gefunden hätte, in solcher Eile verlassen. Ich hatte eigentlich erwartet, dass er zurückkommt und uns sagt, was los ist, aber als er mitten in der Nacht nach Hause kam, habe ich nur die Gartenbeleuchtung angehen sehen. Seitdem habe ich ihn nicht mehr zu Gesicht bekommen.«

Die Gartenbeleuchtung. War das ihre Art, Felicity mitzuteilen, dass sie von ihren geheimen Treffen im Garten wusste? Aber vielleicht war Felicity auch nur paranoid – momentan kam ihr alles wie eine persönliche Stichelei vor.

»Vermutlich sollte eine von uns mal nach ihm schauen.«

Felicity zuckte die Achseln und versuchte, gleichgültig zu wirken. »Schließlich, die Stelle, wo man Marys Auto gefunden hat – ich meine, du weißt doch, wie das aussieht, oder?«

Natürlich wusste Miranda das. Wie konnte sie es nicht wissen? Mary-Beth war auf geheimnisvolle Weise verschwunden, nachdem sie verdächtigt worden war, ihre beste Freundin ermordet zu haben, und dann hatte man ihr Auto am Fluss gefunden. Es sah nicht gut aus für Mary-Beth.

»Ich wüsste überhaupt nicht, was ich zu ihm sagen sollte.« Miranda blickte auf ihren heißen Kakao. »Oder zu dem armen Jack. Manchmal denke ich ...« Sie zögerte und schüttelte dann den Kopf. »Hast du mit Karla gesprochen?«

»Nein. Das Haus ist verrammelt, und sie geht nicht ans Telefon.«

»Aber die Polizei ist nicht gekommen, oder?«

»Die Polizei?«

»Na ja«, Miranda trank einen Schluck Kakao und wandte den Blick ab, »du weißt schon. Schließlich hat sie damals gelogen und einen falschen Grund dafür angegeben, dass Erica rausgegangen ist, und Marcus hat Erica diese Zigaretten untergeschoben ...«

»Miranda!«, stieß Felicity hervor. »Du hast kein Recht, so etwas zu sagen! Im Podcast hieß es bloß, dass sie Zigaretten bei sich hatte –«

»Diese komischen Dinger mit Click-Hülsen und Mentholkapseln, die Marcus raucht«, bemerkte Miranda. Sie zuckte leicht die Achseln. »Ich mein ja nur.«

»Also, Karla lässt du das besser nicht hören. Andernfalls hoffst du besser, dass sie tatsächlich festgenommen wird – sonst bringt sie dich um.«

»Und sie würde es aussehen lassen wie einen Unfall«, murmelte Miranda.

Felicity warf ihr einen finsteren Blick zu. »Hör auf damit. Sie hätte Erica nie etwas angetan, und Marcus ebenso wenig, das weißt du. Und was behauptet dieser Typ – sie sollen Erica umgebracht haben, weil die nie gesehen hat, wie Karla eine Lasagne zubereitet? Lächerlich.«

»Ja, natürlich«, bemerkte Miranda. »Hoffen wir mal, dass die Nachrichtenleute, die ich vorhin mit ihren Übertragungswagen in Richtung Severn Oaks gesehen habe, auch so darüber denken.«

26

Miranda musterte das Chaos um sich herum und schloss die Augen. Sie zählte bis drei, aber als sie die Augen wieder öffnete, stapelten sich immer noch dreckige Töpfe und Teller voller Kartoffelbrei- und Soßenreste neben der Spüle. Erbsen lagen auf der Arbeitsfläche verstreut, und auf dem Tisch stand eine Tasse mit etwas, das man nur als »Saft-Brei« bezeichnen konnte. Charity hatte versucht, die Reste ihres Essens in seinem Saft zu versenken, damit sie vom Tisch aufstehen konnte – die Mahlzeit für die Familie, für die Miranda so lange am Herd gestanden hatte.

Zeitmangel konnte sie nicht als Grund für die wüste Unordnung anführen, die im Wohnzimmer, in der Küche, im Essbereich und sogar in den Schlafzimmern herrschte. Logan übernachtete heute bei den Jessons, und Charity war den ganzen Tag bei der Oma. Um vier hatte sie Ballettunterricht, dem Mirandas Mutter mit Freuden beiwohnen würde, also würde das Kind erst um fünf wieder zu Hause sein. Wahrscheinlich würde Miranda noch nicht mal kochen müssen, denn ihre Mutter hatte sicher irgendeinen schmackhaften Eintopf oder ein nahrhaftes Hühnergericht zubereitet, das sie ihr in einer noch warmen Kasserolle liefern würde, um zu betonen, dass es selbst gekocht war. Nein, Mirandas Haus war ein Saustall, weil sie einfach keine Lust hatte, hier sauber zu machen. Am liebsten wäre sie wieder in ihren Schlafanzug geschlüpft, um den ganzen Tag gemütlich zugedeckt im Bett zu verbringen und bis zum Abwinken Trash-TV zu gucken, die *Real Housewives of Cheshire* oder irgendwas ähnlich Verdummendes.

Es war nicht immer so gewesen. Bevor die Kinder kamen, war sie mehr gewesen als eine unbezahlte Putzfrau. Sie hatte einen Job gehabt, und einen ziemlich guten noch dazu. Sie war im Betriebskontinuitätsmanagement tätig gewesen, und multinationale Firmen aus dem ganzen Land hatten angerufen, damit sie den Fortbestand des Unternehmens sicherte. Heutzutage rief nur die Schule an, die wissen wollte, warum in Charitys Draußenspiel-Beutel bloß ein einziger Gummistiefel war oder wo das Cafeteria-Geld für letzte Woche blieb. All diese zahllosen »Was will ich einmal werden«-Fragebögen in der Schule, und sie konnte sich nicht erinnern, je geantwortet zu haben, sie wolle einem kleinen Kind und einem erwachsenen Mann durchs Haus folgen, um hinter ihnen die Klospülung zu betätigen.

Miranda holte tief Luft und zählte von fünf rückwärts – etwas, wofür sie Felicity immer verspottet hatte –, um den Kopf freizubekommen und sich auf die vor ihr liegende Aufgabe zu konzentrieren. Als sie bei eins angekommen war, setzte sie sich automatisch Richtung Küche in Bewegung.

Apropos Felicity – sie war extrem angespannt gewesen, als sie sich vorhin auf einen Kaffee getroffen hatten. Andererseits schienen alle sechs von Severn Oaks – jetzt verwendete sie schon selbst diesen grässlichen Spitznamen – in letzter Zeit irgendwie verändert. Na ja, wie Mary-Beth gerade aussah, wusste niemand, schließlich war sie seit dem ersten Facebook-Post nicht mehr gesehen worden. Und wie ließ sie das wirken? Schuldig, genau. Deshalb war Miranda geblieben; lief man weg, sah es aus, als hätte man etwas zu verbergen. Und da plötzlich alle Aufmerksamkeit auf Marcus Kaplan und seine Zigarettenmarke gerichtet war, achtete niemand auf Miranda.

Noch nicht jedenfalls.

Als sie hörte, wie ein Auto in die Auffahrt einbog und der Motor abgestellt wurde, eilte sie zum Fenster. Mist! Was machte Alex denn um diese Zeit hier? Rasch öffnete sie die Geschirrspülmaschine und begann, Teller hineinzustellen, wischte hastig die Erbsen von der Arbeitsfläche und beförderte sie in den Müll. Als Alex in die Küche kam, schloss sie gerade den Geschirrschrank, in den sie die Tasse mit den durchweichten Essensresten gestellt hatte, und hoffte inständig, dass er nicht vorhatte, irgendwas zu trinken.

»Was tust du denn hier?« Miranda lächelte und versuchte auszusehen, als wäre sie schon seit Stunden mit Hausputz beschäftigt. »Kommst du zum Mittagessen?«

Ein Blick auf ihren Mann verriet ihr, dass er nicht nur zum Mittagessen heimgekommen war. Sein immer gebräuntes Gesicht war ganz grau, und die Augen waren blutunterlaufen. Hatte er geweint?

»Herrje, du siehst ja furchtbar aus! Hast du dir irgendeinen Virus eingefangen?«

Er zuckte die Achseln und warf seinen Mantel auf die Sofalehne. Gott, wie sie es hasste, wenn er das machte. Du liebe Zeit, er brauchte bloß zwei Extraschritte zu machen, um den Mantel aufzuhängen. »Ich fühl mich beschissen. Ich geh nach oben und leg mich hin.«

Er sah sie kaum an. Miranda wollte ihm von dem Podcast erzählen, den sie sich gestern Abend allein angehört hatte – Alex hatte gesagt, dieser Mist interessiere ihn nicht, nachdem sie ihn gezwungen hatte, sich den ersten Podcast gemeinsam mit ihr anzuhören. Sie hätte gern mit ihrem Mann über ihren Besuch im Coffeeshop heute Morgen geredet, darüber, dass sie das Gefühl gehabt hatte, die Leute würden Felicity und sie beobachten und hinter vorgehaltener Hand tuscheln. Zwei der Sechs von Severn Oaks, draußen in aller Öffentlichkeit! Es schien, als hielte die gesamte Bevölkerung von Cheshire den Atem an und warte darauf, was als Nächstes enthüllt werden würde. Doch Alex war ganz klar nicht in der Stimmung dafür. Du bist ja paranoid, würde er nur sagen, und außerdem, habe ich dir nicht geraten, du sollst dir die Podcasts nicht anhören?

»Soll ich dir eine Kleinigkeit zu essen hochbringen? Ein wenig Suppe?«

»Mir ist nicht danach. Aber danke«, fügte er etwas verspätet hinzu.

Er ließ sie in der Küche stehen, und als sie ihm nachstarrte, fiel ihr auf, dass er ihr nicht einmal nahe genug gekommen war, um ihr einen Kuss zu geben.

Miranda atmete tief durch die Nase ein und machte sich ans Aufräumen und Putzen. Beides hatte deutlich an Reiz gewonnen, da sie dringend eine Ablenkung brauchte. Sie griff nach Alex' Mantel, dem eine Schnapswolke entstieg – hatte er etwa getrunken?

Nein, das war lächerlich. Alex hatte seine Fehler, doch ein Trunkenbold war er nicht. Insbesondere, da sein Auto in der Auffahrt stand – er war mit dem Auto aus der Firma gekommen, und er würde niemals fahren, wenn er etwas getrunken hatte. Nein. Nein, ganz sicher nicht.

Miranda hängte den Mantel in den Garderobenschrank und blieb am Fuß der Treppe stehen. Eine Stimme kam aus dem Schlafzimmer – wahrscheinlich telefonierte Alex. Langsam stieg Miranda die Treppe hoch. Es war kein Lauschen, wenn der Belauschte der eigene Mann war, oder? Und so, wie er ausgesehen hatte, als er zur Tür hereingekommen war – sie machte sich Sorgen um ihn. Wenn es eine Grippe war, war es furchtbar schnell gegangen.

Es war eine Männerstimme, aber es klang nicht nach Alex. Vielleicht sein Chef, auf Lautsprecher gestellt, dachte sie, doch mit jedem Schritt, den sie tat, schnürte das Entsetzen ihr weiter die Kehle zu. Denn sie kannte diese Stimme, und es war nicht Ged, Alex' Chef. Es war eine Stimme, die sie erst vor Kurzem gehört hatte – gestern Abend, genauer gesagt, durch die Kopfhörer, während sie im langsam abkühlenden Badewasser lag, zu entsetzt, um sich zu rühren. Obwohl ihr Mann gesagt hatte, er würde sich diesen Mist auf keinen Fall anhören und es sei sowieso nur irgendein Jux, spielte er jetzt den gestrigen Podcast ab. Offensichtlich fand er nun doch, es wäre eine große Sache. Hatte im Büro jemand gesagt, dass sie darin erwähnt wurde? Vielleicht hatte er Verdacht geschöpft und ahnte, was sie auf der Party getan hatte. Vielleicht dachte er, dass sie Erica umgebracht hatte.

Miranda blieb wie erstarrt auf der Treppe stehen, bis die Tür zum *en suite*-Badezimmer zugeknallt wurde. So leise wie möglich schlich sie die Treppe wieder hinunter und ging in den Garten. Hinter dem Schuppen bückte sie sich und holte eine Schachtel Zigaretten aus ihrem Versteck, einem unbenutzten Pflanztopf. Mit zitternden Händen zündete sie sich eine Zigarette an und inhalierte tief. Es machte sie schon nervös, diese Stimme zu hören, so sehr, dass sie es sogar riskierte, von ihrem Mann beim Rauchen ertappt zu werden.

Gegen die Schuppenwand gelehnt, stieß sie den Rauch aus und zog ihr Smartphone aus der Hosentasche. In dieser Situation die sozialen Medien zu checken war, als würde man an Wundschorf herumkratzen: Man sagt sich, lass es, es tut bloß weh, und hinterher fühlst du dich noch schlechter. Aber sie konnte nicht anders, sie tippte auf die Facebook-App und scrollte durch ihren Newsfeed.

»Könnte ich mir vielleicht eine davon borgen?«

Miranda zuckte zusammen, als sie die Stimme hörte. Sie war so in Gedanken und ihr automatisches Scrollen versunken gewesen, dass sie nicht gehört hatte, wie die hintere Gartenpforte aufging, und sie hatte nicht gesehen, wie Jack Spencer den Garten betrat.

27

»Ich weiß nicht, was beleidigender ist – dass du denkst, ich könnte ein solches Arschloch gegenüber dir und Mum sein, oder dass du glaubst, ich wäre dumm genug, deine Kontaktdaten zu verwenden, um die Domain zu registrieren.« Brandon öffnete die Kühlschranktür und nahm die Butter heraus.

»Niemand hat behauptet, dass du ein Arschloch bist, Bran. Ich musste dich das fragen.« Marcus fuhr sich mit der Hand übers Gesicht. Er war erschöpft; Karla und er hatten die halbe Nacht im Familienzimmer verbracht, in Decken gekuschelt, ihr Kopf auf seinem Schoß. Sie hatten alles durchgesprochen und überlegt, wie sie damit umgehen sollten. Noch hatte sich die Polizei nicht wegen der von Andy Noon aufgestellten Behauptungen gemeldet, aber nachdem sich die Gefahreneinschätzung bei Mary-Beths Verschwinden geändert hatte, was immer das genau heißen mochte, konnte es eigentlich nicht mehr lange dauern. Dazu kam die kaum verschleierte Anschuldigung, dass Karla damals eine Falschaussage gemacht hatte. Zudem merkte die Presse allmählich, wie groß die Story war. In den Regionalzeitungen erschienen bereits Artikel mit abfälligen Bemerkungen über Karla und ihre Befähigung, anderen Leuten zu sagen, wie sie ihre Kinder erziehen sollten. Wenn sich herausstellte, dass einer der Kaplan-Söhne hinter der Sache steckte, würde das das Ende ihrer Karriere bedeuten – und seiner vermutlich gleich mit.

»Kannst du die Website nicht einfach deaktivieren? Wenn du der Domaininhaber bist?«

Nicht zum ersten Mal war Marcus überrascht darüber, wie schnell sein zehnjähriger Sohn denken konnte. Es hatte eine ganze Stunde gedauert, bis er und seine Frau auf diesen Gedanken gekommen waren.

»Gute Idee, Zach, aber leider nicht so einfach. Ich habe weder die Mailadresse noch das Passwort für den Account. Als Kontaktdaten sind mein Name und unsere Postanschrift angegeben, allerdings ist es nicht meine Mailadresse, sie sieht nur so aus. Ich habe LCN, das ist der Hosting-Anbieter, eine Mail geschickt, allerdings glaubt Dean nicht, dass wir da viel machen können. Wir können höchstens versuchen, sie zu bewegen, den Seitenbetreiber zu kontaktieren und ihn aufzufordern, die Adresse zu ändern.«

»Können sie nicht die IP-Adresse ihres Kunden feststellen?«

Marcus hob die Augenbrauen. »Was weißt du denn über IP-Adressen?«

Zach zuckte mit den Achseln und schaufelte sich Rice Krispies in den Mund. »Damit kann man feststellen, wo ein Rechner benutzt wurde«, sagte er, den Mund voller Reisflocken und Milch.

»Du bist zu clever.« Marcus zerzauste seinem Sohn die Haare. Karla fand, sie sollten die Kinder aus der Sache heraushalten, aber jetzt wusste er, dass es richtig gewesen war, sie mit einzubeziehen. Trotz allem, was Erica offensichtlich in diesem verdammten Tagebuch geschrieben hatte, waren sie eine eng verbundene Familie und hielten sich für gute Eltern. Sie behandelten die Jungs wie die jungen Erwachsenen, die sie waren, und sie hatten keine Geheimnisse vor ihnen. Nun, fast keine, doch welche Eltern erzählten ihren Kindern schon alles? Manche Dinge blieben besser privat. Er krümmte sich innerlich beim Gedanken an die Halloween-Party, den

Abend von Ericas Todessturz. Ja, manche Dinge blieben besser unter Erwachsenen. »Aber leider dürfen sie uns die IP-Adresse nicht geben. Vertraulichkeit. Die Polizei könnte sie sich beschaffen, wenn von einem Verbrechen ausgegangen wird, aber es gibt schließlich das Recht auf freie Meinungsäußerung. Dieser Typ kann also sagen, was er will.«

»Es sei denn, es ist üble Nachrede«, warf Brandon ein. Sein Brot sprang aus dem Toaster, und er legte die Scheibe direkt auf die Arbeitsfläche und strich Butter darauf, wobei er feuchte Stellen und Krümel hinterließ. »Dann könnt ihr ihn verklagen.«

»Wir prüfen das.« Karla hatte die Küche betreten. Sie sah ziemlich zerknittert aus. Sie war noch im Morgenmantel, das wirre blonde Haar umgab ihren Kopf wie ein krauser Heiligenschein, und dunkle Eyeliner-Reste unter den Augen verrieten, dass sie sich nicht abgeschminkt hatte. »Wir könnten ihn wegen des Verlusts der Einnahmen aus den *Real Housewives* verklagen, wenn die es als Grund dafür angeben, mich nicht zu nehmen. Und benutz einen Teller, um Himmels willen.«

Brandon verdrehte die Augen. »Dass du jetzt eine Mordverdächtige bist, hält dich offenbar nicht davon ab, an mir rumzumotzen.«

»An dir rumzumotzen? Du liebe Güte, diese YouTuber haben viel zu verantworten. Außerdem habe ich nicht – ach, egal. Hör auf, mich auf die Palme zu bringen, und stell den Wasserkocher an. Wann wollte Dean kommen?«

Sie trat zu Marcus, der sich herabbeugte, um ihr einen Kuss zu geben.

»Morgen, Baby. Gegen eins, sagte er …« Er warf einen Blick auf den Alexa-Lautsprecher. »Also etwa in einer halben Stunde. Konntest du ein bisschen schlafen?«

Es war bereits halb drei gewesen, als sie endlich nach oben gegangen waren. Karla hatte schon halb geschlafen, als sie ins Bett sanken.

Sie nickte. »Ich bin nicht ein einziges Mal aufgewacht. Obwohl ich jede Menge geträumt haben muss, denn ich fühle mich überhaupt nicht erholt. Ich mach mich besser fertig, bevor Dean auftaucht.«

»Ich bring dir eine Tasse Tee hoch.« Marcus strich ihr widerspenstiges Haar glatt, dann tätschelte er ihren Po. Karla grinste und tat so, als würde sie seine Hand wegschlagen. Er schaute seiner Frau nach, als sie die Küche verließ, und seufzte. Wo sollte das alles bloß enden? Er hoffte nur, dass sie zum Schluss immer noch eine Familie sein würden.

28

Sie saßen auf der Hollywood-Schaukel hinten im Garten, Ericas Mann und Miranda Davenport. Jack zog schweigend an seiner Zigarette, Miranda knetete nervös die Hände und fragte sich, was um alles in der Welt sie zu ihm sagen sollte. Seit der Ankündigung des ersten Podcasts hatte niemand von den Nachbarn ihn oder Ericas Kinder, Max und Emily, zu Gesicht bekommen, und jetzt wurde Miranda klar, dass sie vielleicht eher hätte versuchen sollen, nach ihm zu sehen.

»Wir dachten, es wäre am besten, dir ein bisschen Freiraum zu geben.« Das war gelogen, aber am einfachsten.

Die Wahrheit war, sie hatte Angst davor gehabt, an die Tür des Hauses zu klopfen, in dem Jack und Erica sechs Jahre lang zusammengewohnt hatten. Sie hatte befürchtet, er könne sie anschreien oder sich zu eingehend danach erkundigen, wo sie gewesen war, als Erica »von Baumhaus stürzte«. Die Wahrheit war, Jack hatte keine Kraft mehr. Seit dem Tod seiner Frau hatte es all seine Energie erfordert, die Familie über Wasser zu halten. Er war immer der Ernährer der Familie gewesen, hatte rund um die Uhr als Projektmanager gearbeitet, während Erica sich um die Kinder kümmerte und den Haushalt schmiss. Im letzten Jahr hatte er das Gefühl gehabt, überfordert zu sein, und er hatte festgestellt, dass es fast unmöglich war, irgendetwas wirklich gut zu machen, wenn man versuchte, alles zu machen.

»Die Kinder verstehen es nicht«, sagte er und ließ sie damit vom Haken. »Sie haben den Podcast nicht gehört, und ich werde dafür sorgen, dass es auch so bleibt. Nach dem ersten Podcast habe ich sie mitten in der Nacht rausgeschmuggelt und ihnen vorgeflunkert, es wäre ein Überraschungsurlaub. Wir waren in Ericas Ferienhaus.«

»Die Schule fängt bald wieder an, Jack. Irgendwas musst du ihnen sagen, bevor die anderen Kinder es tun.«

Er nickte. »Ich weiß. Ich weiß nur nicht, was ich ihnen sagen soll. Es ist schwer genug für sie, mit dem Unfalltod ihrer Mutter fertigzuwerden – aber ihnen mitzuteilen, dass ihr möglicherweise etwas angetan wurde, dass irgendjemand ihnen mit Absicht die Mutter weggenommen hat …«

Seine Stimme verlor sich, und Miranda sah ihn scharf an.

»Du glaubst also, was dieser Mensch sagt? Du glaubst, dass einer von uns Erica etwas angetan hat?«

Jack saß stumm da, so wie er es getan hatte, als sein Vater starb, so wie er es nach Ericas Tod getan hatte. Das war so seine Art; er war nie gut darin gewesen, sich zu öffnen und über das zu sprechen, was ihm auf der Seele lag. Dann begann er zu reden.

»So seltsam es klingt«, sagte er, »aber ein Teil von mir möchte es gern glauben. Der Teil von mir, der wütend auf Erica war, weil sie so dumm gewesen war, weil sie mich und die Kinder verlassen hat. Wenn ihr etwas angetan wurde, könnte ich meine Wut auf jemand anders richten, ich könnte jemand anders die Schuld geben, nicht Erica – oder mir selbst.«

»Warum solltest du dir die Schuld geben?«

Jack zögerte. Wie viel sollte er ihr anvertrauen? Es war so leicht, sich hinreißen zu lassen, wenn man unter vier Augen mit jemandem sprach, in einer so vertraulichen Situation, aufgekratzt nach der ersten Zigarette, die er seit fast einem Jahr geraucht hatte.

Er fing sich noch rechtzeitig und schüttelte den Kopf. »Tun das nicht alle, wenn ein geliebter Mensch stirbt? Wenn ich nur im entscheidenden Moment bei ihr gewesen wäre, wenn ich nur eher nach ihr gesucht hätte – diese Fragen verfolgen mich seither jeden Tag.«

»Hat die Polizei schon mit dir gesprochen?«

Jack lachte spöttisch. »Wer, Harvey und sein neuer Assi? Er ist ganz verändert, findest du nicht? Harvey? Nicht mehr so versessen darauf, die Wahrheit herauszufinden. Er spricht kaum ein Wort und lässt sein neues Schoßhündchen alle Fragen stellen.«

»Ich erinnere mich eigentlich an kaum noch etwas von ... von damals, als er zum ersten Mal hier war«, gestand Miranda. »Ich glaube, ich war völlig aufgelöst. Aber er hat ziemlich viele Fragen gestellt, das weiß ich noch, und er schien kein Wort von dem zu glauben, was wir sagten. Ich erinnere mich, Felicity hat das gesagt – dass sie nicht den Eindruck hat, er würde uns glauben. Sie war total in Panik, das weiß ich noch, schließlich ist sie sonst immer so gelassen und beherrscht.«

»Sie hatten mich im Verdacht«, sagte Jack zu Mirandas Überraschung.

Sie hätte nie gedacht, dass man Jack verdächtigen könnte – er hatte Erica geliebt, trotz all ihrer Fehler.

»Wusstest du von diesem Tagebuch?«

»Nein«, sagte Jack ein wenig zu scharf. »Erst seit diesem verdammten Podcast. Wer kann das sein, Miranda? Wer gräbt das alles wieder aus?«

Miranda konnte nicht antworten. Ihr brannte noch eine Frage auf der Seele, eine Frage, die sie eigentlich nicht stellen sollte, aber sie tat es trotzdem.

»Hast du gewusst, dass sie schwanger war?«

Jack fuhr zusammen. »Erst nachher. Es wurde eine Obduktion angeordnet, weil es keine natürliche Todesursache war. Von der Schwangerschaft wurde bei der gerichtlichen Untersuchung nichts erwähnt, weil es keinen Hinweis auf einen Zusammenhang mit der Todesursache gab, aber der leitende Rechtsmediziner hat es mir gesagt. Ich habe es den Kindern nicht erzählt. Sie sollten nicht erfahren, dass sie an einem Abend nicht nur ihre Mutter verloren hatten, sondern auch ein Schwesterchen oder Brüderchen.«

»Es tut mir so leid«, flüsterte Miranda, und zu ihrer Ehre sei gesagt, dass sie es auch so zu meinen schien. »Hat er erwähnt, wie weit sie war?«

»In der dreizehnten Woche …« Jack schniefte. »Ich habe mit ihrem Arzt gesprochen. Sie war deswegen bereits bei ihm gewesen. Die Sache ist bloß –« Er verstummte und vergrub das Gesicht in den Händen.

»Was denn? Was ist?«

»Ich habe mich sterilisieren lassen, Miranda.« Jack konnte ihr nicht in die Augen sehen. »Ich bin zu alt für weitere Kinder. Das Baby war nicht von mir. Erica hat mit einem anderen Mann geschlafen. Vielleicht wurde sie deshalb ermordet. Damit keiner erfährt, wer der Vater ist.«

29

»Ich habe es dir ja gleich gesagt. Oder etwa nicht?«

Felicity unterdrückte einen Seufzer. Sie hatte gewusst, wenn sie ihre Schwester anrief, würde sie sich die ganze »Ich habe es ja gleich gesagt«-Litanei anhören müssen, bevor Melissa auf Mitgefühl umschaltete. Viele Leute hätten sich zurückgehalten, es unausgesprochen gelassen, aber nicht Liss. Das Gute an ihr war allerdings, wenn das erledigt war, würde sie nicht länger darauf herumreiten, dass Peter King nur Ärger bedeutete und schlecht für sie war. Es war, als müsse sie erst diese überlegene »Ich hatte von Anfang an recht«-Platte abspulen, damit es nicht das ganze Gespräch über zwischen ihnen stand. Felicity nahm das Telefon in die andere Hand und stellte den Wasserkocher an.

»Es ist den ganzen Ärger wert, Liss, versprochen. Du solltest mal vorbeikommen und ihn kennenlernen. Er ist ... ich glaube, du würdest ihn mögen.«

»Ja, vielleicht.« Der Tonfall verriet Felicity, dass ihre Schwester es nicht so meinte. Melissa hatte bereits entschieden, dass sie nichts mit Peter zu tun haben wollte, und das konnte man ihr auch kaum vorwerfen. Konventionell war das Ganze ja eher weniger.

»Also, erzähl mir, was los ist.«

Felicity warf einen Blick auf Mollie und Amelie, die im »Familienbereich« der offenen Küche mit Essbereich auf dem Sofa spielten. Sie schienen hinreichend beschäftigt zu sein, und die Haustür war abgeschlossen, ebenso wie die Seitenpforte. Auch wenn Severn Oaks noch so sicher sein mochte, sie musste einfach jederzeit wissen, wo die Zwillinge waren. Sie waren erst fünf, also war ihre Überfürsorglichkeit vollauf gerechtfertigt. Das Problem war bloß, sie glaubte nicht, dass der Drang, die Kinder immer in der Nähe und in Sichtweite haben zu wollen, plötzlich wundersamerweise nachlassen würde, wenn sie acht oder neun waren – oder auch fünfzehn. Vermutlich würde es eher schlimmer werden, je älter sie wurden. Felicity wusste, was mit fünfzehnjährigen Mädchen passieren konnte, denen man zu viel Freiheit erlaubte – sie war selbst einmal fünfzehn gewesen.

Sie brühte sich ihren Tee auf und trug die Tasse zum Sofa hinüber, wo die Zwillinge mit der modernen Barbie-Version spielten, großäugige, stark geschminkte Puppen.

»Weißt du noch, diese Frau, von der ich dir erzählt habe? Die letztes Jahr auf dieser Party gestorben ist, auf der ich war.«

»Erica Spencer.«

Felicity verdrehte die Augen. Sie hätte wissen müssen, dass Melissa sich an Ericas vollen Namen erinnern würde – ihre Schwester vergaß nie etwas, und ihr entging nie etwas. Es hatte gar keinen Sinn, irgendetwas vor ihr geheim halten zu wollen, sie fand die Wahrheit sowieso heraus – das war schon so gewesen, als sie Kinder waren. Felicity hatte es mittlerweile akzeptiert und erzählte ihrer Schwester alles. Fast alles.

»Ja, genau die. Also, es gibt einen Podcast, in dem jemand behauptet, Ericas Tod sei kein Unfall gewesen.«

»Was ist ein Podcast?«

Felicity wäre beinahe an einem Schluck Tee erstickt. »Was ein Podcast ist? Liss, ist das dein Ernst? Schon mal was von *Serial* gehört?«

»Nein, ich habe noch nie etwas von *Serial* gehört. Was ist das, ein Spiel?«

»Ein Podcast ist so etwas wie eine vorher aufgenommene Radiosendung. *Serial* ist eine Podcast-Reihe, in der ein Mordfall neu aufgerollt und nach dem Mörder gesucht wurde. Es gab Millionen von Hörern weltweit.« Felicity merkte, dass sie in dem Ton sprach, den sie sonst Erklärungen für die Zwillinge vorbehielt. Nur dass es da meist um Begriffe wie »tadelnswert« ging, nicht »Podcast«. »Man hört sich Podcasts mit einer App an. Was eine App ist, weißt du, oder?«

»Du brauchst gar nicht sarkastisch zu werden. Schließlich habe ich keine Kinder, die mich mit diesen neuen Trends vertraut machen könnten.«

Melissa war Felicitys Zwillingsschwester, aber im Gegensatz zu ihr total *old school*. Anders als alle anderen Menschen, die Felicity kannte, war Melissa auf keinem der sozialen Medien unterwegs; sie hatte noch nie Twitter, Snapchat oder Instagram genutzt. Sie machte Schmuck, den sie selbst verkaufte, und ihre Firma hatte noch nicht mal eine Website – sehr zu Felicitys Leidwesen. Als Inhaberin einer Agentur, die ihren Kunden half, ihr Markenprofil sichtbarer zu machen, hatte Felicity ihre Schwester gefragt – nein, angefleht –, ihr Angebot zu digitalisieren, aber ihre Schwester meinte bloß, allein durch Mundpropaganda hätte sie mehr Kunden, als sie bewältigen könne, und was solle es bringen, noch mehr Kunden zu werben, wenn sie gar nicht die Zeit hatte, weitere Aufträge anzunehmen?

»Willst du dich denn nicht vergrößern?«, hatte Felicity gefragt. »Du könntest Leute einstellen, ein Team haben. Du könntest Maschinen anschaffen …«

Liss hatte tief geseufzt, als wäre allein der Gedanke schon erschöpfend. »Ich will bloß Schmuck machen, Flick. Nicht die Welt erobern.«

»Du hast ja recht«, räumte Felicity jetzt ein. »Auch wenn

ich nicht von meinen fünfjährigen Töchtern weiß, was ein Podcast ist. Man lernt diese Dinge, wenn man mit der wirklichen Welt in Kontakt tritt und nicht in einer Lehmhütte hinten im Garten hockt wie ein Hippie.«

»Es ist keine Lehmhütte, und ich bin kein Hippie.« Melissas Atelier war ein heruntergekommener alter Schuppen, den sie, wie sie erklärte, renovieren würde, sobald er zusammenfiel. Das war vor vier Jahren gewesen, und der Schuppen zeigte wenig Neigung einzustürzen, fast als hätte er das Gespräch mitbekommen und wäre entschlossen, sich nicht abreißen zu lassen. »Erzähl mir von dem Podcast auf der App.«

Felicity grinste breit. Nachdem sie sich überzeugt hatte, dass die Kinder zehn Minuten allein zurechtkommen würden, ging sie mit ihrem Tee ins Vorderzimmer und machte es sich auf dem übergroßen marineblauen Sofa bequem. Sie zog den senffarbenen Überwurf mit Teddybär-Muster von der Rückenlehne und legte ihn sich über die Knie. Von hier aus konnte sie Karlas Auffahrt erkennen, ein Stück von ihrer Haustür sowie – wenn sie den Kopf drehte – den Anfang der Straße und das Haus von Alex und Miranda. Es war ein echter Albtraum gewesen, Jalousien für die riesigen Erkerfenster zu finden, doch langfristig gesehen hatte es sich rentiert – lediglich Erica und Jack hatten einen besseren Blick auf die ganze Straße. Na ja, mittlerweile nur noch Jack. Apropos – war das Jack, der da gerade aus Mirandas Garten kam?

»Flick? Bekomme ich jetzt die Geschichte zu hören, oder muss ich warten, bis eine deiner Töchter sie mir erzählt?«

»Entschuldige …« Felicity erinnerte sich, dass ihre Schwester ja noch am Telefon war. »Es fing vor ein paar Wochen an, mit einem Facebook-Post – du weißt schon, was Facebook ist, oder?«

Die Person, die verdächtig nach Jack Spencer aussah, ging

Mirandas Auffahrt hinunter und die Straße entlang zum Haus der Spencers. Also war er wieder da. Niemand hatte ihn zu Gesicht bekommen, seit diese üble Geschichte angefangen hatte. Wo hatte er gesteckt? Und was hatte er hinten in Mirandas Garten gemacht? Miranda und Alex waren beide zu Hause – Felicity hatte vorhin Alex' Wagen in die Auffahrt einbiegen sehen, viel früher als sonst. Ging da irgendwas vor?

»Ich habe etwas davon läuten hören«, entgegnete Melissa trocken. »Und was stand drin? In diesem Post.«

»Er kam von einem falschen Facebook-Konto und kündigte einen Podcast an, der allen die Wahrheit über das mitteilen würde, was mit Erica passiert sei. Nämlich, dass sie ermordet wurde und es sechs Verdächtige gäbe.«

»Und zwar …?«

»Namen wurden da noch nicht genannt, aber es war klar, wer gemeint war. Zunächst einmal waren bloß noch etwa acht von uns anwesend, als Erica starb – obwohl ich nicht weiß, wieso es dann nicht acht Verdächtige sind.«

»Na ja, weil einer dieser acht Personen der Podcaster ist. Bleiben also nur noch sieben übrig«, sagte Melissa.

»Was?« Felicity hatte so angestrengt aus dem Fenster gesehen, um ja nichts zu verpassen, was eventuell auf der Straße passieren könnte, dass sie die Worte ihrer Schwester erst gar nicht mitbekam. »Wie bitte?«

»Komm, Felicity, du bist doch angeblich die Intelligente von uns beiden. Diese Person würde nicht von acht Verdächtigen sprechen, weil er oder sie sich natürlich nicht selbst verdächtigt. Dieser Podcaster muss jemand sein, der dort war – woher sollte er sonst wissen, was bei der Party wirklich vorgefallen ist?«

»Na ja, das stimmt streng genommen nicht. Ich meine, wir waren noch zu acht, aber Zacharys Baumhaus war von der

Straße aus einsehbar, das heißt, auch von jedem Fenster, das auf die Straße hinausgeht. Nein, von Nr. 8 vermutlich nicht – da wohnen Simon und Gilly. Aber eindeutig vom Haus von Jack und Erica aus –«

»Die auf der Party waren, also ist das eine nutzlose Information. Meine Güte, Detective Goldman, ein Glück, dass nicht du für die Ermittlungen zuständig bist. Wer wohnt sonst noch auf dieser Straßenseite?«

»Mary-Beth und Peter, die ebenfalls auf der Party waren und beide als Verdächtige genannt wurden. Und Nr. 10, aber das Haus steht nach wie vor leer, glaube ich. Da wohnte früher dieses Paar mit dem weißen Hund – Julie und ihr Mann, ich habe vergessen, wie er hieß –, aber sie haben sich getrennt. Sie wollten das Haus vermieten, allerdings habe ich noch keine Autos in der Auffahrt gesehen.«

»Die Einzigen, die von ihren Fenstern aus hätten sehen können, was passierte, waren also nicht daheim. Wer bleibt also übrig?« Melissas Stimme klang triumphierend. »Wer war zum Schluss noch anwesend, wurde aber nicht als Verdächtiger genannt? Erica selbst, und wer noch?«

Felicity dachte zurück an das Ende der Halloween-Feier, acht geschockte Gesichter, aus denen alles Blut gewichen war, erhellt von zuckenden blauen und roten Lichtern im Rhythmus ihres hämmernden Herzschlags. Rot, *Miranda*. Blau, *Marcus*. Rot, *Peter*. Blau, *Mary-Beth*. Rot, *Karla*. Blau …

»Alex«, flüsterte sie.

Rot …

»Und Jack.«

30

Eine Woche war seit dem letzten Podcast vergangen. Alle in Severn Oaks wussten, was das bedeutete. Die Dienstagabende waren nicht länger normale Abende, und da am nächsten Tag die Schule wieder anfangen würde, stieg die Spannung in den Villen hinter dem Tor besonders an. Was würden sie heute über den Abend erfahren, an dem Erica gestorben war? Was würde morgen Gesprächsthema an den Schultoren sein?

In den letzten Ferienwochen hatten Felicity, Miranda und Karla sich einreden können, dass das alles eigentlich gar nicht ihnen passierte, dass die anonyme Stimme, die aus ihren Smartphones und Laptops drang, irgendwen meinen könnte, dass es irgendein beliebiger True-Crime-Podcast war, der die Nation in Atem hielt. Dass das Leben anderer Leute von den Grüppchen durchgehechelt wurde, die sich, nachdem die Kinder sicher in der Schule abgeliefert worden waren, am Wasserspender oder bei den jeweiligen Autos versammelten. Aber diesmal war die Tragödie, die jede Woche mit sämtlichen pikanten Details ausgeschmückt geschildert wurde, eine, die sie selbst betraf, und am nächsten Morgen, wenn sie sich in die Welt hinauswagen mussten, würde es kein Entrinnen geben. Vermutlich, dachte Felicity, hatten die anderen den Blog genauso häufig angeklickt wie sie selbst und sich jedes Mal innerlich gekrümmt, wenn die Fotos von ihnen allen luden. Wer hatte diese Bilder aufgenommen? Keiner fühlte sich mehr sicher, obwohl es sonst für sie selbstverständlich gewesen war, sich in Severn Oaks vollkommen sicher zu fühlen.

Die Journalisten ließen nicht locker. Es wäre schon schlimm genug gewesen, auch wenn keiner von ihnen unter Verdacht gestanden hätte – den ganzen Tag parkten Autos vor dem Tor, wachsame Augen blitzten hinter Windschutzscheiben und Diktaphone klebten an den Händen derjenigen, deren Job es war, das wahre Leben in Unterhaltung zu verwandeln. Die Berühmtheit von Karla und Marcus machte die Story noch interessanter – wer wagte es, Cheshires Power-Paar des Mordes zu beschuldigen?

»Ich frage mich, wie sie wohl damit umgegangen wäre«, sinnierte Felicity und nahm das Glas Wein entgegen, das Karla ihr in ihrer eigenen Küche reichte. »Danke.«

»Wer, Erica?«

Der Name berührte so unangenehm, als hätte sie einen fahren gelassen. Es war seltsam, aber in den Wochen, die vergangen waren, seit die gestelzte, leicht roboterhafte Stimme, die sie alle zu hassen gelernt hatten, angefangen hatte, ihre Enthüllungen zu präsentieren, hatten sie es alle vermieden, von Erica zu sprechen. Lediglich bei dem Gespräch, das Miranda im Garten mit Jack geführt hatte – ein Gespräch, so unerwartet und seltsam, dass sie sich nicht mehr ganz sicher war, ob es überhaupt stattgefunden hatte –, hatte Erica im Zentrum gestanden. Sonst waren alle zu beschäftigt damit, sich zu fragen, was die Enthüllungen für sie selbst bedeuten könnten.

»Sie wäre diejenige gewesen, die alle Karten in der Hand hält.« Es war das erste Mal, dass Miranda das Wort ergriff, seit Karla und sie vor zwanzig Minuten bei Felicity eingetroffen waren. Felicity kam der Gedanke, dass zum ersten Mal seit der Ausstrahlung des ersten Podcasts alle wieder in einem Raum versammelt waren. Nein, nicht alle natürlich, Mary-Beth war immer noch nicht wieder da.

»Das stimmt …« Karla setzte sich neben Miranda an die

Frühstückstheke. »Wie kam es eigentlich, dass sie so viel über uns alle wusste?«

»Wissen ist Macht«, meinte Felicity. »Sie hat versucht, jede noch so scheinbar unwichtige Information über uns zu horten, über jeden, den sie kannte, damit sie ein gewisses Maß an Kontrolle über alle ausüben konnte. Es gibt keine sechs Verdächtigen, es gibt verdammt noch mal Dutzende. Wisst ihr noch, das eine Mal, als die Tochter von Marianne Gilespie im Talentwettbewerb Geige spielen wollte?« Sie trank einen Schluck Wein und fand es mit jedem Schluck einfacher, schlecht über die Tote zu sprechen. »Und wir alle wussten, dass Emily Geige spielen würde. Was habe ich damals zu dir gesagt, Karla?«

»Eher legt Mary-Beth auf der Bühne einen Striptease hin, als dass Erica zulässt, dass Tiffany Gilespie ihrer Tochter die Schau stiehlt.«

»Und was ist passiert?«

»Wenn die Antwort ist, dass Mary-Beth einen Striptease hingelegt hat, werde ich noch anfangen, zu den Talentwettbewerben der Schule zu gehen.«

Die drei Frauen blickten auf und sahen Mirandas Mann Alex in der Tür stehen. »Entschuldigt, die Haustür war offen.«

Miranda machte ein finsteres Gesicht. »Musst du immer so unpassende Bemerkungen machen? Mary-Beth wird vermisst.« Sie zischte es praktisch.

»Und Erica ist tot, aber das hindert euch nicht daran, hier zu sitzen wie die Hexen von Eastwick, die in ihren Kesseln rühren.«

»Du kannst mich mal, Alex.« Karla grinste und stand auf. »Möchtest du etwas trinken? Du hast nicht zufällig meinen Mann gesehen, als du rübergekommen bist?«

»Im Garten, er hat telefoniert. Irgendwas wegen einer Rückerstattung für irgendwas, das er organisiert hat.«

Miranda sah aus, als würde ihr gleich schlecht werden. Alex grinste, und Karla schüttelte den Kopf. Sie hatte sich schon oft gefragt, wie es kam, dass ein Mann, der so locker, übermütig und lustig war wie Alex Davenport (und noch dazu so attraktiv), eine Chaotin wie Miranda Clarke, wie sie damals hieß, geheiratet hatte. Oh ja, es hatte den Anschein, als hätte sie immer alles im Griff, doch seit ein paar Tagen begann Karla die Wahrheit zu ahnen. Es war Miranda schon immer furchtbar wichtig gewesen, an der Spitze zu stehen, geschätzt zu werden, tonangebend zu sein. Es war entscheidend für sie, ihr Selbstwertgefühl, dass sie als Organisationstalent wahrgenommen wurde, als diejenige, an die sich die Menschen in einer Krise wandten. Sie hatte gewollt, dass dieses Krisentreffen bei ihr stattfand, aber Felicity hatte sich strikt geweigert, die schlafenden Zwillinge allein zu lassen. Es hatte Miranda geärgert – was glaubte sie, was passieren könnte, um Himmels willen, schließlich wohnten sie in der sichersten Nachbarschaft von ganz England, und sie wäre ja nicht weit weg, nur im Haus gegenüber –, doch natürlich hatte sie nachgegeben. Es brachte einen bloß in Verruf, wenn man Streit anfing, daran musste sie sich häufig selbst erinnern. Aber es führten schließlich viele Wege nach Rom. Sie hatte eine Keksauswahl von Selfridges Foodhall bestellt, sie auf teurem Porzellan arrangiert und eine erlesene Dose Whittard-Rocky-Road-Kakao in die Handtasche gesteckt, mit der Absicht, es im passenden Moment anzubieten.

Sie zwang sich zu einem Lächeln, um die Fassade zu wahren. Alex lächelte ihr über sein Bierglas hinweg zu. Er wusste sehr gut, dass er später für seine Schnoddrigkeit würde bezahlen müssen.

»Du hast leicht reden, Witzbold«, sagte Felicity. »Du bist der Einzige, den dieser Kerl nicht als Verdächtigen genannt hat.«

»Muss wohl an meinem unschuldigen Gesicht liegen.«

»Ach ja?« Marcus Kaplan erschien in der Tür. »Ein Bild der Unschuld, klar, das bist du. Entschuldigt die Verspätung.«

»Es hat noch nicht angefangen«, sagte Felicity mit einem Blick auf die riesige schwarz gerahmte Wanduhr. »Noch fünf Minuten. Wollte Peter nicht auch kommen?«

»Er raucht noch eine«, antwortete Marcus. »Ich wusste gar nicht, dass er raucht.«

»Er sollte eigentlich nicht«, sagte Felicity, ohne nachzudenken. Und fügte rasch hinzu: »Mary-Beth würde es nicht gefallen.«

»Gibt es schon etwas Neues von Mary-Beth?« Miranda sprach mit gedämpfter Stimme, als könnte Peter den Namen seiner Frau durch die zwei Wände hindurch hören, die sie trennten.

»Im Auto wurde nichts gefunden, was darauf hinweisen könnte, wo sie sich aufhält. Aber der Wagen stand direkt am Fluss, also …«

»Also was vermuten wir? Mary-Beth bringt Erica um und haut ab, als dieser Andy in seinem Podcast droht, sie zu entlarven? Und dann springt sie in den Fluss? Oder täuscht ihren Tod vor, um in Mexiko zu leben?«, spekulierte Alex.

Es klingelte an der Tür, bevor jemand antworten konnte.

»Gerade noch mal davongekommen«, witzelte Marcus. »Das muss Peter sein. Ich lasse ihn mal rein.«

»Zumindest zeigt irgendjemand Manieren.« Felicity runzelte die Stirn. »Obwohl ich hoffe, dass er nicht die Zwillinge geweckt hat.«

Peter und Marcus kamen in die Küche gestürzt und knallten die Tür hinter sich zu. Marcus machte das Licht aus, und alle im Raum begannen durcheinanderzureden.

»He, Kumpel, was ist das Problem?«

»Marcus? Was ist los? Ist es die Polizei?«

»Still! Seid leise!«

Felicity tastete sich zum Lichtschalter vor und machte Licht. Sie sah die beiden Männer ernst an. »Wir befinden uns im rückwärtigen Teil des Hauses. Das Gartentor ist versperrt, die Jalousien sind runtergelassen. Was soll die Panik? Wer ist da draußen?«

»Jack!« Peter legte den Finger an die Lippen. »Es machte den Eindruck, als wollte er rüberkommen, also haben wir uns hinter dem Zaun versteckt und sind ins Haus gerannt, als er noch mal zurückging, um nachzusehen, ob er auch die Haustür abgeschlossen hatte. Bist du sicher, dass die Seitenpforte abgesperrt ist?«

»Ich halte sie immer verschlossen, bloß an den Tagen nicht, an denen die Müllabfuhr kommt. Einmal sind die Zwillinge rübergegangen, um mit Emily zu spielen, ohne dass ich was davon wusste, und ich war in heller Panik. Außerdem: Was wäre so schlimm daran, wenn Jack kommt? Vielleicht will er nicht allein sein, er weiß schließlich auch, dass wieder eine dieser grässlichen Podcast-Folgen ansteht.«

»Und du willst, dass er es sich hier mit uns zusammen anhört, oder was?« Marcus hob die Augenbrauen. »Während einer von uns auseinandergenommen wird und die Gründe, die wir alle dafür hatten, seine Frau umzubringen, in Stereo ausgebreitet werden?«

Felicity lief rot an. »Nein, vermutlich nicht. Es ist nur kein schöner Gedanke, dass er da drüben sitzt, ganz allein, Abend für Abend. Und jetzt, mit allem, was vorgeht, fühle ich mich einfach …«

»Schuldig?«, schlug Alex mit einem Grinsen vor. »Vielleicht ist das heute deine Folge, Flick.«

Felicity sah, wie Mirandas Gesichtszüge entgleisten. Ganz offensichtlich hatte seine Frau noch nie gehört, wie er Felicity mit dem Spitznamen rief, den sie als Kind gehabt hatte, und sie hätte ihm am liebsten eine runtergehauen. Er tat diese Dinge nur, um Miranda zu reizen, und bei einem ihrer Nachbarschaftsgrillabende zu Beginn des Sommers hatte sie ahnungslos dazu beigetragen, dass er das tun konnte. Sie hatten alle ihr Grillgut in Mirandas Vorgarten gebracht, wo Alex am Grill Hof hielt, während Miranda für einen steten Nachschub an Couscous- und Kartoffelsalat sorgte. Felicity hatte den Fehler gemacht, Alex zu erzählen, dass ihre Schwester sie nicht Fliss nannte wie ihre neuen Freunde aus Severn Oaks – hauptsächlich deshalb, weil sie Melissa hieß und sie nicht Liss und Fliss hatten sein wollen. Stattdessen waren sie Swish und Flick gewesen, was ihnen auch nicht besser gefallen hatte.

Felicity warf Alex einen finsteren Blick zu.

»Wir werden es gleich herausfinden …« Karla hielt ihr Handy hoch. »Es wurde hochgeladen.«

31

Guten Abend, liebe Hörerinnen und Hörer, Sie hören Die Wahrheit über Erica, und ich bin Ihr Moderator, Andy Noon. Regelmäßige Hörer werden wissen, dass wir jede Woche ein wenig tiefer ins Thema des ungeklärten sogenannten »Unfalltods« der in Severn Oaks ansässigen Erica Spencer eindringen werden. Heute Abend, in der dritten Folge, werden wir uns mit dem genauen Ablauf der Ereignisse an jenem Abend beschäftigen.

Es ist der 28. Oktober 2017. Erica Spencer und ihr Mann Jack haben ihren beiden Kindern, Max und Emily, Gute Nacht gesagt, und Jack schenkt ihnen beiden noch ein Glas Wein ein, bevor sie sich in aller Ruhe für den Höhepunkt des Jahres, die alljährliche Halloween-Party bei den Kaplans, fertig machen. Während Erica in schwarze Ballerinas schlüpft, ihre lange schwarze Perücke zurechtrückt und die Augen mit schwarzem Eyeliner umrandet, im starken Kontrast zur tödlichen Blässe ihres Gesichts, zieht Jack sich einen weißen Strumpf über den Kopf.

»Ich weiß überhaupt nicht, wie ich damit irgendwas trinken soll«, beschwert er sich.

Seine Frau lächelt und streicht ihr kurzes weißes Nachthemd glatt. »Du findest schon einen Weg. Tust du doch immer.«

Ihm fällt nicht auf, dass sie ihren Wein nicht angerührt hat.

Die Spencers treffen gegen halb acht bei den Kaplans ein. In ihrer Aussage gegenüber der Polizei erinnert Karla sich, dass sie zu den ersten Gästen gehörten.

»Sie waren immer pünktlich«, sagte sie gegenüber der Polizei. »Und Erica hatte stets ein kleines Mitbringsel für die Gastgeberin dabei. Dieses Jahr war es ein Strauß aus einem Dutzend roter Rosen und einem Dutzend schwarzer Satinrosen – passend zu Halloween. Sie war in dieser Beziehung immer so aufmerksam.«

Die Party war offen für alle, man brauchte keine Einladung – sehen Sie, wir befinden uns innerhalb der Mauern von Severn Oaks, einer der exklusivsten abgeschirmten Villensiedlungen von Cheshire. Unerwünschtes Eindringen wurde nicht befürchtet – tatsächlich war es der Sohn der Kaplans, der sechzehnjährige Brandon, der die größte Bedrohung für die Feier darstellte. Dass Freunde ihres Sohnes die Party aufmischten, war das Letzte, was Marcus Kaplan, Autor des DU-Selbsthilfe-Imperiums, und seine Frau Karla, Cheshires Antwort auf Martha Stewart, gebrauchen konnten.

Sie hätten sich keine Sorgen zu machen brauchen. Brandon Kaplan sagte gegenüber der Polizei, er sei »so weit weg wie möglich« gewesen – bei einem Freund in Warrington, wie sich herausstellte.

Um halb neun ist das Haus der Kaplans voller Partygäste in Halloween-Kostümen. Karla Kaplan trägt ein hautenges schwarzes Trikot, schwarze Fischnetz-Strümpfe, lange schwarze Handschuhe, einen Frack mit langen Schößen sowie einen Zylinder wie ein Zirkusdirektor. Auch ihr Mann, in schwarzer Smokingjacke mit rotem Satinfutter und Zylinder, ist als Zirkusdirektor verkleidet. Sein Gesicht ist weiß bemalt, die Augen sind schwarz geschminkt, und um seinen Mund herum sind schwarze Nähte gemalt. Es gibt eine Mumie, Frankensteins Braut und einen weiblichen Freddy Krueger. Miranda Davenport aus Nr. 5, als Hexe verkleidet, kommt allein und verspricht, ihr Mann Alex werde bald nachkommen. Pe-

ter King und seine Frau kommen als Beetlejuice und Gevatter Tod. Alle haben sich wirklich ins Zeug gelegt, denn auf diese Halloween-Feier freuen sie sich das ganze Jahr. Um 21.35 Uhr trifft das letzte Paar ein, Felicity Goldman und Alex Davenport. Auch nach der Geburt ihrer Zwillingstöchter, angeblich das Ergebnis eines One-Night-Stands, hat Felicity eine beneidenswerte Figur, die in ihrem Harley-Quinn-Kostüm bestens zur Geltung kommt. Alex kommt scheinbar unkostümiert – mit Ausnahme des Severn-Oaks-Bewohners Larry Gorman ist er der Einzige, der sich nicht verkleidet hat.

Alles verläuft reibungslos, der Alkohol fließt in Strömen – die Kaplans haben Getränke im Wert von über fünfhundert Pfund beigesteuert. Später kann sich niemand erinnern, was Erica Spencer getrunken hatte; sie hatte allerdings zwei Flaschen Wein mitgebracht, und jeder nahm an, dass sie ebenso viel trank wie alle anderen. Später fand ihr Mann die Quittung für diese zwei Flaschen Wein sowie den Jack Daniel's, den sie für ihn gekauft hatte – obwohl er aus der Quittung offenbar nicht entnommen hat, dass der Wein, den Erica zur Party mitgebracht hatte, alkoholfrei war. Laut Obduktion hatte sie 2,4 Promille im Blut, dreimal höher als die Promillegrenze beim Autofahren.

Zur einzigen potenziellen Störung der perfekten Party der Kaplans kommt es kurz nach neun, als Miranda Davenport wissen will, warum ihr Mann zu spät gekommen sei, ohne sein »Freitag der 13.«-Kostüm und genau zur selben Zeit wie die begehrteste Bachelorette von Severn Oaks. Alex bemüht sich, seine zornige Frau zu beschwichtigen, und macht den Fehler, sein Sakko zu öffnen, um zu demonstrieren, dass er sehr wohl ein Kostüm trägt; wie es heißt, enthüllt er mit »absurd selbstzufriedener Miene« die Sprengstoffweste eines Selbstmordattentäters. Laut Zeugen rastet Miranda völlig aus und verlangt, dass Alex das geschmacklose Kostüm wegschmeißt, nach Hause geht und das Kostüm anzieht, für das sie ein Vermögen ausgegeben hat, und dass er sich verdammt noch mal von Felicity Goldman fernhält.

Die Halloween-Party bleibt relativ zahm. Severn Oaks, sehen Sie, ist eine Nachbarschaft, die sich aus den angesehensten »Normalbürgern« zusammensetzt, die Cheshire zu bieten hat. Es gibt dort keine Fußballspieler oder Real Housewives *(obwohl Karla Kaplan allen erzählt, dass sie zweimal das Angebot abgelehnt hat, in der Serie mitzuwirken). Diese Leute sind Anwälte, Industriekapitäne, Innenarchitekten der Stars. Karrieren, die ehrgeizige Menschen anstrebten, ehe es Reality-TV-Sternchen und Instagram-Influencer gab. Und Severn Oaks, verborgen hinter schmiedeeisernen Toren, ist ein sicherer Ort. Alle Gefahren befanden sich auf der anderen Seite der Mauer. Zumindest glaubte Erica das.*

Die üblichen *Verdächtigen gehen früh. Simon sagt, dass er und Gilly sich gegen halb elf entschuldigt* hätten.

»Drei Stunden Bechern ist mehr als genug für Gilly. Wenn sie noch mehr trinkt, kotzt sie bloß auf den Küchenherd und schläft ein, sobald ihr Kopf das Kissen berührt. Und das will kein Mann, der den ganzen Abend versucht hat, seine Frau betrunken genug zu machen, um zu vergessen, dass kein Geburtstag oder Weihnachten gefeiert wird.«

Larry Gorman – der ohne Kostüm – geht um elf, und er erinnert sich eindeutig, dass der hochgradig angesäuselte Ben seine Frau Martha auf dem Rücken nach Hause schleppte.

»Er stolperte herum und brüllte: ›Kommt ein Cowboy vom Friseur – Pony weg!‹ Ich glaube, Martha ist buchstäblich der einzige Mensch auf der Welt, der Ben zum Brüllen komisch findet. Gut, dass die beiden miteinander verheiratet sind.«

Befragt, ob er Erica gesehen habe, bevor er die Party verließ, gab sich Larry plötzlich ziemlich zugeknöpft.

»Wie ich schon der Polizei gesagt habe, wir hatten alle ziemlich viel getrunken, und da hat man die Uhr nicht mehr so genau im Blick. Man will sich von jemandem verabschieden und quatscht sich noch zehn Minuten fest. Ja, irgendwann, ehe ich ging, habe ich sie gesehen, aber wann genau, weiß ich nicht mehr. Sie unterhielt sich gerade mit jemandem, ich glaube, es war Karla, jedenfalls trug sie Frack und Zylinder und hatte blondes Haar, aber sie stand mit dem Rücken zu mir, erkennen konnte ich nur Ericas Gesicht. Sie hatte einen etwas seltsamen Blick, ein bisschen fies, dachte ich mir. Wie das gehässige Lächeln, mit dem ein Kind einen bedenkt, bevor es deinen Lieblingsmonstertruck gegen die Wand krachen lässt. Und Karla gestikulierte – mit dem rechten Arm, glaube ich –, aber laut wurde keine von beiden. Dann, als ich ging, traf ich in der Küche zufällig Karla und bedankte mich für die schöne Feier. Sie trug einen weiten Pullover – es war vermutlich mittlerweile zu kalt für das dünne Trikot, und der Zylinder war auch weg. Also kann es nicht Karla gewesen sein, die sich mit Erica unterhalten hat, oder?«

Dieses Thema des »Kostümwechsels« wird uns noch beschäftigen bei unserem Versuch herauszufinden, was wirklich mit Erica bei dieser Zusammenkunft der Elite geschah, aber zunächst einmal: Vergessen wir nicht, dass wir uns auf einer Halloween-Party befinden. Am Abend vor Allerseelen, der Nacht, in der die bösen Geister zum Spielen herauskommen. Und erst, nachdem die eher am Rand stehenden Gäste gegangen waren, ging die Party so richtig los. Es ist nicht überraschend, dass die Sechs von Severn Oaks sich nur sehr zurückhaltend über das äußern, was danach geschah. Das Folgende stammt aus der Aussage, die Peter King gegenüber der Polizei gemacht hat.

»Wir standen bloß rum und unterhielten uns. Es waren schon etliche Leute gegangen, und wir waren weniger, also zogen wir ins Wohnzimmer um, aber es gingen immer noch Gäste ein und aus. Mir ist nicht einmal aufgefallen, dass Erica nicht mehr da war.«

Und Alex Davenport:

»Aus der Zeit nach elf weiß ich nicht mehr viel. Jemand hat Trinkspiele vorgeschlagen, und Karla ist irgendwann ausgeflippt, weil Marcus einen grünen Cocktail umgekippt hat und der Teppich cremefarben ist, oder beige, was weiß ich. Das war's, glaube ich. Sonst war eigentlich nichts.«

Wir sind also bereits von »herumstehen und reden« zu Trinkspielen übergegangen. Ist Erica auf diese Weise zu ihrem hohen Blutalkoholspiegel gekommen? Aber warum sollte sie sich an Trinkspielen mit hochprozentigen Cocktails beteiligen, wenn sie extra alkoholfreien Wein für sich besorgt hatte? Und wie kam es, dass sie in das Baumhaus hochstieg, was ihr den Tod bringen sollte?

Die wahre Frage in dieser Woche ist also, liebe Hörerinnen und Hörer, was geschah auf jener Party, nachdem die anderen Gäste gegangen waren? Und warum sprechen die Sechs von Severn Oaks nicht darüber? Bleiben Sie am Ball – vielleicht finden Sie es ja heraus.

In der nächsten Folge geht es dann um das Mordmotiv.

32

Während der gesamten Folge hatte niemand ein Wort gesprochen. Als die letzten Takte der Titelmusik ertönten, öffnete Felicity die Augen und sah sich in der Küche um. Alle schienen wie erstarrt zu sein, wie in einem dieser Filme, in denen ein Superheld die Zeit stillstehen lassen kann. Miranda, die auf dem Sofa saß, hatte das Gesicht in den Händen vergraben. Karla, die Felicity gegenüber am Frühstückstresen hockte, hielt ihr Glas Wein in der erhobenen Hand, fast als hätte sie vergessen, dass sie eigentlich einen Schluck hatte trinken wollen. Marcus, der hinter ihr stand, hatte ihr die Hand auf den Rücken gelegt, unterhalb des Arms, eine irgendwie intimere Geste, als hätte er ihr die Hand auf die Schulter gelegt – es sah aus, als würde er sie aufrecht halten. Peter war die ganze Zeit im Küchenbereich geblieben und hatte den cremeweißen Fliesenspiegel über dem Spülbecken angestarrt. Alex war der Erste, der das Wort ergriff, was niemanden überraschte.

»Na, das war doch gar nicht so schlimm, finde ich. Obwohl der arme Ben sauer sein wird, weil Larry gesagt hat, dass Martha die Einzige ist, die ihn lustig findet. Es stimmt aber. Was meint ihr?«

Miranda stieß ein lang gezogenes Stöhnen aus, fast als erwache sie aus einem besonders furchtbaren Albtraum. »Hast du dir überhaupt dasselbe angehört wie wir? Das ganze Gerede von *nachdem die anderen Gäste gegangen waren* und dass wir angeblich alle nicht darüber sprechen wollen. Das klingt doch, als hätten wir uns verschworen, Erica zu ermorden! Und was sollte das Ganze über ihren verdammten Blutalkoholspiegel? Und fuck, wie zum Teufel ist er an deine Aussage bei der Polizei rangekommen?«

Es war, als hätte es die übrigen Anwesenden ins Leben zurückkatapultiert, dass Miranda das Wort »fuck« aussprach, als könnte ein heftiges Schimpfwort von den Lippen der sonst so auf Form und Etikette bedachten Miranda Davenport jeden Bann brechen. Alle begannen gleichzeitig zu reden.

»Wer hat im Garten mit Erica gesprochen, als Larry ging?«

»Habt ihr sie trinken sehen? Ich hätte schwören können, dass sie das hat.«

»Mir ist nicht aufgefallen, dass sie keinen Alkohol angerührt hat, wenn ihr wisst, was ich meine. Es wäre mir aufgefallen, wenn sie sich auf Wasser und Limonade beschränkt hätte.«

»Warum tut er das? Wer ist dieser kleine Scheißkerl?«

Felicity sagte etwas, und als sie merkte, dass niemand sie hörte, weil immer noch alle durcheinandersprachen, erhob sie die Stimme. »Jack«, wiederholte sie, so laut und kräftig, wie sie es nach einer Erkenntnis zuwege brachte, die ihr vorkam wie ein Schlag in den Magen. »Es muss Jack sein!«

»Wieso sagst du das?«

Alle hatten aufgehört zu reden und starrten sie an. Felicity schaute sie alle der Reihe nach an und erkannte, dass jeder von ihnen etwas zu verbergen hatte, nicht nur sie. Alle hatten panische Angst, in der nächsten Podcast-Folge aus Andy Noons Mund etwas über das zu hören, was an diesem Abend geschehen war – oder etwas, das Erica über sie wusste. Wie konnten wir bloß so dumm sein zu glauben, dass dieses privilegierte Leben für immer weitergehen würde, dachte sie.

»Am Anfang. Zu Beginn erzählt er, wie Erica sich für die Party zurechtgemacht hat, und dabei kommt eine Bemerkung zur Sprache, die sie gegenüber Jack gemacht hat. Das kann nicht in der Polizeiakte gestanden haben, oder? Darüber wird Jack in seiner Aussage nicht gesprochen haben. Jack und Erica sind die Einzigen, die wissen, was sie vor der Party zueinander gesagt haben, und Erica ist ganz eindeutig tot. Wir haben sie alle gesehen – lieber Gott, wir haben sie begraben. Damit bleibt nur noch Jack übrig.«

»Sie hat recht.« Peters Stimme war hart. So hatte Felicity ihn noch nie erlebt. »Und er ist der Einzige, der nicht als Tatverdächtiger genannt wurde. Steht nicht immer der Ehemann unter Verdacht? Warum nicht diesmal? Weil er Andy Noon ist.«

»Dieser Mistkerl!« Marcus' Gesicht war vor Zorn fleckig rot angelaufen. »Ich bring ihn um.«

33

Marcus hämmerte an die Eingangstür des Hauses, in dem Jack früher mit seiner Frau gewohnt hatte. Die Gruppe war auf die Straße geströmt, nachdem Marcus seine Drohung ausgestoßen hatte, halb in der Absicht, die sich anbahnende Szene zu verhindern, halb deshalb, weil alle erfahren wollten, was Jack sagen würde, wenn er mit Felicitys Erkenntnis konfrontiert wurde. Felicity war auf ihrer Auffahrt stehen geblieben, hin und her gerissen zwischen dem Wunsch, die Konfrontation mitzuerleben, und der Angst, die Zwillinge allein im Haus zurückzulassen. Karla war hinter ihrem Mann hergelaufen und versuchte erfolglos, vernünftig mit ihm zu reden, flehte ihn an, nichts Törichtes zu tun. Miranda wirkte verloren, während ihr Mann das Schauspiel offenbar ungeheuer genoss. Peter, der ganz grau im Gesicht war, blieb an Felicitys Seite.

»Marcus, hör auf damit, bitte! Was erhoffst du damit zu –«

Die Haustür flog auf, und Jack stand vor ihnen. Er wirkte wie ein gebrochener Mann. Felicity gab die Absicht auf, in der Nähe ihrer Zwillingstöchter zu bleiben, und ging zu Miranda und Alex hinüber, die die Szene vom Ende von Jacks Auffahrt aus verfolgten. Peter folgte ihr und legte ihr beschützend die Hand auf den Arm.

»Was willst du, Marcus?«, sagte Jack ruhig. »Meine Kinder schlafen oben.«

»Wag es ja nicht, dich hinter diesen armen Kindern zu verstecken.« Es klang, als müsse Marcus sich sehr zusammenreißen, um nicht zu brüllen. »Komm raus und stell dich uns, du verdammter Feigling!«

Jack starrte Marcus an, und für einen Moment dachte Karla, dass er zuschlagen würde. Schau ihn dir doch an, flehte sie ihren Mann stumm an. Sieht er etwa so aus, als würde er hinter dem Ganzen stecken?

Jack schüttelte den Kopf und murmelte etwas, dann trat er aus der Tür und schloss sie hinter sich. Er folgte Marcus zum Ende der Auffahrt. Karla lief hilflos hinterher.

»Also, was soll das?«, fragte er und schaute die Gruppe an. Niemand außer Marcus konnte ihm in die Augen sehen. »Was habt ihr hier verloren?«

»Wir haben uns deinen Podcast angehört«, zischte Marcus und zeigte drohend mit dem Finger auf ihn. »Und wir würden gern wissen, warum zum Teufel du behauptest, dass einer von uns Erica umgebracht hat.«

Als der Name seiner Frau fiel, verzog Jack schmerzlich das Gesicht, und Karla empfand erneut Mitgefühl für den Mann, der vor ihnen stand. Er hatte seine Frau und sein Kind verloren, vielleicht sogar den Verstand. Welches Recht hatten sie, ihn zu verurteilen, selbst wenn tatsächlich er hinter den Anschuldigungen steckte? Ganz besonders sie und Marcus. Vielleicht erklärte das ja die extreme Reaktion ihres Mannes – er wusste sehr gut, dass er Grund hatte, sich schuldig zu fühlen.

»Und hast du, Marcus? Hast du meine Frau umgebracht? Und ihr ungeborenes Kind?«

Marcus trat einen Schritt zurück, als hätte man ihn geschlagen. »Wie kannst du es wagen!« Er wollte mit geballten Fäusten auf Jack losgehen, aber Karla packte ihn am Arm.

»Marcus, nicht!«

»Nur zu!«, schrie Jack. »Schlag mich doch! Es wird nichts

ändern. Und zu deiner Information, es ist nicht mein Podcast, verdammt.«

Felicity trat einen Schritt vor. »Wir haben es selbst gehört, Jack. Bloß du konntest wissen, was Erica gesagt hat, als ihr euch für die Party fertig gemacht habt – niemand sonst kann von deiner Bemerkung wissen, dass du mit der Maske nichts würdest trinken können.«

Als Felicity die Worte laut aussprach, hörte Karla Jacks Stimme im Kopf – nicht das, was er hier und heute gesagt hatte, es war an einem anderen Abend gewesen. Ähnlich wie an diesem Abend waren sie alle versammelt gewesen, allerdings zu einem fröhlicheren Anlass: einer Party. Einer Halloween-Party.

*Ich habe vorhin zu Erica gesagt, dass ich mit dieser blöden Maske nichts werde trinken k*önnen, gefolgt von einem tiefen, dröhnenden Lachen, einem Lachen, das man seit fast einem Jahr nicht mehr gehört hatte. *Die freche Nuss meinte, ich würde schon einen Weg finden – würde ich ja immer.*

»Es könnte jeder von uns sein«, flüsterte sie, aber niemand achtete auf sie.

»Und das bedeutet, dass ich es bin, ja? Deshalb soll ich Andy Noon sein? Ich war den ganzen Abend hier und habe mir das verdammte Dings angehört, und zwar allein – im Gegensatz zu euch, wie ich sehe. Schön, dass ich auch zur Party eingeladen wurde – obwohl ich glaube, dass ich mich in Zukunft von euren Partys lieber fernhalten werde. Wie kann ich es gewesen sein, wenn ich doch hier bin?«

Er weiß nicht einmal, wie ein Podcast funktioniert, dachte Karla. Sie wollte etwas sagen, doch Felicity war schneller.

»Es ist nicht live.« Ihre Stimme klang ganz dünn, als wären auch ihr Zweifel gekommen, ob wirklich Jack dahintersteckte. »Es wird vorher aufgezeichnet und dann hochgeladen. Du könntest es irgendwann … ich meine, jeder könnte es zu irgendeinem beliebigen Zeitpunkt aufgezeichnet haben.«

»Jeder?« Karla zuckte zusammen, als ihr Mann ihre beste Freundin anfuhr. »Ach, jetzt ist es plötzlich niemand Bestimmtes mehr? Du warst es doch, die gesagt hat, dass es Jack sein muss!«

»Ich sagte … ich meine, Jack, du bist schließlich der Einzige, der wissen kann, was du vor der Party zu Erica gesagt hast, es war ja sonst niemand da.« Aber mittlerweile schien sie sich ihrer Sache nicht mehr so sicher zu sein. Ihre blauen Augen schimmerten feucht, und Karla fiel auf, dass Peter ihren Arm ganz fest umfasst hielt.

Ein Gedanke schoss ihr durch den Kopf. Sind sie etwa … Nein, das hätte Felicity ihr erzählt, und sie hatte nicht vor, weitere übereilte Schlussfolgerungen zu ziehen. In dieser Disziplin hatte Marcus bereits zu viel geleistet.

»Ist er nicht.« Karla fand endlich ihre Stimme wieder und merkte, wie der Blick ihres Mannes sich auf sie richtete. »Der Einzige, der es wissen kann, meine ich. Er hat es erzählt – auf der Party. Seine Bemerkung gegenüber Erica, dass er mit der Maske nichts würde trinken können, und was sie erwidert hat. Es war noch ganz am Anfang, bevor wir alle zu viel getrunken hatten. Also hätte jeder davon wissen können.«

Marcus riss die Augen auf, und sie spürte einen leisen Schmerz in der Brust. Sie fühlte sich schrecklich. Sie hatte zugelassen, dass ihr Mann sich total zum Narren machte.

»Und das fällt dir erst jetzt ein?« Er sagte das ohne die wilde Wut, mit der er auf Jack losgegangen war. So sprach er niemals mit ihr. Er wurde nie wirklich wütend auf sie. Es war, als ob sie so sehr ein Teil von ihm wäre, dass er sich praktisch selbst anschreien würde, wenn er sie anbrüllte. So gingen sie einfach nicht miteinander um.

»Es tut mir leid, Marcus.« Tränen traten ihr in die Augen. »Aber es ist mir gerade erst eingefallen. Und du bist so schnell davon …«

Er schüttelte den Kopf und seufzte. Dann hob er den Blick und sah Jack in die Augen. »Es tut mir leid, Kumpel. Ich hätte nie … wir sind alle einfach total – obwohl das, was du durchmachen musst, natürlich viel schlimmer ist. Ich kann mir kaum ausmalen …« Seine Stimme versagte, und er ließ den Kopf hängen.

Jack schniefte. Er sah immer noch wütend aus, aber auch, als fehlte ihm die Kraft, sich weiter zu streiten. Marcus und Jack, alle Männer in der Straße eigentlich, waren immer so gute Freunde gewesen – mehr als die Frauen in gewisser Weise. Die Frauen sahen sich häufiger, sie trafen einander jeden Tag an den Schultoren und blieben stehen, um kurz zu plaudern, wenn sie einander auf der Straße begegneten. Mary-Beth und Erica waren eng befreundet gewesen, ebenso wie Felicity und Karla es waren. Doch davon abgesehen konnten die Frauen einander insgeheim kaum ertragen. Die Männer hingegen sahen längst nicht so viel voneinander, aber wenn sie sich trafen, schienen sie ehrliche Sympathie füreinander zu empfinden; da war keine Spur von heimlicher Konkurrenz, keine giftigen Sticheleien. Ob wohl irgendeine Freundschaft diese Sache überstehen würde?

»Vergiss es. Es ist eine verrückte Situation. Ich hätte dich das nicht fragen dürfen, das über …« Seine Stimme brach. »Das über Erica. Es ist nur – wer zum Teufel ist dieser Typ? Woher weiß er so viel? Und was will er? Mir ist nie der Gedanke gekommen, Ericas Tod könnte etwas anderes gewesen sein als ein blöder Unfall. Und jetzt will ich von meinen Nachbarn wissen, ob sie meine Frau umgebracht haben, verdammt, wie irgendein paranoider Verschwörungstheoretiker. Das ist alles so total beschissen, das ist alles.«

Da tat Marcus etwas, was Karla ihn noch nie bei einem anderen Mann hatte tun sehen, abgesehen von seinem Sohn. Er trat einen Schritt vor und zog Jack in eine feste Umarmung. Eine männliche Umarmung, aber trotzdem eine Umarmung.

»Es tut uns wirklich sehr leid, Jack«, sagte Felicity, »dass wir dich beschuldigt haben, und dass wir dich nicht eingeladen haben. Wir waren einfach …«

Wir haben uns einfach zu große Sorgen gemacht, was du zu hören bekommen könntest, dachte Karla, als ihre Freundin verstummte und den Satz nicht zu Ende sprach. Wir waren besorgt, du könntest erfahren, was wirklich mit Erica passiert ist.

34

»Komm schon, Charity. Ich habe dich gebeten, ins Auto zu steigen, also legst du das vielleicht einfach hin und … meine Güte, nein, ich weiß nicht, wo das blöde Einhorn ist!«

Die sechsjährige Charity verzog das Gesicht, als würde sie gleich anfangen zu weinen, und Miranda holte tief Luft. Ach du Scheiße, das Letzte, was sie an diesem Morgen brauchen konnte, war ein dramatischer Zusammenbruch wegen eines Pferdes mit einem Stöckchen auf der Stirn. »Ich sag dir was« – sie sprach leise und schnell, als müsse zwangsläufig jemand dieses Beispiel katastrophaler Erziehung mitbekommen. »Wenn du jetzt einsteigst und dich anschnallst, ohne weiter Probleme zu machen, kaufe ich dir nachher, wenn du aus der Schule kommst, zwei Einhörner.«

Charity hob die blonden Augenbrauen, und Miranda wurde plötzlich von der Erkenntnis getroffen, dass sie die Brut Satans großzog. Das Mädchen war genau wie ihr verdammter Vater.

»Drei Einhörner«, forderte sie. »Und ein Eis.«

Miranda stieß die Luft aus. »Also gut.« In diesem Moment hätte sie vermutlich auch eingewilligt, wenn ihre Tochter zudem ein Pony und ein Ferienhaus auf den Bahamas gefordert hätte. Alles, wenn sie nur endlich ins Auto stieg.

Es war der erste Schultag nach den Ferien, der Morgen nach dem dritten dieser furchtbaren Podcasts und dem entsetzlichen Showdown mit Jack Spencer. Und ihr Mann, der Blödmann, hatte jede Sekunde davon genossen. Er war praktisch ausgelassen gewesen, als sie endlich nach Hause kamen, und hatte gegrinst, als wäre er gerade aus einem Bruce-Willis-Film gekommen – Alex liebte Bruce Willis.

»So gut unterhalten habe ich mich schon lange nicht mehr, und ich musste dafür nicht mal eine neue Hypothek auf das Haus aufnehmen. Leider gab's keine Hotdogs.« Er runzelte die Stirn und schien ernsthaft enttäuscht darüber, dass bei der hochgradig peinlichen Straßenschlägerei, die Marcus Kaplan fast mit einem trauernden Witwer angefangen hätte, keine Hotdogs gereicht worden waren. Gott allein wusste, was die restlichen Anwohner der Straße von ihnen dachten. Vielleicht würden sie, die Sechs von Severn Oaks, aus Severn Oaks hinausbefördert und aus der Gemeinschaft ausgeschlossen werden, um fürderhin jenseits der Mauern zu leben. Würde ihr, Miranda, nur recht geschehen, nach dem, was sie getan hatte.

Es hatte sie ihre gesamte Kraft gekostet, dazusitzen und sich zusammen mit den anderen anzuhören, wie dieser furchtbare Mensch Andeutungen darüber machte, was wohl geschehen war, nachdem die anderen Gäste gegangen waren. Als wären sie Sektenmitglieder, die bloß darauf warteten, dass die »normalen« Paare gingen, bevor sie eins ihrer Mitglieder opferten. Es war ein Unfall gewesen, alle wussten, dass Erica betrunken gewesen war – alle hatten mitbekommen, wie sie die arme Felicity und den armen Peter getriezt hatte, wie sie gegen Karla gestichelt hatte. Und wie sie sich an Marcus rangeschmissen hatte, obwohl Jack das nicht sonderlich zu stören schien. Nicht dass Miranda selbst sich noch an allzu viel erinnern konnte – sie hatte etwas mehr getrunken als beabsichtigt, besonders nachdem Marcus mit seinen widerlichen, speziell gemixten purpurfarben Shooters gekommen war.

Sie fuhr auf ihren üblichen Stellplatz vor der Schule und stellte den Motor ab. Als sie sich umdrehte, um Charity beim

Abschnallen zu helfen, hämmerte jemand gegen das Türfenster. Das runde, gerötete Gesicht von Jean Whittleby, Parkwächterin der Severndale-Grundschule, Aufschließerin der Schultore und Informationsquelle schlechthin, war gegen das Fenster auf der Fahrerseite gedrückt. Miranda zwang sich in den Schulmodus, etwas, worin sie seit Jahren geübt war. Sie setzte ein breites Lächeln auf und stellte den Motor wieder an, um das Fenster herunterlassen zu können. »Jean! Morgen! Wir haben Ihr lächelndes Gesicht am Morgen vermisst, nicht wahr, Charity?« Ohne abzuwarten, dass ihre Tochter einwarf, sie habe Jean aber noch nie lächeln sehen, setzte Miranda ihre Charmeoffensive fort. »Hatten Sie einen schönen Sommer? Wenigstens war in diesem Jahr das Wetter gut, obwohl der Sommer ja immer zu schnell vorbeigeht, nicht wahr? Charity, Süße, bist du fertig?« Sie wechselte zu einem entschuldigenden Lächeln und deutete auf den Rücksitz. »Ich bringe sie besser rein – wir wollen doch nicht, dass du am ersten Schultag in der neuen Klasse zu spät kommst, Schatz, oder?«

»Sie können hier nicht parken.«

Das kam so unerwartet, dass Miranda für eine Sekunde gar nicht begriff, was die Worte bedeuten sollten. Was war los mit der Frau? War sie total durchgedreht?

»Wie bitte?« Niemals aufhören zu lächeln. Man kann zu Leuten sagen, was man will, solange man dabei lächelt, jedenfalls war das ihre Erfahrung. Selbst wenn einem eher danach war, jemandem einen Klebestift ins Auge zu stoßen, mit einem Lächeln und Blickkontakt konnte man normalerweise jeden für sich gewinnen.

»Dieser Stellplatz ist nur für Taxis und den Schulbus …«, brachte Jean eher zögerlich vor. »Sie werden woanders parken müssen, Mrs. Davenport.«

Also war sie jetzt Mrs. Davenport? Sonst hatte Jean sie

immer Miranda genannt. Natürlich wusste sie, dass sie hier nicht parken durfte, technisch gesehen, aber der Schulbus war längst weg und sie hatte immer hier geparkt.

»Das war doch noch nie ein Problem. Sonst ist alles zugeparkt. Wir werden zu spät kommen.«

Für den Bruchteil einer Sekunde zögerte Jean, dann verhärtete sich ihre Miene wieder. »Tut mir leid, aber die Sache wurde auf einer Konferenz angesprochen. Anweisung der Schulleitung. Sie werden von hier wegfahren müssen.«

Eine Konferenz? Aber Miranda gehörte doch zum Schulbeirat – es gab keine Konferenzen ohne sie! Sie warf einen letzten Blick auf Jeans entschlossenes Gesicht und seufzte. Das Letzte, was sie heute brauchen konnte, war ein Streit vor dem Schultor. »Na schön«, sagte sie und drückte mit hochrotem Kopf auf den Knopf, um die Scheibe wieder hochfahren zu lassen, was diese mit einem befriedigenden Sirren tat und Jean ausschloss, bevor diese Paragrafenreiterin zu irgendwelchen Ansprachen ansetzen konnte. Als Miranda aus der Parklücke setzte und weiterfuhr, bemerkte sie, dass einige Mütter die Szene interessiert verfolgt hatten.

»Wo wollen wir denn hin, Mami?«, fragte Charity. »Müssen wir heute nicht in die Schule?«

Kurz überlegte Miranda, ob sie antworten sollte, nein, die Schule fällt heute aus, um dann sofort ins sichere Severn Oaks zurückzufahren und mit ein paar Türen zu knallen. Wut stieg in ihr auf. Das war es, was die alte Miranda getan hätte. Entweder das, oder sie wäre direkt auf den Spielplatz der Schule gebrettert und zum Teufel mit ihnen allen. Aber heute hatte sie nicht die Energie, sich auf eine Auseinandersetzung einzulassen – nicht nach gestern Abend. Und außerdem durfte sie nicht zulassen, dass Charity wegen der Sturheit ihrer Mutter in der neuen Klasse gleich Fehlstunden eingetragen bekam. Suche dir deine Kämpfe sorgfältig aus, das war eine weitere Regel, die sie gelernt hatte. Schließlich ging es darum, den Schein zu wahren. Diese blöde Ziege sollte nicht merken, wie sehr sie Miranda getroffen hatte. Sie würde die Frau einfach melden, weil sie in den Schultoiletten rauchte – die arme Jean dachte wohl, sie wäre die Einzige, die etwas über andere wusste.

»Wir müssen ein Stück weiter unten parken, Schatz, unser Stellplatz wird heute gebraucht. Es sind nur ein paar Schritte.«

Doch wie sie vorhin vorhergesagt hatte, war die Straße mittlerweile fast völlig zugeparkt, und Miranda musste den Wagen fast zwei Straßen entfernt abstellen. Charity beschwerte sich lautstark darüber, dass sie tatsächlich zur Schule zu Fuß gehen musste, und bis Miranda sie aus dem Auto bugsiert hatte, samt Schultasche, Sportzeug und Draußenspiel-Klamotten, war es drei Minuten vor neun.

»Charity, Schatz, beeil dich bitte! Ja, ich weiß, aber so weit ist es nun auch wieder nicht, und wir wollen doch am ersten Schultag nicht zu spät kommen!« Miranda war immer pünktlich. Normalerweise hielt sie direkt vor der Schule und hatte Charity in unter zwei Minuten abgeliefert. Als sie wieder bei der Schule anlangten, schaute Jean nicht einmal in ihre Richtung. Genieß deinen Job, solange du ihn noch hast, dachte Miranda gehässig.

Am Schultor hörte sie, wie es klingelte. Verdammt! Jetzt würde sie durch den Empfangsbereich gehen müssen, einen schmachvollen Gang, den sie schon bei zahlreichen anderen Eltern miterlebt hatte. Sie hatte sie verurteilt, weil sie nicht besser vorbereitet waren und nicht die Geistesgegenwart besaßen, näher an der Schule zu parken.

»Morgen, Mrs. Davenport.« Gina vom Empfang war offenbar bereits über den Wechsel der Anrede informiert. Miranda konnte sich nicht erinnern, wann sie zum letzten Mal in der Schule mit Nachnamen angeredet worden war. Im letzten Jahr war sie ebenso Teil der Schule geworden wie Gina oder die blöde Jean. »Bisschen spät dran heute?«

Miranda verbiss sich die wütende Schimpfkanonade, die hervorzubrechen drohte, und lächelte gezwungen. Gina sollte besser aufpassen, sonst würde sie feststellen, dass ihr Verstoß gegen die »keine Smartphones in der Schule«-Regel der Schulleiterin hinterbracht worden war. »Bloß ein paar Anfangsschwierigkeiten, wir müssen uns erst wieder eingewöhnen«, sagte sie, in der Hoffnung, damit vermittelt zu haben, dass die Verspätung nicht ihre Schuld war. Zumindest schien Charity nichts mitzubekommen, sondern lief fröhlich zu ihrem neuen Klassenzimmer. Die Lehrerin hob die Hand und lächelte schwach, als das kleine Mädchen sich zu seinen Mitschülern gesellte.

Einen Vorteil hatte es ja, dass sie so spät dran waren. So bestand keine Gefahr, dass Miranda am Hintereingang auf die anderen Mütter –

Doch auf dem Weg zum Ausgang stellte sie bestürzt fest, dass drei der Mütter aus Charitys Klasse dort zusammenstanden und plauderten.

Einfach vorbeirauschen, sagte Miranda sich. Einfach weitergehen, mit erhobenem Kopf, lächeln und …

»Morgen!«, rief sie strahlend, überzeugt, dass sie es schaffen würde, an ihnen vorbeizukommen, ohne in Tränen auszubrechen. Na bitte, sie hatte alles im Griff.

»Miranda!« Wie verabredet traten die drei Frauen auseinander und verteilten sich so auf dem Weg, dass sie ihr fast vollständig den Weg versperrten. Wenn ihr nicht so elend zumute gewesen wäre, hätte sie darüber gelacht, wie perfekt choreografiert das wirkte. Vielleicht sollten die drei ihr Glück mal bei der Talentshow der Schule versuchen – beziehungsweise der Show der Talentfreien, wie Miranda es insgeheim nannte.

»Wie geht es dir denn?« Cynthia Elcocks Stimme triefte vor Anteilnahme. Sie hatte den Kopf zur Seite gelegt, so wie Leute es tun, wenn sie mit jemandem sprechen, der an einer unheilbaren Krankheit leidet.

»Mir geht's gut, danke.« Miranda machte einen Schritt nach vorn, aber ohne die Verteidigerinnen Pria Hamilton oder Stephanie Green vom Gehweg zu stoßen, kam sie nicht weiter. »Ich bin ein bisschen in Eile, ehrlich gesagt.«

»Ja, ich habe gerade gesagt, erstaunlich, dass du so spät dran bist. Wo steht denn dein Wagen?«

»Ein Stück die Straße hinunter – Charity, der kleine Schatz, wollte heute gern mal ein Stück zu Fuß gehen. Sie hat den ganzen Sommer über Fitness geredet – muss das Alter sein.« Miranda war sich fast sicher, dass Pria gerade durch das Schultor gegangen war, als sie von ihrem üblichen Parkplatz verwiesen wurde, aber wenn sie es mitbekommen hatte, sparte sie sich die Geschichte für später auf, wenn Miranda außer Hörweite war.

»Oh, wie toll von Charity.« Ja, sie hatten es eindeutig schon gehört. »Gibt es eigentlich irgendwas Neues über Mary-Beth? Vorhin haben wir gesehen, dass die Kinder von der Oma zur Schule gebracht wurden, aber wir wollten nicht fragen …«

»Nicht, dass ich wüsste.« Miranda blieb kurz angebunden.

»Oh.« Cynthia wirkte eindeutig irritiert, erholte sich jedoch schnell. »Und wie wirst du mit diesen ganzen albernen Gerüchten über Ericas Tod fertig? Wir wollten dir noch versichern, dass natürlich keiner von uns glaubt, dass du irgendwas damit zu tun haben könntest.«

Andere aber schon, das war die eindeutige Botschaft. Miranda schluckte ihre Wut hinunter. Die wollen nur eine Reaktion von dir sehen. Damit sie Klatsch weitergeben können. Das ist nichts Persönliches.

»Das will ich doch meinen, schließlich seid ihr alle viel zu intelligent, um euch etwas anzuhören, was nichts weiter als ein extrem kranker Witz ist.« Miranda sah, dass der Mut Stephanie zu verlassen schien. Wäre Cynthia nicht gewesen, hätte sie mit dieser Bemerkung das Duell für sich entschieden und hätte davongehen können, sicher im Wissen, dass die anderen sich angemessen zurechtgewiesen fühlten. Cynthia war allerdings wie ein Pitbull – mit einfacher psychologischer Kriegsführung würde sie bei der nicht weiterkommen. Sie hatte ein selbstzufriedenes Strahlen im Gesicht, als genieße sie Mirandas Unbehagen.

»Ein Witz, ja. Bloß dass es nicht sonderlich komisch ist, oder? Und was dieser Mensch alles weiß … es wirkt jedenfalls so, als hätte da jemand gründlich recherchiert.«

»Tja, du hattest dich auch gründlich über den Brexit informiert, als du auf Facebook all diese Bilder von Boris' Bus geteilt hast – und sieh nur, wohin dich das gebracht hat. Ein Bus voller Bananenscheiße.«

Stephanie und Pria zuckten zusammen, entsetzt über den Verlauf, den das Gespräch nahm, aber auch fasziniert. Cynthia lächelte, und ihre Augen blitzten. Sie erinnerte an eine Python vor dem Angriff.

»Ich mag mir gar nicht vorstellen, wie es sein muss, wenn einen jemand des Mordes beschuldigt.« Das Wort »Mord« hauchte sie praktisch, ganz im Hollywood-Stil, und zog es so weit in die Länge wie irgend möglich.

Miranda widerstand dem Drang, sich über Cynthias begrenzte Vorstellungskraft auszulassen. »Es ist gar nicht so schlimm, wie man annehmen könnte«, konterte sie mit einem Lächeln. »Man bekommt jedenfalls viel leichter einen Platz im Coffeeshop.«

»Aber keinen Parkplatz.«

Miranda lachte perlend. »Das hat Spaß gemacht, Cynthia, aber ich muss jetzt wirklich los. Ich hab noch was Wichtiges zu erledigen.« Sie drängte sich an Pria vorbei, die rasch zur Seite trat – offenbar hatte sie erkannt, dass sie dieser Sache nicht gewachsen war.

»Nur noch eins.«

Miranda drehte sich um und sah, dass Cynthia praktisch feixte.

»Stimmt es, was man sich über das Baby erzählt? Dass es nicht von Jack ist? Und der Vater jemand war, der Erica sehr nahestand?« Sie wartete die Antwort nicht ab. »Wäre es nicht einfach grauenvoll, erfahren zu müssen, dass dein Mann einer deiner Freundinnen ein Kind gemacht hat? Ich würde sterben wollen. Oder sie umbringen vielleicht.« Damit drängte sie sich mit einem höhnischen Grinsen an Miranda vorbei, die sich vorkam, als hätte ihr jemand einen Schlag in die Magengrube versetzt.

35

»Okay, danke, dass Sie gekommen sind.« Detective Harveys Stimme sorgte für Aufmerksamkeit und dämpfte den Geräuschpegel im Raum. Die Augen von drei Personen wandten sich ihm zu – keine große Zahl für eine Suchmannschaft, aber mehr gaben die Mittel, die für die Suche nach Mary-Beth King zur Verfügung standen, nicht her. Die Informationen an der Tafel zu seiner Linken waren spärlich; seit dem Auffinden des Fahrzeugs vor fast zwei Wochen hatte es keine neuen Hinweise gegeben. Jedenfalls bis heute nicht.

»Ich habe Sie hier zusammengerufen, weil auf der Hotline ein Hinweis darauf eingegangen ist, wo Mrs. King sich am 20. August aufgehalten hat – dem Tag ihres Verschwindens. Der Anruf kam von einem Taxifahrer, der ihr Foto im Fernsehen gesehen hat und glaubt, dass er sie am Tag ihres Verschwindens gegen 19.00 Uhr in seinem Taxi sitzen hatte.«

»Warum hat es so lange gedauert, bis er sich gemeldet hat?«, fragte DC Allan.

»Er hielt sich da bedeckt, aber die äußerst scharfsinnige Kollegin von der Hotline konnte feststellen, dass seine Lizenz abgelaufen war und er sie erst erneuert hat, ehe er uns anrief – etwas, das wir übersehen werden, wenn er sich weiter hilfreich zeigt. Hat jemand Zeit, gleich hinzufahren und mit ihm zu sprechen?«

»Ich.« DC Allan hob erneut die Hand. *Quelle surprise!* War er selbst wirklich auch mal so eifrig gewesen? Er erinnerte sich, dass seine Hand hochgeschossen war, wann immer

DCI Barrow fragte, ob jemand etwas übernehmen wolle. Das war es, was ihn zum ersten Mal nach Severn Oaks gebracht hatte. Als er zum ersten Mal vermutet hatte, dass es einen Mörder hinter den Toren gab.

»Gut, danke. Bevor wir zum Schluss kommen – ich nehme an, Sie haben sich alle unseren ureigenen Krimi-Podcast angehört?«

Drei Köpfe nickten. Natürlich hatten sie das – wie es schien, redete jeder in Cheshire und vermutlich darüber hinaus über *Die Wahrheit über Erica*. Sogar seine Mutter hatte ihn gestern Abend noch angerufen, um zu fragen, welcher der Sechs von Severn Oaks denn die arme Frau umgebracht hätte. Die Sechs von Severn Oaks, du meine Güte.

»Gut. Ebenso wie unsere Freunde von der Presse, wie es scheint, diese Parasiten.« Sein Blutdruck stieg beim bloßen Gedanken an die Journalisten, die neben ihren Smartphones saßen und ganz gierig nach den pikanten Details waren. Es war sicher hilfreich – oder auch nicht, je nachdem, wie man es sehen wollte – dass sich das Drama in Severn Oaks abspielte. Es machte die Sache noch geheimnisvoller – ein Mord hinter verschlossenen Toren –, und es war immer reizvoller, wenn die Beteiligten wohlhabend waren. Und dass auch Marcus und Karla Kaplan darin verwickelt waren, war ein Jackpot für die Boulevardpresse. Genau wie Barrow vor einem Jahr vermutet hatte. »Ich möchte die Gelegenheit ergreifen, um noch einmal zu wiederholen, dass niemand mit der Presse sprechen darf – Sie können alle an mich verweisen, damit ich die Anrufe persönlich ignorieren kann.«

»Werden die Ermittlungen wieder aufgenommen, Sir? Im Fall Erica Spencer?«

Auf diese Frage hatte er gewartet, und er hätte wissen müssen, dass sie von Allan kommen würde. Dieser Mann

GAB! EINFACH!! NICHT! AUF!! Seit dem ersten Podcast hatte Harvey an kaum etwas anderes gedacht als an seinen ersten Besuch in Severn Oaks. Vielleicht hatten sie ihn nicht alle sofort wiedererkannt, aber er konnte sich noch deutlich an ihre Gesichter erinnern. Karla Kaplan und Felicity Goldman tränenüberströmt, die teure Mascara verschmiert; Miranda Davenport, die die ganze Zeit geradeaus starrte, als hätte sie einen schweren Schock erlitten. Das übertrieben selbstsichere Gehabe der Männer, die damit ihre Nervosität kaschieren wollten. Die Stimme von DCI Barrow, der klarstellte, dass niemand einen Skandal wollte, in den die Kaplans verwickelt waren.

Harvey versuchte, einen lauten Seufzer zu unterdrücken. »Nein, die Ermittlungen werden nicht wieder aufgenommen. Das Gericht hat auf Tod durch Unfall befunden, und bislang haben wir nicht den kleinsten echten Beweis für das Gegenteil gehört. Wenn wir den Fall neu aufrollen, nur weil irgendein True-Crime-Junkie versucht, die nächste Sarah Koenig zu werden – schauen Sie nicht so überrascht drein, Allan, ich bin mit der Populärkultur bestens vertraut, ich kenne *Serial* –, würde das nur Zweifel an den damaligen Ermittlungen wecken, die von mir persönlich durchgeführt wurden, und zwar nach allen Regeln der Kunst. Ich bestreite ja gar nicht, dass es einen Zusammenhang zwischen dem Podcast und dem Verschwinden von Mary-Beth King geben könnte, aber Erica Spencers Tod war ein Unfall. Und ich will nicht, dass irgendein Mitglied dieses Teams auch bloß laut denkt, dass wir damals einen Fehler gemacht haben könnten, sonst behaupten diese Wichser von Journalisten gleich wieder, die Polizei wäre inkompetent. Also machen wir uns an die Arbeit, die Besprechung ist hiermit beendet.«

36

Wäre es nicht einfach grauenvoll, erfahren zu müssen, dass dein Mann einer deiner Freundinnen ein Kind gemacht hat? Ich würde sterben wollen. Oder sie umbringen vielleicht.

Die Worte waren ihr im Kopf herumgewirbelt und gegeneinandergeprallt, bis sie keinen Sinn mehr ergaben. Ich würde sterben wollen. Sie umbringen. Ein Kind gemacht. Das Baby umbringen. Die Freundinnen umbringen. Grauenvoll. Grauenvoll. Grauenvoll. Ich würde sie umbringen wollen.

Hatte sie Erica ermorden wollen? Sie glaubte nicht. Es wäre ihr nie in den Sinn gekommen, jemandem wehtun zu wollen. Gut, sie hatte in ihrem Leben einige Dinge getan, die andere Leute vermutlich für schlecht halten würden, aber nur Dinge, die ebendiese Leute ebenfalls tun würden, wenn sie wüssten, dass sie nicht erwischt werden würden. Wie das eine Mal, als sie mit dem Autoschlüssel den Lack eines Wagens zerkratzt hatte – dieser grässliche Mann hatte sie eine dämliche Kuh genannt, als sie ihn darauf hinwies, dass er auf einem Eltern-Kind-Parkplatz stand, ohne dass ein Kind in Sicht gewesen wäre. Das Kratzen von Metall auf Metall, als der Schlüssel eine tiefe silberne Rille in den schwarzen Lack grub, war befriedigender gewesen als jeder Orgasmus, den sie je gehabt hatte. Und dann der Anruf bei der landesweiten Kfz-Zulassungsstelle, als ein Lieferwagenfahrer auf die Hupe gedrückt hatte, weil sie drei Sekunden zu lange gebraucht hatte, um in ihre Straße einzubiegen. Sie hatte von ihrer Dashcam sein Nummernschild notiert und ihn im Internet überprüft.

Und siehe da, er fuhr seit sechs Tagen ohne gültige MOT-Plakette herum.

Doch durch keine dieser Aktionen hatte jemand körperlichen Schaden erlitten. Es waren unbedeutende, kleinliche Racheakte gewesen – niemand war dabei zu Tode gekommen.

Aber diesmal schon.

Sie drehte ihren Rocksaum zwischen den Fingern und wickelte den dünnen Stoff um den Zeigefinger, bis die Fingerkuppe rosa anlief. Jedes Mal, wenn die Tür aufschwang und so laut gegen die Wand krachte, als würde sie aus den Angeln gerissen werden, hob Miranda ruckartig den Kopf. Irgendwann kam dann die hübsche Polizistin mit dem blonden Haar durch die Tür.

»Mrs. Davenport, ich höre, Sie haben Informationen zum Tod von Erica Spencer.«

»Ja, ich, äh …« Plötzlich kam ihr das Ganze gar nicht mehr wie eine gute Idee vor. Im Gegenteil: Es fühlte sich an wie eine grauenhafte Idee.

Die Polizistin sah sie mit zusammengekniffenen Augen an. »Hier nicht«, sagte sie knapp. »Kommen Sie mit.«

Sie wandte sich so unvermittelt um, dass Miranda aufspringen musste, um ihr zu folgen. Wo gingen sie hin?

Du wirst vernommen werden, wahrscheinlich sogar festgenommen. Schau dich gut um, Miranda. Dies ist vielleicht das Letzte, was du als freie Frau siehst. Plötzlich wünschte sie sich eindringlich, sie hätte sich richtig von ihren Kindern verabschiedet. Sie wünschte, sie hätte ihnen einen ordentlichen Kuss gegeben, damit sie sich die nächsten zehn bis fünfzehn Jahre an die Berührung der Lippen ihrer Mutter erinnern konnten. Sie hatte kaum mit Alex gesprochen, bevor sie das Haus verließ, aus Angst, sie könnte damit herausplatzen, dass sie gar nicht einkaufen ging, sondern sich stellen wollte. Hätte er versucht, sie aufzuhalten? Hätte er geweint, wenn er gewusst hätte, was sie für ihn tun wollte? Wie anders wäre das alles verlaufen, wenn sie einfach ehrlich gewesen wäre?

Die Polizistin hatte das Tempo beschleunigt, ohne darauf zu achten, dass Miranda keine Ahnung hatte, wo sie hingingen. Sie hastete hinter ihr her, einen langen, engen Flur entlang. Sie fühlte sich an diesen Film erinnert, den die Kinder so liebten, *Charlie und die Schokoladenfabrik*, mit dem Flur, der immer schmaler wurde, bis er einen von allen Seiten umschloss und man nicht mehr atmen konnte.

Miranda bekam keine Luft mehr.

37

Die Septembersonne schien hell durch die Bäume, sodass Felicity jedes Mal die Augen zukneifen musste, wenn Amalie wieder zur Erde zurücksauste. Sie versetzte der Schaukel einen heftigen Schubs, und Amalie segelte wieder zum Himmel hoch. »Höher, Mami!« Das kleine Mädchen kreischte vor Entzücken. »Höher!«

»Wie war deine Woche?«, fragte sie Karla, als sie Amalie wieder Anschwung gab.

Die Freundin seufzte. »Zach war diese Woche furchtbar still.« Sie schaute Mollie zu, die mit den Händen die Erde unter dem Baum hinten im Garten aufgrub. »Ich habe ihn gefragt, was los ist, aber er will nicht mit mir reden. Ich habe den Eindruck, dass es mit dem Podcast zusammenhängt. Vermutlich reden alle seine Mitschüler darüber und über seine mörderischen Eltern.«

»Ja, ich kann von Glück sagen, dass die Zwillinge noch zu klein sind, um zu verstehen, was los ist. Was für die anderen Mütter leider nicht gilt. Hast du das mit Miranda gehört? Ich habe mitbekommen, wie eine Mutter sagte, Miranda sei gezwungen worden, auf der Straße zu parken wie der Rest des gemeinen Volks. Sie hat regelrecht frohlockt darüber.«

Karla nickte. »Habe ich auch gehört. Es ist, als hätten alle nur darauf gewartet, dass so was passiert. Ich dachte immer, wir würden zur Schulgemeinschaft gehören, obwohl wir in Severn Oaks wohnen. Das gefiel mir so an diesem Ort. Ich kam mir immer vor wie ein Teil der Familie. Und jetzt scheint es, als würden Leute, die ich für meine Freunde gehalten habe, bloß darauf warten, dass wir auf die eine oder andere Weise zur Strecke gebracht werden.«

»Das ist wohl leider die menschliche Natur. Ich habe glücklicherweise das meiste nicht mitbekommen, da ich die Zwillinge ja zur Frühgruppe bringe, aber nach Schulschluss habe ich immer das Gefühl, dass alle hinter vorgehaltener Hand tuscheln, wenn ich mich einer Gruppe nähere.«

»Wird Zeit, dass sie was anderes finden, über das sie sich das Maul zerreißen können. Andererseits: Wenn wir nicht die Betroffenen wären, würden wir auch darüber klatschen.«

Felicity nickte zustimmend. »Du hast ja recht, ich weiß, dass du recht hast. Es kommt mir nur so unfair vor. Niemand ist gewillt, uns direkt zu fragen, was er wissen will. Es ist, als hätten wir kein Recht darauf, uns zu verteidigen. Es werden furchtbare Anschuldigungen gegen uns erhoben, und wir können unsere Sichtweise nicht darlegen, aus Angst, uns dann noch verdächtiger zu machen.«

»Eigentlich«, begann Karla, scheinbar ganz auf den Fingernagel konzentriert, an dem sie kaute, »da wir gerade davon sprechen, einfach mal nachzufragen, es gibt da etwas, was ich dich fragen wollte. Es hat mit dem letzten Podcast zu tun …«

»Es geht um den Vater der Zwillinge, habe ich recht?« Es war, als hätte Felicity bloß darauf gewartet, über dieses Thema reden zu können, als wäre sie vorbereitet gewesen auf den Moment, in dem jemand nachfragte. »Ich habe mir bereits überlegt, ob es wohl jemandem aufgefallen ist. Ich hätte wissen müssen, dass es dir auffallen würde. Du willst wissen, ob ich weiß, wer der Vater ist.«

»Du hast immer nur gesagt, es sei ein One-Night-Stand gewesen.« Karla schien unbehaglich zumute zu sein. »Aber im Podcast klang es so, als wüsstest du, wer er ist. Der Typ greift nach jedem Strohhalm, schon klar. Wenn du mir sagst, du hast keine Ahnung, wer der Vater ist, glaube ich dir.«

Felicity seufzte. »Ich war in dieser Beziehung nicht ganz ehrlich mit dir.« Sie schniefte leicht und zog ihre Strickjacke enger um sich. Die Sonne schien, aber die Luft war kühl, oder vielleicht kam es ihr auch bloß so vor. Vielleicht war ihr wegen des Themas so kalt. »Ich kenne seinen Namen. Eigentlich weiß ich alles über ihn. Es war keine einmalige Sache, Karla, es war eine Affäre. Er war verheiratet.«

Karla nickte, als hätte sie bereits so etwas erwartet. »Warum hast du mir das nicht einfach gesagt?«

»Es war ein Fehler, ein Riesenfehler. Von der schlimmsten Sorte, der, die einem das Leben zerstören kann. Ich wollte, dass meine Kinder ohne das Stigma eines Vaters aufwachsen, der eine Art Lügner, Betrüger und ein schrecklicher Mensch ist.«

»Willst du darüber reden?«

Felicity schwieg.

»Du musst nicht«, meinte Karla rasch. »Du musst mir nichts erzählen, wenn du nicht willst. Ich meine, ich dachte nur, du würdest vielleicht gern darüber reden.«

»Ich begreife nicht, wie dieser Podcast-Mensch davon wissen kann.« Felicity schaute ihre Töchter an. Amalie lachte nach wie vor voller Entzücken und wollte mit der Schaukel immer höher und höher fliegen, und Mollie schien sich nach Australien durchgraben zu wollen. Sie hörten nicht zu, und selbst wenn sie zuhörten, würden sie vermutlich nichts verstehen; in ihrem Alter konnten sie die Beziehungen zwischen Erwachsenen noch nicht begreifen. Sie waren noch zu klein, zu unschuldig, um zu wissen, dass Erwachsene Fehler begehen konnten.

»Ich kann nicht«, sagte sie mit Bedauern. Sie wünschte

sich nichts mehr, als jemandem davon erzählen zu können, von dieser furchtbaren Zeit in ihrem Leben, in der sie so viele Fehler begangen hatte. Aber damit würde sie nicht bloß ihr eigenes Leben zerstören. Es war nicht nur ihr Geheimnis. »Er war verheiratet, und es war ein Fehler, mehr kann ich dazu nicht sagen. Ich bin hergezogen, um neu anzufangen, um ihm noch eine Chance zu geben.«

»Noch eine Chance worauf?«, fragte Karla.

»Noch eine Chance, das Leben zu führen, das er hätte führen sollen. Ich wollte ihm noch eine Chance geben, Vater zu sein, ohne irgendein Stigma.«

»Und hat es funktioniert?«, fragte Karla und hob die Augenbrauen.

»Nicht besonders, oder? Es kommt mir manchmal so vor, als hätte man keine Chance, frühere Fehler hinter sich zu lassen, egal, wie sehr man es auch versucht. Man ist dazu verdammt, sie zu wiederholen, immer wieder, so lange, bis jemand es herausfindet. Bis man vor Gericht gestellt wird.«

»Du stehst nicht vor Gericht, Felicity«, sagte Karla. »Du hast einen Fehler gemacht. Du hast nichts getan, was nicht Tausende von Menschen vor dir bereits getan hätten.«

»Wenn das nur wahr wäre«, entgegnete Felicity. »Wenn bloß –«

Sie verstummte mitten im Satz. Jemand rief nach ihnen.

»Wer ist denn das?« Karla lief zur hinteren Gartenpforte. »Alex?«

»Hallo. Tut mir leid, wenn ich störe.« Alex erschien hinter der Öffnung, er wirkte zerzaust und leicht hektisch. »Habt ihr Miranda gesehen? Sie hat heute Morgen das Haus verlassen, und sie geht nicht an ihr Handy.«

»Nein, ich habe sie nicht gesehen, tut mir leid.« Karla warf einen Blick auf Felicity, die aufgehört hatte, Amalie Anschwung zu geben. Sie schüttelte ebenfalls den Kopf. »Wo wollte sie denn hin?«

»Besorgungen machen, sagte sie. Aber das war vor sechs Stunden. Ich habe sie schon mindestens zehn Mal angerufen. Meint ihr, ich sollte die Polizei informieren?«

Karla und Felicity wechselten einen beunruhigten Blick. Beide dachten an Mary-Beth.

Und dann waren es vier, dachte Felicity grimmig. »Ja«, sagte sie laut. »Ich glaube, das solltest du besser.«

38

»Wenn Sie uns einfach sagen könnten, wann die Frau bei Ihnen eingestiegen ist, die Sie inzwischen für Mrs. King halten?«

Der Taxifahrer nickte mit mehr Begeisterung als direkt erforderlich – es war schließlich nicht so, als hätte er die Vermisste gefunden. »Ja, klar, ich habe mir alles notiert …« Der kurze, stämmige Mann namens Jeff mit dem gewaltigen Bierbauch griff in die hintere Tasche seiner zu engen Jeans und zog einen Zettel hervor, der so oft gefaltet worden war, dass er ganz zerknittert war. Er legte ihn auf den Tisch vor sich, strich ihn glatt und entfernte dabei die Tabakkrümel, die an der klebrigen Oberfläche hingen.

»Hier, ich habe es vom System abgeschrieben. Um 19.00 Uhr. Am Montag, den 20.«

»Und wo haben Sie sie als Fahrgast aufgenommen?« DC Allan beugte sich vor und musterte den Zettel mit zusammengekniffenen Augen, aber für ihn war das Ganze unleserlich, so fürchterlich war die Klaue.

»Vor der Cherry-Grove-Grundschule«, verkündete der Mann stolz, als wäre das irgendeine große Leistung.

»In der Chapel Lane?« Allan fragte sich, ob DS Harvey versuchen würde zu leugnen, dass dieser Standort, die Cherry-Grove-Grundschule, von Bedeutung für den Fall war. Würde er die Aussage als Beweis werten, dass Mary-Beth aus freien Stücken gegangen war? Nach dem, was der Taxifahrer sagte, hatte niemand sie in irgendeiner Weise gezwungen, ins Taxi zu steigen. Oder wieder auszusteigen.

»Das ist richtig. Sie hat vor der Schule gewartet. Das weiß ich noch, weil ich es sonst wie die Pest hasse, auch nur in deren Nähe zu kommen, von Schulen, meine ich, weil die Straßen da ständig von irgendwelchen Arschlöchern zugeparkt sind. Entschuldigung …« Er lief rot an, als hätte DC Allan das Wort »Arschloch« noch nie gehört. Der war einfach froh, dass die Beschimpfung ausnahmsweise mal nicht ihm galt.

»Kein Problem. Was wollten Sie sagen?«

Jeff wirkte kurz verwirrt, dann nickte er. »Ach ja. Also, zu dieser Tageszeit war es kein Problem. Die Straße war leer, bloß sie stand da und wartete.«

»Und Sie sind sicher, dass es diese Frau war?« DC Allan schob ihm erneut das Foto zu. Er hatte dem Taxifahrer das Foto zur Identifizierung vorgelegt, gleich nachdem er das schuhkartongroße Büro des Taxiunternehmens betreten hatte, aber er hatte nicht den Eindruck, dass Jeff es sich sehr gründlich angesehen hatte. Er hatte sich bereits selbst davon überzeugt, dass er »die Frau, nach der alle suchen« befördert hatte.

»Ja, das ist sie, eindeutig«, bestätigte er nach einem kurzen Blick auf das Foto.

»Gut, danke. Und wo haben Sie die Frau abgesetzt?«

»Wie ich bereits sagte, als ich anrief, deshalb bin ich mir ja so sicher, dass sie es war. Sie wollte zum Dalton-Campingplatz. Da kommt sie doch her, oder? Diese schicke Siedlung – Severn Oaks – ist da doch ganz in der Nähe, oder?«

»Sie haben uns sehr geholfen.« DC Allan stand auf. »Noch eine Frage – hat die Frau Ihrer Funkzentrale einen Namen genannt?«

Jeff nickte so heftig, dass Allan schon Angst hatte, sein Kopf würde abknicken. »Ihr Name« – er linste auf seinen Origami-Zettel – »war Spencer. Erica Spencer. Aber in den

Nachrichten haben sie doch einen anderen Namen genannt, oder?«

*

»Verstehe ich das richtig – die Frau, die dieser Typ in der Chapel Lane aufgesammelt hat, hat ihren Namen mit Erica Spencer angegeben?« Harvey fuhr sich mit der Hand übers Gesicht. »Ach du Scheiße. Wie die Presse das lieben wird. Das bleibt erst mal unter Verschluss, verstanden?«

»Aber –«

»Um Himmels willen, Allan, ich bin immer noch Ihr Vorgesetzter. Also, haben Sie verstanden?«

»Verstanden, Sir.« DC Allen biss sich auf die Lippen.

Harvey seufzte. Er fühlte sich ungefähr zehn Jahre älter als noch vor zwei Wochen. »Und er hat Mary-Beth King eindeutig identifiziert?«

»Beim ersten Mal ja. Beim zweiten Mal hat er eindeutig Jennifer Lopez erkannt.«

Harvey blickte finster drein. »Also wissen wir noch nicht mal genau, ob sie es war.«

»Nur dass die Stellen, an denen er sie aufgesammelt und wieder abgesetzt haben will, genau passen, oder? Die Chapel Lane ist zu Fuß lediglich eine halbe Stunde vom Stauwehr entfernt, wo Mrs. Kings Fahrzeug gefunden wurde. Und der Dalton-Campingplatz ist zu Fuß keine dreißig Minuten von Severn Oaks entfernt, mit dem Auto zehn Minuten. Obwohl ich nicht begreife, warum sie ihr Auto abstellen soll, bloß um sich mit dem Taxi zum Ausgangspunkt zurückbringen zu lassen.«

»Es sei denn, sie wollte es so aussehen lassen, als wäre sie in den Fluss gesprungen. Will diese Frau uns veräppeln? Oder will jemand uns verarschen?« Am liebsten hätte Harvey gegen etwas getreten. Oder jemanden getreten. Allan am besten. Unfair, dachte er. Er stieß einen Seufzer aus. »Okay, gute Arbeit, Allan. Meinen Sie, Sie könnten zu diesem Campingplatz fahren und feststellen, ob jemand unter dem Namen Spencer oder King ein Wohnmobil gemietet hat? Falls ja, sollen die sie auf keinen Fall aufscheuchen. Möglicherweise war die Frau die ganze Zeit direkt vor unserer Nase.«

Die Tür ging auf, und die Polizistin vom Empfangstresen erschien, die Wangen leicht gerötet, als wäre sie den ganzen Weg gerannt. »Sir«, sie rang nach Luft, »unten ist jemand, der den Mord an Erica Spencer gestehen will.«

DS Harvey rutschte das Herz in die Hose.

Das war es dann wohl. Das Ende seiner kurzen Karriere.

39

Der Raum war klein, mit schmuddelig grauen Wänden, die aussahen, als wären sie zuletzt gestrichen worden, als das Rauchen in Vernehmungsräumen noch gestattet gewesen war. Miranda hätte jetzt so Lust auf eine Zigarette.

Sie saß an einem Tisch mit Kiefernholz-Optik und zupfte am Häutchen ihres Daumennagels herum. Sie war allein im Raum, denn DS Harvey war gegangen, um den Anwalt anzurufen, dessen Nummer sie ihm gegeben hatte, als er sie hier hineinführte. Ihr war vorher nicht einmal der Gedanke gekommen, dass sie einen Anwalt brauchen könnte, obwohl das offensichtlich schien, als DS Harvey sie fragte, ob es jemanden gäbe, den er über ihre Anwesenheit hier informieren solle. Es war, als wäre ihr die ganze Tragweite ihrer Lage erst aufgegangen, als er die Worte »Rechtsanspruch auf einen Verteidiger« aussprach. Man würde sie des Mordes anklagen.

Doch war es Mord gewesen? Sie hatte genug Fernsehkrimis gesehen, um zu vermuten, dass ein Anwalt wohl auf Totschlag plädieren würde – schließlich hatte sie nicht den Vorsatz gehabt, Erica Spencer umzubringen. Nicht nur das, sie hatte ihr überhaupt keinen Schaden zufügen wollen – aber schließlich hatte sie vor einem Jahr auch noch nicht gewusst, was sie heute stark vermutete: Alex war der Vater von Ericas ungeborenem Kind. Noch nicht mal von der Schwangerschaft hatte sie etwas geahnt, und auch als sie durch diesen grässlichen Podcast davon erfuhr, hatte sie keine Sekunde lang angenommen, ihr Mann könnte irgendwas mit Erica oder dem

Kind zu tun haben. Erst nach Cynthias ätzender Bemerkung war es ihr wie Schuppen von den Augen gefallen. Alex und Erica hatten eine Affäre gehabt. Und sie war die Letzte, die davon erfuhr. Und dann war ihr ein ganz entsetzlicher Gedanke gekommen. War es nicht denkbar, dass Erica ihm auf der Party erzählt hatte, dass sie schwanger war? Woraufhin ihm schlagartig bewusst geworden war, dass seine Lügen ans Licht kommen würden, und dann hatte er etwas Dummes getan.

War ihr Mann Erica ins Baumhaus gefolgt? Vielleicht hatte sie ihm gesagt, dass es etwas zu besprechen gäbe, oder sie waren verabredet gewesen, um im Baumhaus Sex zu haben – ein Gedanke, bei dem Miranda ganz übel wurde. Und dann hatte sie ihm erzählt, dass sie schwanger war. »Und das Kind ist von dir.« Miranda sah direkt Alex' Miene vor sich, dieser dämliche, aber hinreißende Gesichtsausdruck, den er bekam, wenn er versuchte, etwas zu verarbeiten, was sie gesagt hatte – als würde er versuchen, im Kopf 3.520.042 durch 75 zu teilen.

Sie konnte sich die Szene so gut ausmalen.

Es kommt zum Streit, Alex fordert Erica auf, Jack zu sagen, es sei sein Kind. Erica weigert sich – sie wird allen erzählen, was Alex und sie so getrieben haben. Der Streit eskaliert, und Alex, ihr Mann, die Liebe ihres Lebens, versetzt Erica einen Stoß. Sie taumelt rückwärts, rudert mit den Armen, versucht vergeblich, sich an irgendwas festzuklammern, und dann, alkoholisiert, wie sie ist, verliert sie das Gleichgewicht und stürzt hinunter.

Das war die Vorstellung, die Miranda an diesem Vormittag zur Polizeistation getrieben hatte.

»Miranda?«

Sie sprang auf und stieß dabei mit der Hüfte gegen den Tisch. »Oh!« Sie verzog schmerzlich das Gesicht, und Tränen traten ihr in die Augen. So weh tat es gar nicht, aber es war einfach zu viel, der plötzliche Schmerz in Verbindung mit der Ankunft ihres Familienanwalts, ein freundliches Gesicht in einer feindlichen Umgebung.

»Rob, Gott sei Dank, dass Sie da sind.«

Robert Lavistock setzte sich neben sie und legte seine Aktenmappe auf den Tisch. Er zog einen gelben Block hervor und sah ihr fest in die Augen.

»Mit dem Pflichtverteidiger wären Sie besser dran«, lauteten die ersten Worte, die aus seinem Mund kamen. Miranda wollte widersprechen, doch er hob den Finger. »Ich bin kein Strafverteidiger. Man hat mir am Telefon gesagt, Sie seien hier, um einen Mord zu gestehen? Weiß Alex Bescheid?«

Miranda schüttelte den Kopf. »Nein. Nein, ich will nicht, dass Sie gehen. Werden Sie bei der Vernehmung dabei sein?«

»Ich weiß nicht«, sagte Rob. »Ein wenig Erfahrung habe ich schon, aber ich muss Ihnen dringend raten, sich eine angemessene Rechtsvertretung zu besorgen. Erzählen Sie mir alles, dann entscheide ich, ob ich Sie aus dieser misslichen Lage befreien kann.«

40

»Peter, hier ist DC Allan.«

Ihm wurde ganz flau im Magen, als er das hörte. DC Allan hielt ihn zwar regelmäßig über den Fortschritt der Ermittlungen auf dem Laufenden, diesmal klang seine Stimme allerdings irgendwie anders.

»Hat man sie gefunden?«

»Nein, nein, das ist es nicht. Aber wir haben einen Hinweis erhalten, dem wir nachgehen wollen, und dazu brauche ich Ihre Hilfe. Fällt Ihnen irgendein Grund ein, aus dem Mary-Beth den Dalton-Campingplatz aufsuchen sollte?«

»Den Campingplatz unten an der Straße?« Peter schüttelte den Kopf, dann fiel ihm ein, dass sein Gesprächspartner ihn ja nicht sehen konnte. »Nein, warum sollten wir auf diesen Campingplatz gehen? Wir werden unseren Urlaub ja wohl kaum an einem Ort verbringen, der kaum zehn Minuten entfernt ist.«

»Und sie kennt dort niemanden?«, fragte DC Allan. »Sie ist nicht mit den Betreibern befreundet oder verwandt?«

»Nein«, sagte Peter entschieden. »Warum fragen Sie mich das? Ist sie dort? Wissen Sie, wo sie sein könnte?«

DC Allan seufzte, als kämen ihm Zweifel, was diesen Anruf anging. »Ich weiß nicht, ob ich Ihnen das überhaupt erzählen darf«, entgegnete er. »Wir sind noch dabei, das zu überprüfen. Ein Taxifahrer glaubt, dass er Mary-Beth am Tag ihres Verschwindens von der Chapel Lane zum Dalton-Campingplatz gefahren hat. Ich habe bereits dort angerufen. Niemand hat unter ihrem Namen oder dem Namen, den sie dem Taxifahrer genannt hat, einen Wohnwagen gemietet.«

»Welchen Namen hat sie denn dem Taxifahrer genannt?«, wollte Peter wissen.

Schweigen am anderen Ende. Peter vermutete, dass DC Allan allmählich den Anruf bei ihm bereute.

Schließlich kam die Antwort. »Erica Spencer.«

Peter fluchte. »Ich fahre da hin.«

DC Allan sagte rasch: »Das können Sie nicht tun, Peter. Wir gehen dem Hinweis nach. Wenn Mary-Beth auf dem Campingplatz ist, werden wir das herausfinden. Wir werden sämtliche Gäste dort befragen, für den Fall, dass sie sich unter einem anderen Namen angemeldet hat, und ihr Foto herumzeigen. Wir fahren gleich los, genauer gesagt. Ich dachte, ich bringe Sie nur kurz auf den neuesten Stand und frage nach, ob es irgendwelche verwandtschaftlichen Beziehungen gibt oder irgendeinen anderen Grund, aus dem die Campingplatz-Betreiber uns anlügen oder sie decken könnten.«

Peter seufzte. »Nicht dass ich wüsste. Aber Mary-Beth hat viele Freunde, Kontakte, von denen ich vielleicht nichts weiß. Vielleicht gehört der Campingplatz einer der anderen Mütter, die sie aus der Schule kennt. Ich meine, er wird doch vermutlich von Leuten betrieben, die hier in der Gegend wohnen, oder? Und Mary kennt hier praktisch jeden.«

»Gut«, sagte DC Allan. »Wir werden das im Gedächtnis behalten. Wenn wir den Betreibern das Foto zeigen, werden wir merken, ob sie lügen, wenn sie behaupten, Mary-Beth nicht gesehen zu haben. Die meisten normalen Leute wissen nicht, wie man die Polizei belügt. Am Telefon vielleicht, ja, aber bei direktem Kontakt ist das eine ganz andere Sache. Ich melde mich, sobald wir durch sind, und lasse es Sie wissen, okay? Überlegen Sie inzwischen noch einmal, ob Ihre Frau je diesen Campingplatz oder die Schule in der Chapel Lane erwähnt hat. Es waren noch Schulferien, als Ihre Frau dort ins Taxi stieg, also ist es unwahrscheinlich, dass sie irgendeine Verbindung dorthin hat, und ihr Fahrzeug wurde ja am Stauwehr gefunden, zu Fuß eine Entfernung von einer halben Stunde. Ein ziemlicher Marsch, um sich dann ohne Grund ein Taxi zu nehmen – es sei denn, es war ein Versuch, uns von ihrer Spur abzubringen. Aber warum dann ein Taxi unter Ericas Namen bestellen? Das begreife ich nicht. Wenn sie anonym bleiben wollte, hätte sie doch sicher einen erfundenen Namen benutzt.«

»Maggie May«, flüsterte Peter.

»Wie bitte?«

»Maggie May«, wiederholte Peter. »Diesen Namen hätte sie sich ausgesucht, wenn sie hätte wählen dürfen. Sie hasst den Namen Mary, sie hat immer gesagt, wenn ihre Eltern ihr schon einen altmodischen Namen geben mussten, hätte es doch auch einer von denen sein können, die wieder in Mode sind. Die ganzen alten Namen sind ja wieder aktuell. Florence, Martha, Maggie, diese Namen sind alle wieder cool, aber Mary wird nie cool sein, sagte sie immer. Sie meinte, wenn sie sich einen Namen aussuchen könnte, würde es Maggie May sein, wie in dem Song von Rod Stewart.«

Er konnte fast hören, wie DC Allan diese Information verarbeitete. »Danke«, sagte er, »das ist wirklich ein nützlicher Hinweis. Wir werden überprüfen, ob einer der Wohnwagen an eine Maggie vermietet wurde.«

»Sie glauben also …«, setzte Peter an, wusste dann aber nicht, wie er den Satz beenden sollte. »Sie glauben also, dass sie noch am Leben ist? Sie glauben, dass sie sich abgesetzt hat, nicht, dass jemand ihr etwas angetan hat?«

»Wir schließen keine Möglichkeit aus, Mr. King. Gar keine.«

41

Felicity und Karla standen in der Küche der Kaplans, der Einsatzzentrale in jeder Krise. Von oben hörte man das entzückte Gekreisch der Zwillinge, die von Zachary verfolgt wurden – er tat so, als wäre er irgendeine Art Ungeheuer, stöhnte und ächzte.

»Er kann wirklich gut mit Kindern umgehen.« Felicity lächelte.

»Es ist schön, mal wieder seine Stimme zu hören«, meinte Karla. »Seit die Schule wieder angefangen hat, spricht er kaum noch mit uns – abgesehen davon natürlich, dass er beim Essen verkündet hat, er wisse nun alles darüber, wie sein Vater als kleines Kind misshandelt wurde. Irgendein kleiner Scheißer namens Jeremy hat offenbar Marcus' Buch gelesen.«

»Mist.« Felicity sah sie mitfühlend an. »Und was hat Marcus dazu gesagt?«

»Was soll er schon sagen? Jetzt ist kaum der richtige Zeitpunkt, darüber zu reden. Besonders, da Brandon aus irgendwelchen Gründen furchtbar wütend darüber ist, dass er seine Großmutter nie sieht. Ich meine, um Himmels willen, warum sollte er den Wunsch haben, eine Frau kennenzulernen, die seinem Vater so etwas angetan hat? Was erwartet er? Sollen wir sie etwa zum Essen einladen? Marcus tut immer so, als wäre er stark, aber so stark ist er nun auch wieder nicht. Das kommt überhaupt nicht infrage.«

»Ich wette, im Grunde versteht Brandon das«, versicherte Felicity ihr. »Er ist sechzehn, ein Alter, das auch so schwierig genug ist, auch ohne diese ganze Geschichte wegen Erica. Muss er in der Schule deswegen viel einstecken?«

»Woher soll ich das wissen? Ich bin schließlich bloß seine Mutter. Warum sollte er mit mir darüber reden? Ich weiß nicht, Fliss, manchmal kommt es mir vor, als würde ich ihn verlieren, und alles, was ich tue, verschlimmert die Sache möglicherweise nur.«

»Wen verlieren?« Marcus kam in die Küche, gähnte und streckte sich. Er trug eine graue Jogginghose und sonst nichts. Felicitys Gesicht brannte beim Anblick seines athletischen Körpers. Marcus war kein Muskelpaket – wenn er etwas anhatte, sah man nicht, wie gut er in Form war.

»Meine Güte, Marcus, jetzt zieh dir was an! Die arme Felicity hatte seit Monaten keinen Sex.«

Felicity grinste und versetzte Karla einen Klaps auf den Arm. »Komm, komm, es ist sein Haus. Ehrlich, Marcus, zieh ruhig so wenig an, wie du willst.«

»Danke, Felicity. Meine Frau ist nur selbstsüchtig. Was heckt ihr zwei Hexen nun wieder aus?«

»Ich habe ihr gerade von Bran erzählt. Wie schwierig er zurzeit ist.«

Marcus schnaubte. »Das hat er von seiner Mutter.«

»Arsch. Hört mal – treffen wir uns alle am Dienstag, um uns den Podcast anzuhören? Ich weiß, letztes Mal lief nicht direkt alles glatt …«

Sie warf einen Seitenblick auf Marcus, der beide Hände hob.

»Ich weiß, ich weiß. Diesmal werde ich brav sein, versprochen. Sollen wir Jack fragen, ob er dazukommen will? Ich weiß, letztes Mal war er sauer, weil wir ihn nicht gefragt haben, aber ich finde immer noch, dass es ein wenig seltsam wäre, mit dem Mann der Frau hier zu sitzen, die wir angeblich umgebracht haben, und uns anzuhören, wie man uns des Mordes beschuldigt.«

»Bedenke, wie er sich fühlen muss«, murmelte Karla.

Es klingelte an der Tür.

»Ich gehe!« Karla sprang auf. »Und du zieh dir was an.« Sie klopfte auf seinen bloßen Bauch. »Vielleicht ist es meine Agentin.«

Aber es war nicht ihre Agentin, es war Peter King.

»Hallo, ich, äh ... ich muss dringend mit jemandem reden ...« Während er das sagte, blickte er über Karlas Schulter.

»Felicity ist in der Küche.« Karla gab die Tür frei, und Peter versuchte nicht einmal, seine Erleichterung zu verbergen.

»Danke, Karla.«

»Was ist los?« Felicity sprang auf, als er die Küche betrat.

Karla runzelte die Stirn, doch ihre Freundin achtete nicht darauf.

»Ich habe gerade einen Anruf von der Polizei bekommen, wegen Mary-Beth. Ein Taxifahrer behauptet, dass sie am Tag ihres Verschwindens in sein Taxi gestiegen ist.«

»Und wo?«

»In der Chapel Lane. Ich habe es gegoogelt, das ist in der Nähe des Stadtzentrums – etwa eine halbe Stunde von der Stelle entfernt, wo ihr Auto gefunden wurde.«

»Und er ist ganz sicher, dass es Mary-Beth war?«, fragte Felicity scharf. »Wo hat er sie abgesetzt?«

Peter schüttelte den Kopf. »Beim Dalton-Campingplatz, behauptet er, aber das ergibt doch überhaupt keinen Sinn.«

Karla schnaubte. »Tja, auf dem Campingplatz wird sie wohl kaum sein. Oder könnt ihr euch Mary-Beth beim Campen vorstellen?«

Peter zuckte die Achseln. »Ich verstehe das alles überhaupt nicht.«

»Vielleicht war sie es ja gar nicht«, meinte Felicity. »Womöglich hat er sich getäuscht.«

»Sie hat den Namen Erica Spencer benutzt.«

Schweigen.

Schließlich seufzte Karla auf. »Wann wird das alles endlich aufhören?«

»Vielleicht hat es das gerade.« Marcus stand in der Tür, neben sich Alex Davenport. »Sag ihnen, was du mir gerade erzählt hast.«

Alex schüttelte den Kopf, als könne er es selbst kaum glauben. »Ich wollte fragen, ob ich die Kinder herbringen kann. Ich bin auf dem Weg zur Polizeistation.«

»Mein Gott, Alex, klar. Hast du sie als vermisst gemeldet?«

»Hab ich versucht. Aber sie wissen genau, wo Miranda ist. Sie ist bei der Polizei – den ganzen Tag schon. Offenbar hat sie gestanden, Erica ermordet zu haben.«

42

»Sie sagen also – Sie wollen mir erzählen, dass Sie in eine Polizeistation marschiert sind und einen Mord gestanden haben, obwohl Sie eigentlich meinen, dass Sie Erica Spencer betrunken gemacht haben?« DS Harvey konnte vor Empörung kaum an sich halten. Er hatte fast eine Stunde warten müssen, bis endlich ihr Anwalt auftauchte. In der Zeit hatte er sich die Akte Erica Spencer noch einmal vorgenommen und sich gefragt, wie zum Teufel ihm entgangen sein konnte, dass sie von Miranda Davenport ermordet worden war. Und nun dies.

»Also, ja, aber so, wie Sie es sagen, klingt es derart unschuldig! Ich meine nicht, dass ich sie betrunken gemacht habe, wie man seinen besten Freund an seinem einundzwanzigsten Geburtstag betrunken macht! Ich habe ihren alkoholfreien Wein vertauscht. Man könnte vermutlich sagen, dass ich ihr Drogen verabreicht habe, obwohl die einzige Droge Alkohol war, und ich weiß nicht genau, ob das als Droge zählt ...«

Dankbar stellte Harvey fest, dass Mirandas Anwalt sich räusperte, um ihren Redefluss zu bremsen. Obwohl der Mann den Eindruck erweckte, als hätte er keine Ahnung, was er eigentlich hier sollte. Als er eintraf, hatte er Harvey darüber in Kenntnis gesetzt, dass er kein Strafverteidiger sei und den Fall vermutlich nicht übernehmen könne. Doch nachdem er sich mit Mrs. Davenport unterhalten hatte, fühlte er sich offenbar befähigt, bei ihrem lachhaften »Geständnis« dabei zu sein.

»Dann sehen wir mal, ob wir alles korrekt aufgenommen haben: Am Abend des 28. Oktober, bei einer Halloween-

Feier im Haus der Kaplans, bat Erica Spencer Sie, ihr einen Drink einzuschenken. Ihnen war bekannt, dass der Wein, den sie sich zur Party mitgebracht hatte, alkoholfrei war, aber stattdessen schenkten Sie ihr einen nicht alkoholfreien Wein ein.«

»Mit einem Schuss Wodka.« Miranda nickte.

»Ohne Mrs. Spencer darüber zu informieren?«

»Ja.«

»Dürfte ich fragen, warum Sie das Bedürfnis empfanden, Mrs. Spencer betrunken zu machen?«

Miranda senkte errötend den Kopf. »Es war nur, na ja, eine kleine Rache, so könnte man es wohl nennen. Einmal, im Jahr davor, bei einem Bingo-Abend in der Schule, hatte ich ein Gläschen Wein zu viel getrunken. Erica hat die Getränke ausgeschenkt, in weißen Plastikbechern, und ich bin mir sicher, dass sie mir mehr eingeschenkt hat als den anderen Müttern. Ich …« Miranda geriet ins Stocken, als würde die Erinnerung sie schmerzen. »Ich habe mich ziemlich lächerlich gemacht. Ich hatte Krach mit Alex, meinem Mann, wegen irgendeiner Bemerkung über Felicity Goldman, die er gemacht hat, also fühlte ich mich sowieso ein bisschen wie eine Niete, und gegen Ende des Abends, äh, kam es zu einer peinlichen Situation mit Mr. Jenkins, dem Sportlehrer. Man könnte sagen – o Gott, ist das peinlich –, dass ich versucht habe, ihn zu verführen. Erbärmlich, ich weiß. Er hat es sehr gut aufgenommen, ganz wie ein Gentleman, wissen Sie, ich sei wirklich sehr attraktiv, hat er gesagt, aber es verstoße gegen die Schulregeln, mit einer Mutter was anzufangen …

Na ja, es war mir jedenfalls furchtbar peinlich, klar. Und wer hat irgendwie von der ganzen Sache erfahren? Erica, ganz offensichtlich. Sie hat es nicht rumerzählt – jedenfalls nicht, dass ich wüsste –, aber sie machte ständig Andeutungen, auf diese abfällige Art, die sie an sich hatte. Sie hat auf uns alle herabgeblickt, wissen Sie. Sie hat selten Alkohol getrunken, und wenn, hat sie sich nie betrunken, sich nie lächerlich aufgeführt. Sie war Elternvertreterin im Schulbeirat und hat ehrenamtlich bei ungefähr vier Wohltätigkeitsorganisationen mitgearbeitet, sie war ... also, sie war so verdammt perfekt, und ich hatte einfach die Nase voll. Als ich also sah, dass sie alkoholfreien Wein mitgebracht hatte, fand ich, es wäre höchste Zeit, dass sie auch mal die Kontrolle über sich verlor. Ich wollte nur, dass sie sich ein bisschen lächerlich machte, damit ich sie die nächsten zwölf Monate damit triezen konnte. Ich hätte doch nie gedacht –«

»Es war also bloß ein Glas?«, unterbrach DS Harvey sie. Ihm würde noch der Kopf platzen. Diese verdammten wohlanständigen, wohlhabenden Vorstadtbewohner. Betrunkenes Gefummel bei Bingo-Abenden! Er war eingestellt worden, um mit Kriminellen fertigzuwerden, zum Teufel, nicht mit Latte-Macchiato-Müttern.

»Nicht direkt«, murmelte Miranda. »Eher sechs. Oder sieben.«

»Und Sie meinen, Erica ist nicht aufgefallen, dass sie Alkohol zu sich nahm? Meinen Sie nicht, sie hätte merken müssen, dass sie allmählich betrunken wurde?«

»Erica war Alkohol nicht gewöhnt. Ich habe nie erlebt, dass sie mehr als einen Cocktail getrunken hätte. Ich glaube, nach dem ersten Glas Wein mit einem doppelten Schuss Wodka –«

»Doppelt?« DS Harvey hob die Augenbrauen.

»Na ja, ich habe schließlich keinen Messbecher benutzt. Ich glaube, nach dem ersten Glas war sie ein wenig angeheitert, und es war ihr egal, es hat sie nicht mehr gekümmert.«

»Und nachdem Sie Mrs. Spencer betrunken gemacht hatten, was dann? Haben Sie sie aufgefordert, sich mit Ihnen im Baumhaus zu treffen? Kam es zum Streit? Und sie ist hinabgestürzt, war es so?«

Miranda sah entsetzt aus. »Gütiger Himmel, nein, ich war nicht mal in der Nähe des Baumhauses, als sie runtergestürzt ist. Aber, verstehen Sie, es war trotzdem meine Schuld. Wenn sie nicht getrunken hätte, wäre das nie passiert. Ich habe sie umgebracht, auch wenn ich es nicht wollte. Also können Sie jetzt doch aufhören zu ermitteln, nicht wahr? Sie wissen, wen dieser fürchterliche Podcast-Mensch meint – mich. Also können Sie einfach mich festnehmen und die anderen in Ruhe lassen.«

43

Die Erwartung des vierten Podcasts stand zwischen ihnen wie ein unangenehmer Geruch, als dessen Verursacher sich niemand outen wollte. Ihre Anzahl war auf vier geschrumpft. Miranda und Alex waren – wenig überraschend – nicht aufgetaucht. Felicity hatte zwar Alex' Wagen in die Auffahrt einbiegen sehen, aber nicht erkennen können, wer alles ausstieg. Alex hatte Karla per Textnachricht gebeten, die Kinder wieder rüberzuschicken, jedoch ohne sich weiter zu erklären.

»Was, und du hast nicht nachgehakt?«, hatte Marcus wissen wollen.

»Was sollte ich denn machen, zurückschreiben und fragen, ob Miranda wegen Mordes im Gefängnis sitzt?«, hatte sie gezischt.

Er hatte die Achseln gezuckt. »Hätte ich getan.«

Jetzt waren sie alle vier – Peter, Felicity, Karla und Marcus – um den Frühstückstresen versammelt, der Laptop stand aufgeklappt vor ihnen, sie hatten iTunes aufgerufen und warteten darauf, dass die nächste Folge von *Die Wahrheit über Erica* lud.

»Es ist acht Uhr«, sagte Karla unnötigerweise. Niemand hatte die Zeitangabe in der Ecke des Bildschirms aus den Augen gelassen.

Marcus ließ den Bildschirm wieder aufleuchten.

»Klick da, auf die Programmübersicht«, sagte Felicity und deutete auf die Menüleiste.

Marcus klickte wie angewiesen, doch das brachte lediglich die drei Podcasts zutage, die sie bereits kannten.

»Okay, gib mal her.« Sie begann auf der Tastatur herumzuklackern, wechselte Fenster und startete einen Suchlauf.

»Es ist nicht da. Vielleicht ist er spät dran. Seht doch mal auf der Website nach«, schlug Karla vor.

»Vielleicht hat er aufgegeben, jetzt, wo der Mörder gestanden hat«, meinte Peter.

»Ach, komm schon«, rief Karla. »Glaubst du wirklich, dass Miranda Erica umgebracht hat? Um danach einfach wieder zur Party zurückzukehren, wo wir alle waren?«

»Na, wer immer sie umgebracht hat, hat genau das getan.« Die Anmerkung kam von Felicity.

»Niemand hat sie ermordet«, sagte Karla knapp. »Sie ist in dieses blöde Baumhaus geklettert, was, seien wir doch mal ehrlich, eine ziemlich dämliche Idee war, und ist runtergestürzt. Ende der Geschichte.«

»Was wollte sie überhaupt da oben?«

»Jemanden treffen vielleicht?« Karla hob die Augenbrauen. »Vielleicht hatte sie ja eine Affäre.«

»Womöglich wollte sie sich mit Alex treffen«, meinte Marcus. »Und deshalb hat Miranda sie aus dem Baumhaus gestoßen. Ich weiß es nicht.«

Eins wussten sie allerdings: Eine Stunde später gab es immer noch keinen Podcast, in dem jemand beschuldigt worden wäre, mich ermordet zu haben. An diesem Abend nicht und auch an keinem anderen Abend der Woche.

Offenbar war es so, wie Peter vorhergesagt hatte.

Es war vorbei.

44

Peter rutschte im Schlamm aus und konnte sich gerade noch an einem Wohnmobil festhalten. Dabei wäre ihm fast das Smartphone, seine einzige Lichtquelle, aus der Hand gefallen. Wo war er jetzt? Die Dunkelheit war desorientierend, und er wusste nicht, wo zum Teufel er war. Schwaches Licht glomm durch die Gardinen einiger Wohnwagen; die Feriensaison war fast vorbei, und der Campingplatz war halb leer. Irgendwo wurde eine Tür zugeknallt, und er fuhr zusammen.

Aus dem Nichts kam eine Stimme.

»Stehen bleiben. Polizei.«

Der Strahl einer Taschenlampe leuchtete ihm ins Gesicht, dann wurde die Lampe gesenkt. In dem schwachen Licht konnte Peter gerade noch das frische Gesicht von DC Allan ausmachen.

»Peter King?« DC Allan seufzte. Er drehte sich um und rief in die Dunkelheit: »Ich hab ihn. Alles okay, wir treffen uns beim Auto.« Er griff nach Peters Arm. »Kommen Sie mit. Da rüber.« Er leuchtete mit seiner Taschenlampe auf den Boden, bis sie zu einem kleinen Kinderspielplatz kamen, auf dem eine Bank stand. »Setzen Sie sich.«

Peter setzte sich widerspruchslos.

»Was machen Sie hier? Habe ich Ihnen nicht gesagt, dass wir an die Tür jedes Wohnwagens hier geklopft haben? Niemand hat Mary-Beth gesehen. Wir haben mit den Betreibern gesprochen, und die sagen, dass sie hier völlig unbekannt ist. Sogar der Taxifahrer musste einräumen, dass er nicht gesehen hat, wie sie auf den Campingplatz ging – er hat sie vor dem Eingang abgesetzt.«

»Mary-Beth ist jetzt seit drei Wochen verschwunden, und das hier ist die einige Spur, die Sie haben«, fuhr Peter ihn an. »Niemand sonst hat sie gesehen, sie ist wie vom Erdboden verschluckt. Können Sie sich vorstellen, wie es ist, hier zu sitzen und nicht zu wissen, ob sie noch lebt oder tot ist? Keine Ahnung zu haben, warum sie mich und die Kinder verlassen hat oder ob sie je zurückkommen wird? Was soll ich denn den Kindern sagen?«

DC Allan seufzte. »Ich verstehe Sie ja, Peter. Deshalb tue ich auch alles, was in meiner Macht steht, um Ihre Frau zu finden, allerdings leite ich leider nicht die Ermittlungen, und uns fehlen die Mittel, mehr zu tun, als wir bereits tun. Sie sind der Ansicht, dass das zu wenig ist, aber ich bin sogar in meiner Freizeit Hinweisen nachgegangen.«

»Was für Hinweise?«, hakte Peter rasch nach. »Sie haben nie etwas von anderen Hinweisen erwähnt.«

»Weil nichts dabei herausgekommen ist. Es können leicht jeden Tag bis zu hundert Anrufe von Leuten eingehen, die die vermisste Person gesehen haben wollen. Es würde Ihnen nur falsche Hoffnungen machen, wenn ich Sie jedes Mal anrufen sollte, wenn jemand eine schlanke dunkelhaarige Frau in einem beigen Regenmantel gesehen hat. Aber ich bin jedem einzelnen Hinweis nachgegangen, das kann ich Ihnen versprechen. In den meisten Fällen war es jemand völlig anderes, die übrigen Hinweise führten nirgendwohin. Der konkreteste Hinweis, den wir haben, ist die Aussage des Taxifahrers, besonders wegen des Namens, den er angegeben hat, aber allmählich glauben wir, dass er lediglich Ericas Namen in Verbindung mit dem Verschwinden von Mary-Beth gehört hat, und dann hat ihm sein Unterbewusstsein einen Streich gespielt.«

»Und ihr Auto?«

»Das ist noch in der KTU. Ich fürchte, so was geht längst nicht so schnell, wie man es immer im Fernsehen sieht. Aber sobald wir irgendetwas finden, werden Sie informiert. Sie müssen uns einfach vertrauen.«

»Momentan fällt es mir schwer, irgendjemandem zu vertrauen.« Peter dachte daran, wie erleichtert Felicity gewesen war, als es gestern Abend keinen neuen Podcast gegeben hatte. Hatte sie mehr zu verbergen, als selbst ihm bekannt war? Es gab keinen Grund anzunehmen, dass sie zu einhundert Prozent ehrlich mit ihm sein würde, trotz der engen Verbindung zwischen ihnen. Schließlich war er nicht bei ihr gewesen.

»Das ist verständlich.« DC Allan nickte.

Das Funkgerät an seiner Jacke erwachte knisternd zum Leben, und Peter verstand die Worte »Severn Oaks«.

»Was war das? Was hat er gesagt?«

»Eine Vermisstenmeldung.« DC Allan stand auf. »Jemand aus Severn Oaks ist verschwunden. Kommen Sie, Sie müssen mir in Ihrem Wagen folgen. Ich werde sagen, dass ich den Eindringling verscheucht habe. Dann haben wir weniger Papierkram.«

45

Niemand war sonderlich überrascht, als der blau-gelbe Streifenwagen in die Siedlung fuhr und um die Ecke bog. In den letzten vierundzwanzig Stunden hatten sie abwechselnd Erleichterung darüber empfunden, dass es keinen neuen Podcast gegeben hatte, und Angst gehabt, was als Nächstes passieren könnte. Denn es war ja nicht wirklich vorbei. Mary-Beth wurde immer noch vermisst, und Miranda – ausgerechnet Miranda! – hatte den Mord an Erica gestanden.

Felicity hatte viel über den Abend der Halloween-Party nachgedacht, und zwar nicht erst, seit die Podcasts angefangen hatten, sondern auch vorher schon. Wenn sie bei Karla war, starrte sie aus dem Fenster auf die Stelle, wo das Baumhaus gewesen war, und stellte sich vor, was Erica kurz vor ihrem Sturz wohl gesehen haben mochte. Die Toten reden nicht mehr, heißt es, und doch schien es, als würde Erica sogar ein Jahr nach ihrem Tod noch Geschichten über sie alle erzählen.

Angefangen hatte es mit diesem verdammten Trinkspiel. Der Alkohol war den ganzen Abend über in Strömen geflossen, und alle waren bereits ziemlich betrunken gewesen, aber Marcus fand die Party noch nicht aufregend genug, und er fand, nachdem »die anderen« – so bezeichnete er die Gäste, die nicht zum engeren Kreis gehörten – gegangen waren, könnten sie sich locker machen und ein bisschen Spaß haben. Sie wussten alle, was das bedeutete, und tatsächlich erschien er dann auch mit einem Tablett voller hochprozentiger Shooters in kleinen Schnapsgläsern – grün, purpurrot und eine ekelhaft aussehende Mixtur, die er als »Hirnblutung« bezeichnete. Und kurz danach hatten die Trinkspiele begonnen.

War es Ericas Idee gewesen, Flaschendrehen zu spielen? Wahrscheinlich, sie hatte schon immer gern Unruhe gestiftet. Jedenfalls war es eindeutig Karla gewesen, die gesagt hatte, sie seien doch keine Jugendlichen auf einer Studentenverbindungsparty, aber Alex hatte sie ausgebuht – für Gewagtes war er stets zu haben, auch wenn er kein Teenager mehr war. Zuerst hatten Karla und Felicity die Herausforderung angenommen, sich auszuziehen und in unter sechzig Sekunden ihre Kostüme zu tauschen, zum Entzücken der Männer. Sie hatten es nicht geschafft und mit einem Lächeln ihren Schnaps heruntergekippt. Nur ein harmloser Spaß, obwohl Miranda das nicht zu finden schien, ihrer Miene nach zu urteilen. Keine Ahnung, was sie hatte, am Strand sah man mehr nacktes Fleisch.

Dann waren die Jungs an der Reihe. Die Aufgabe war, sechs Sekunden lang einen anderen Mann zu küssen – oh, das hatten sie alle zum Schreien komisch gefunden! Marcus und Alex hatten sich für »Wagnis« entschieden – allerdings ohne Zungenkuss –, während Jack und Peter sich ihr Schnapsglas genommen hatten.

Und daraufhin hatte sie – Erica – es getan. Sie hatte sich zu Peter umgedreht, ihm direkt in die Augen gesehen und gesagt: »Ich fordere dich heraus, Felicity zu küssen. Und zwar richtig.«

Im Raum war es still geworden. Alle hatten abwechselnd Peter und Mary-Beth angesehen und sich gefragt, wer als Erstes etwas sagen würde.

»Ich mach es«, witzelte Alex und hob die Hand.

»Das wirst du ganz bestimmt nicht tun«, hatte Miranda ihn angefahren. »Und Peter ebenso wenig. Sei nicht albern, Erica.«

»Ist schon gut«, hatte Mary-Beth entgegnet, mit einem so lässigen Achselzucken, dass Felicity sich gefragt hatte, was wohl in ihr vorging. Wusste sie Bescheid? »Es ist bloß ein Spiel. Nur zu, Peter, diese Leute sind deine Zeugen. Ich sage, entscheide dich für *Wagnis*.«

Peter hatte Erica angesehen, als würde er sie am liebsten umbringen. Sie wusste es also. Waren alle darüber im Bilde? Nein, Karla nicht, sie hätte einfach gefragt. Und das hieß, Marcus wusste es auch nicht – die beiden erzählten einander alles.

»Sei nicht albern«, hatte Peter gespottet. »Mein Leben wäre die reinste Hölle, wenn ich nach Hause komme.«

»Es ist mein Ernst, Peter«, beharrte Mary-Beth. »Es ist schon gut. Spiel mit. Sei kein Frosch.«

»Nein«, hatte er gesagt, nachdrücklicher jetzt. »Hör auf damit, Mary.«

»Warum küsst du sie nicht einfach, Peter? Ist doch keine große Sache.«

Die beiden – Mary-Beth und ihre beste Freundin Erica – standen nun Seite an Seite, und Felicity dachte, jedem im Raum müsse mittlerweile klar sein, dass sie in einer Sackgasse gelandet waren. Sie warf einen verzweifelten Blick auf Karla, damit diese der peinlichen Lage ein Ende bereitete.

»Oh, um Himmels willen«, sagte Karla ungehalten. Sie trat einen Schritt vor, umfasste Felicitys Gesicht mit den Händen und küsste sie. Es war kein keuscher Kuss, aber weit entfernt von einem heißen, erotischen Zungenspiel. Obwohl es, nach den Reaktionen der Jungs zu urteilen, ebenso gut ein ausgewachsener Porno hätte sein können. Alex, Marcus und Jack brachen in Hochrufe aus und applaudierten. Peter sah aus, als würde er sich gleich übergeben, und Mary-Beth hatte Tränen in den Augen. Erica grinste bloß.

»Willkommen in der Familie, Fliss«, lachte Marcus. »Obwohl ihr zwei mich hättet mitmachen lassen können.«

Mary-Beth knallte ihr Weinglas auf den Tisch und stürmte hinaus. Erica folgte ihr.

»Ich weiß nicht, was ihr Problem ist.« Alex klopfte Peter auf den Rücken. »Wie man's macht, ist es falsch, wie's aussieht, Alter.«

Felicitys Wangen brannten bei der Erinnerung daran. Nicht nur wegen der Lage, in die Peter versetzt worden war, sondern weil Erica sie als Schachfigur für ihre Spielchen missbraucht hatte. Felicity, die bedauernswerte, traurige Single-Frau, die keinen eigenen Mann abkriegte, musste ja darauf brennen, sich vom Mann einer anderen küssen zu lassen, bloß damit bei ihr auch mal ein wenig Action angesagt war. Gott, was für ein Miststück Erica manchmal gewesen war.

Sie war so in Gedanken verloren, derart versunken in der Erinnerung an ihre Demütigung, dass sie fast Peters Wagen nicht bemerkt hätte, der hinter dem Polizeiauto durchs Tor fuhr. Das war's dann also, dachte sie, sie haben Mary-Beth gefunden. Man wird Peter festnehmen, und ich kann ihn mit den Mädchen im Gefängnis besuchen.

Er hatte sich ja als toller Vater erwiesen.

Sie holte tief Luft, stieß die Haustür auf und trat in die Dunkelheit hinaus. Peter stieg gerade aus dem Auto. Die Angst stand ihm ins Gesicht geschrieben.

»Was ist passiert?«, fragte Felicity und sah, dass der Streifenwagen vor Nr. 7 hielt.

»Es gab eine Vermisstenmeldung«, erklärte Peter, den Blick auf DC Allan gerichtet, der auf die Haustür zusteuerte. »Tristan Patterson.«

Felicity empfand Erleichterung, dann fühlte sie sich schuldig deswegen. Noch ein Mensch war verschwunden.

»Der Junge, der da wohnt?«, fragte sie. »Ich glaube nicht, dass ich ihm je begegnet bin. Ich habe ihn bereits in seinem gelben Auto vorbeifahren sehen, aber ich glaube, ich würde ihn nicht auf der Straße erkennen. Du?«

Peter nickte. »Früher, als er noch jünger war, hat er oft Gelegenheitsjobs für die Leute in unserer Straße erledigt, den Rasen gemäht und so. Netter Junge. Ich wette, er ist bloß mit seinen Freunden unterwegs. Du weißt ja, wie junge Männer so sind.«

»Eigentlich nicht«, murmelte Felicity, doch Peter hörte es nicht, und wenn er es hörte, zeigte er keine Reaktion. Karla, Marcus und Brandon kamen die Auffahrt herunter und gesellten sich zu ihnen.

»Was ist denn jetzt schon wieder los?«, fragte Karla und wies mit dem Kopf auf den Streifenwagen. »Hat es etwas mit Miranda zu tun?«

Peter schüttelte den Kopf. »Eine Vermisstenmeldung. Offenbar ist Tristan verschwunden.«

Karla erschauderte sichtlich. Sie sah ihren Sohn an. »Du weißt nicht zufällig, wo er sein könnte?«

Brandon machte ein finsteres Gesicht. »Klar, ich hab ihn in meinem Zimmer eingesperrt, zusammen mit –« Er verstummte, als er merkte, dass Peter zuhörte.

Karla machte »Ts, ts« und schüttelte den Kopf. »War nur eine Frage, Bran.«

DC Allan trat wieder aus dem Haus Nr. 7. Als er das Grüppchen entdeckte, das sich auf der Straße versammelt hatte, überquerte er die Straße, um mit ihnen zu sprechen.

»Ich nehme an, keiner von Ihnen hat Tristan in letzter Zeit gesehen, oder?«

»Ich weiß nicht mal genau, wie er aussieht«, gab Felicity zu. »Obwohl ich seine Baseballkappe genau beschreiben könnte und den Lärm, den sein Wagen um drei Uhr nachts macht.«

»Hier …« DC Allan zog ein Foto hervor und reichte es ihr. »Melden Sie sich bei uns, wenn Ihnen einfällt, wann Sie ihn zuletzt gesehen haben.«

Felicity betrachtete das Bild und spürte, wie sich ihr Magen verkrampfte. Sie hatte Tristan vor drei Wochen zuletzt gesehen, als er ihr bei Starbucks ihren Flat White serviert hatte. Wie im ganzen letzten Jahr schon. Und kein einziges Mal hatte er erwähnt, dass er bloß acht Häuser entfernt wohnte.

46

»Mr. und Mrs. Patterson, es war richtig, dass Sie uns gerufen haben. Ich muss Ihnen ein paar Fragen stellen, ich hoffe, dass geht in Ordnung?«

Janet Patterson nickte, unfähig, die Tränen aufzuhalten, die ihr über die Wangen liefen. Sie saß auf dem Sofa, neben ihr ihr Mann Mike und Tracy Barker von der psychosozialen Notfallvorsorge. »Machen Sie nur«, flüsterte sie. »Bringen wir es hinter uns.«

Harvey warf einen Blick auf seine Notizen. »Wir haben eine Liste von Tristans Freunden, Personen, die möglicherweise wissen, wo er sich aufhält oder die ihn in den letzten drei Wochen gesehen haben könnten. Es wäre klasse, wenn Sie uns sagen könnten, mit wem wir zuerst sprechen sollten.«

»Am besten mit seinem Freund John.« Janet schniefte und warf ihrem Mann einen Seitenblick zu, aus dem Harvey nicht recht schlau wurde.

»Aber Tristan wohnt noch hier, bei Ihnen?«

Seine Mutter nickte. »Gewissermaßen. Mal übernachtet er hier, dann wieder bei John, und wir bekommen ihn ein paar Wochen nicht zu sehen. Oder er besucht irgendein Festival und kommt bloß rein, wenn wir bei der Arbeit sind, um sich frische Klamotten zu holen und den Kühlschrank zu plündern. Er ist zwanzig Jahre alt – er reagiert ungehalten, wenn wir zu viele Fragen stellen.«

»Mrs. Patterson«, DC Allan seufzte, »ich weiß, es muss

schwer für Sie sein, und wir sind hier, um Ihnen zu helfen, nicht um Sie in irgendeiner Form zu verurteilen. Aber können Sie uns erklären, warum es drei Wochen gedauert hat, ehe Sie Ihren Sohn als vermisst gemeldet haben?«

Janet sah mit weit aufgerissenen Augen ihren Mann an, der die Hand hob.

»Sehen Sie« – er strich seiner Frau über die Schulter –, »wir dachten, wir tun das Richtige. Aber jetzt glaube ich, dass wir einen Fehler gemacht haben – vielleicht hätten wir schon vor Wochen zur Polizei gehen sollen. Es ist nur so –« Er holte tief Luft. »Wir dachten, dass Tristan mit unserer Nachbarin weggegangen ist – mit der, die vermisst wird.«

»Mary-Beth King?« Allan und Harvey sahen einander an. Harvey war durchaus der Gedanke gekommen, dass es bereits ein Riesenzufall war – zwei vermisste Personen in einer Straße –, doch niemand, mit dem sie gesprochen hatten, hatte den Eindruck vermittelt, die achtbare, zuverlässige Mary-Beth könne etwas mit jemandem haben. Ganz zu schweigen von etwas so Skandalösem wie einer Affäre mit einem sehr viel jüngeren Mann.

»Ja …«, sagte Janet mit leiser Stimme. Sie war rot geworden. »Er verhielt sich geheimniskrämerisch, verließ zu seltsamen Zeiten das Haus oder hat sich immer länger bei John aufgehalten. Dann hat er seinen Job gekündigt, völlig grundlos, und als wir wissen wollten, warum, hat er total defensiv reagiert. Er war ganz außer sich. Und dann verschwand Mary-Beth, und alles ergab einen Sinn. Die ganze Heimlichtuerei. Mike hat mal gesehen, wie sie sich umarmt haben.«

»Am Ende ihrer Auffahrt«, fügte Mike hinzu. »Es wurde schon dunkel, also konnte ich nicht viel erkennen, aber es war eindeutig Mary-Beth. Sie hatte die Arme um sich selbst geschlungen, und ich hatte den Eindruck, dass die beiden sich gestritten haben. Sie sah aus, als würde sie gleich weinen, und da hat er sie umarmt.«

»Wann war das?«

»Kurz nach Ericas Tod. Aber ich habe sie ein paarmal zusammen gesehen, das heißt, sie haben sich kurz unterhalten, wenn sie sich zufällig auf der Straße getroffen haben, und einmal habe ich ihn aus ihrem Garten kommen sehen. Sonst macht er das nicht, er geht den Nachbarn lieber aus dem Weg. Und ich habe ein Bild von ihr in seinem Zimmer gefunden.«

»Gut, also dachten Sie, dass die beiden zusammen weggegangen sind. Warum haben Sie uns nichts davon gesagt?«

»Wir wollten nicht in die Skandale dieser Leute verwickelt werden. Da laufen so viele Dramen ab – wenn es nicht die verdammten Kaplans sind, dann diese Geschichte mit Erica und dem Podcast. Damit wollen wir nichts zu tun haben, und wir waren ein bisschen verärgert über Tristan, weil er uns da mit reingezogen hat. Wir dachten, in ein paar Tagen sind sie wieder da, gelangweilt voneinander, nachdem der Reiz der heimlichen Liebschaft sich verflüchtigt hat.«

»Also, was hat sich geändert? Glauben Sie immer noch, dass die beiden zusammen weggegangen sind? Warum ihn jetzt als vermisst melden?«

Janet schniefte. »John hat hier angerufen. Er hatte lange nichts von Tristan gehört, und seine anderen Freunde auch nicht. Und sein Handy ist immer ausgeschaltet – wir haben alle ständig versucht anzurufen. Und nach allem, was nun durch diesen Podcast rauskommt, ist klar, dass wir hier von gewalttätigen, gestörten Leuten umgeben sind. Wäre es nicht denkbar, dass Peter King das mit der Affäre herausgefunden hat, dass er den beiden etwas angetan hat? Der Gedanke lässt mir seit Tagen keine Ruhe, seit gut einer Woche. Aber trotzdem, die Polizei zu rufen – das würde es irgendwie so … offiziell machen. Tristan ist ein erwachsener Mann, er muss uns nicht erzählen, wo er hingeht, wenn er nicht will, dass wir das wissen.«

Denkbar wäre es, überlegte Allan. Patterson war ein junger, attraktiver Mann und Mary-Beth eine gelangweilte Hausfrau mittleren Alters. Sie war erst Anfang vierzig, da hatte er schon seltsamere Paarbeziehungen gesehen.

»Gut, kommen wir zu der Frage zurück, wann Sie Tristan das letzte Mal gesehen haben. Wann war das?«

»Am Sonntag, den 19. August. Er hatte seinen Job gekündigt und nur noch einen Arbeitstag vor sich, und wir hatten einen kleinen Streit. Er sagte, er habe gerade viel um die Ohren, und Mike warf ihm vor, er würde sich vor der Verantwortung drücken, er müsse endlich erwachsen werden.«

Mike machte einen gequälten Eindruck.

Janet sprach mühsam weiter. »Montagmorgen wird er kurz noch hier gewesen sein, denn sein Auto stand noch in der Auffahrt, gesehen habe ich ihn allerdings nicht. Als ich von der Arbeit kam, war sein Wagen weg, und es lag ein Zettel da, auf dem stand, er würde eine Weile bei John wohnen. Erst dachte ich, er wäre sauer auf uns, aber dann erfuhr ich, dass Mrs. King vermisst wird, und es schien alles zusammenzupassen.«

»Haben Sie mit John gesprochen?«

»Ja, allerdings hatte er nichts von Tristan gehört, ihn auch aber an dem besagten Montag noch kurz gesehen. Ich habe ihm gesagt, dass wir über die Affäre Bescheid wüssten, aber er meinte, er wisse nicht, wovon ich rede, Tristan würde vermutlich nur ein bisschen Zeit für sich brauchen. Mir war klar, dass er wusste, was los war –« Janet verstummte.

»Bloß dass das nicht stimmte«, warf Mike ein. »Als er vor ein paar Tagen hier anrief, erfuhren wir, dass er länger nichts von Tristan gehört hatte, und er weiß nicht, wo er ist.«

»Okay, dann werden wir nachforschen, wo Tristan hingefahren sein könnte, nachdem er am Montag von hier weg ist. Mein Kollege hat sein Kfz-Kennzeichen notiert, ebenso wie Marke und Farbe seines Fahrzeugs. Wir werden versuchen, es so schnell wie möglich ausfindig zu machen. Haben wir Ihre Erlaubnis, uns Tristans Handyverbindungen und seine Kontodaten anzusehen? Die Details können Sie DC Allan geben, ebenso alles, was Sie über Tristans Präsenz in den sozialen Medien wissen. Haben Sie sich schon in seinem Zimmer umgesehen? Fehlt irgendwas?«

»Das weiß nur Gott«, stöhnte Janet. »Da herrscht eine heillose Unordnung. So viele Klamotten, wie er hat, könnte er genug Sachen für ein Jahr mitgenommen haben, ohne dass es mir aufgefallen wäre. Oh!« Ihr war etwas eingefallen. »Sein Laptop fehlt. Den hat er überallhin mitgenommen.«

»Okay. Wir stufen die Sache als dringlich ein.«

»Werden Sie mit Peter King reden?«

»Noch nicht.« Harvey schüttelte den Kopf. »Und ich würde es zu schätzen wissen, wenn Sie Ihre Vermutungen über Ihren Sohn und Kings Frau für sich behalten. Wenn es da eine Verbindung gibt, wäre es mir lieber, er erfährt nicht, dass wir davon wissen.«

47

»Sie wollten mich sprechen, Sir?«

DS Harvey tat ein paar Schritte ins Büro seines Vorgesetzten. DCI Barrow blickte auf, schenkte ihm ein falsches Lächeln und bedeutete ihm, er möge ganz hereinkommen.

»Bitte schließen Sie die Tür, DS Harvey. Setzen Sie sich, und schauen Sie nicht so nervös drein. Ich kann Sie von hier aus sowieso nicht erreichen, dafür ist der verdammte Schreibtisch zu breit.«

Harvey nahm gegenüber dem Mann Platz, von dem er einmal gehofft hatte, er würde ihm ein Mentor werden, vielleicht sogar ein Freund. Wie dumm und naiv er doch gewesen war. Er war nie etwas anderes gewesen als ein Sündenbock, der dafür sorgen sollte, dass die Hände seines Vorgesetzten sauber blieben.

»Wie Sie sich denken können, habe ich Sie hergebeten, um zu erfahren, was in Severn Oaks vorgeht.«

Also kein Herumreden um den heißen Brei.

»Ja, Sir. Wie Sie wissen, gibt es aktuell zwei Vermisstenmeldungen. Vermisst wird zum einen Mary-Beth King, und zwar nun schon seit drei Wochen.«

»Und es gibt keinerlei konkrete Hinweise? Seltsam nach so langer Zeit. Normalerweise hätten wir längst eine ziemlich gute Vorstellung, was passiert ist.«

»Wir verfolgen verschiedene Ermittlungsansätze.«

Das alles war Barrow längst bekannt. Er war bei einigen der morgendlichen Lagebesprechungen dabei gewesen, obwohl er sich im Hintergrund gehalten hatte, und Harvey wusste, auch wenn der DCI so tat, als würde er diesen Fall nicht anders behandeln als alle anderen, in Wahrheit verfolgte er die Entwicklungen mit besonderem Interesse, und zwar, seit zuerst der Name Severn Oaks gefallen war.

»Der Ehemann?«

»Ja, Peter King haben wir natürlich im Auge. Wir versuchen immer noch, jemanden zu finden, der ihn auf dieser Schulung gesehen hat, bei der er war. Er steht auf der Teilnehmerliste und ist auch aufgetaucht, aber niemand kann sich erinnern, ihn am zweiten Tag gesehen zu haben.«

»Gut. Irgendwelche Hinweise darauf, dass sie aus freien Stücken gegangen ist?«

»Ihre Debit- und Kreditkarten wurden nicht benutzt, und es gibt keine Hinweise darauf, dass sie in den Wochen vor ihrem Verschwinden Beträge abgezweigt hätte. Möglicherweise wurde sie von jemandem gesehen. Wir sind noch dabei, das zu überprüfen.«

»Der Taxifahrer, der sie zu einem Urlaub bei einem Campingplatz abgesetzt haben will?«

»Ja. DC Allan hat mit den Betreibern gesprochen, und wir haben an die Türen aller Wohnwagen geklopft und die Camper befragt. Um die leer stehenden Wohnwagen zu durchsuchen, bräuchten wir einen Durchsuchungsbeschluss, und den würden wir nicht kriegen – laut dem Taxifahrer ist sie aus freien Stücken in sein Taxi gestiegen und war allein, als sie wieder ausstieg. Es gibt also keinen Hinweis auf Gefahr im Verzug, der uns erlauben würde, Türen einzutreten.«

»Und die zweite vermisste Person?«

»Ein zwanzigjähriger Junge, Tristan Patterson. Lebt ein paar Häuser von den Kings entfernt. Die Pattersons bleiben größtenteils für sich, die Nachbarn wissen nicht viel über sie, und niemand hat Tristan gesehen. Offenbar fährt er gern spätabends mit seinem Auto durch die Gegend. Einige wissen nicht mal genau, ob sie ihn erkennen würden, wenn sie ihm auf der Straße begegnen sollten.«

»Ich dachte, es gibt da einen so großen Zusammenhalt?«

»Ich habe den Eindruck, dass es Leute gibt, die sich viel beteiligen – Gruppennachrichten auf Facebook, Straßenfeste, die Kinder besuchen dieselbe Schule. Leute mit älteren Kindern oder ohne Kinder scheinen weniger vernetzt zu sein. Man kann sich einbringen oder auch nicht, und die Pattersons scheinen das eher selten zu tun.«

»Gut. Gibt es irgendwelche Hinweise im Fall Tristan Patterson? Er zieht nicht einfach bloß mit irgendwelchen Kumpels rum? Zwanzigjährige sind meiner Erfahrung nach eher selten zu Hause.«

Harvey fragte sich, was für Erfahrungen das sein mochten. Soweit er wusste, hatte Barrow keine Kinder, im Gegensatz zu Harvey, dessen Sohn gerade achtzehn geworden war – und meistens hatte er keine Ahnung, wo er gerade steckte.

»Seine Mutter hat bei allen Freunden ihres Sohnes nachgefragt, von denen sie weiß, und wir haben die Angaben überprüft. Sie, äh … meint, dass es da eine Verbindung zu Mary-Beth King geben könnte.«

»Eine Verbindung? Inwiefern?«

»Sie meint, die beiden könnten was miteinander haben. Tristan wurde das letzte Mal am Abend vor Mary-Beths Verschwinden gesehen, und seitdem hat ihn niemand mehr zu Gesicht bekommen, weder seine Freunde noch seine Eltern.«

»Okay. Gibt es noch irgendwas, das für eine Verbindung zwischen den beiden spricht?«

»Nein, nichts.«

»Gut. Noch irgendwas?«

Der Podcast stand zwischen ihnen wie eine heimliche Affäre.

»Ich glaube, wir können die Verbindungen zum Fall Erica Spencer nicht länger ignorieren.«

»Und welche Verbindungen sollten das sein, Sergeant?«

Ein kühler Unterton schwang in Barrows Worten mit. Der Name Erica Spencer war so ungefähr der letzte Name, den der DCI hören wollte. Es war derselbe Tonfall, den er vor weniger als zwölf Monaten angeschlagen hatte, als er den Kripo-Frischling Harvey ermutigte – und das war sehr freundlich formuliert –, in seinem Bericht an den Coroner von einem tödlichen Unfall zu sprechen. *Einen Skandal, in den die Kaplans verwickelt sind,* können wir nicht brauchen.

»Erica Spencer hat Tristan Patterson vor drei Jahren aus dem Fluss gezogen – wir untersuchen noch, wie es kam, dass beide zur selben Zeit dort waren. Dann wäre da der Podcast –«

»Scheiß auf den Podcast.« DCI Barrows Stimme klang ganz ruhig. »Dahinter steckt nur irgendein Idiot, der einen Scheiß über die damaligen Ermittlungen weiß. Gibt es konkrete Hinweise darauf, dass jemand sie vom Baumhaus gestoßen hat?«

»Nein, aber –«

»Aber was, DS Harvey?«

Noch nie hatte er seinen Namen so ausgesprochen gehört, dass es wie eine Drohung klang.

»Es gab damals durchaus einige Ungereimtheiten, wenn Sie sich erinnern wollen, Sir. Das Foto, das Erica in flachen Ballerinas zeigt, während sie Stilettos trug, als sie gefunden wurde. Das Blut oben im Baumhaus, laut Analyse das Blut von Erica Spencer –«

»Eine winzige Menge Blut, die vermutlich vom ermittelnden Beamten dort eingeschleppt wurde«, sagte Barrow. Die Andeutung war klar – der ermittelnde Beamte war Harvey gewesen. »Und kennen Sie etwa Frauen, die sich nicht ständig umziehen? Meine Frau hat sich während unserer Silvesterfeier zweimal umgezogen. Keiner dieser Umstände rechtfertigt die Aufnahme weiterer Ermittlungen, insbesondere angesichts des Medienzirkus, der damit einhergehen würde. Zu diesem Ergebnis sind Sie doch damals gekommen, oder etwa nicht?«

Harvey holte tief, aber unmerklich Luft. Argumentieren war sinnlos, das wusste er. Und doch, wenn DC Allan den Mut besaß, jede Entscheidung infrage zu stellen, die sein Vorgesetzter traf, nämlich er, Harvey, warum schaffte er das nicht? War Allan einfach streitbarer und mutiger, als er es damals gewesen war?

»Auf Ihre Anweisung hin, Sir. Mittlerweile glaube ich, dass es möglicherweise eine übereilte Entscheidung war, die Ermittlungen einzustellen. Ich würde empfehlen, dass wir den Fall neu aufrollen.«

Barrow sah aus, als hätte er auf etwas Widerliches gebissen. »Die Ermittlungen wieder aufnehmen? Wegen irgendeines Podcasts? Wir würden uns bloß lächerlich machen, und das wissen Sie genau, Sie verdammter Hornochse. Jeder Idiot, der einen Computer und ein Mikrofon besitzt, würde verlangen, dass wir in Jahre zurückliegenden Fällen neu ermitteln – und mit wir meine ich den Rest des Teams, denn wir beide wären dann garantiert nicht mehr dabei.« DCI Barrow erhob sich. »Ich will Sie nicht mal laut denken hören, dass wir im Fall Erica Spencer einen Fehler gemacht haben, habe ich mich klar ausgedrückt? Wenn ich irgendwas in der Richtung läuten hören sollte, sind Sie schneller wieder bei den Uniformierten, als Sie von einem Baumhaus stürzen können.«

Widersprich ihm, sagte eine Stimme in ihm. Tritt für deine Sache ein. Sei ein Mann, verdammt noch mal.

»Ja, Sir«, hörte er sich sagen, »verstanden.«

48

Peter starrte auf das Smartphone in seiner Hand. Es fühlte sich warm an, obwohl er wusste, dass das unmöglich war – es war seit Wochen nicht benutzt worden. Sollte er es einschalten oder nicht? Den ganzen Vormittag hatte er im Kopf das Für und Wider abgewogen. Er musste wissen, ob es irgendetwas gab, das seine Frau mit Tristan Patterson in Verbindung brachte, und ihr Handy schien die einzige Möglichkeit zu sein, das herauszufinden. Er hatte ihr Büro durchsucht, ergebnislos, und die sozialen Netzwerke hatten sich als ebenso unergiebig erwiesen. Tristan und sie waren nicht befreundet gewesen – er hatte nie gesehen, dass sie auch nur miteinander gesprochen hätten. Mehr als einen kurzen Gruß mit erhobener Hand, wenn der Junge im Auto vorbeifuhr, hatte es nicht gegeben.

Würde die Polizei Mary-Beths Handy orten können, wenn es eingeschaltet wurde, und sei es noch so kurz? Er war sich ziemlich sicher, dass das nur der Fall sein würde, wenn er mit dem Handy telefonierte – er hatte sich *Serial* angehört und wusste daher, wie wenig zuverlässig die Information war, in welche Funkzelle ein Handy zu einem bestimmten Zeitpunkt eingeloggt war. Das Problem war bloß, seine einzige Erfahrung mit solchen Dingen stammte aus amerikanischen Krimiserien wie *CSI*, wo sie binnen Sekunden Bescheid wussten, wenn der Täter einen Fehler machte. Er war sich ziemlich sicher, dass es im wirklichen Leben nicht so zuging; ohne die Spezialeffekte war Polizeiarbeit ein langsamer, mühsamer

Prozess. So sicher, dass er deswegen seine Freiheit aufs Spiel gesetzt hätte, war er sich allerdings nicht. Es gab aber noch eine andere Möglichkeit.

Er konnte neugierige Blicke auf sich spüren, als er ins Auto stieg. Beim Haus am Ende der Straße, dem Haus der Pattersons, parkten keine Polizeiwagen mehr. Die Vorhänge waren zugezogen, und das Haus wirkte wie in einen Mantel der Trauer gehüllt.

Kameras blitzten auf, als er durch das Tor fuhr. Niederträchtige Gesichter drückten sich an Beifahrerfenster, Mikrofone wurden ausgestreckt; die Meute war ganz erpicht auf jeden Kommentar von jemandem, der innerhalb der Mauern wohnte. Peter hielt den Blick stur geradeaus gerichtet und beschleunigte allmählich, bis er weit genug von neugierigen Gesichtern entfernt war, dann trat er aufs Gaspedal.

Er hatte kein bestimmtes Ziel, doch als er durch die immer noch sattgrüne Landschaft von Cheshire brauste, spürte er, wie seine Anspannung allmählich nachließ. Je weiter er sich von Severn Oaks entfernte – diesen Mauern, hinter denen man Platzangst bekam, den Streifenwagen und misstrauischen Blicken –, desto mehr löste sich das beklemmende Gefühl in seiner Brust auf. Wenn dies alles vorbei war, entschied er, würde er aus Cheshire wegziehen. Würde Felicity mitkommen? Vor dem Hintergrund all dessen, was in letzter Zeit passiert war, wahrscheinlich nicht – sie hätte die Zwillinge nicht aus ihrem gewohnten Umfeld reißen wollen, ihr Haus und ihre Agentur, für die sie so hart gearbeitet hatte, nicht aufgeben wollen. Aber jetzt? Denkbar wäre es, dass sie mitkam. Falls sie alle beide ungeschoren davonkamen und nicht im Gefängnis landeten, was jeden Tag weniger wahrscheinlich schien.

Das Klingeln seines Handys übertönte das Radio, und er fuhr zusammen. Es erschien kein Name auf der Konsole –

unterdrückte Rufnummer. Die Polizei. Schuldbewusst, als könnte DC Allan sehen, war er gerade machte, drückte Peter den Anruf weg.

Er fühlte sich schlecht wegen DC Allan. Während DS Harvey alles, was er sagte, mit Misstrauen aufzunehmen schien, glaubte Allan ihm offenbar und wollte ihm helfen.

Doch darüber konnte er jetzt nicht nachdenken. Er musste eine so große Entfernung wie möglich zurücklegen und Mary-Beths Handy einschalten, um festzustellen, ob es darauf etwas zu finden gab und wenn ja, was.

Nach fast vierzig Minuten Fahrt lenkte er den Wagen auf eine verlassene Tankstelle an einer Hauptstraße. Er war sicher, dass es keine Überwachungskameras geben würde, denn das Gebäude war eine Ruine. Die Glasfront war eingeschlagen und die Farbe fast völlig von den verrottenden Brettern geblättert. Der Verkehr sauste mit den hier erlaubten hundert Stundenkilometern vorbei. Hier würde niemand groß auf ihn achten.

Er zog das Smartphone unter dem Beifahrersitz hervor, blickte sich noch einmal um und drückte auf den Einschaltknopf. Das Samsung-Logo erschien auf dem Display, dann kam das qualvolle Warten, während das Betriebssystem lud und das Telefon nach einem Signal suchte.

Kurz darauf piepste das Smartphone fast ununterbrochen. Nachrichten von Freunden, Hinweise auf verpasste Anrufe, Mails fluteten herein. Peter öffnete den Nachrichtenordner und scrollte hindurch, sorgsam darauf bedacht, keine der neuen Nachrichten zu öffnen. Er sah Namen, die er kannte: Karla, Felicity, Alina, Mutter, Hannah. Nichts Ungewöhnliches. Wie gern hätte er die Nachrichten von Hannah angeklickt, vertrauliche Mitteilungen von seiner Tochter an ihre Mutter, jetzt sicher verzweifelte Bitten, sich doch zu melden.

Das war der wahre Grund, aus dem er seine Schwiegermutter gebeten hatte, sich um die Kinder zu kümmern – natürlich, er hatte ständig mit der Polizei zu tun, und ihr Zuhause war momentan nicht das beste Umfeld für sie. Aber der wahre Grund war, er wollte die Gesichter seiner Kinder nicht sehen, er wollte seiner Tochter nicht in die Augen blicken müssen.

Peter wischte sich mit dem Handrücken eine Träne ab und holte tief Luft. Er musste die Sache so schnell wie möglich hinter sich bringen. Er tippte auf Kontakte und scrollte die Liste durch, bis er zu T kam. Kein Tristan, obwohl sie seine Nummer natürlich auch unter irgendeinem anderen Namen hätte speichern können. Er kehrte zu den Nachrichten zurück und scrollte weiter vor bis zu den gelesenen Nachrichten, die Mary-Beth vor ihrem Verschwinden bekommen hatte. Es gab mehrere Nachrichten von seiner Frau an eine unbekannte Nummer.

ICH WEISS, DASS DU ES BIST.
DU MUSST DAMIT AUFHÖREN.
WARUM TUST DU DAS?

Es gab bloß eine einzige Antwort.

WOVOR HAST DU ANGST?

Dann nichts mehr.

Peter klickte Mary-Beths E-Mails an, entdeckte aber nichts außer auf die Arbeit bezogenem Schriftverkehr und irgendwelchem Eltern-Lehrer-Rat-Unsinn. Wenn es noch weitere Kommunikationen zwischen Mary-Beth und der unbekannten Nummer gegeben hatte, konnte er sie nicht finden. Er schaltete das Smartphone aus und warf es aus dem Fenster, ließ den Motor an und fuhr darüber – einmal, zweimal, dreimal, bis nur noch Bruchstücke des Handys seiner Frau auf dem Asphalt lagen.

49

»Schon irgendwas Neues wegen Pattersons Fahrzeug?«, fragte Harvey. Er brauchte gar nicht erst aufzublicken, um zu wissen, dass der Schatten, der über seinen Schreibtisch fiel, Allan gehörte. Hauptsächlich deshalb, weil der Mann nie nach Hause zu gehen schien.

»Nichts, Sir. Die Auswertungen der E-Mails und der Kontobewegungen sind da – keinerlei Hinweise darauf, wo er sich aufhalten könnte. Keine Hotelbuchungen, kein Mietwagen, und seine Debit- und Kreditkarten sind seit dem Montag, an dem er zuletzt gesehen wurde, nicht mehr benutzt worden. Es sieht nicht gut aus.«

»Setzen Sie sich.« Harvey deutete auf den Stuhl vor seinem Schreibtisch. »Gute Arbeit, die Sie da geleistet haben. Vielen Dank, Constable.«

»Danke, Sir.«

»Nein, ich meine es ernst.« Harvey räusperte sich. »Mir ist klar, dass ich möglicherweise … also, ich … vielleicht habe ich den Eindruck vermittelt, Mrs. Kings Verschwinden sei nicht bedeutsam. Obwohl es das natürlich ist. Dazu noch der Podcast und das Verschwinden von Tristan Patterson … ich glaube, ich versuche bloß zu sagen, wie sehr ich Ihr Engagement zu schätzen weiß.«

DC Allan sah aus, als würde er gleich vor Stolz platzen, und Harvey war froh, dass er die Sache angesprochen hatte. Sosehr ihn Allans Hartnäckigkeit manchmal auch irritierte, er war ein guter Polizist, und Harvey wusste noch sehr gut, wie man sich als Berufsanfänger fühlte, ehe einem klar wurde, dass Polizeiarbeit ebenso sehr von Interessenspolitik wie von tatsächlichen Ermittlungen bestimmt wurde.

»Glauben Sie, dass er bei Mary-Beth King sein könnte?«, fragte Allan.

Harvey seufzte. »Ganz ehrlich? Bevor wir mit seinen Eltern gesprochen haben, gab es keinerlei Hinweise darauf, dass Mary-Beth eine Affäre haben könnte, schon gar nicht mit einem so jungen Mann. Es fällt mir schwer zu glauben, dass es ihnen gelungen sein soll, das durchzuziehen, ohne dass einer der Nachbarn was mitbekommt. Nicht in Severn Oaks. Allerdings habe ich bereits erlebt, dass Leute etwas mit ihrem Schwager oder der Schwägerin hatten, ohne dass jemand irgendwas gemerkt hätte. Außerdem waren die Bewohner von Severn Oaks noch nie sonderlich freigiebig mit Informationen – die gehören zu den Leuten, die einem ins Gesicht lügen, um sich selbst zu schützen.«

»Wenn Tristan und Mary-Beth tatsächlich etwas miteinander hatten, dann wäre Peter King der Hauptverdächtige in beiden Fällen, oder?«

»Entweder das oder sie haben sich zusammen abgesetzt. Aber in der realen Welt verschwinden Leute nicht einfach und fangen ein neues Leben an, ohne irgendwelche Spuren zu hinterlassen. Sie machen Fehler, sie rufen ihre Familie an – Mary-Beth King hat schließlich Kinder! – oder benutzen ihre Bankkarten. In den Tagen oder Wochen vor dem Verschwinden wird normalerweise Geld vom Konto abgehoben oder es finden sich Buchungen für ein Hotel oder eine Fähre oder was auch immer. Wenn sie tatsächlich zusammen durchgebrannt sind, haben sie es sehr schlau angestellt.«

»Und glauben Sie, dass die beiden es einfach sehr schlau angestellt haben?«

Harvey schüttelte den Kopf. »Mal ganz unter uns? Ich glaube, noch vor Ende der Woche werden wir eine Mordermittlung einleiten müssen.«

50

»Die Suche nach dem vermissten Tristan Patterson aus Severn Oaks wird fortgesetzt. Der Zwanzigjährige wurde von seiner Mutter als vermisst gemeldet, nachdem er von einem vermuteten Aufenthalt in der Wohnung eines Freundes nicht nach Hause zurückgekehrt war. Severn Oaks ist auch Wohnsitz des Promipaars –«

»O Gott, schalt das aus.« Miranda tigerte nervös durchs Wohnzimmer und spähte alle paar Sekunden durch die Ritzen der zugezogenen Vorhänge. Sie konnte gerade noch die Straßenecke und den Streifenwagen, der vor dem Haus der Pattersons stand, erkennen.

»Du willst also nicht losgehen und noch ein Geständnis ablegen?« Alex' Ton war unfreundlich, aber er schaltete wie gewünscht den Fernseher aus.

Auf die Gelegenheit hatte Miranda gewartet. Sie hatten kaum zwei Sätze miteinander gewechselt, seit Alex sie vor neun Tagen aus der Polizeistation abgeholt hatte, nachdem man sie – oh, blankes Entsetzen – gegen Kaution freigelassen hatte. Nach ihrem Geständnis war sie wegen Körperverletzung durch Beibringung von Gift oder anderen schädlichen Stoffen festgenommen worden, doch bis zur Verhandlung befand sie sich auf freiem Fuß. Ihr Anwalt hatte darauf hingewiesen, dass sie immer noch wegen Totschlags angeklagt werden könnte, was allerdings unwahrscheinlich sei. Denn dazu würde die Polizei erstens nachweisen müssen, dass Erica nicht bemerkt hatte, dass ihr Alkohol ausgeschenkt wurde, und zweitens, dass die Beeinträchtigung durch diesen Alkoholgenuss direkte Ursache ihres Sturzes aus dem Baumhaus gewesen war. Mittlerweile, hatte er erklärt, würde es so gut wie unmöglich sein, nachzuweisen, ob und wie viel Alkohol Erica wissentlich und willentlich zu sich genommen und wie viel – wenn überhaupt etwas – sie von Mirandas gepanschtem Wein getrunken hatte. Zudem sei nicht auszuschließen, dass Erica sehr wohl gewusst habe, dass dieser Wein Alkohol enthielt. Wenn sie ihn in dem Fall trotzdem konsumiert hatte, bestand die Schuld Mirandas lediglich darin, ihr mehrere Gläser Wein eingeschenkt zu haben. Es war sogar denkbar, dass sie Mirandas wodkahaltigen Wein weggeschüttet hatte. Letztendlich wusste man ja bloß durch eine anonyme Stimme in einem Podcast, dass Erica angeblich keinen Alkohol mehr trank – es gab keine Belege für diese Behauptung. Alles in allem sei es unwahrscheinlich, dass überhaupt Anklage erhoben werden würde.

In gewisser Weise war sie erleichtert, dass Alex jetzt davon angefangen hatte. Er war brummig gewesen und hatte nur mit ihr gesprochen, wenn die Kinder dabei waren, und das hatte sie kaum ertragen können. Sie hatte den größten Teil der Zeit im Schlafzimmer verbracht – dem Schlafzimmer, das Alex seit ihrer Verhaftung nicht mehr mit ihr teilte.

»Sehr witzig. Hast du vor, ewig sauer auf mich sein? Ich weiß selbst, wie dumm es war, ihr Wodka in den Wein zu tun.«

Er sah sie mit halb offenem Mund an. »Du glaubst, deswegen bin ich sauer auf dich? Weil du auf einer Party jemanden betrunken gemacht hast?«

»Weshalb denn sonst?«

Alex stand auf. »Weil du zur Polizei gegangen bist, um einen Mord zu gestehen, ohne vorher mit mir darüber zu sprechen vielleicht? Man hätte dich einsperren können, Miranda.

Du hast angenommen, man würde dich wegen Mordes anklagen. Hast du auch bloß eine Sekunde daran gedacht, was das für die Kinder bedeutet hätte? Oder für mich? Wenn man dich uns weggenommen und wer weiß wie lange eingesperrt hätte? Ich hätte – ich könnte nicht …« Er schüttelte den Kopf und gab einen erstickten Laut von sich. »Und du hast es nicht einmal für nötig gehalten, es mir zu sagen.«

»Weil du es mir ausgeredet hättest.« Miranda traten Tränen in die Augen.

»Natürlich hätte ich das, verdammt!« Alex sah fuchsteufelswild aus. »Was bitte sollte es denn bringen, nach all der Zeit damit zur Polizei zu gehen? Dadurch wird Erica auch nicht wieder lebendig, oder? Es hätte nichts geändert, für niemanden, außer für uns.«

»Nicht für uns«, flüsterte sie. »Für dich. Ich bin deinetwegen gegangen. Ich dachte, wenn die Polizei erst mal mein Geständnis hat, hören sie mit den Ermittlungen auf, und der Podcaster würde es auch gut sein lassen.«

»Und was für einen Unterschied sollte das bitte –? Oh, Mist, nein, Miranda. Du hast gedacht …« Sein attraktives Gesicht war schmerzlich verzogen. »Du glaubst, ich hätte Erica umgebracht? Und deshalb wolltest du, dass die Polizei nicht weiterermittelt, damit niemand auf mich kommt?«

Miranda antwortete nicht, es war auch nicht nötig. Das war's, jetzt wusste Alex, wieso sie das getan hatte. Ihre Ehe war am Ende.

»Ich weiß nicht, ob ich böse darüber sein soll, dass du denkst, ich könnte Erica aus einem Baumhaus stoßen, oder geschmeichelt, dass du einen Mord gestehst, um mich zu decken.« Er lief unruhig auf und ab. »Warum zum Teufel nimmst du an, ich könnte etwas so Furchtbares getan haben? Welches Motiv hast du dir aus den Fingern gesogen?«

Das war der Teil, vor dem Miranda gegraut hatte. Denn wenn sie ihm den Grund verriet und ihm dann in die Augen sah, hätte sie endlich Klarheit – und er würde wissen, dass sie längst dahintergekommen war, dass Erica Spencer von ihm schwanger gewesen war. Noch – so lange es unausgesprochen blieb – konnten sie so tun, als wäre nichts, aber sobald es heraus war, ging das nicht mehr. Miranda würde ihn fragen müssen, wie lange es schon gegangen war und ob er Erica geliebt hatte – so weh es auch tun mochte. Sie würde fragen müssen, ob er in die Frau von gegenüber verliebt gewesen war, die sein Kind in sich trug. Danach würde sie ihm verzeihen müssen – wenn er überhaupt Wert darauf legte –, doch sie würde sich immer fragen, ob er nur deshalb bei ihr geblieben war, weil Erica tot war. Nichts würde je wieder so sein wie vorher.

Sie holte tief Luft.

»Wegen des Babys«, sagte sie mit kaum hörbarer Stimme. »Wegen Ericas Baby.«

»Aber was um alles in der Welt hat denn Ericas Schwangerschaft damit zu tun?« Dann begriff er. »Du glaubst, es war von mir?« Er sah angewidert und traurig aus. »Das denkst du also von mir?«

Miranda war verblüfft. Sie war darauf vorbereitet gewesen, dass er es abstreiten würde – natürlich hatte sie nicht erwartet, dass er alles einfach so zugab –, doch sie war nicht darauf gefasst gewesen, dass er es so überzeugend tun würde.

»Cynthia Elcock hat gesagt … und ich dachte, alle wüssten es …«

Alex trat zu ihr und nahm sie in die Arme. Miranda schmiegte sich an ihn, zu erleichtert, um etwas zu sagen.

»Ich liebe dich, Mim.« Mim war sein Kosename für sie, mit dem sie sonst niemand ansprach. »Vielleicht arbeite ich viel, damit deine Nägel stets perfekt aussehen, und vielleicht trinke ich auf Partys gern zu viel und blödle herum, als wäre ich ein dämlicher hormongesteuerter Jugendlicher, aber ich dachte, unter all dem entnervten Getue magst du mich so, wie ich bin. Ich hielt es für jungenhaften Charme.«

»Du hast dir diesen Podcast angehört, und ich habe dich gehört, Alex – du hast geweint! Und du bist früher nach Hause gekommen und hast nach Alkohol gestunken. Weil du von dem Baby erfahren hattest …«

»Ich habe meinen Job verloren, Miranda.« Alex stieß die Luft aus, und für einen kurzen Moment sah er traurig aus.

Miranda begriff nicht. »Du hast was? Sei nicht albern, das ist doch ewig her, und du fährst jeden Tag ins Büro.«

»Ich habe mich mit potenziellen Kunden getroffen. An dem Tag habe ich erfahren, dass mein Vertrag nicht verlängert werden würde, und am Freitag danach war mein letzter Arbeitstag. Ich bin mir ziemlich sicher, dass dieser Podcast der Grund für die Kündigung war.«

Miranda schluchzte auf. Alex hielt sie ein Stück von sich weg und sah sie an, wie er das seit Jahren nicht mehr getan hatte. »Ich hätte es dir sagen sollen. Es ist nur, ich wollte nicht, dass du dir Sorgen machst, weil es keinen Grund zur Sorge gibt. Ich habe bereits drei Jobangebote. Und ich habe weder Erica noch irgendeine andere Frau angerührt. Ich habe dich noch nie betrogen. Ich liebe dich.«

Miranda kam sich unglaublich dämlich vor. Sie hatte gestanden, dass sie Erica Schaden zufügen wollte, und das, um einen Mann zu schützen, an dem sie nie auch bloß eine Sekunde hätte zweifeln sollen. Er hatte ihr keinen Grund gegeben, ihm zu misstrauen, aber das hatte sie nicht davon abgehalten, die Worte der verdammten Cynthia Elcock für bare Münze zu nehmen. Vielleicht hatte sie einfach nicht glauben können, dass ein so attraktiver und witziger Mann wie Alex tatsächlich ihr gehörte, und zwar ihr allein. Wenn diese Frau ihr das nächste Mal unter die Augen kam …

*

»Das Baby war also doch von Jack?« Mirandas ganzer Körper fühlte sich leichter an. Sie und ihr Mann lagen auf dem Sofa, mit verschlungenen Gliedern, und er streichelte ihr Haar.

Alex lachte leise. »Habe ich nie behauptet, oder?«

51

Es stimmt, was über Gerüchte gesagt wird: Sie sind wie Feuer; ohne neue Nahrung zischt es und geht aus. Sie warteten nach wie vor auf Nachricht, ob Anklage gegen Miranda erhoben werden würde, aber das war auch die einzige dunkle Wolke an einem sonst blauen Himmel.

»Meint ihr, Mary-Beth wird jetzt zurückkommen?« Karla nahm sich eine Praline aus der Schachtel, die auf der Arbeitsfläche stand, und schob sie in den Mund.

»Nachdem was?«, fragte Felicity. Mit einer Handbewegung lehnte sie dankend ab, als Karla ihr die Pralinen anbot.

»Jetzt, nachdem das mit dem Podcast vorbei ist. Deswegen ist sie doch weg, oder? Weil sie Angst davor hatte, was alles rauskommen würde. Oder glaubst du, sie hatte einen Zusammenbruch?«

»Ich weiß nicht. Sie scheint mir nicht der Typ für einen Zusammenbruch zu sein, sie ist immer so zugeknöpft.«

»Sie lässt sich ausnutzen, meinst du«, warf Marcus ein.

Karla machte ein finsteres Gesicht.

»Wie furchtbar, so etwas zu sagen, Marcus Kaplan. Wir haben sie nicht ausgenutzt. Sie hat einfach gerne geholfen.«

»Lass ja die Polizei nicht hören, dass du in der Vergangenheitsform von ihr sprichst«, spottete er. »Sonst landest du noch auf der Liste der Verdächtigen.«

Karla schlug die Hand vor den Mund. »Gott, stimmt, das habe ich getan. Himmel, ich wusste ja, dass ich eine miese Kriminelle abgeben würde.«

»Hast du gesagt, dass Miranda heute Abend vorbeikommen wollte?«

Karla nickte. »Ich habe mit Alex gesprochen. Sie hat panische Angst davor, uns zu treffen, nach dem, was sie der Polizei gesagt hat, aber es muss ja sein, früher oder später. Ich meine, sofern sie nicht wegziehen wollen. Da kann sie es ebenso gut gleich hinter sich bringen.«

»Was hältst du von der Sache? Von dem, was sie getan hat?«

»Was, dass sie Erica betrunken gemacht hat?« Karla zuckte die Achseln. »Ich kann nicht glauben, dass Erica es nicht gemerkt hat. Selbst wenn sie glaubte, alkoholfreien Wein zu trinken – wovon ich nicht überzeugt bin –, sie muss doch gemerkt haben, dass sie betrunken wurde. Jeder schenkt auf Partys mal großzügiger ein, das ist keine große Sache. Erica wusste, dass sie angetrunken war, als sie in dieses Baumhaus stieg.«

»Gott sei Dank, dass es vorbei ist. Ich meine, es tut mir wahnsinnig leid wegen Janet und Mike, klar.« Felicity lief knallrot an. »Aber ich bin einfach froh, dass wir zu unserem normalen Leben zurückkehren können. Ich habe sogar ein paar neue Kunden dazugewonnen, die Agentur ist also nicht ruiniert.«

»Hab ich's nicht gesagt? Jede Publicity ist gute Publicity«, meinte Karla.

»Ich geh schon«, erklärte Marcus, als es an der Tür klingelte.

»Geht's Peter gut?« Karla ergriff die Gelegenheit, Felicity diese Frage zuzuraunen, sobald ihr Mann den Raum verlassen hatte.

»Woher soll ich das wissen?«, flüsterte Felicity zurück. »Ich … Also, so wie's aussieht, kannst du ihn das gleich selbst fragen.«

Peter, Marcus, Alex und Miranda betraten nacheinander die Küche, und Karla hätte nicht sagen können, wer sich am wenigsten in seiner Haut wohlzufühlen schien. Sie sprang auf, um Peter zu umarmen, während Felicity zu Miranda hinging und sie in die Arme nahm.

»Kommst du klar?« Karla sah Peter forschend an. »Wie geht es den Kindern?«

Er nickte. »Einigermaßen. Sie sind bis morgen noch bei ihrer Oma, die sich um alles gekümmert hat. Wir müssen allmählich versuchen, wieder ein normales Leben zu führen.«

»Sie kommt wieder nach Hause, Peter, das weißt du doch, nicht wahr?«

Er schniefte. »Ich muss einfach fest daran glauben.«

»Ehrlich gesagt war ich ganz schön neidisch auf Erica«, sagte Miranda gerade. »Glaubt mir, es fällt mir nicht leicht, das zuzugeben, aber so war es. Immer hatte sie alles im Griff, und sie hatte stets die Oberhand.«

Alle im Raum nickten.

»Ich weiß, was ich getan habe, ist furchtbar. Und ich weiß, ich sollte nicht ständig direkt vor der Schule parken oder gemeine Sachen über deine köstlichen selbst gebackenen Cupcakes sagen, Felicity. Es tut mir leid. Es ist, als könnte ich nicht anders, ich habe so ein Verlangen nach dem Gefühl, das ich bekomme, wenn die Leute denken, ich sei irgendwie besser als alle anderen. Es ist wie eine Droge, wisst ihr? Es befriedigt mich, wenn irgendjemand sagt: ›Oh, Miranda, du bist echt ein Organisationstalent!‹ Obwohl ich in Wahrheit mindestens dreimal die Woche vor Schulbeginn losfahren muss, um neue Sportsachen zu kaufen, damit niemand merkt, dass ich das Turnzeug schon wieder vergessen habe.«

»Verdammt, Miranda, ich musste sechzig Pfund pro Stunde bezahlen, um mir solchen Mist von der Seele zu reden.«

Felicity drückte sie wieder an sich. »Halt die Klappe, Marcus. Ich finde es großartig, dass du so ehrlich bist, Miranda. Dir ist doch klar, dass wir uns alle irgendwie durchmogeln, oder?«

»Lügnerin«, schnaubte Karla. »Du musstest noch nie irgendwas vortäuschen. Der einzige Unterschied ist, nachdem wir jetzt wissen, dass Miranda auch nicht perfekter ist als wir, werden wir anfangen müssen, uns hinter deinem Rücken über dich lustig zu machen.«

Miranda sah aus, als würde sie gleich in Tränen ausbrechen. »Ich ...«, seufzte sie. »Ich hatte panische Angst, ihr könntet mich alle für eine totale Idiotin halten.«

»Das taten wir immer schon«, bemerkte Marcus. »Aber zumindest bist du nun eine Idiotin, die ihre Fehler hat. Und das ist immer liebenswerter.«

»Ach, besten Dank, Marcus.«

»Also, ich bin einfach froh, dass es vorbei ist.« Marcus nahm zwei Flaschen Bier aus dem Kühlschrank und reichte sie Peter und Alex. »Oh Gott, entschuldige, Peter. Für dich ist keineswegs alles vorbei.«

»Nein. Ich hoffe darauf, dass Mary zurückkommen wird, nachdem es jetzt keine neuen Podcasts mehr gibt – vielleicht konnte sie es einfach nicht ertragen, dass alles wieder aufgerührt wird. Wir wissen alle, wie schwer Ericas Tod sie getroffen hat und wie furchtbar das letzte Jahr für sie war. Ich begreife nur nicht, warum sie gegangen ist, ohne uns etwas zu sagen – wenn sie von hier wegwollte, hätten wir doch alle zusammen gehen können, die ganze Familie.«

»Nun wird sie zurückkommen«, sagte Miranda und legte die Hand auf Peters Knie. »Ganz sicher.«

»Und wenn sie wieder da ist, schmeißen wir eine Riesenparty«, rief Alex. »Ein Straßenfest – obwohl man ja nicht weiß, wie lange das Wetter noch hält. Vielleicht solltest du der Gastgeber sein, Marcus, und wir stellen die Sache unter irgendein Motto. Ich weiß was! Wir spielen Cluedo! Wir könnten uns als Cluedo-Figuren verkleiden und eine Mörderjagd veranstalten.«

Er schien so absurd zufrieden mit sich, dass niemand ihm ins Gesicht sagen wollte, wie geschmacklos das sein würde. Außerdem war eine Feier vielleicht tatsächlich genau das, was sie brauchten – es sollte bloß möglichst eine Party sein, auf der nicht alle als potenzielle Mörder verkleidet waren.

»Eigentlich würde ich am liebsten zehn Jahre schlafen«, stöhnte Karla.

»Ich glaube nicht, dass es schon vorbei ist«, flüsterte Felicity, aber niemand hörte sie.

»Wo ist der Champagner, Karla?«, fragte Marcus. »Den von der *Sunday Times*, den mein Agent uns geschickt hat. Ich glaube, wir haben es uns verdient, eine Flasche zu köpfen.«

»Im Weinkühlschrank. Da, direkt vor deiner Nase! Soll ich Erdbeeren holen? Und ich habe noch Häppchen eingefroren, die könnte ich auftauen.«

»Ich könnte Kuchen besorgen.« Marcus' Handy klingelte. »Bran, alles in Ordnung?«

»Es gibt wieder einen.« Brandons Stimme klang ernst. »Gerade wurde ein neuer Podcast hochgeladen.«

52

Willkommen, lieber Hörerinnen und Hörer, zum vierten Teil von Die Wahrheit über Erica.

Beim letzten Mal sprachen wir darüber, was auf der Party geschah, nachdem die übrigen Gäste gegangen waren. Wir konnten aus Interviews mit einigen der Gäste rekonstruieren, dass Hochprozentiges gekippt und Spiele gespielt wurden. Dann wird am Fuß des Baumhauses jemand tot aufgefunden, und ein Schuh mit hohem Absatz hat sich an der obersten Sprosse der Leiter zu dem Kinderversteck verfangen. Die Sache ist nur die: Wenn diejenigen, die auf der Party waren, sich zurückerinnern wollen, fällt ihnen möglicherweise ein einfaches Detail wieder ein, das nicht recht zu diesem Bild eines tragischen Unfalls passen will. Erica Spencer war als böses Geistermädchen verkleidet, mit einem weißen Nachthemd und langen schwarzen Haaren, die über ein bleiches Gesicht mit schwarz umrandeten Augen fielen. Dazu trug sie flache schwarze Ballerinas, wohlgemerkt.

Also schauen wir uns unsere Verdächtigen mal an. Bloß vier von den sechs werden an jenem Abend Schuhe mit hohen Absätzen getragen haben; Peter King und Marcus Kaplan hatten Stiefel an. Sind sie damit aus dem Schneider? Vielleicht, vielleicht auch nicht. Doch eins ist klar: Entweder hat Erica irgendwann die Schuhe gewechselt, obwohl keiner der Gäste jemals etwas davon erwähnt hat – oder aber ein Stiletto wurde oben im Baumhaus deponiert und der zweite auf den toten Körper von Erica Spencer gelegt.

Während Sie diese Information verdauen, möchte ich Ihnen ein Interview mit Simon und Gilly Barker vorspielen.

»Zu Karlas Halloween-Partys kommen immer nur Leute, die in Severn Oaks wohnen – die Kaplans veranstalten ständig irgendwelche Zusammenkünfte für Leute von außerhalb, aber nicht zu Halloween. Deswegen war ich ja auch so überrascht, als Gilly sagte, sie hätte vor dem Haus jemanden gesehen, den sie nicht kannte. Eine Frau … Stimmt's, Gill?«

Gilly nickt zustimmend.

»Ja, eine hübsche Frau, blond, ich habe sie bloß kurz auf der Auffahrt mit Karla reden sehen. Sie war nicht verkleidet, sondern trug eine teuer aussehende Jacke und hinreißende Stiefel – ich nahm an, dass sie zum vornehmen Freundeskreis der Kaplans gehörte, nur dass Karla nicht sonderlich erfreut schien, sie zu sehen. Beide wurden laut, aber ich konnte nicht verstehen, was gesagt wurde. Die Frau stieg in einen Range Rover und fuhr weg, doch als wir später nach Hause gingen, stand ihr Wagen noch da, um die Ecke geparkt, da bin ich mir ganz sicher.«

Könnte diese geheimnisvolle Frau etwas mit Ericas Tod zu tun haben? Oder ist es Zufall, dass es zu einer Tragödie kam, als zum ersten Mal eine Fremde bei einer der Halloween-Partys der Kaplans erschien?

Nun, meine Freunde, ich werde es Ihnen gleich verraten.

Karla drückte auf die Pausentaste des Podcast-Players und sah ihren Mann an, der fassungslos wirkte.

»Marcus, es tut mir so leid.«

»Was hast du getan, Karla?«

Felicity sah die beiden verwirrt an, dann warf sie einen Blick auf Peter, der leicht mit den Achseln zuckte.

»Warum stellst du es nicht wieder an?«, schlug Alex vor. »Ich will hören, was jetzt kommt.«

»Alex«, murmelte Miranda, »offenbar will Karla Marcus etwas erklären, bevor er es von irgendeinem fremden Podcaster erfährt.«

»Vielleicht sollten wir besser gehen.« Felicity erhob sich. »Dann könnt ihr zwei in Ruhe reden.«

»Nein«, sagte Marcus fest. »Ihr werdet es sowieso alle erfahren, da ist es besser, wir hören es uns zusammen an. Nicht dass das die Sache irgendwie besser machen würde. Aus dem entsetzten Gesichtsausdruck meiner Frau schließe ich, dass die Person, mit der sie gesprochen hat, meine Mutter war.«

»Deine Mutter? Aber ich dachte …« Felicity sah ihre beste Freundin an, doch die wich ihrem Blick aus.

Marcus drückte auf *Play*.

Wie regelmäßige Hörer wissen, ist es mir gelungen, das Tagebuch der verstorbenen Erica Spencer in die Hände zu bekommen. Sie schreibt dort sehr detailliert über den »Kaplan-Kult«, wie Jugendliche außerhalb von Severn Oaks es scherzhaft bezeichnen. Wir haben bereits Ericas Einschätzung von Karla gehört – nur zur Erinnerung: »Vor ein paar Monaten hatte ich ein interessantes Gespräch mit Jess, die bezweifelt, dass Karla ihre eigenen Bücher überhaupt gelesen hat.«

»Jess«, das ist Jessica Tandy, eine bekannte Ghostwriterin für Prominente. *Nun wird das* für Karlas *unzählige Fans sicherlich schwer zu verdauen sein, aber ein Mordmotiv ist es eher nicht – schließlich ist es durchaus üblich, dass Prominente einen Ghostwriter engagieren, damit er ihre Bücher für sie schreibt. Und es ist nichts im Vergleich zu der Enthüllung, die Erica für Marcus Kaplan in petto hatte. Denn es war Erica, die die geheimnisvolle Frau, die Karla so unbedingt loswerden wollte, zur Halloween-Party eingeladen hatte. Bei dieser Frau handelt es sich um Samantha Burgess, Marcus Kaplans Mutter.*

Diejenigen unter Ihnen, die mit Marcus Kaplans Geschichte vertraut sind – und wer wäre das nicht? –, werden wissen, dass er nach einer furchtbaren Kindheit voller Misshandlungen und Vernachlässigung mit fünfzehn von zu Hause ausriss. Er geht in seinen Büchern nicht allzu sehr ins Detail, aber wir erfahren, dass der kleine Marcus oft genötigt war, Hundefutter zu essen, weil seine drogenabhängige Mutter keinen Penny ihres Drogengelds dafür ausgeben wollte, Lebensmittel für ihren Sohn zu kaufen. Ihre zahlreichen Männerbekanntschaften verprügelten ihn, und er floh, nachdem einer gedroht hatte, ihn zur Begleichung der Drogenschulden seiner Mutter an einen Pädophilen zu verkaufen. Der junge Marcus, zu einem Leben auf der Straße gezwungen, wurde selbst drogenabhängig, um seine Situation ertragen zu können, und stand nach einer Überdosis an der Schwelle zum Tod, als ein freundlicher Unbekannter ihm einen Notizblock und einen Kugelschreiber gab. Dadurch entdeckte Marcus seine Leidenschaft – das Schreiben –, und es waren diese Leidenschaft und seine extremen Grenzerfahrungen, die es ihm ermöglichten, sein heutiges Imperium aufzubauen.

Es war also, so wie Erica es ausgedrückt hatte, ein interessanter Tag, *als sie die Wahrheit herausfand. Es folgt ein Auszug aus ihrem Tagebuch.*

»Interessanter Tag heute. Ich habe eine Frau entdeckt, die vor dem Tor herumlungerte, und als Koordinatorin der Nachbarschaftswache bin ich natürlich hingegangen, um sie zu fragen, was sie dort zu suchen hätte. Sie wirkte aufgewühlt und meinte, sie sei sich nicht sicher, sie wolle eigentlich Marcus besuchen, aber das sei vermutlich keine gute Idee. Und da fiel mir ihre unheimliche Ähnlichkeit mit Marcus Kaplan auf, und ich lud sie auf einen Kaffee ein.«

Und das, was Erica an diesem Tag erfuhr, besaß das Po-

tenzial, den Kaplan-Kult zu sprengen. Denn in Wahrheit hat Marcus Kaplans Mutter nie in ihrem Leben Drogen angerührt. Marcus Kaplan wuchs in einem kleinen Dorf in Pembrokeshire, Wales, auf, wo er bis zum Alter von siebzehn Jahren als Tommy Burgess lebte. Unfähig, mit diesem »einfachen« Leben zurechtzukommen, ging er nach London, wo er vergebens versuchte, mit verschiedenen Start-up-Unternehmen groß rauszukommen. Vor einer Bar in East London traf er die bereits wohlhabende Karla Kaplan, und im Verlauf eines beschwipsten Abends, an dem das Paar sich über die beiderseitigen großen Ambitionen austauschte, wurde der Kaplan-Kult geboren. Er änderte seinen Namen in Marcus Kaplan, ließ seine Teenager-Haartolle herauswachsen und erfand eine tragische Vergangenheit, über die er triumphiert hatte. Sein Blog wurde von Leuten wie Ricki Lake, Trisha und schließlich Oprah aufgegriffen, und es folgte ein kometenhafter Aufstieg, bis er auf einer Stufe mit berühmten Selbsthilfe-Gurus wie Tony Robbins und Stephen Covey stand. Ein Leben, das auf einer Lüge aufgebaut ist.

Man kann sich also ausmalen, wie Karla sich gefühlt haben muss, als Erica ihr an Halloween die Frau präsentierte, die die Macht besaß, das Kaplan-Unternehmen zu zerstören: Samantha Burgess. Verzweifelt bestrebt, sie wieder loszuwerden, bot Karla ihr an, die Summe von fünfzehnhundert Pfund pro Monat, die die Kaplans ihr zahlen, auf zweitausend Pfund zu erhöhen. Samantha ging, wenn auch widerstrebend – sie hatte lediglich für ein paar Minuten ihren Sohn sehen wollen. Danach musste Karla bloß noch mit Erica fertigwerden. Und das tat sie.

Nur Karla und Erica wissen genau, was geschah, als Karla ihre Nachbarin auf der Feier zur Rede stellte – eine Frau, die am Ende des Abends tot war. Eins kann ich allerdings mit Si-

cherheit sagen: Erica Spencer hatte eine Kopfverletzung, die nicht vom Sturz aus dem Baumhaus stammte. Erica selbst sprach von »einem Kratzer, nicht der Rede wert«, obwohl sie stark blutete. Sie versuchte, die Blutung mit einem Gästehandtuch zu stillen, das sie vermutlich aus dem Badezimmer der Kaplans hatte. Wo ist dieses Gästehandtuch geblieben? Und inwieweit hat diese Kopfverletzung – in Verbindung mit dem Alkohol, den Erica unwissentlich konsumierte –, dazu beigetragen, dass sie weniger als eine Stunde später tot auf dem Boden lag?

Bleiben Sie dran. Nächste Woche werden wir hören, dass die übrigen Partygäste ein genauso großes Interesse daran hatten, dass Erica nicht aller Welt ihre Geheimnisse enthüllte.

Bis dahin … bleiben Sie sauber.

53

»Du hast sie geschlagen?« Marcus drehte sich zu seiner Frau um. »Warum hast du mir das nicht erzählt? Womit hast du sie geschlagen?«

Karla hatte das Gefühl, an ihrer Schuld zu ersticken. »Woher sollte ich denn wissen, dass sie auf dieses verflixte Baumhaus steigen würde? Es ging ihr gut! Es war nur ein Kratzer – ihr habt es eben selbst gehört!«

»Er hat auch gesagt, dass die Wunde stark geblutet hat«, bemerkte Peter.

Am liebsten hätte Karla ihm ebenfalls eine reingehauen. »Es war ein Bilderrahmen. Die Kante hat sie an der Schläfe getroffen. Ich weiß überhaupt nicht, was in mich gefahren ist – ich habe vorher noch nie jemanden geschlagen, ich schwör's –, aber sie blickte so selbstgefällig drein und –«

»Und du wolltest bloß, dass sie den Mund hielt«, sagte Felicity ruhig.

»Ja«, flüsterte Karla. »Sie stand da und hielt mir dieses Foto von Marcus und seiner Mutter hin, hielt es mir vor die Nase wie eine Trophäe. Ich war so außer mir darüber, dass Samantha hier aufgetaucht war, dass ich zugeschlagen habe. Und das muss der Grund dafür sein, dass Erica aus dem Baumhaus gestürzt ist, es kann nicht anders sein. Ich war's, ich habe sie umgebracht.«

»Das ist doch gar nicht sicher.« Felicity tätschelte tröstend ihren Arm und sah sie mitfühlend an. »Bestimmt gab es noch andere Faktoren.«

»Wartet mal! Er sagte doch was von einem blutigen Handtuch«, warf Alex ein.

Karla stöhnte und bedeckte die Augen mit der Hand. »Ja, also –«

»Aber woher sollte er das wissen? Es sei denn, er –«

»Oder sie«, korrigierte Miranda.

»Es sei denn, er oder sie hat Erica gesehen, nachdem du ihr eins übergebraten hast.«

Karla zuckte bei dieser Beschreibung zusammen.

»Er hat recht«, sagte Marcus langsam. »Woher sollte der Typ sonst davon wissen? Dieser Scheißkerl muss hier im Haus gewesen sein. Hat irgendjemand jemanden gesehen, der nicht hierhergehörte?«

Niemand antwortete.

»Vielleicht hat sie telefoniert und es jemandem erzählt?«

»Warum sollte sie?«

»Warum sollte sie Marcus' Mutter zur Halloween-Party einladen?«, schnaubte Karla. »Weil sie gern Unruhe gestiftet hat, deshalb. Sie hatte absolut keinen Grund dafür, sie wollte bloß alle zu ihrer eigenen Belustigung piesacken. Aber –«

»Ist es wahr?« Eine Stimme unterbrach die Diskussion. Brandon stand in der Küchentür, neben ihm sein jüngerer Bruder.

»Wir gehen besser.« Felicity erhob sich und bedeutete den anderen, ihr zu folgen. »Ruf mich an, Karla. Versuch nicht, das allein durchzustehen.« Sie umarmte ihre beste Freundin und tippte Peter leicht auf den Arm. »Komm schon.«

Einer nach dem anderen drückten sie sich an Brandon und Zachary vorbei; keiner war in der Lage, den Jungs in die Augen zu sehen. Als alle gegangen waren, sagte Marcus: »Es ist wahr, Bran, jedes Wort. Ich bin so –«

»Du hast uns belogen! Du hast uns weisgemacht –«

»Ich habe euch gesagt, dass ich mich mit eurer Großmutter überworfen habe, mehr nicht. Den Rest hast du selbst gelesen, in meinem Buch.«

Brandon kam in die Küche gestürmt und baute sich vor seinem Vater auf. »Das ist doch Bullshit!«

Marcus versuchte nicht einmal, ihn zurechtzuweisen, weil er vor seinem kleinen Bruder solch einen Kraftausdruck verwendete.

»Du wusstest, dass ich das Buch gelesen hatte – du wusstest, was in der Schule so geredet wird! Und trotzdem hast du uns nie die Wahrheit gesagt. Alles, was ich über dich weiß, ist eine Lüge.«

»Das ist nicht wahr.« Karla liefen die Tränen über die Wangen. »Nicht alles, Brandon, nur diese eine Sache – seine Vergangenheit. Vergiss nicht die Nächte, die wir abwechselnd an deinem Bett gewacht haben, wenn du krank warst, den Tag, an dem dein Vater sechs Stunden im Regen gestanden hat, weil du dein neues Fahrrad ausprobieren wolltest, bis es dunkel war, die Zeiten –«

»Wenn mir jemand in der Schule eine verpasst hat, weil meine Eltern denken, sie seien besser als die anderen? Der Tag, an dem jemand meinen Spind aufgebrochen hat, um mein Schulbrot gegen Hundefutter auszutauschen, da das mein Vater früher immer zu fressen bekam? Die unzähligen Male, bei denen in der Schule mein Rucksack durchsucht wurde, weil ich ja der Sohn eines Promis bin und daher ein Junkie?« Brandon brüllte mittlerweile, unfähig, die jahrelang aufgestauten Gefühle zurückzuhalten.

»Oh, Bran«, flüsterte Karla, die keine Ahnung davon gehabt hatte, »warum hast du uns denn nie etwas davon erzählt?«

»Und was hättet ihr dann getan? Euren Staranwalt in die

Schule geschickt? Oder es in Dads nächstem Buch verwertet?«

»Wir hätten doch nie …« Karla verstummte, schließlich wusste sie nicht, ob Brandons Teenagerprobleme in einem Interview oder einem Kapitel in einem neuen Buch genauso verarbeitet worden wären wie der Rest ihres Familienlebens. Sie sah Zach an. »Hast du diese Probleme auch gehabt?«

Zachary zuckte die Achseln. »Nein, meine Freunde finden es cool, dass ihr im Fernsehen seid. Es ist nur …«

»Was denn, mein Schatz?«

»Ich hätte gern eine Oma gehabt wie die anderen Kinder auch. Graysons Großmutter ist gestorben, und darüber war er wirklich traurig, weil sie immer tolle Ausflüge mit ihm gemacht und ihm ein Eis gekauft hat. Dann wurde ich traurig, und er hat gefragt, ob meine Oma auch gestorben ist, und ich habe gesagt, nein, ich hatte nie eine.«

Marcus stieß die Luft aus und sah Karla an. Sie wusste, was er dachte, da sie denselben Gedanken hatte. War es das wirklich wert gewesen? All die schönen Sachen, die sie besaßen, all die schicken Reisen, konnten die diesen Moment aufwiegen? Den Moment, in dem ihnen klar wurde, dass sie als Eltern versagt hatten?

Marcus' Handy, das auf der Arbeitsfläche lag, vibrierte, und sie sah die Nummer auf dem Display. Marcus warf einen Blick darauf und drückte auf *Anruf ablehnen*.

»Ist sie das?«, fragte Karla leise. Seine Mutter, die erneut in ihr Leben trat, genau wie am Abend der Party.

Marcus nickte. »Sie ist in letzter Zeit gelegentlich zu meinen Auftritten gekommen. Ich habe mich ein paarmal mit ihr getroffen.«

»Was, du bekommst sie also zu sehen, aber wir nicht?«, stieß Brandon hervor. »Toll, einfach toll.«

»Es tut mir leid«, sagte Karla und breitete hilflos die Hände aus. »Es tut uns allen beiden furchtbar leid.«

»Ja, tja, nur dass das nichts ändert, oder? Geh ruhig ans Telefon – das ist wahrscheinlich sowieso wichtiger.«

Bevor seine Eltern etwas entgegnen konnten, stürmte Brandon aus der Küche und die Treppe hoch, und es war zu hören, wie seine Zimmertür zugeknallt wurde.

54

Die Zeit verging, ohne jegliche Rücksicht auf persönliche Schicksale zu nehmen. Nachdem alle ein ruhiges Wochenende verbracht hatten, kam ein neuer Montagmorgen, und zwar nicht nur irgendeiner. Es war der nach dem Erntedankfest.

Normalerweise spendeten Karla und Marcus der Kirche zu Erntedank eine große, aber nicht übertriebene Summe und dazu einen Riesenkorb mit haltbaren Lebensmitteln. Sie neigten sonst nicht zu großen Gesten, doch an Erntedank war Marcus entschlossen, die ganze Welt zu speisen. Die Lebensmittel wurden an die Tafeln der Gegend verteilt – denen Marcus sowieso jedes Jahr Hunderte von Pfund überwies –, aber er war überzeugt, dass eine große, sichtbare Spende, die über die Schule ging, auch für andere ein Anreiz sein würde, sich großzügig zu erweisen.

Doch in diesem Jahr war Karla im Zwiespalt. Seit dem Streit am Freitagabend hatte Marcus kaum ein Wort mit jemandem gewechselt. Er saß in seinem Büro und führte von morgens bis abends telefonische Krisengespräche mit seinem Agenten, und Karla hatte nicht vor, ihn zu fragen, wie viele Dosen Lebensmittel sie dieses Jahr der Schule spenden sollten. Wie immer hatte sie einen Korb im Wert von fünfzig Pfund bei Waitrose bestellt, doch als sie die Sachen morgens in den Kofferraum lud, während Zachary mürrisch und schweigsam auf der Rückbank saß, erschien ihr das plötzlich ein bisschen vulgär. Hatten sie wirklich je angenommen, dass es eine gute Idee war, bei jeder Gelegenheit zur Schau zu stellen, wie viel Geld sie stiften konnten?

Während der ganzen Fahrt zur Schule herrschte Stillschweigen, was nicht an Karla lag, die ihr Bestes tat, ein Gespräch anzufangen.

»Freust du dich auf die Erntedankfeier?«

Grunzen.

»Kennst du deinen Text?«

Schweigen.

»Zach, du kannst doch nicht ewig wütend auf mich und deinen Vater sein.«

»Warum nicht?«

Und dann nichts mehr.

Als sie vor der Schule hielt, riss Zachary die Wagentür auf, sprang aus dem Auto und rannte los, ohne einen Blick zurückzuwerfen.

Karla schaute auf die Straße, auf die anderen Eltern, die ihre normalen, redseligen Kinder zur Schule brachten. Wie konnte sie aus dem Auto steigen und so tun, als wäre alles in Ordnung? Nach dem Podcast am Freitagabend war sie sicher, dass alle Blicke auf sie gerichtet sein würden. Jeder würde gespannt darauf warten, dass die berühmte Karla Kaplan auf der Erntedankfeier der Schule zusammenbrach.

Sie konnte nicht aussteigen, sie konnte nicht. Bislang hatten sie es immer geschafft, dass einer von ihnen bei den Aufführungen der Kinder dabei war, aber heute konnte sie nicht, sie schaffte das einfach nicht. Es war Zacharys letzte Erntedankaufführung – nächstes Jahr kam er in die Mittelstufe, und Karla würde keine kleinen Kinder mehr zu beaufsichtigen haben. Doch er wollte ja gar nicht, dass sie dabei war.

Karla saß wie erstarrt da, und etwas schnürte ihr den Brustkorb zusammen. Sie versuchte, tief Luft zu holen, aber ihre Lungen verrieten sie, und es kam als Schluchzer heraus. Sie schaffte das nicht. Sie musste weg von hier, weg von den Blicken und dem Getuschel, ob real oder eingebildet. Sie trat die Kupplung durch und legte den ersten Gang ein, doch plötzlich klopfte jemand ans Fenster. Als sie aufblickte, sah sie Miranda Davenport, die sich zu ihr herabbeugte. Neben ihr stand Felicity. Karla nahm den Gang heraus und ließ das Fenster hinunter.

»Steig aus«, befahl Miranda.

»Ich kann nicht.« Es kam als ein Flüstern heraus. »Ich schaffe das nicht. Ich muss nach Hause.«

»Steig aus dem Auto, Karla.« Miranda öffnete die Fahrertür. »Sofort. Du kommst mit zur Aufführung. Na los.«

Karla löste den Gurt und stieg aus. »Wie könnte ich?«, sagte sie und schaute sich um. »Was werden alle über mich sagen, und über Marcus? Sie werden das lieben, Miranda, das weißt du.«

Miranda ergriff Karlas Autoschlüssel, verriegelte mit einem lauten Piepen der Fernbedienung die Türen und steckte den Schlüssel ein. Dann nahm sie Karla bei der Hand, und Felicity nahm ihre andere Hand.

»Wir machen alle Fehler, Karla. Du hast zu mir gehalten, als ich einen Fehler gemacht habe, also werden wir jetzt mit dir zusammen in diese Kirche gehen. Mit erhobenem Kopf. Zusammen stehen wir das durch.«

Karla nickte, und Tränen der Dankbarkeit traten ihr in die Augen.

Zusammen gingen sie auf die Kirche zu.

55

»Sir, wir haben die Liste mit Tristans Verbindungsnachweisen.«

Harvey, der den Bericht über das Material aus den Überwachungskameras studiert hatte, hob ruckartig den Kopf. Allan tippte heftig mit dem Finger auf das Papier, als enthielte es den Heiligen Gral.

»Und?«

»Zwei Anrufe bei Mary-Beth King am Sonntag, den 19. August. Anrufdauer nur wenige Sekunden – vielleicht ein Anrufbeantworter, oder sie haben buchstäblich ein paar Worte gewechselt. Dann am Montag, den 20. August, eine Textnachricht an ihre Nummer. Ein paar Stunden später dann nichts mehr, weder Anrufe noch Nachrichten.«

»Also dasselbe wie bei ihr«, grübelte Harvey. »Und vorher?«

»Nichts. Wenn sie tatsächlich so was wie eine Affäre hatten, haben sie dazu nicht diese Mobiltelefone benutzt. Ich bin auf beiden Handys bis drei Monate zurückgegangen. Nichts Verdächtiges. Alle Nummern, die sie angerufen hat, gehören bekannten Kontakten: Peter, die Schule, der Zahnarzt und so weiter. Tristan hat mit seinen Eltern, Freunden und seiner Arbeitsstelle telefoniert. Keine unbekannten Nummern.«

»Vielleicht haben sie ja Prepaid-Handys benutzt.« Harvey hatte das schon erlebt – ein zweites Telefon, das genauso aussah wie das Haupthandy, um keinen Verdacht zu erregen. Weder im Haus der Kings noch in dem der Pattersons war etwas Derartiges gefunden worden, und das bedeutete, entweder es gab keine Prepaid-Handys oder Mary-Beth und Tristan hatten sie mitgenommen, als sie gegangen waren.

»Wenn sie ein Zweithandy hatten, warum haben sie dann ihre eigenen Handys benutzt, kurz bevor sie miteinander durchgebrannt sind? Kommt mir ziemlich schlampig vor, wenn man bedenkt, wie vorsichtig sie sonst waren.«

»Ja. Ich glaub auch nicht daran. So lange wir keine Beweise für das Gegenteil finden, müssen wir von der Annahme ausgehen, dass es keine Zweithandys gibt. Was bedeutet, dass sie vermutlich doch keine Affäre hatten. Aber warum dann der telefonische Kontakt an dem Tag, an dem beide verschwanden?«

»Ich sage es ja nur ungern, und das meine ich wirklich so, aber ich glaube, es muss irgendwas mit diesem Podcast zu tun haben.«

56

Miranda schloss behutsam die Tür des Kinderzimmers und atmete tief durch. Sie war überzeugt gewesen, dass es heute eine Ewigkeit dauern würde, bis Charity einschlief, weil das immer so war, wenn sie unbedingt wollte, dass ihre Tochter früh ins Bett ging – als ahnte die Kleine, dass ihre Mutter etwas Besseres vorhatte, als ihr drei Kapitel aus *Matilda* vorzulesen.

»Fertig?« Alex hob die Augenbrauen, als sie ins Wohnzimmer trat. Er hat den Kamin angemacht – er wusste, sie liebte es, wenn dort ein Feuer prasselte –, und auf dem Couchtisch stand der Laptop bereit. Er hatte ihr sogar ein Glas Wein eingeschenkt. Gut, das würde sie brauchen. Auch wenn sie wusste, dass ihr Part in der Geschichte vorbei war, rechnete sie mit neuen Enthüllungen, die ihre gute Nachbarschaft erneut auf eine harte Probe stellen würden.

»Ist er da?« Miranda fragte sich, was die anderen wohl gerade taten, ob sie überhaupt wussten, dass ein neuer Podcast veröffentlicht worden war. Inzwischen lag keine ganze Woche mehr zwischen den Folgen; es war lediglich vier Tage her, dass die Stimme Karla und Marcus Kaplan als Betrüger entlarvt hatte. Hatten die anderen darauf gewartet, wie Alex und sie es getan hatten, dass der nächste Podcast bei iTunes hinzugefügt wurde?

Alex legte ihr die Hand auf den Arm, um sie wissen zu lassen, dass er für sie da sein würde, was auch kommen mochte. »Er ist abspielbereit.«

»Karla, es gibt wieder einen.«

Karla schaute von ihrem Buch auf und nahm die Beine vom Schoß ihres Mannes. Sie setzte sich auf, um einen Blick auf das werfen zu können, was Marcus sich auf dem Laptop ansah, der gefährlich auf der Sofalehne balancierte.

»Was, noch eine Folge?« Sie ließ sich zurücksinken. »Lösch es. Ich will gar nicht wissen, was der Scheißkerl jetzt zu sagen hat.«

»Wir müssen es uns anhören«, sagte Marcus mit einem Seufzen. »Wenn weitere Anschuldigungen gegen uns erhoben werden, müssen wir das wissen.«

»Soll ich Felicity anrufen? Und die anderen?«

Marcus schüttelte den Kopf. »Ich will nicht, dass Brandon und Zach davon erfahren, wenn sie nicht sowieso längst Bescheid wissen. Im Korb neben dir liegen Bluetooth-Kopfhörer, gib die doch mal her. Ich will wissen, womit wir es zu tun haben, bevor unsere Kinder wieder auf uns losgehen.«

*

»Ich bin's. Kannst du vorbeikommen? Es gibt eine weitere Folge.«

Peter stöhnte. »Ich habe den ganzen Abend bei der Polizei verbracht, Felicity. Muss es unbedingt heute sein?«

»Ja.« Felicitys Ton war eindringlich. »Warum, glaubst du, sind wir bislang damit durchgekommen, Peter? Ich bin sicher, das hat er sich bis zuletzt aufgespart. Ich glaube, heute könnte es um uns gehen.«

»Gut«, seufzte Peter, »ich mache mich auf den Weg.«

57

Hallo, liebe Hörerinnen und Hörer, willkommen bei Die Wahrheit über Erica, *wo wir versuchen herauszufinden, was wirklich am Abend des 28. Oktober 2017 geschah, als die in Severn Oaks ansässige Erica Spencer auf einer Halloween-Party im Haus der Kaplans zu Tode stürzte.*

Letzte Woche haben wir erfahren, dass Marcus und Karla Kaplan ihre Marke auf einer Lüge aufgebaut haben. Was für eine Woche die Kaplans wohl in Severn Oaks verbracht haben? Genießt ihr diese neue Art Ruhm, Leute?

Nun, für diese Woche hatte ich versprochen, unsere übrigen Verdächtigen genauer ins Visier zu nehmen, und genau das werden wir tun. Seit geraumer Zeit hat man in Severn Oaks das Gefühl, das zwischen Peter King und seiner unmittelbaren Nachbarin Felicity Goldman irgendetwas läuft, direkt vor den Augen der Nachbarn. Felicity, wie Sie vermutlich mittlerweile wissen, ist eine schöne, alleinerziehende Mutter, die es geschafft hat, sich eine PR-Agentur aufzubauen – spezialisiert auf Schärfung des Markenprofils. Vor zwei Jahren ist sie mit ihren dreijährigen Zwillingen nach Severn Oaks gezogen. Die Namen der Kinder werde ich nicht nennen, denn ich glaube nicht, dass Kinder für die Sünden der Eltern büßen sollten – auch wenn sie das leider sehr oft müssen.

Erica selbst hatte so ihren Verdacht, was dieses Paar angeht. In ihrem Tagebuch listet sie heimliche Treffen hinten im Garten auf, und ihr war aufgefallen, dass Peter King einen ungewöhnlich hohen Teil seiner Zeit für Reparaturen in Fe-

licitys Haus aufwendet, dass verstohlene Blicke ausgetauscht wurden. Es folgen ein paar Auszüge – mehr finden Sie im Blog.

»Es ist echt lächerlich, dass Peter und Felicity offenbar glauben, ihre Beziehung auf Dauer vor Mary-Beth verheimlichen zu können. Vorhin war er schon wieder bei ihr! Als er mich sah – ich stellte gerade die Mülltonne raus –, brachte er irgendeine Entschuldigung vor: ihr Toilettensitz sei locker gewesen, er hätte ihn befestigen müssen. Wenn ich Felicity das nächste Mal sehe, muss ich den Toilettensitz ihr gegenüber erwähnen – mal sehen, wie sie darauf reagiert!«

Und noch ein Beispiel …

»Ich frage mich, ob Peter wohl in diesem Jahr zum Vatertag eine Karte von nebenan bekommen wird!!!«

Hat sie also gedroht, das Geheimnis zu offenbaren? Hat einer der beiden sich mit ihr im Baumhaus verabredet, um sie anzuflehen, Kings Frau nichts von der Beziehung zu erzählen?

Und wie begann diese Beziehung? Nun, man kann gegen sie sagen, was man will, aber Erica war ausgesprochen hartnäckig, wenn es darum ging, an Informationen zu kommen. Und sie hatte einen neuen Laden entdeckt, in dem sie Schmuck kaufen konnte. Nämlich ein kleines Studio in Shropshire, geführt von einer Goldschmiedin, die Ericas Nachbarin Felicity Goldman bemerkenswert ähnlich sieht.

Die Beziehung begann mit sexueller Spannung, die sich über Monate hinweg langsam aufbaute, um sich dann in einem Crescendo von wildem, leidenschaftlichem Sex zu entladen. Sex mit einem verheirateten Mann, was die Sache nur noch aufregender machte. Und dann hatten sie einmal nicht aufgepasst, und was folgte, war ein positiver Schwangerschaftstest. Neun Monate später werden die Zwillinge ge-

boren, Felicity und ihre Schwester Melissa. Der Vater, Peter King, ist da bereits mit seiner frisch angetrauten Frau Mary-Beth weggezogen, ohne etwas von den Kindern zu ahnen, die er gezeugt hat. Er bleibt einundzwanzig Jahre lang ahnungslos, bis seine Tochter Felicity völlig unerwartet Kontakt zu ihm aufnimmt.

Zu seiner Ehrenrettung sei gesagt, Peter King war am Boden zerstört, als er feststellen musste, dass er einen so großen Teil des Lebens seiner Zwillingstöchter verpasst hatte. Melissa, weniger versöhnlich als ihre Schwester, will nichts mit ihm zu tun haben, aber Felicity ist begeistert darüber, endlich einen Vater zu haben. Und Peter stürzt sich in die Rolle, er hat sogar das Nachbarhaus für seine Tochter gekauft, damit seine Enkelinnen ganz in seiner Nähe aufwachsen können. Er investiert Geld in ihre Agentur, was sich als kluger Schachzug erweist, und verbringt ungeheuer viel Zeit mit seinen Enkelinnen. Es gibt bloß einen kleinen Haken: Er ist sich nicht sicher, ob seine Frau ihm den Fehltritt, den er vor mehr als zwanzig Jahren beging, verzeihen wird. So belügt er sie immer wieder, bis eines Abends auf einer Halloween-Feier das Geheimnis enthüllt zu werden droht. Und nicht nur das. Erica weiß alles über das Leben, das Felicity führte, bevor sie nach Severn Oaks zog, und über den Skandal um den Kindsvater. Hat Peter King gemordet, um sein Geheimnis zu schützen? Oder Felicity, damit niemand von ihrem Geheimnis erfährt?

Letzte Woche erfuhren wir von den Stilettos, die Erica anhatte, als ihre Leiche am Fuß des Baumhauses gefunden wurde. Peter King trug an dem Abend keine Schuhe mit hohen Absätzen, aber seine Frau und seine Tochter sehr wohl. Ebenso wie die Gastgeberin.

So viele schuldbeladene Gesichter auf den Straßen von Severn Oaks, dem Ort, wo Träume wahr werden und die Fami-

lie in Sicherheit leben kann. Doch gehört eins dieser Gesichter einem Mörder? Und wenn ja, welches?

Nächste Woche geht es dann um den Mord innerhalb der Mauern, und wir werden auch ein Geständnis hören.

58

»Tja.« Als die Folge zu Ende war, sah Karla ihren Mann an. »Also das hatte ich nicht erwartet. Erklärt allerdings einiges.«

»Willst du mir erzählen, dass du es nicht gewusst hast? Sie hat nie was gesagt, wenn ihr zusammengesteckt habt, um euch die Nägel machen zu lassen oder was immer Frauen so tun?« Marcus stellte den Laptop auf den Tisch. »Möchtest du was trinken?«

»Nein, danke. Ehrlich, sie hat nie auch nur ein Wort darüber verloren. Aber es interessiert mich jetzt wirklich brennend, wer denn der Vater der Zwillinge ist. Was meinst du? Ein Politiker?«

»Frag sie doch. Du bist ihre beste Freundin, sie wird es dir schon erzählen.«

»Wird sie nicht. Ich habe so viele Andeutungen fallen lassen, wenn sie es mir verraten wollte, hätte sie es mittlerweile getan. Meinst du, ich sollte sie anrufen? Oder würde das so aussehen, als wäre ich neugierig?«

»Das bist du ja auch.«

»Bin ich nicht! Ich bin besorgt um sie.«

Marcus zog die Augenbrauen hoch, und Karla hob die Hände.

»Ja, schon gut, neugierig bin ich auch. Ich schreibe ihr einfach.« Sie tippte eine Nachricht an Felicity und hielt Marcus das Smartphone hin, damit er sie lesen konnte.

Alles okay mit dir, Süße?

»Da – nicht neugierig. Nur besorgt.«

Marcus grinste. »*Alles okay mit dir, Süße?* ist im Grunde der Code für *Erzähl mir alles!*, aber schön.«

Karla streckte ihm die Zunge raus und griff hastig nach ihrem Smartphone, als ein Piepen eine Antwort signalisierte.

Musste ja früher oder später passieren. Hast du morgen Zeit?

»Offenbar ist sie bereit, dich aufzuklären«, bemerkte Marcus, der ihr über die Schulter gesehen und mitgelesen hatte. »Sofern nicht bis dahin einer von uns festgenommen wurde.«

59

»Vielen Dank, dass Sie es einrichten konnten. Ihnen ist vermutlich klar, warum wir Sie angerufen haben.«

»Wegen des gestrigen Podcasts«, sagte Peter.

»Ja, darüber werden wir sicher sprechen müssen – Sie haben bisher gar nichts davon erwähnt, dass Ihre Nachbarin Ihre Tochter ist.«

»Mary-Beth wusste nichts davon. Es erschien mir unnötig, es der Polizei zu erzählen.«

»Und wenn sie es herausgefunden hatte? Vielleicht war sie wütend genug, um Sie zu verlassen.«

»Mich ja, aber nicht die Kinder. Das von gestern Abend ändert nichts. Mary-Beth würde nie gehen, ohne sich bei den Kindern zu melden. Ich dachte, wir hätten uns von der Vorstellung verabschiedet, dass sie sich abgesetzt hat.«

»Ist auch so. Sagen Sie, wie ist das Verhältnis zwischen Felicity Goldman und Ihrer Frau?«

Peter zuckte die Achseln. »Sie sind Nachbarinnen. Freundinnen vermutlich sogar. Unsere Kinder spielen oft zusammen, obwohl sie unterschiedlich alt sind.«

»Hat Felicity je Druck auf Sie ausgeübt? Wollte sie, dass Sie Mary-Beth von ihr erzählen?«

»Ja, manchmal. Obwohl – Moment, worauf wollen Sie hinaus? Ich hoffe, Sie wollen damit nicht andeuten, dass Felicity –«

»Ihre Tochter.«

»Ja. Ist allerdings ein komisches Gefühl, jemanden das so

offen aussprechen zu hören. Es war so lange ein Geheimnis, dass ich schon dachte, ich würde es nie jemandem erzählen können.«

»Aber jetzt können Sie das tun.«

»Ja, nein – ja, wir können offen darüber reden.«

»Weil Ihre Frau weg ist und dieser Podcaster dafür gesorgt hat, dass alle Ihr Geheimnis erfahren.«

»Das könnte man vermutlich so formulieren. Obwohl wir durchaus vorhatten, es Mary-Beth zu sagen. Aber dann starb Erica, und sie war so aufgelöst deswegen. Es war einfach der falsche Zeitpunkt.«

»Ach«, meinte DC Allan und klappte die Akte zu, die er vor sich liegen hatte, »es gibt selten einen richtigen Zeitpunkt dafür, jemandem zu sagen, dass man ihn belogen und betrogen hat. Obwohl das keine Rolle spielen würde, wenn Mary-Beth nicht zurückkommt. Dann hätte Felicity ihren Vater ganz für sich allein.«

»Ich verstehe, worauf Sie hinauswollen, aber Felicity und ich haben mit Mary-Beths Verschwinden nichts zu tun! Das ist kaum eine Entwicklung, die ich mir gewünscht hätte.« Peter wollte nur noch weg von hier, er hatte das Gefühl, keine Luft mehr zu bekommen. Noch nie hatte DC Allan ihm gegenüber einen so scharfen Ton angeschlagen. Das lief alles ganz falsch.

»Aber wenn Felicity wusste, dass dieser Podcast irgendwann herauskommen würde, dass Ihrer beider Geheimnis nicht länger sicher war …«

Peter erhob sich. »Wir sind hier fertig«, erklärte er mit einer abschließenden Handbewegung, »und wenn Sie mit meiner Tochter sprechen wollen, wenden Sie sich an meinen Anwalt.«

60

»Wie fühlst du dich?«, fragte Karla und reichte Felicity einen Becher Tee.

Ihre Freundin seufzte. »Ganz gut. Ich meine, wir wissen beide, dass es auch schlimmer hätte kommen können. Aber das macht es für Peter nicht leichter. Er hat geschäumt vor Wut gestern Abend – ich habe ihn noch nie so wütend erlebt. Es hat mir direkt ein bisschen Angst gemacht.«

»Weiß er, wer der Podcaster ist?«

Felicity zuckte die Achseln. »Wenn ja, hat er es mir nicht verraten. Langsam glaube ich allerdings, dass es eine Menge gibt, was er mir nicht verrät.«

»Komisch«, meinte Karla und legte die Hände um ihren Teebecher. »Genau dasselbe habe ich gestern Abend von dir gedacht.«

Felicity stöhnte. »Es tut mir so leid, Karla. Ich wollte es dir ja sagen, du bist meine beste Freundin, aber es war nicht nur mein Geheimnis. Peter wollte nicht, dass irgendjemand es vor Mary-Beth erfuhr. Er hatte wirklich vor, es ihr zu sagen, glaube ich, und er fand, sie sollte die Erste sein, die es erfährt, weil es sonst noch weit verletzender gewesen wäre.«

»Aber Erica wusste es. Wie, glaubst du, hat sie es herausgefunden?«

Felicity schüttelte den Kopf. »Diese Frau hat alles beobachtet. Einmal habe ich sie erwischt, als sie sich hinter meinen Mülltonnen versteckte – sie hätte da irgendwas verloren, behauptete sie. Falls Mary-Beth irgendwann angedeutet hat, sie fürchte, dass Peter ihr irgendwas verheimlicht, hätte Erica wissen wollen, was es war. Die schreckte vor nichts zurück.«

»Ich weiß.« Karla machte ein finsteres Gesicht. »Dass ausgerechnet sie herausfinden musste, wer Marcus' Mutter ist! Jeder andere hätte angenommen, es wäre irgendeine Freundin oder Geschäftspartnerin – aber Erica war erst zufrieden, wenn sie alles über jeden wusste. Obwohl es offensichtlich etwas gibt, das selbst sie nicht wusste.«

»Und was?«

Karla wies mit dem Kopf in Richtung Spielzimmer, wo Mollie und Amalie Malbücher ausmalten. »Er hat nicht verraten, wer ihr Vater ist. Vielleicht wusste Erica es nicht.«

»Doch, ich glaube schon«, meinte Felicity. »Aber ich denke, sie hatte gerade erst mit ihren Nachforschungen begonnen. Vielleicht hatte sie nicht mehr die Zeit, alles in ihr widerliches Hassbuch zu schreiben.«

»Warum glaubst du, dass sie es wusste?« Karla setzte sich ein wenig aufrechter hin. Wenn sie es richtig anfing, würde sie vielleicht nun endlich die Antwort auf eine Frage bekommen, die ihr seit zwei Jahren keine Ruhe ließ.

»Wegen einer Bemerkung, die sie über mein Alter gemacht hat. Oh, sieh mich nicht so an, Karla. Ich erzähle dir doch jetzt alles, oder? Die Sache ist die, ich bin nicht neunundzwanzig, wie ich immer gesagt habe. Nicht mal annähernd. Ich bin dreiundzwanzig.«

Karla hätte fast ihren Teebecher fallen lassen. Sie hatte alles Mögliche erwartet, aber das nicht.

»Warum um alles in der Welt hast du deswegen gelogen? Die meisten Frauen hier machen sich jünger, nicht – oh, warte, dreiundzwanzig? Das heißt, als du die Zwillinge bekommen hast, warst du –«

»Achtzehn«, bestätigte Felicity. »Aber ich war noch siebzehn, als ich schwanger wurde.«

»Und der Vater?«

»Der nicht. Der war schon lange nicht mehr siebzehn. Ging bereits auf die dreißig zu. Und er war verheiratet.«

»Ich verstehe.« Aber Karla verstand es eigentlich nicht so recht. Welche Rolle spielte es schon, dass Felicity eine Teenie-Mutter gewesen war?

»Du siehst nicht so aus, als würdest du es verstehen. Vielleicht weil dich nie jemand auf der Straße oder in einer Arztpraxis missbilligend angesehen hat. Weil nie jemand deine Kinder für deine kleinen Geschwister gehalten hat. Als wir wegzogen, habe ich gelernt, mich älter anzuziehen und mich so zu schminken, dass ich reifer wirkte, nicht billig. Ich habe so viel an Gewicht zugelegt, wie mein Körperbau zuließ. Und als ich dann die ersten Nachbarn hier traf – nun, die erste Nachbarin, die mir begegnete, war zufällig Erica, und sie schien so bereit, auf mich herabzublicken, dass ich gelogen habe. Ich habe behauptet, ich wäre siebenundzwanzig. Immer noch eine junge Mutter, aber nicht jünger, als sie es war, als sie Max bekam. Und nachdem ich einmal wegen meines Alters geschwindelt hatte, war es leicht, es wieder zu tun.«

»Und der Kindsvater?«

»Hat nichts mit mir oder den Zwillingen zu tun. Ich glaube, er hätte sich gern gekümmert, wenn die Umstände anders gewesen wären. Er ist kein schlechter Kerl, aber es durfte eben niemand erfahren, dass ich von ihm schwanger geworden war.«

»Warum hat er nicht einfach seine Frau verlassen? Wenn er dich liebte? Du warst nicht mehr minderjährig, er hätte deswegen keine Probleme bekommen.«

»Tja«, Felicity blickte in ihren Becher, »hätte er schon. Er war mein Lehrer.«

»Ach du Scheiße!«, stieß Karla hervor und warf dann einen raschen Blick in Richtung Küchentür. Es tauchten keine kleinen Mädchengesichter auf. »Sorry. Es ist nur – dein Lehrer?«

»Ich war in der Oberstufe, und ich hatte ihn nicht mehr im Unterricht. Früher allerdings schon. Ich bin auf eine dieser weiterführenden Schulen gegangen, die auch eine Oberstufe haben, und er war früher unser Sportlehrer gewesen – ja, ich weiß, Klischee-Alarm. Aber er hat mich nie auf diese Weise angesehen, bevor ich siebzehn war, und auch keins der anderen Mädchen. Ich gehörte zu den Ältesten in meinem Jahrgang, also war ich fast achtzehn. Wenn er nicht mein Lehrer gewesen wäre, hätte es niemanden gestört.«

»Aber er war dein Lehrer, Fliss. Das hätte nicht passieren dürfen. Er hätte im Gefängnis landen können, da bin ich mir ziemlich sicher.«

»Das hat meine Mutter auch gesagt. Deshalb sind wir ja weggezogen. Ich wollte nicht, dass er Probleme bekam – meine Mutter wollte zur Polizei gehen, aber ich habe gesagt, wenn sie das tut, sieht sie weder mich noch ihre Enkel je wieder. Sie war nicht glücklich darüber, wollte allerdings auch nicht, dass alle den Namen ihrer siebzehnjährigen Tochter in der Presse lesen konnten. Also sind wir umgezogen.«

»Du hast ihn einfach so vom Haken gelassen?«

»Nicht ganz. Er schickt mir jeden Monat Geld – ich weiß nicht, ob seine Frau davon weiß, aber ich konnte es mir nicht leisten, es aus Stolz abzulehnen. Vor ein paar Jahren habe ich mir dann gedacht, wenn die Zwillinge schon keinen Vater haben, sollen sie wenigstens einen Opa haben. Also habe ich mich drangemacht, Peter ausfindig zu machen.«

»Und hier in Severn Oaks hast du ihn gefunden.«

»Ja. Und man sieht ja, wohin uns das gebracht hat.«

61

Es hatte keinen Sinn, Karla konnte einfach nicht schlafen. Zu viele Gedanken spukten ihr im Kopf herum, zu viele Bilder von Erica, die durch die Luft flog, das schauderhafte Geräusch, als sie auf dem Boden aufprallte. Was ging nur vor in Severn Oaks? Wo steckten Mary-Beth und Tristan?

Was die Sache noch schlimmer machte, ihr Mann stieß in regelmäßigen Abständen so heftige Grunzlaute und Schnarcher aus, dass praktisch das Bett wackelte. Seufzend stand sie auf und nahm sich einen Pullover von dem Stapel sauberer Wäsche auf dem Stuhl. Sie zog sich eine Jogginghose über und pfiff leise nach dem Hund. Gigi hob den Kopf, stieß ein fast belustigtes Prusten aus und ließ sich auf ihre Decke zurückfallen. »Na komm«, murmelte Karla und nahm den Welpen hoch. »Geteiltes Leid ist halbes Leid, weißt du das nicht?«

Die Nachtluft war frisch und kühl, also griff Karla nach Marcus' Outdoor-Jacke, die an der Garderobe hing, und hüllte ihre zierliche Gestalt darin ein. Sie leinte Gigi an und zog scharf an der Leine. »Komm, Schlafmütze. Gehen wir spazieren. Um den Kopf freizubekommen. Nicht, dass du viel im Kopf hättest, außer hinter Kaninchen herzujagen.«

Ein flacher, runder Mond erhellte die Straße. Die von Bewegungsmeldern gesteuerte Außenbeleuchtung sprang an, als Karla vorbeiging. Die Häuser selbst lagen dunkel da, mit einer Ausnahme: das Haus der Pattersons, deren zwanzigjähriger Sohn nicht in seinem Bett lag. Karla erzitterte beim Gedanken an Tristans Eltern, die nebeneinander auf dem Sofa saßen und darauf warteten, dass ihr Junge nach Hause kam. Vor ihrem inneren Auge sah sie Brandon und Zachary, in ihre Betten gekuschelt, und Panik stieg in ihr auf, als sie sich Brandons Bett zerwühlt und leer vorstellte. Ihr Mann und ihre Kinder waren ihr Ein und Alles; sie mochte sich gar nicht vorstellen, wie es sein musste, nicht zu wissen, wo einer von ihnen war, nicht zu wissen, ob er am Leben war oder tot.

Gigi zerrte an der Leine. Sie wollte sich austoben, wenn sie schon so rüde von ihrem Schlafplatz gezerrt worden war. Karla bückte sich und löste die Leine vom Halsband. Der kleine Hund durfte frei herumlaufen, weil Karla sicher war, dass er sich nicht allzu weit entfernen würde – Gigi wusste, wo ihr Futter herkam.

Der Welpe lief munter voran, sauste los, um gefallenes Laub zu beschnüffeln, und kehrte dann zu Karla zurück. Sie bogen zusammen um die Straßenecke, aber am entfernten Ende von Severn Oaks leuchtete der Mond nicht so hell, und Karla beschlich ein unbehagliches Gefühl, als plötzliche Dunkelheit sie einhüllte.

»Komm, Gigi«, rief sie. »Kehren wir um, holen ein bisschen Milch aus dem Kühlschrank und gucken Trash-TV. Hoffentlich macht mich das müde.«

Gigi warf einen Blick zurück und schnaubte. Sie lief zum Gartentor von Nr. 7 und begann, am Pfosten zu schnüffeln.

»Na gut«, murmelte Karla kopfschüttelnd. »Mach du nur, was du tun musst, ich warte hier.«

Sie vergrub die Hände tief in den Taschen von Marcus' Jacke und schaute zu einem der Fenster des Patterson-Hauses hinauf, dem Schlafzimmerfenster, dessen Vorhänge nicht zugezogen waren. In diesem Haus würde heute Nacht niemand ein Auge zutun.

Als sie sah, dass sich hinter einem der Fenster im Erdgeschoss die Gardinen bewegten, drehte sie schnell den Kopf und schaute dahin, wo Gigi eben noch herumgeschnüffelt hatte.

Der Hund war weg.

»Ach du liebe Zeit«, murmelte Karla und bereute zutiefst ihren Entschluss, ein wenig frische Luft zu schnappen. Im Dunkeln zu liegen und zuzuhören, wie Marcus einen Güterzug nachmachte, war immer noch besser, als in einen Nachbargarten einzudringen, um nach ihrem Hund zu suchen. Obwohl sie die alte Frau, die im Haus neben den Pattersons wohnte, bereits eine ganze Weile nicht mehr gesehen hatte, wie ihr jetzt einfiel. Brenda gehörte eindeutig nicht zu den geselligeren Bewohnern von Severn Oaks, doch Karla hatte sie gelegentlich getroffen, wenn sie mit ihrem Hund, einem nervösen Dalmatiner namens Edwin, spazieren ging.

»Gigi«, zischte sie und beugte sich über den Zaun. »Gigi Kaplan, komm sofort her.«

Das Haus lag dunkel da, und es stand kein Auto in der Auffahrt, aber trotzdem zögerte Karla, die Gartenpforte zu öffnen und das Grundstück zu betreten. Noch vor einem halben Jahr hätte sie sich nichts dabei gedacht – alle waren so offen und freundlich, und jeder wusste, wenn einer der Nachbarn mitten in der Nacht in deinen Garten ging, hatte er sicher einen guten Grund dafür. Und natürlich war die Anlage abgeschirmt. Hinter den hohen Mauern waren sie sicher. Doch das war, bevor Geheimnisse und Lügen ans Licht kamen, bevor Menschen verschwanden. Bevor Erica noch aus dem Grab heraus begann, sie alle zu entlarven.

Dennoch musste sie ja irgendwie Gigi zurückholen, und da der Hund nicht auf ihre leisen, eindringlichen Rufe reagierte, beugte sie sich über das Gartentor und schob den Riegel zurück.

»Also los, du.« Karla marschierte zu der Stelle hin, wo der kleine Hund herumschnüffelte. Als sie sich vorbeugte, um die Leine am Halsband zu befestigen, fiel ihr etwas Silbriges ins Auge, das im Gras lag. Ein Smartphone. Automatisch wollte sie danach greifen, doch dann zog sie die Hand zurück. Sie starrte es eine Sekunde lang an, ohne zu wissen, was sie tun sollte. Sie durfte es nicht berühren, vielleicht war es ja ein Beweismittel. Aber Beweis wofür? Könnte das Tristans Smartphone sein? Vermutlich nicht, wahrscheinlich gehörte es Brenda – es war schließlich ihr Garten. Und sie war alt, sie kannte vermutlich die »Mein iPhone suchen«-Funktion nicht. Sie stieß vorsichtig mit dem Fuß dagegen. Es war ein nagelneues iPhone in einer Silberhülle, mit dem Aufkleber eines schwarzen Totenkopfs darauf. Nicht unbedingt Brendas Stil.

Es gab nur eine Möglichkeit herauszufinden, ob das Tristans Smartphone war, und das war so ungefähr das Letzte, was Karla tun wollte. Obwohl es vermutlich noch eine zweite Möglichkeit gab – sie konnte mit Gigi nach Hause gehen, sich wieder neben ihren schnarchenden Mann ins Bett legen und versuchen einzuschlafen. Am Morgen würde sie dann an Brendas Tür klopfen und die Sache ihr überlassen. Wenn das Smartphone nicht Brenda gehörte, war es ihre Entscheidung, ob sie die Polizei rufen wollte oder nicht.

Karla blickte auf das einzige erleuchtete Fenster in der Straße und stellte sich vor, wie Tristans Eltern dort saßen und auf Informationen über ihren Sohn warteten. Was war das Schlimmste, das passieren konnte? Die Pattersons waren eindeutig wach. Sie würde hingehen und mit ihnen sprechen müssen.

Gott, wie sie wünschte, dass Miranda hier wäre. Die würde sich begeistert in das Drama stürzen, an jede Tür der

Straße hämmern, mit dem Smartphone wedeln und zu wissen verlangen, wem es gehörte.

Karla zerrte die widerstrebende Gigi hinter sich her und ging zur Tür von Nr. 7. Wie sollte sie an die Tür klopfen, in dem Wissen, Janet könnte denken – und sei es auch bloß für eine Sekunde –, dass ihr Sohn nach Hause gekommen war? Oder vielleicht würde sie annehmen, es sei die Polizei, die schlechte Nachrichten überbrachte. Grundgütiger.

»Karla?«

Während sie auf die Haustür starrte, war das Wohnzimmerfenster einen Spalt weit geöffnet worden.

»Janet, es tut mir so leid. Ich wollte nur …«

»Warten Sie.« Das Fenster wurde geschlossen, und Karla wartete. Kurz darauf wurde die Haustür geöffnet. »Wie spät ist es denn?«

Tristans Mutter sah furchtbar aus. Ihre Augen waren blutunterlaufen, sie war kreidebleich im Gesicht, und die Haare hingen ihr strähnig herab.

»Schon sehr spät, Janet. Ich wusste nicht genau, ob ich rüberkommen sollte oder nicht, aber ich dachte, Sie sollten es wissen.«

»Was wissen?« Janet schien verwirrt. »Wissen Sie, wo Tristan ist? Hat Brandon etwas gesagt?«

»Was?« Karla fuhr zusammen, als sie den Namen ihres Sohnes hörte. »Nein, tut mir leid. Ich habe ein Smartphone in Brendas Garten gefunden. Wahrscheinlich gehört es Brenda, aber es ist ein iPhone und –«

»Zeigen Sie es mir«, sagte Janet. Sie trat aus dem Haus und zog die Tür so zu, dass sie einen Spalt offen blieb. »Mike ist auf dem Sofa eingeschlafen. Er ist, wir sind beide …«

»Erschöpft«, beendete Karla den Satz. »Es tut mir so leid, ich hätte Sie nicht stören dürfen.«

»Nein, ich will es mir ansehen. Zeigen Sie es mir.« Janet Patterson folgte Karla den Gartenweg hinunter, offenbar ohne zu bemerken, dass sie gar keine Schuhe trug.

»Dort liegt es, sehen Sie? Ich habe es nicht angerührt.« Karla deutete auf die Stelle im Gras, wo das Smartphone immer noch lag.

Tristans Mutter holte tief Luft.

»Es ist seins«, sagte sie und schlug die Hand vor den Mund. »Das ist Tristans Handy.«

62

Es begann damit, dass ein Streifenwagen in Severn Oaks einfuhr, langsam, als hätte die Besatzung alle Zeit der Welt. Seit Karla das Smartphone in Brendas Garten entdeckt hatte, war fast eine Stunde vergangen. Janet hatte sofort ihren Mann geweckt, der darauf bestanden hatte, auf der Stelle die Polizei zu rufen. Er war froh darüber gewesen, dass es Karla gelungen war, Janet zu überzeugen, das Handy bis zum Eintreffen der Polizei dort zu lassen, wo es war. Karla hatte so lange nervös vor der Haustür gewartet, und da sie sich vorkam wie ein Voyeur, war sie danach mit dem Hund nach Hause gegangen und hatte Marcus aufgeweckt.

Er war sofort hellwach. »Was ist los?«, fragte er. »Ist irgendwas mit Bran?«

»Nein«, versicherte Karla ihm beruhigend, »den Jungs geht es gut.« Dann setzte sie sich auf die Bettkante und erzählte ihm, was Gigi im Garten des Nachbarhauses der Pattersons gefunden hatte.

»Deine Hände sind ja eiskalt.« Marcus nahm ihre Hände und rieb sie, um sie zu wärmen. »Was hattest du überhaupt in Brendas Garten verloren? Und wieso warst du mitten in der Nacht unterwegs?«

»Ich konnte nicht schlafen, also bin ich mit Gigi spazieren gegangen. Da, sieh mal …« Sie deutete auf das Fenster. Man konnte sehen, wie die beiden Streifenpolizisten vergeblich an Brendas Tür klopften. »Es öffnet niemand.«

»Na, das ist ja auch kaum möglich, oder?« Marcus stieg

aus dem Bett und schlüpfte in seinen Morgenmantel. »Brenda ist krank. Sie ist vor etwa einem Monat zu ihrer Tochter gezogen. Das Haus steht leer.«

63

DS Harvey stand neben der Leiche, die verrenkt auf dem Boden unter dem Balkon lag, eine dunkle Blutlache um den Kopf herum. In Severn Oaks gab es zwölf Häuser, und in elf Monaten hatte es hier zwei Todesfälle gegeben, beides Todesstürze. Zufall? Harvey kannte das alte Klischee, Polizisten in Filmen, die erklärten: »Ich glaube nicht an Zufälle.« Doch er hatte in seiner Zeit bei der Schutzpolizei viele Zufälle gesehen, und er hatte über einige der interessantesten Zufälle der Geschichte gelesen. Mark Twain, an dessen Geburtstag und an dessen Todestag man den Halleyschen Kometen gesichtet hatte. Edgar Allan Poe, der in einer Geschichte das grausige Schicksal des armen Richard Parker vorhergesagt hatte, und – vielleicht am verblüffendsten – die Simpsons, die Donald Trumps Aufstieg zum Präsidenten der Vereinigten Staaten prophezeit hatten. Wäre nicht all das andere gewesen, das sie in diesem Haus gefunden hatten, hätte er vielleicht sogar an einen Zufall geglaubt – schließlich gab es viel unglaublichere Zufälle, so das Sinken der »Titanic«, das Jahre vor dem Zusammenstoß mit dem Eisberg beschrieben worden war, oder das zufällige Fehlen der durch Terrorismus zerstörten Twin Towers in einem Videospiel, das Monate vor dem 11. September veröffentlicht worden war.

Aber ein junger Mann lag tot zu seinen Füßen, ein junger Mann, der nicht viel älter war als Harveys Sohn. Und so gern Harvey auch geglaubt hätte, dass Tristan Patterson von diesem Balkon gefallen war, so wie er vor elf Monaten zu dem

Schluss gekommen war, dass Erica Spencer aus dem Baumhaus gestürzt war – diesmal durfte er nicht dieselben Fehler begehen.

»Sir, der Gerichtsmediziner ist hier.«

»Danke, Allan. Die Familie?«

»Die Eltern wurden zu ihrem Haus zurückbegleitet. Jemand von der Opferbetreuung ist bei ihnen. Die Presse wird von Kollegen am Tor zurückgehalten, aber wir werden ihnen irgendwas geben müssen.«

»Vor morgen früh werde ich nichts bekannt geben. Bringen Sie Thomas her, und dann klopfen Sie an jede Tür in dieser verdammten Villensiedlung. Finden wir heraus, was mit dem Jungen passiert ist.«

64

Die Sechs von Severn Oaks verfolgten, wie Einheiten der Spurensicherung und Wagen mit Blaulicht in ihre sonst so friedliche, beschauliche Welt einfielen. Felicity stand allein auf ihrer Türschwelle, in einen weiten, flauschigen Morgenrock gehüllt, und trat nervös von einem Fuß auf den anderen. Sie kam einfach nicht darüber hinweg, dass der Mann – beziehungsweise der Junge, Tristan war ja erst zwanzig –, der ihr Gott weiß wie lange jeden Morgen ihren Kaffee serviert hatte, ihr verschwiegen hatte, dass er in Severn Oaks wohnte. Oder dass sie ihn nicht erkannt hatte. Sicher, er hatte hinter der Straßenbiegung gewohnt, wo es ruhiger zuging, weniger gesellig, und niemand konnte sich die Zeit nehmen, absolut alle Nachbarn kennenzulernen, und sie lebte ja auch erst seit zwei Jahren hier. Sie dachte an den Tag zurück, an dem er ihr erzählt hatte, sein »Freund« Tristan wohne in Severn Oaks. Hatte er sie auf die Probe stellen wollen? Wollte er sehen, ob sie ihn erkannte? Ganz offensichtlich wusste er, wer sie war; sie begriff nur einfach nicht, warum er so getan hatte, als lebe er nicht in ihrer unmittelbaren Nachbarschaft. Was versuchte er zu verbergen?

Peter, der Mann, der seit zwei Jahren immer für sie da gewesen war, brachte es nicht über sich, das Haus zu verlassen, um sie zu trösten. Stattdessen verfolgte er das Geschehen vom Fenster des Arbeitszimmers seiner vermissten Frau aus und wartete darauf, was die Polizei aus dem leeren Haus am Ende der Straße zutage fördern würde.

Die achtjährige Emily Spencer schluchzte an der Brust ihres Vaters, während ihr älterer Bruder oben tief und fest schlief.

Miranda stand am Fenster, und ihr Mann hatte den Arm um ihre Schultern gelegt. Wo sollte das alles noch enden?

65

»Okay, was haben wir?«

DS Harvey musterte die Gegenstände, die auf dem Tisch vor ihm lagen. Alle waren in Asservatenbeutel verpackt, und auf die Siegel waren jeweils die Unterschrift des Zuständigen von der Spurensicherung und das Datum gekritzelt.

»Der Laptop war in dem Rucksack, den wir im vorderen Wohnzimmer gefunden haben. Es ist ein MacBook Air und wird gerade von den IT-Leuten untersucht. Brieftasche, Schlüssel, Jacke.«

»Hat die Mutter das alles identifiziert?«

Der Kriminaltechniker nickte. »Wir sind uns ziemlich sicher, dass es seine Sachen sind. Alles außer dem hier.« Er deutete auf eine Damenhandtasche. Einzelne Plastikbeutel mit dem Inhalt lagen daneben auf dem Tisch verstreut. »Es ist eindeutig die Handtasche einer Frau, und das Portemonnaie, das sich darin befand, gehört Mary-Beth King.«

»Hat schon jemand mit Mr. King gesprochen?«

DC Allan nickte. »Gestern Nacht, als wir die Tür-zu-Tür-Befragungen durchführten, obwohl wir zu der Zeit noch nicht wussten, dass die Handtasche sichergestellt worden war. Er weiß noch nichts davon. Wir haben ihm dieselben Fragen gestellt wie allen anderen auch, es gab keinen besonderen Bezug zu seiner Frau.«

DS Harvey nickte zufrieden. »Sagen Sie es ihm noch nicht, ich will nicht, dass er davon erfährt. Was gibt es sonst noch?«

Der Kriminaltechniker deutete auf Mary-Beths Portemonnaie. »Es ist Blut daran, eine winzige Menge. Wir haben eine Probe genommen und zur DNA-Analyse geschickt. Im Inneren der Handtasche war ebenfalls ein wenig Blut, vereinbar etwa mit einer kleinen Schnittwunde am Finger.«

»War irgendetwas in der Handtasche, das uns verraten könnte, wo Mary-Beth King sich aufhält?«

Der Kriminaltechniker schüttelte den Kopf. »Sonst war nichts im Haus, das sich ihr zuordnen ließe – es gibt keine Hinweise darauf, dass sie je im Haus war. Es gibt jede Menge Fingerabdrücke; wir brauchen Kontrollabdrücke von der Hausbesitzerin und jedem, von dem sie weiß, dass er eindeutig mal hier drin war.«

»Es gibt keine Einbruchsspuren«, sagte Harvey nachdenklich. »Wurden irgendwelche Schlüssel gefunden?«

»Die Hausschlüssel waren in seiner Jackentasche. Einer passt zur Eingangstür.«

»Gut, dann müssen wir feststellen, ob er oder seine Eltern Brenda gut kannten, ob es irgendeinen guten Grund dafür gab, dass er einen Ersatzschlüssel hatte. Vielleicht hat er ja Gelegenheitsjobs für sie erledigt oder sie haben die Pflanzen gegossen, wenn sie im Urlaub war oder so was.«

»Ich habe eine mögliche Antwort darauf, Chef«, sagte Allan. »Heute Morgen habe ich mit der Tochter gesprochen. Offenbar soll das Haus verkauft werden – die Mutter ist zu alt und zu dement, um allein zu leben. Der Makler sollte ein Reinigungsteam hier durchschicken und Fotos machen, bevor das Haus ausgeräumt wird. Der Makler –«

»Lassen Sie mich raten – Tonks?« Das Maklerbüro, bei dem Mary-Beth angestellt war.

Allan nickte. »Genau. Mary-Beth King hatte einen Schlüssel. Sie sollte sich das Haus ansehen und feststellen, was genau getan werden musste.«

»Also sogar wenn wir ihre Fingerabdrücke hier finden, wissen wir nicht, ob sie die vor oder nach ihrem Verschwinden hinterlassen hat. Na klasse. Okay, wir müssen jetzt Folgendes tun. Finden Sie heraus, ob es irgendeine Verbindung zwischen Tristan Patterson und Mary-Beth King gibt. Hatte er irgendeinen Grund, sie zu verletzen und ihre Handtasche zu rauben? Und hätte er das überhaupt gekonnt? Er war noch sehr jung, ich weiß, aber es gibt Fälle von viel jüngeren Tätern, die erwachsene Frauen entführt haben. Waren ihre Schlüssel in der Handtasche?«

»Ihre Hausschlüssel und die Autoschlüssel. Kein Nachschlüssel für das Haus von Brenda Fitzgerald.«

»Es ist also denkbar, dass Tristan ihr die Handtasche geraubt, den Schlüssel zum Fitzgerald-Haus an sich genommen und ihn an seinem eigenen Schlüsselring befestigt hat. Aber wann soll er das getan haben?«

»Da gibt es zwei Möglichkeiten«, meldete sich PC Lewis zu Wort. »Entweder es war, nachdem sie ihren Wagen am Stauwehr abgestellt hat, oder er war es, der das Fahrzeug dort abgestellt hat – was vermutlich bedeuten würde, dass er Mary-Beth King etwas angetan hat. Nach dem Verlust ihrer Autoschlüssel hätte sie den Wagen ja nicht mehr bewegen können.«

»Es gibt noch eine dritte Möglichkeit, die wir in Betracht ziehen müssen.« Harvey schrieb alle drei Punkte auf das riesige Whiteboard an der Wand des Besprechungsraums. Der dritte Punkt war: Peter King stellt Fahrzeug ab. »Mit großer Wahrscheinlichkeit hat King einen Schlüssel für das Auto seiner Frau. Wenn er den Wagen dort abgestellt hat, hätte er ihre Handtasche also nicht gebraucht.«

»Aber das ergibt doch alles keinen Sinn«, meinte Lewis und blickte auf ihre Notizen. »Wenn King den Wagen dort abgestellt hat, muss er einen Grund dafür haben, und das würde bedeuten, dass er sie umgebracht hat – mal angenommen, sie ist tot, und so sieht es ja allmählich aus, oder nicht? Also … was genau ist passiert? Tristan raubt ihr die Handtasche, und dann bringt ihr Mann sie um, alles an einem Tag? Ziemlich viel Pech auf einmal.«

»Vielleicht hat er gesehen, was passiert ist. Vielleicht verliert King die Handtasche auf der Auffahrt, als er losfährt, um den Wagen abzustellen und die Leiche loszuwerden. Es ist spät, es ist dunkel, er bemerkt es nicht. Tristan bekommt das mit und nimmt die Handtasche an sich.«

»Und warum hat der Junge dann niemandem erzählt, dass ein Nachbar seine Frau ermordet hat? Scheint mir ein ziemlich großes Geheimnis zu sein, warum hat er das für sich behalten?«

»Er hat King erpresst. Er verspricht, den Mund zu halten, verlangt aber Geld oder sonst irgendwas. King lässt sich nicht darauf ein und – peng! – Tristan stürzt vom Balkon.«

»Wir schließen also aus, dass es irgendetwas mit dem Tod von Erica Spencer zu tun hat? Schließlich verschwanden ja beide genau an dem Tag, an dem der Podcast zum ersten Mal erwähnt wurde.«

»Wir schließen gar nichts aus. Im Augenblick sind längst noch nicht genug Spuren ausgewertet, und eins will ich auf jeden Fall vermeiden: dass wir die Beweislage einer Theorie anpassen. Suchen wir erst die Antworten auf unsere Fragen und schauen dann, wo uns das hinführt.«

»Sir, noch eine Frage«, sagte Allan, als alle aufbrechen wollten.

»Ja?«

»Werden wir im Fall Erica Spencer offiziell die Ermittlungen wiederaufnehmen?«

Harvey seufzte. Warum wollte dieser Mann einfach nicht aufgeben? Er spürte eine brennende Scham in sich – wenn er vor elf Monaten ebenso hartnäckig gewesen wäre wie Allan jetzt, wäre der junge Mann vielleicht noch am Leben. Doch daran durfte er im Moment nicht denken – das nützte niemandem.

»Nicht heute. Mal sehen, was die IT-Leute so auf diesem Laptop finden. Ich will wissen, ob es eine Verbindung gibt, bevor ich dieses heiße Eisen anpacke.«

66

Die Tür zur Wohnung 11a wurde von einem jungen Mann mit dunklem Wuschelhaar geöffnet. Er grunzte.

»John Lucas? Ich bin DC Allan. Darf ich?« Allan neigte den Kopf, und der Wohnungsinhaber trat wortlos zur Seite.

In den zwanzig Minuten seit Allans Anruf hatte John sich bemüht, sämtliche illegalen Substanzen loszuwerden und überall Aftershave zu versprühen, aber der kränkliche Geruch von Hasch hing an ihm wie Uringeruch an der Decke eines alten Hundes. Auch sonst war hastig aufgeräumt worden, und Allan hätte gewettet, dass man beim Öffnen der Schränke auf Zeitschriften mit abgerissenen Etiketten und jede Menge Teller stoßen würde, die mit wochenalten Ketchup-Resten verkrustet waren.

»Danke, dass Sie bereit waren, mit mir zu sprechen. Es muss ein Schock für Sie gewesen sein, das von Tristan zu erfahren.«

John Lucas war hochgeschossen und mager, blass und unfähig, gerade zu sitzen. Er nickte.

»Ja, es kommt mir vor, als wäre es grad mal ein paar Tage her, dass ich zuletzt mit ihm gesprochen habe, wissen Sie. Es ist verrückt, dass er nicht mehr hier sein soll. Dass ich ihn nicht einfach anrufen kann, damit wir zusammen … was trinken gehen oder so.«

»Haben Sie sich oft getroffen? Seine Mutter hat Sie als seinen besten Freund bezeichnet.« Allan konnte nicht leugnen, dass der Gegensatz zwischen den beiden Jungen und ihren

Lebensumständen für ihn unerwartet kam. John hatte keine Vorstrafen, doch er hauste wie ein Student, während Tristan – nun, Tristan hatte bei seinen Eltern gewohnt, in einer abgeschirmten Luxus-Villensiedlung. Das war schon ein gewaltiger Unterschied.

»Ja, das war ich wohl. Er hatte Kollegen, die er jeden Tag sah, aber ich glaube, außerhalb der Arbeit hatte er nicht viel mit denen zu tun. Während der Woche hab ich ihn selten gesehen – er hatte immer Frühschicht –, die meisten Wochenenden hat er allerdings hier verbracht, dann haben wir zusammen was getrunken, Netflix geguckt und so.«

»Hat er je von seinem Zuhause gesprochen?«

John schüttelte den Kopf und schniefte. »Nicht oft. Es gefiel ihm da nicht sonderlich. Deshalb war er ja ständig hier. Er hat oft gesagt, dass er sich hier mehr wie daheim fühlt als da.«

»Damit meinte er Severn Oaks?« Allan machte sich eine Notiz, ohne den Blick von John abzuwenden.

»Ja, er meinte immer, das wären alles arrogante Arschlöcher. Sorry, aber so hat er sich ausgedrückt.«

»Keine Sorge, es ist mir lieber, wenn sie es wörtlich wiedergeben. Ich kenne mich mit Schimpfwörtern aus, ich war drei Jahre bei der Schutzpolizei.« Allan versuchte sich an einem ermutigenden *Ich bin cool*-Grinsen.

John schien nicht sonderlich beeindruckt. »Ja, gut.«

»Er mochte also seine Nachbarn nicht. Hat er mal jemand Bestimmten erwähnt?«

»Nee, also, kann sein, dass er mal erzählt hat, dass er von jemandem angepisst war, aber ich erinnere mich nicht an irgendwelche Namen. Er hat nicht viel geredet, nachdem Erica abgekratzt ist. Sorry, starb.«

Um davon zu hören, war er gekommen, und Allan musste sich zwingen, nicht allzu eifrig nachzuhaken. Gute Kumpel waren die besten Informationsquellen, was jedoch nicht hieß, dass sie bereit waren, den Freund in irgendwas reinzureiten, nicht einmal, wenn er gestorben war.

»Ach ja, Erica Spencer. Tristans Mutter erwähnte, dass sie sich nahestanden – sie waren mal zusammen, oder?« Das war gelogen. Allan hatte da so eine Ahnung, die er gern bestätigt haben wollte. Mit Harvey hatte er noch nicht darüber gesprochen.

John wirkte überrascht. Offenbar war er davon ausgegangen, dass Tristans Eltern keine Ahnung von der »Freundschaft« ihres Sohnes mit Erica Spencer gehabt hatten. Hatten sie vermutlich auch nicht, sie vermuteten ja, dass ihr Sohn etwas mit Mary-Beth King hatte. Allan glaubte das nicht.

»Ja, aber Tris wollte nicht, dass jemand davon erfuhr. Er sagte, sie müssten vorsichtig sein, wegen der Kinder und so.«

»Ericas Kinder?«

»Ja – sie machte sich Sorgen, ihr Mann könnte sie ihr wegnehmen, wenn sie ihn verließ. Also mussten sie es geheim halten. Dann wurde sie … na, sie ist runtergestürzt, oder? Und er wollte einfach nicht mehr darüber reden.«

Dann wurde sie … hatte John Lucas sagen wollen: »Dann wurde sie gestoßen«?

»Glaubte Tristan nicht daran, dass es ein Unfall war? Dachte er, dass jemand sie heruntergestoßen hat?«

Rötliche Flecken erschienen auf Johns bleichen Wangen. Er schob sich das dunkle Haar aus dem Gesicht. »Nee, darüber weiß ich nichts.«

Allan seufzte. »Hören Sie, ich versteh Sie ja – Sie wollen ihn nicht in Schwierigkeiten bringen, selbst jetzt nicht, wo er tot ist. Aber wir wissen bereits, dass Tristan der Urheber des Podcasts war, Sie verpfeifen ihn also nicht. Wir haben Beweise dafür. Ich will ihn lediglich ein bisschen besser verstehen. Ich möchte herausfinden, warum ihn das, was mit Erica passiert ist, so umgetrieben hat. Sie würden mir nichts sagen, was ihn belastet.«

»Na schön.« John beugte sich vor, die Ellbogen auf die Knie gestützt. »Es ist nur, manchmal hat er mir was im Vertrauen erzählt, wenn wir getrunken haben. Ich glaube nicht, dass er wollte, dass ich darüber rede.«

»Das verstehe ich. Aber momentan wirkt es so, als wäre Tristan ein bisschen gestört gewesen – vielleicht von zu viel … Alkohol, wenn Sie wissen, was ich meine. Etwas paranoid. Wenn Sie mir helfen könnten, es besser zu verstehen, können wir ihm vielleicht ein wenig Gerechtigkeit verschaffen. Damit die Leute besser nachvollziehen können, warum er das getan hat. Und es wird immer noch eine Frau vermisst, wissen Sie …«

»Damit kann Tris nichts zu tun gehabt haben«, sagte John rasch. »Er hat Erica geliebt – aber das wissen Sie ja bereits. Er war in sie verliebt, sogar sehr … ich will nicht sagen, er war besessen von ihr, das klingt übel, seine Gefühle waren allerdings sehr … heftig. Das mit dieser Podcast-Sache und Gerechtigkeit für Erica, okay, ich weiß nicht, doch er hätte nie jemanden entführt.«

»Das glaube ich auch nicht, manche Leute werden es allerdings tun.« Allan beugte sich vor. »Sie sagen, er hat Erica geliebt – aber die Beziehung war doch schon seit Jahren vorbei, oder? Seit sie ihn aus dem Fluss gezogen hat.«

So stand es in Ericas Tagebuch – danach wurde Tristan kaum noch erwähnt –, doch John schüttelte den Kopf.

»Nein, das war ein Missverständnis. Er hat gesagt, sie hätte nicht vorgehabt, ihn reinzustoßen, und sie hat ihn ja auch sofort wieder rausgeholt. Sie haben sich nicht getrennt. Eher im Gegenteil: Das zwischen ihnen wurde noch intensiver. Ich dachte, das wüssten Sie?« Er schien in Panik zu verfallen.

»Da habe ich wohl die uns vorliegenden Beweise falsch gedeutet. Also, wann wurde die Beziehung denn Ihres Wissens nach beendet?«

»Mit ihrem Tod. Am Abend des Sturzes waren sie noch zusammen. Deswegen war er ja so down.«

»Aber er hat nie darüber gesprochen, was seiner Ansicht nach wirklich passiert ist?«

»Hören Sie, wir haben nicht direkt tiefschürfende Gespräche geführt – wir sind ja keine Mädchen. Er hat es nur ein paarmal angedeutet, wenn er sich aufgeregt hat. Die Wahrheit würde schon ans Licht kommen und so. Ich dachte, er labert bloß rum, er hatte manchmal richtig was von einem Verschwörungstheoretiker, wissen Sie. Die Mondlandung war eine Fälschung, Lee Harvey Oswald war unschuldig, so in der Richtung, Sie wissen schon. Er hat immer viel Mist geredet, wenn er sto– ich meine, wenn er betrunken war. Ich hab das nie ernst genommen. Oder jedenfalls erst, nachdem ich den Podcast gehört habe. Aber dann konnte ich ihn ja nicht mehr danach fragen.«

»Haben Sie ihn denn nicht schon früher darauf angesprochen?«

»Nicht so direkt, aber ich wusste, dass er dahintersteckte. An dem Tag, an dem ich ihn zuletzt gesehen habe, wollte er wissen, ob ich den Facebook-Post gelesen hätte, und dieser Blick, den er hatte, als er das gefragt hat – so stolz und selbstzufrieden. Ja, sagte ich, aber ich weiß nicht, wie dieser Andy Noon wissen will, was passiert ist, wenn er nicht dabei war. Tris meinte nur, vielleicht war er es ja.«

»Und das war alles, was er darüber gesagt hat?«

John krauste die Nase. »Ich glaube schon.«

»Na gut. Wenn Ihnen doch noch etwas einfällt, irgendwas, das ein Licht darauf werfen könnte, wie Tristan drauf war, bevor er starb …«

John lachte plötzlich leise in sich hinein.

»Was ist?«

»Eine Sache wäre da noch – dieser Andy Noon.«

»Ja?«

»Ich hab ihn gefragt, was für ein Name das denn sein soll – er tat immer noch so, als wäre er nicht Andy Noon, obwohl wir beide wussten, dass er der Podcaster war. Er hat nur gegrinst und gesagt: ›Ach, ich weiß nicht, vermutlich bloß ein Niemand.‹«

»Und was ist so witzig daran?«

»Einmal – wir waren ungefähr achtzehn – waren wir in der Stadt und haben Erica getroffen, die mit Freunden unterwegs war. Tristan ist zu ihr hin. Ich weiß nicht, was er erwartet hat, er wusste ja, dass man sie nicht zusammen sehen durfte. Sie hat ihn abblitzen lassen, und er ist mit eingezogenem Schwanz abgezogen. Als wir gingen, hat jemand Erica gefragt, wer das denn war, und sie sagte: ›Ach, ein Niemand.‹ Nicht einfach ›niemand‹, sondern ›ein Niemand‹. Echt die schlimmste Abfuhr, die man sich vorstellen kann. Ich hab ihn ständig deswegen aufgezogen, und deswegen war er so zufrieden mit sich, als er sagte, ach, ein Niemand. Damit hat er mir doch praktisch verraten, dass er es ist, oder?«

»Ja, wahrscheinlich schon«, erwiderte DC Allan und dachte, ich wünschte nur, er hätte dir auch verraten, was zum Teufel er mit Mary-Beth King gemacht hat.

67

Der Titel des letzten Podcasts, der hochgeladen wurde, lautete: *Das Geständnis.*

Felicity sah es zuerst. Den vorigen Podcast hatten sie sich getrennt angesehen, und es war furchtbar gewesen, nicht zu wissen, was die anderen dachten, nicht zu wissen, was als Nächstes kommen würde. Sobald sie von ihrem Smartphone benachrichtigt worden war, dass eine neue Folge von *Die Wahrheit über Erica* vorlag, tippte sie also auf »Kontakte« und rief Peter an.

»Ich weiß, Marcus hat sich gerade gemeldet. Ich muss noch was erledigen, aber ich versuch zu kommen. Wir treffen uns dann bei den Kaplans.«

Damit legte er grußlos auf. Vielleicht will er nicht, dass man uns zusammen kommen sieht, dachte Felicity, verwarf den Gedanken aber schnell wieder. Schließlich wussten jetzt alle Bescheid, die Heimlichtuerei war sinnlos geworden. Und sie waren am Nachmittag zusammen unterwegs gewesen, nachdem er bei der Polizei die Handtasche seiner Frau identifiziert hatte. Wo wollte er denn jetzt noch hin? Und was würden sie noch durch diesen verdammten Podcast erfahren?

Zudem wusste Peter, dass es nicht so einfach war. Von wegen, wir sehen uns dann da. Es war halb neun Uhr abends, und sie hatte zwei Fünfjährige zu Hause!

Amalie war noch wach. Was ja auch kein Wunder war.

»Komm, Schätzchen! Hast du Lust auf ein Mitternachtsabenteuer?«

»Im Schlafanzug?«

»Ja, Schatz, im Schlafanzug und mit deinem Quilt … ja, pack dich schön warm ein. Vergiss Benji nicht. Ich hole Mollie.«

»Wo gehen wir denn hin?«, fragte Amalie.

»Zu Tante Karla.«

»Juhu! Darf ich in Zachs Zimmer spielen?«

»Wenn er noch wach ist. Es ist schon sehr spät.«

Mollie schlief fest und reagierte verwirrt, als Felicity versuchte, sie zu wecken. Schließlich gab sie es auf und hob ihre verschlafene Tochter samt Decke aus dem Bett.

Dann beugte sie sich zu Amalie hinunter. »Komm, spring auf, Schätzchen.« Amalie schlang die Ärmchen um ihre Schulter. Felicity hätte sich nie vorstellen können, dass ihr Leben so verlaufen würde. Wenn ihr jemand erzählt hätte, dass sie mit dreiundzwanzig Jahren eine wahre Meisterin darin sein würde, fünfjährige Zwillinge auf den Hüften herumzutragen, und sie zudem unter Mordverdacht stehen würde, hätte sie ihn ausgelacht. Immerhin hatte sie auch ein Geschäft aufgebaut und besaß ein schönes Zuhause – ja, der Eigenkapitalanteil kam von Peter, aber die monatlichen Zinsen zahlte sie schließlich selbst. Und die Zinsen waren höher als bei allen anderen hier, denn welche Bank finanzierte schon einer einundzwanzigjährigen Firmengründerin ein Haus? Sogar mit hohem Eigenkapitalanteil und einer Bürgschaft.

Karla öffnete ihr, bevor sie die Tür mit dem Fuß aufstoßen konnte. Felicity drückte ihr Mollie in die Arme.

»Komm rein. Bis auf Peter sind alle da. Ich lege Mollie ins Prinzessinnenzimmer, ja?« Als Prinzessinnenzimmer bezeichneten die Zwillinge das Gästezimmer, das Karla hatte rosa streichen lassen und mit Miniatur-Himmelbetten nur für die beiden ausgestattet hatte. »Fangt nicht ohne mich an.«

68

Gute Abend, liebe Hörerinnen und Hörer. Hier ist Andy Noon, Moderator von Die Wahrheit über Erica, *und Sie hören die allerletzte Folge:* Das Geständnis.

Lassen Sie mich den Rahmen abstecken. Es ist ein Uhr früh in der Nacht zwischen dem 28. und dem 29. Oktober 2017, und in Severn Oaks geht eine ziemlich normale Halloween-Party zu Ende. Die meisten Gäste sind schon gegangen, nur der harte Kern ist noch da. Miranda Davenport erzählt jedem, der es hören will, was sie in diesem Jahr alles Tolles geleistet hat – warum ist es ihr bloß so wichtig, dass alle sie für die Größte halten? Ihr Mann scheint zu Tode gelangweilt – jeder würde annehmen, dass er gern mal eine Affäre hat, aber nicht einmal Erica konnte irgendeinen Hinweis darauf entdecken, dass er je Schlimmeres getan hat, als jede Frau, der er begegnet, in Gedanken auszuziehen. Ansehen erlaubt, anfassen nicht: eine Regel, die Alex zweifellos ernst nimmt. Felicity, die immer noch Karlas Kostüm trägt, unterhält sich mit Marcus, während Karla sich einen weiten Pullover übergezogen hat und die Küche aufräumt. Sie bemerkt es nicht, doch an ihrem rechten Handgelenk ist Blut.

Marcus klickte auf *Pause* und sah Karla an. »Was werden wir gleich zu hören bekommen?«

Man hörte nur Felicitys leises Schluchzen. Miranda hatte ihr den Arm um die Schultern gelegt.

Karla traten Tränen in die Augen. »Ich hätte sie nicht retten können. Es gab nichts, was ich hätte tun können. Sie war bereits tot.«

»Was hast du getan, Karla? Was wird er gleich sagen?«

»Ihr wisst ja bereits, dass ich Erica gefunden habe. Ich war als Erste bei ihr. Sie war schon tot, ich schwöre es.«

»Also warum spricht er jetzt wieder über dich?«

Karla holte tief Luft. »Ich lief zu ihr hin. Ich blickte hoch, sah aber niemanden. Ich geriet in Panik – es war mein Haus, mein Baumhaus. Ich dachte daran, was die Behörden zu eventuellen Sicherheitsmängeln sagen würden – ich hatte gesehen, dass Erica alkoholfreien Wein für sich mitgebracht hatte, und wusste nicht, dass er vertauscht worden war.« Das Letzte sagte sie, ohne Miranda anzusehen, denn sie wollte nicht den Eindruck erwecken, jemanden anzuklagen. Sie brauchte alle auf ihrer Seite. Sie mussten ihr einfach glauben.

»Was hast du getan?!«

Karla war ganz weiß im Gesicht. Sie sah Felicity flehentlich an. »Ich musste es so aussehen lassen, als wäre es ihre Schuld gewesen, nicht unsere. Ich hielt es für einen Unfall. Ich habe rasch ihre Schuhe mit meinen vertauscht, einen Schuh habe ich hochgeworfen, er blieb an der obersten Stufe hängen. Ich hatte Marcus' Kapuzenpullover an, und in der Tasche waren seine Zigaretten, also habe ich die Packung in ihre Handtasche getan – sie lag am Fuß der Leiter, als hätte Erica sie dort abgestellt, bevor sie hochkletterte. Ich habe ihr den Riemen um den Knöchel gewunden. Es sollte so aussehen, als hätte sie eine rauchen wollen und wäre mit dem Absatz hängen geblieben. Ich habe sie nicht umgebracht.«

»Stell den Podcast wieder an.«

»Ich kann mir das nicht länger anhören.« Felicity sprang auf und schwankte.

Marcus packte sie am Arm. »Wir müssen es uns anhören. Stell es wieder an, Karla.«

Karla schüttelte den Kopf, also drehte er sich um und klickte auf *Play*.

Karla eilt hinaus und entdeckt, dass ihre Freundin, ihre Nachbarin – und zudem der einzige Mensch, der die Wahrheit kennt und weiß, welche Lügen sie und ihr Mann erzählen –, verdreht unter dem Baumhaus liegt. War sie da bereits tot? Das weiß nur Karla Kaplan, und sie wird mit diesem Wissen leben müssen. Es ist – vermutlich – die erste Tote, die sie je gesehen hat, aber sie tut das, was Karla Kaplan am besten kann. Ruhig und kaltblütig zieht sie ihrer Freundin die Schuhe aus und wirft einen ihrer eigenen Stilettos hoch, er bleibt auf der obersten Stufe des Baumhauses hängen. Den zweiten legt sie neben Ericas Fuß, als hätte die Tote ihn verloren. Sie platziert Zigaretten in Ericas Handtasche und nimmt ihr Handy an sich. Die SIM-Karte ist nicht gesperrt – Erica hätte vorsichtiger sein müssen. Karla löscht die Nachrichten, die zwischen Erica und Samantha Burgess ausgetauscht wurden, legt das Handy wieder zurück und sammelt sich. Dann stößt sie einen markerschütternden Schrei aus und läuft zurück ins Haus.

Also wie kam es, dass Erica zum Schluss tot unter dem Baumhaus lag?

69

Es war der Abend des 28. Oktober 2017, gegen halb zwölf.

Felicity schnappte nach Luft. »Das ist er! Das ist Tristan.«

»Aber wie kann das möglich sein?«, flüsterte Miranda. »Er ist doch tot.«

»Er hat den Zeitpunkt der Ausstrahlung vorher festgelegt«, sagte Felicity. »Deshalb fiel nie ein Wort über Mary-Beths Verschwinden – er hatte sämtliche Folgen bereits aufgenommen.«

»Pst!« zischte Karla. »Wir verpassen ja alles. Spul noch mal zurück.«

Es war der Abend des 28. Oktober 2017, gegen halb zwölf.

Ich war in meinem Zimmer und kämpfte gegen meinen Wunsch an, die Straße zu überqueren und zur Halloween-Party der Kaplans zu gehen. Schließlich waren alle Bewohner von Severn Oaks eingeladen – warum sollte ich da ausgeschlossen sein? Ich sage Ihnen, warum – wegen Erica.

Ich weiß, was die meisten von Ihnen über Erica dachten. Ist Ihnen klar, dass sie es ebenfalls wusste? Sie hat mir erzählt, wie hinter ihrem Rücken über sie gelacht wurde, wenn man dachte, sie würde es nicht mitbekommen, mit welchen hämischen Kommentaren ihr Engagement für die Schule und in der Nachbarschaft bedacht wurde. Aber es war allen nur recht, dass sie Ihnen die Verantwortung abnahm, stimmt's? Wenn einer von Ihnen mal versucht hätte, sie richtig ken-

nenzulernen, wüssten Sie, dass die wahre Erica einen tollen Humor hatte, liebevoll und zutiefst unsicher war – nicht, dass einer von Ihnen sich je die Mühe gemacht hätte, das herauszufinden. Das mit uns beiden fing vor drei Jahren an, als ich dazukam, während sie den Müll von einem Straßenfest wegräumte, nachdem der Rest von Ihnen längst ins Bett gegangen war. Und seit diesem Tag ist unsere Beziehung immer intensiver geworden.

Man verletzt stets diejenigen, die man liebt, heißt es, und bei Erica und mir war es nicht anders. Es gab Zeiten, in denen sie ihre tiefen Gefühle für mich leugnete, aber sie kam immer wieder zurück zu mir – wenn man sich wirklich liebt, kann einen nichts und niemand trennen. »Bis dass der Tod euch scheidet«, so war das bei uns.

Als die Kaplans ihre Halloween-Party gaben, war zwischen uns gerade mal wieder Schluss. Erica wollte, dass ich mich von ihr fernhielt, und diesen Wunsch habe ich respektiert – selbst wenn ich mich sehr zusammenreißen musste, damit ich sie nicht trotzdem anrief.

Auf der anderen Straßenseite konnte ich gerade noch das berüchtigte Baumhaus der Kaplans erkennen, ebenso wie die Leiter, die zu ihm hochführte. Vor der Party berüchtigt wegen der Kosten, danach – aus anderen Gründen.

Ich frage mich, was wohl passiert wäre, wenn ich an jenem Abend nicht Erica oben im Baumhaus gesehen hätte? Wenn ich mal kurz zur Toilette gegangen wäre oder mir etwas zu trinken geholt hätte? Wenn ich mit Freunden weggegangen wäre, anstatt zu Hause zu schmollen, weil sie mit ihrem Mann auf eine Party ging? Obwohl das auch eigentlich keine Rolle spielt, denn ich kann die Zeit nicht zurückdrehen. Und so sah ich, wie Felicity Goldman ihr ins Baumhaus folgte.

»Du warst mit ihr da oben?« Karla trat auf Felicity zu. »Wirst du einen Anwalt brauchen, nachdem wir alles gehört haben? Soll ich ihn jetzt gleich anrufen?«

Felicity vergrub das Gesicht in den Händen. »Ich weiß es nicht«, flüsterte sie. »Ich weiß es nicht. Es tut mir so leid.«

»Was ist passiert?«

»Mary-Beth war so außer sich wegen dieses Trinkspiels. Ich wollte nur, dass es ihr leidtat.« Felicity sah die anderen flehentlich an. »Ich wollte nur, dass sie aufhörte, so ein Miststück zu sein.«

»Also hast du sie fünf Meter in die Tiefe gestoßen? Effektive Methode, muss ich schon sagen«, bemerkte Alex. Miranda warf ihm einen warnenden Blick zu.

»Ich habe sie nicht hinuntergestoßen!«

»Verdammt!« Alex drückte auf *Play*. »Ich will wissen, was der Podcaster dazu zu sagen hat. Ich will wissen, was passiert ist.«

70

Ich gebe zu, ich war neugierig. Was taten Erica und Felicity da oben? War das irgendeine Art Spiel? Wir wissen bereits, dass Erica dank ihrer Gastgeberin eine Kopfverletzung davongetragen hatte – auch wenn ich damals nichts davon wusste. Also behielt ich die Situation im Auge. Nach zehn Minuten sah ich Felicity allein aus dem Baumhaus kommen. Sie machte Anstalten, die Leiter hinabzusteigen, dann zögerte sie. Sie bückte sich, riss oben an der Leiter ein loses Brett heraus und rammte es unter der Tür des Baumhauses fest. Sie hatte Erica eingesperrt.

»Wieso hast du sie im Baumhaus eingesperrt?«

Niemand hatte den Blick von Felicity abgewandt, während der Mann, von dem sie jetzt wussten, dass es Tristan war, gesprochen hatte.

Sie versuchte, trotzig dreinzublicken.

»Sie war betrunken. Sie war so unvernünftig, sie wollte einfach nicht hören! Ich wollte bloß Mary-Beth holen, oder vielleicht Jack, damit jemand sie nach Hause brachte, mehr nicht. Ich hätte nie gedacht, dass sie …«

»Blödsinn«, konterte Alex. »Du wolltest ihr eine Lektion erteilen.«

»Na schön! Vielleicht, ja.« Felicity sah alle der Reihe nach an. »Aber ich wusste nicht, dass sie versuchen würde, sich gegen die Tür zu werfen, ich wusste nicht, dass sie hinunterstürzen würde. Doch das ist sie, und zwar durch meine Schuld.«

Karla schlang die Arme um ihre beste Freundin, als Felicity aussprach, was sie seit fast einem Jahr mit sich herumtrug.

Sie hatte Erica Spencer umgebracht.

71

Ich war beunruhigt, natürlich war ich das. Erica war im Baumhaus eingesperrt, und es hätte ja sein können, dass Felicity vorhatte, es in Brand zu stecken. Sicher, Erica hatte gesagt, ich solle mich fernhalten, aber das galt doch wohl jetzt nicht mehr, wo sie in Lebensgefahr schwebte?

Die hintere Gartenpforte der Kaplans war unverschlossen – schließlich befinden wir uns in Severn Oaks –, und als ich die Tür des Baumhauses öffnete, erwartete ich, dass Erica zumindest dankbar sein würde.

»Was tust du hier?«, zischte sie. »Ich dachte, ich hätte dir gesagt, du solltest dich heute Abend von mir fernhalten. Was ist, wenn Jack dich sieht?«

»Die Tür war verkeilt«, stotterte ich. »Ich wollte nur sehen, ob mit dir alles in Ordnung ist.«

Erica stieß ein Lachen aus. »Diese dämliche Felicity!«, sagte sie. »Die blöde Ziege will nicht, dass ich mit Mary-Beth spreche, bevor die Party vorbei ist. Sie will nicht, dass Peters kleines Geheimnis ans Licht kommt.«

»Was für ein Geheimnis?«

»Egal.« Sie lächelte immer noch, aber es war nicht ihr übliches Lächeln. Es war verschlagen und geheimnistuerisch, und es gefiel mir nicht.

»Du bist betrunken«, sagte ich.

»Gar nicht!« Erica versuchte aufzustehen und stolperte. »Hopsa! Dabei habe ich doch gar keinen Alkohol getrunken.« Sie betastete ihre Schläfe, und ich sah, dass sie blutete.

»Was ist passiert? Geht es dir gut?«

Sie schnaubte auf wenig attraktive Weise. »Karla Kaplan, das ist passiert. Sie lässt gern die ganze Welt an ihrem Privatleben teilhaben, allerdings bloß so weit es ihr passt. Ich habe lediglich einen zusätzlichen Gast eingeladen, und das hat sie wütend gemacht. Hat mich mit einem Bilderrahmen geschlagen! Ich wette, diese Information würde die Medien brennend interessieren. Vielleicht dreht sich mein Kopf deshalb so.«

Sie betastete ihre Schläfe und schmierte sich dabei etwas von dem trocknenden Blut über die Stirn, um dann Halt suchend nach der Wand zu greifen. »Du musst von hier verschwinden. Ich kann nicht riskieren, dass Jack dich sieht und anfängt, Fragen zu stellen.«

Schon wieder der verdammte Jack. Immer war sie so besorgt, dass Jack es herausfinden könnte.

»Warum erzählst du ihm nicht einfach von uns, Erica? Wovor hast du Angst?«

Sie sah mich an, als sähe sie mich zum ersten Mal ganz klar. Dann sprach sie die Sätze aus, die ihr Schicksal besiegelten.

»Es gibt kein uns, Tristan.« Sie drängte sich an mir vorbei zur Tür. »Du bist lächerlich. Hast du wirklich geglaubt, ich würde deinetwegen meinen Mann und meine Familie verlassen? Was, soll ich etwa mit ins Haus deiner Eltern ziehen? Ich, du und das Baby – eine richtige Familie im Gästezimmer von Mama und Papa.«

Sie lachte, aber ich hörte nur die Worte ich, du und das Baby.

»Du bist schwanger? Bin ich der Vater?«

Nie werde ich den entsetzten Ausdruck in ihrem Gesicht vergessen. Sie hatte zu viel gesagt.

»Nein«, sagte sie rasch. »Natürlich bist du nicht der Vater, sondern mein Mann Jack. Glaubst du ernsthaft, ich wäre

so blöd, ein Kind von dir zu bekommen, Tristan? Du bist ja selbst noch ein Baby.«

»Aber eben hast du gesagt –«

»Vergiss, was ich gesagt habe«, fuhr sie mich an. »Vergiss das Ganze. Es ist vorbei, das habe ich dir doch gesagt. Lass mich in Ruhe.«

Sie drehte sich um und ging zur Tür hinaus, ohne zu bemerken, dass die oberste Stufe fehlte – die hatte Felicity benutzt, um die Tür zu verkeilen. Ich würde gern behaupten, dass ich nach Erica griff, um zu verhindern, dass sie stürzte – ich bin mir sicher, dass es so war. Aber sie versuchte, mich wegzustoßen, sie wollte nicht, dass ich sie auch bloß anfasste.

»Sieh dich nur an«, höhnte sie voller Abscheu. »So verzweifelt. Genau wie an jenem Tag am Fluss, als du mich angefleht hast, dich nicht zu verlassen. Du hast gedroht, dich umzubringen, wenn ich ging. Ich hätte dich im Wasser lassen sollen. Ich hätte dich einfach ertrinken lassen sollen, du Jammerlappen.«

Und da habe ich sie hinuntergestoßen.

72

Im Raum herrschte absolute Stille, bis er die Worte aussprach: *Und da habe ich sie hinuntergestoßen.*

Karla stieß einen leisen Laut aus und presste die Hand auf den Mund, als würde ihr gleich schlecht werden. Stumme Tränen liefen Felicity über die Wangen. Miranda starrte auf den Laptop, als fürchte sie, er könnte explodieren.

»Wusstet ihr das?«, fragte Marcus und sah die drei Frauen an. »Das von Erica und Tristan? Dass sie diesen ... Jungen benutzt hat?«

»Er war kein Kind mehr«, warf Alex ein, bevor Miranda antworten konnte. »Er war alt genug, um zu wissen, was er tat.«

»Er war verletzlich«, fuhr Marcus ihn an. »Du hast es doch gehört, er hat versucht, sich umzubringen, ihretwegen! Habt ihr das etwa gewusst?«

»Ich ja«, gab Karla leise zu. »Seit damals, als sie ihn aus dem Fluss gezogen hat. Ich habe mitbekommen, wie Jack und sie sich deswegen gestritten haben – er wollte wissen, wie es kam, dass sie mit ihm unten am Fluss war. Er hat ihr praktisch unterstellt, eine Affäre zu haben.«

»Und das hast du mir nicht erzählt? Ich dachte, wir erzählen uns alles.«

Karla zuckte die Achseln. »Ich dachte, das hätte ich.«

»Also, das hast du nicht! Findest du nicht, jemand hätte einschreiten sollen – dass jemand etwas hätte unternehmen sollen? Um Gottes willen, der Junge ist tot!«

»Ach ja …« Karla wurde laut, obwohl sie ihren Mann sonst nie anschrie. »Weil ich ja wusste, dass er sie aus unserem Baumhaus stoßen und sich dann umbringen würde! Die Sache ging mich nichts an.«

»Ich habe es gewusst«, sagte Miranda leise. »Alex auch. So diskret waren sie dann doch nicht immer. Aber ich wusste nicht, dass er versucht hatte, sich umzubringen, damals im Fluss – ich dachte, es wäre ein Unfall gewesen. Ehrlich, ich sehe nicht, was einer von uns hätte tun können.«

»Versteht ihr denn nicht?« Marcus blickte von einem zum anderen. »Wir sind doch angeblich so gut befreundet. All diese verdammten Picknicks und Straßenfeste – bedeutet das überhaupt irgendwas, wenn keiner bereit ist, tatsächlich für jemand anders da zu sein? Einander wirklich kennenzulernen?«

»Das ist genau das, was er die ganze Zeit zum Ausdruck bringen wollte«, stimmte Felicity ihm mit ruhiger Stimme zu. »Wir haben alle so getan, als wären wir eine Gemeinschaft, als wäre es hier sicher, aber wenn es hart auf hart kommt, kümmert sich doch jeder nur um sich selbst.«

»Habt ihr denn nicht gehört, was er gesagt hat?«, fragte Alex verwirrt. »Er war derjenige, der Erica umgebracht hat. Nicht Miranda mit dem Alkohol oder Karla mit dem Bilderrahmen oder Felicity mit der verkeilten Tür. Keiner von uns hat Erica getötet.«

»Nein, das war es nicht, was er gesagt hat«, flüsterte Felicity. »Er hat es von Anfang an gesagt, und es stimmt: Wir alle sind verantwortlich. Wir alle haben Erica auf dem Gewissen.«

73

»Sir, bei der Hotline ist ein seltsamer Anruf eingegangen. Vor etwa fünf Minuten. Es hieß, Mary-Beth King kann dort gefunden werden, wo sie zurückgelassen wurde.«

»Mary-Beth kann gefunden werden, wo sie zurückgelassen wurde. Was soll das bitte schön bedeuten?« DS Harvey schaute die Mitglieder seines Teams an. Sein Blick fiel auf DC Allan, der ihn mit harter Miene ansah. Verdammt sollte der dämliche Kripo-Anwärter sein, der die ganze Zeit recht gehabt hatte, der ihn immer wieder gedrängt hatte, den Fall Erica Spencer neu aufzurollen, der die Dreistigkeit besessen hatte, Harveys Urteilsvermögen infrage zu stellen, im Wissen, dass er in seiner Position dasselbe getan hätte. Und das hatte er ja auch. Doch als sein Vorgesetzter Druck auf ihn ausgeübt hatte, hatte er seinen Verdacht beiseitegeschoben und getan, was ihm gesagt wurde. Was hätte er auch sonst tun sollen?

Aber Allan hatte seine Meinung nicht geändert. Im Gegenteil: Er hatte den Druck sogar noch verstärkt – gut, er hatte nichts über Harveys Kopf hinweg unternommen, auf seine ruhige Art hatte er allerdings an seinem Standpunkt festgehalten. Was mehr war, als man von Harvey behaupten konnte.

»Der Campingplatz«, sagte Allan, als wäre das vollkommen klar. Um ihn herum begannen die Kollegen mit den Köpfen zu nicken. »Da wurde sie zuletzt gesehen – der Taxifahrer hat gesagt, er hätte sie dort abgesetzt.«

»Wir wissen nicht mit Sicherheit, dass es wirklich Mary-

Beth King war. Wir haben den ganzen Campingplatz durchsucht und nichts gefunden.«

»Da sind wir aber noch nicht von einer Entführung ausgegangen«, gab Allan zu bedenken. »Es könnte sein, dass wir sogar mit Patterson gesprochen haben – er könnte einen falschen Namen angegeben haben. Vielleicht lag sie geknebelt im Schlafbereich.«

»Wenn ich alle verfügbaren Kräfte dorthin schicke und wir am falschen Ort suchen …« Harvey sprach den Satz nicht zu Ende. Er wusste selbst, dass der Campingplatz die einzige Spur war, die sie hatten, er wollte es bloß nicht zugeben. Weil er die Wahrheit kannte: Wenn er nicht so verdammt stur gewesen wäre, fest entschlossen, keine Verbindung zwischen dem Verschwinden von Mary-Beth King, dem Tod von Erica Spencer und dem Podcast herzustellen, wären sie nicht davon ausgegangen, dass die Vermisste bloß auf Tauchstation gegangen war, als sie den Campingplatz durchsuchten. Womöglich hätten sie Mary-Beth dann gefunden, und vielleicht wäre Tristan Patterson dann noch am Leben.

»Okay«, seufzte er, »schicken Sie alle verfügbaren Kräfte dorthin, und durchsuchen Sie den Campingplatz. Jedes Wohnmobil und jedes Gebäude. Und beten Sie zu Gott, dass Sie recht haben und wir sie noch rechtzeitig finden.«

74

Das schuldbewusste Schweigen im Raum wurde durch ein Hämmern an der Vordertür unterbrochen.

»Wo bist du gewesen? Hast du es dir angehört?«

Peter nickte. » Ja, das habe ich. Im Auto, auf meinem Smartphone. Kurz nachdem es zu Ende war, bekam ich einen Anruf von der Polizei.« Er marschierte in die Küche der Kaplans und wandte sich an Felicity. »Es gab einen Hinweis. Sie suchen noch einmal den ganzen Campingplatz ab. Ich treffe sie dort.«

»Ich komme mit«, bot Felicity an und stand auf. Ihre Knie gaben nach. Was, wenn Mary-Beth …

»Du bleibst hier«, befahl Peter scharf.

Karla wunderte sich, dass ihr das Eltern-Kind-Verhältnis zwischen den beiden nicht früher aufgefallen war. Die Art, wie er mit ihr umgegangen war, stets so besorgt, immer beunruhigt, wenn die Zwillinge mal krank waren, ganz der beschützende Vater – nur dass er eben nicht der Vater von Mollie und Amalie war, sondern von Felicity.

»Ich sage Bescheid, sobald sie in Sicherheit ist. Gut, dass der Bastard tot ist, sonst hätte ich ihn selbst umgebracht.«

Damit eilte er davon, während die verbliebenen Sechs von Severn Oaks samt Alex ihm gute Wünsche nachriefen und ihm rieten, vorsichtig zu fahren. Karla ging zu Marcus, der sie in die Arme nahm. Sie konnte nicht glauben, was sie da gerade gehört hatte.

»Er war doch noch ein Junge«, flüsterte sie.

»Mum!« Brandon kam in die Küche gerannt und warf sich in die Arme seiner Mutter. »Geht es dir gut?«

Karla nickte. »Ist dein Bruder okay da oben mit den Zwillingen? Hat er irgendwas mitbekommen?«

»Ich hatte die Kopfhörer auf. Was ist denn mit Peter los? Er hätte mich fast umgerannt.«

»Die Polizei hat einen Hinweis bekommen. Sie fahren noch mal zum Campingplatz. Ich kann nur beten, dass sie richtigliegen.«

»Glaubt ihr, dass es ihr gut geht?« Felicity blickte alle der Reihe nach an, aber niemand war in der Lage, ihr in die Augen zu sehen. »Ich meine …« Sie schniefte. Miranda griff nach einer Packung Papiertücher, die auf der Arbeitsfläche stand, und schob sie ihr zu. »Danke. Gott weiß, wie lange Tristan bereits tot ist, wie lange sie schon nichts mehr zu essen und zu trinken bekommen hat. Vielleicht ist sie verhungert.«

»Wir müssen versuchen, nicht darüber nachzudenken. Womöglich hatte es auch gar nichts mit Tristan zu tun, wir wissen es ja nicht. Könnte doch sein, dass sie tatsächlich bloß abgehauen ist.«

»Aber er hat Erica umgebracht.«

Ein Blitz erhellte die Straße hinter dem Gartenzaun.

»Warte – hat das noch jemand gesehen?«

Alex nickte. »Wie bei einem Gewitter.«

Karla und Marcus traten eilig in Aktion. Karla rüttelte an den Klinken der Terrassentüren. »Abgeschlossen«, bestätigte sie. Marcus drückte auf einen Schalter, und sämtliche Jalousien fuhren herunter. Er stiefelte durch den Haushaltsraum, während Karla überprüfte, ob die Haustür abgeschlossen war.

»Was zum Teufel ist hier los?«, fragte Miranda scharf.

»Fotografen«, rief Marcus. Er kehrte in die Küche zurück. »Kommt mit, hier entlang.«

»Wie sind die in die Siedlung reingekommen?« schrillte Miranda. »Sie hätten hier überhaupt nicht reinkommen dürfen!«

Niemand antwortete, aber Felicity wusste genau, wie Miranda sich fühlte. Noch vor wenigen Wochen hatten sie gedacht, dass Severn Oaks ein geschützter Ort war, abgeschirmt hinter undurchdringlichen Mauern. Dabei war es die ganze Zeit so einfach gewesen, ihre Sicherheit zu untergraben – und das auch im übertragenen Sinn.

Marcus führte Felicity, Miranda und Alex ins Familienzimmer. Karla folgte mit Zachary, Brandon und den Zwillingen.

»Warum habe ich diesen Raum nie gesehen?«, fragte Felicity und blickte sich staunend um.

»Es ist das geheime Zimmer, Mama«, erklärte Amalie wissend. »Manchmal dürfen wir hier mit Zach Filme gucken und bekommen heißen Kakao. Es ist sein Lieblingszimmer.«

Karla schaute ihren Sohn an. »Ist das wahr, Zach?«

Zach lief rot an und nickte. Marcus beriet sich leise mit seinem älteren Sohn über den Ernst der Lage. Alex telefonierte mit seinem Vater, der im Haus der Davenports war und auf Logan und Charity aufpasste. Karla konnte hören, wie er den ehemaligen Soldaten anwies, sämtliche Türen und Gartenpforten zu überprüfen und die Vorhänge zuzuziehen, aber den Kindern keine Angst zu machen.

»Gott weiß, was Jack und die Kinder durchmachen müssen«, murmelte Felicity.

Mollie reichte ihrer Mutter eine kleine Tüte Skittles-Fruchtkaubonbons. Felicity riss sie auf und gab sie Mollie zurück. Die sah aus, als hätte sie im Lotto gewonnen, und stieß ihre Schwester an, um sie zu ermutigen, ebenfalls ihr Glück zu versuchen.

»Vielleicht hat er sich den Podcast gar nicht angehört, weil er gedacht hat, dass es zu schmerzlich wäre.«

»Er wird es morgen trotzdem erfahren, aus den Zeitungen«, sagte Karla. »Und die Polizei wird es ihm mitteilen müssen, oder nicht?«

»Es kann ihm kaum entgehen, wenn ihr alle festgenommen werdet, weil ihr aktiv die Strafverfolgung vereitelt habt«, bemerkte Brandon.

Karla sah ihn stirnrunzelnd an und wies mit dem Kopf auf die kleineren Kinder.

»Werden wir deswegen angeklagt werden?«, stöhnte Miranda. »Diese Ungewissheit ist echt furchtbar.«

»Max hat gesagt, sein Vater war schon bei einem Makler«, erklärte Brandon. »Sie werden in jedem Fall verkaufen.«

»Kann ich ihnen nicht verdenken. Es wird in Severn Oaks niemals wieder so sein wie vorher.«

»Wirst du Probleme bekommen, Mum? Weil du, du weißt schon, Beweise manipuliert hast oder so?«

Karla nickte. »Ja, sehr wahrscheinlich, Bran. Aber ich bin trotzdem froh, dass es jetzt heraus ist. Ich bin froh, dass alles ans Licht gekommen ist. Vielleicht können wir nun damit abschließen und nach vorne blicken.«

*

Sie saßen schweigend beisammen. Felicity und Karla hielten sich an den Händen, Brandon hatte den Arm um seine Mutter gelegt, und Felicity hielt Amalie so fest umfasst, als ginge es um ihr Leben.

Zach saß in der Ecke, mit Mollie auf dem Schoß, die ein Malbuch ausmalte. Miranda, die zusammen mit Alex auf dem Sofa lag, den Kopf auf seiner Brust, schien eingeschlafen zu sein, doch sie wussten, dass sie nicht schlief, denn gelegentlich hörte man ein leises Aufschluchzen aus ihrer Richtung.

Marcus sprang mehrmals auf und lief im Raum umher, um sich dann mit niedergeschlagener Miene wieder hinzusetzen.

Es erschien ihnen wie Stunden, in denen niemand ein Wort sprach, bis der Signalton einer Textnachricht die Stille unterbrach.

»Mary-Beth«, sagte Felicity. »Man hat sie gefunden.«

75

Der Campingplatz war so hell erleuchtet wie ein Jahrmarkt, überall blitzte das Rot-Blaulicht von Streifen- und Rettungswagen. Das war keine oberflächliche Durchsuchung mehr, es wurde nicht mehr einfach an Wohnwagen geklopft und Mary-Beths Foto vorgezeigt. Die teilnehmenden Polizisten waren darauf vorbereitet worden, eventuell eine Leiche zu finden.

Tristan Patterson war seit über drei Wochen tot. Wenn er Mary-Beth gefesselt in einem der Wohnwagen zurückgelassen hatte, könnte sie bereits tot sein. Es dauerte etwa eine Woche, bis jemand an Dehydrierung starb. Und das setzte voraus, dass er sie überhaupt am Leben gelassen hatte.

DC Allan, der das Bild der verwesenden Leiche von Mary-Beth King nicht aus dem Kopf bekam, fröstelte trotz seiner dicken, gefütterten Polizeijacke.

»Gut, alle mal zuhören.« DS Harveys dröhnende Stimme rief ihn in die Gegenwart zurück. »Für die Durchsuchung teilen wir den Campingplatz in Quadranten auf. Die Bewohner der Caravans werden in die Gaststätte gebracht, wo die Betreiber freundlicherweise geheizt haben, es werden auch heiße Getränke ausgeschenkt. Wir wollen hier niemanden verärgern – es ist hochgradig unwahrscheinlich, dass einer der Camper in die Sache verwickelt ist. Schließlich ist unser einziger Verdächtiger tot. Also lassen Sie die Leute warme Sachen anziehen, bevor Sie sie in die Kälte hinausbefördern. Es erscheint sinnvoll, die leer stehenden Wohnwagen zuerst zu durchsuchen. Wir haben von den Betreibern eine Liste der Wohnmobile erhalten, die eigentlich leer sein sollten. Ich habe sie auf dem Lageplan mit Textmarker hervorgehoben.«

»Es steht wohl kein Caravan auf der Liste, der an einen Tristan Patterson vermietet wurde?«, rief jemand.

»Verflixt, Stuart, daran hatte ich gar nicht gedacht. Gut, dass Sie hier sind, wie?«, versetzte Harvey sarkastisch und war froh, dass er bereits überprüft hatte, ob ein Wohnmobil an einen Tristan, eine Janet oder einen Mike Patterson vermietet worden war. »Nein, keine Pattersons. Team 5 – Sie durchsuchen die Umgebung und das Unterholz. Wir wissen nicht mit Sicherheit, ob sie in einem der Wohnmobile ist. Und es gibt keine Garantie dafür, dass sie überhaupt noch am Leben ist. Wir suchen also nicht unbedingt nach einer lebendigen Frau – es könnte auch eine fast vier Wochen alte Leiche sein. Abmarsch.«

*

DC Allan gehörte zu Team 5, dessen Aufgabe es war, das Unterholz zu durchsuchen. Weil er bereits mit dem Fall vertraut war, hatte Harvey ihm die Teamleitung übertragen. Er stand hinten im Einsatzwagen, vor sich eine Karte der Umgebung mit großem Maßstab.

»Was ist das?«, fragte er und deutete auf ein Quadrat in der hintersten Ecke des Campingplatzes.

»Sieht aus wie eine Art Vorratsschuppen«, bemerkte eins der Teammitglieder.

»Gehen Sie und holen Sie die Campingplatzbetreiber her.« Allans Herz begann zu hämmern. »Dort sollten wir zuerst nachsehen.«

Die Campingplatzchefin Caroline, eine Frau mit gesunder

rötlicher Gesichtsfarbe, war binnen Minuten zur Stelle. »Dort haben wir früher die Küchenausstattung gelagert, bevor wir Block B gebaut haben«, bestätigte sie sofort. »Der Schuppen ist baufällig und abgesperrt. Man kann nicht hinein. Also, ich meine, ich könnte rein, Sie nicht. Ich habe die Schlüssel hier.«

»Könnten Sie uns den Weg zeigen?«, fragte Allan. »Wir müssen dort nachsehen.«

*

»Ich hatte schon fast vergessen, dass es den Schuppen gibt«, bemerkte Caroline, als sie die Gruppe Polizisten über die Wiese führte. »Seit über einem Jahr lagern wir dort nichts mehr, das noch gebraucht wird. Jetzt ist nur noch Gerümpel drin.«

»Kommt man auch über das Feld dahinter zu dem Schuppen?«

Caroline nickte. »Wenn man wollte, ja.«

Allan war sich nun ganz sicher, dass er auf etwas gestoßen war. »Ich denke mal, Patterson wird es gewollt haben.«

»Dort ist es, sehen Sie?«

Fast hätte er es nicht gesehen. Sie befanden sich ganz am Rand des Campingplatzes, und durch die Bäume dahinter war der Schuppen im Dunkeln fast unsichtbar. Als sie näher kamen, sah Allan, dass das riesige Vorhängeschloss noch am Platz war, und spürte, wie er mutlos wurde. Wie hätte Tristan zu einem Schlüssel dafür kommen sollen?

»Gibt es irgendwelche Ersatzschlüssel?«, fragte er, während Caroline an ihrem Schlüsselbund nach dem richtigen Schlüssel suchte.

Sie schüttelte den Kopf. »Sie können von Glück sagen, dass ich diesen noch habe. Wie gesagt, wir benutzen den Schuppen eigentlich nicht mehr.«

Sie bemühte sich, das verrostete Schloss aufzubekommen. Allan versuchte, sich seine Ungeduld nicht anmerken zu lassen, aber seine frühere Hochstimmung ließ rasch nach. Als das Schloss endlich nachgab, winkte er zwei Leute seines Teams heran und bedeutete Caroline, etwas zurückzubleiben. Er stieß die Tür auf und ließ den Lichtkegel der Taschenlampe durch den Schuppen gleiten.

Er war voller Gerümpel, genau wie Caroline gesagt hatte. In einer Ecke stand unberührt ein alter, verrosteter Gaskocher, auf dem sich Kartons stapelten. Es gab einen kaputten Rasenmäher und eine Schubkarre ohne Räder, einen Müllsack mit Kleidungsstücken, die nur noch vermodernde Lumpen waren, und eine Federwippe vom Spielplatz.

Keine Mary-Beth.

»Nichts«, sagte Allan, die Stimme rau vor Enttäuschung.

»O Gott, Moment.« Caroline schlug die Hand vor den Mund. »Kommen Sie mit. Das ist noch nicht alles.«

Die drei Polizisten mussten sich ranhalten, um mit der Frau Schritt zu halten, die mit großen Schritten zur Rückseite des Schuppens eilte. Allan begriff nicht, worauf sie hinauswollte, bis sie auf den Boden deutete, in den Stahltüren eingelassen waren.

»Das war ursprünglich eine Art Bunker. Im unterirdischen Teil wurden während irgendeines Krieges Rationen gelagert. Deshalb waren wir uns nicht sicher, ob wir es abreißen durften – geschichtliches Interesse, verstehen Sie.«

»Und er ist normalerweise abgesperrt?«, fragte Allan und leuchtete mit seiner Taschenlampe über die Luke. Kein Vorhängeschloss.

»Mit einem Vorhängeschloss gesichert, wie der Schuppen vorn. Wir wollen nicht, dass Kinder reinkommen und dann nicht mehr rauskönnen.«

Allan griff nach seinem Funkgerät. »Sir, Team 5 bei einem Lagerschuppen am östlichen Rand des Campingplatzes. Im Schuppen selbst ist nichts, aber es gibt noch einen unterirdischen Bunker, der eigentlich mit einem Vorhängeschloss gesichert sein sollte. Das aber fehlt. Haben wir die Erlaubnis reinzugehen?«

Harveys Stimme drang klar und deutlich aus dem Funkgerät. »Ich bin auf dem Weg. Warten Sie auf mich.«

76

Harvey verließ sein Team und rannte in östlicher Richtung, wo laut Allans Beschreibung der Schuppen zu finden war. Er hatte halbwegs erwartet, dass das Ganze ein letztes Spielchen von Tristan Patterson war, der sie dazu bringen wollte, mitten in der Nacht sinnlos über den Campingplatz zu rennen.

Tristan war erst zwanzig Jahre alt – konnte er wirklich eine Frau entführt und sie wochenlang gefangen gehalten haben, ohne dass es jemandem auffiel? Aber Harvey war schon lange genug bei der Polizei, um zu wissen, wozu Jugendliche fähig waren, und hatte die Suchaktion eingeleitet, sobald sie den Tipp erhalten hatten. Was aus seiner Karriere werden würde, nachdem jetzt klar war, dass Erica Spencers Tod kein Unfall gewesen war, blieb abzuwarten. Gab es irgendwelche Beweise dafür, dass Tristan oben im Baumhaus gewesen war? Hätte Harvey größere Anstrengungen unternehmen sollen? Er hatte keine Ahnung und momentan auch weder Zeit noch Lust, darüber nachzudenken. Im Augenblick wollte er nur eins, nämlich dass Mary-Beth gefunden wurde. Er wollte nicht, dass noch mehr Blut an seinen Händen klebte.

Das Licht von Taschenlampen und die reflektierenden Warnschutzjacken führten ihn zum Schuppen, wo Allan wartete. Er hatte sich an den Befehl gehalten und seine Leute noch nicht reingeschickt.

»Gute Arbeit«, sagte Harvey zu ihm und leuchtete mit seiner Taschenlampe auf die Luke. »Die machen wir wohl besser mal auf.«

*

Was ihm vor allem auffiel, als er die Leiter hinabsenkte, war die absolute Dunkelheit des Kellerlochs, in das er hinunterstieg. Es würde einen in den Wahnsinn treiben, auch bloß einen einzigen Tag hier allein zu verbringen. Nach einer Woche würde man zweifellos sogar einen Mord gestehen.

Er ließ den Lichtkegel der Taschenlampe durch den Bunker gleiten. Der Lichtstrahl fiel auf Fässer, noch mehr Kartons …

Dann einen Fuß …

Ein Bein …

Einen Körper.

»Ich habe sie!«, rief er zu dem Team hinauf. »Holt die Rettungssanitäter her, wir haben Mrs. King gefunden!«

77

Karla schlich auf Zehenspitzen durch die Küche, um niemanden aufzuwecken. Marcus und die Jungs lagen noch komatös in ihren Betten, Felicity schlief in einem aufblasbaren Bett im Prinzessinnenzimmer. Karla hatte darauf hingewiesen, dass es reichlich freie Betten im Haus gab, aber Felicity hatte in der Nähe ihrer kleinen Töchter bleiben wollen, falls eine von ihnen mitten in der Nacht aufwachte und nicht wusste, wo sie war. Alex und Miranda waren gegen zwei Uhr nachts auf dem Sofa im Familienzimmer eingeschlafen, während sie alle auf Nachricht von Mary-Beth gewartet hatten. Als Peter endlich Felicity geschrieben hatte, dass Mary-Beth im Krankenhaus war, dass sie lebte und ihr Zustand stabil war, hatte Karla eine Decke über das schlafende Paar geworfen, und Marcus hatte sich auf die Suche nach einer Luftmatratze für Felicity gemacht. Gegen drei Uhr früh waren sie schließlich total erschöpft ins Bett gesunken, doch leider schien Karlas innere Uhr das nicht mitbekommen zu haben, und sie war Punkt halb sieben aufgewacht.

»Du konntest also auch nicht schlafen?«, kam Felicitys leise Stimme von der Tür her.

»Die Männer haben dieses Problem natürlich nicht.«

Felicity lächelte. »Ich glaube nicht, dass Peter viel Schlaf abbekommen hat.«

»Wirst du ihn in Zukunft Papa nennen?«, neckte Karla sie.

Felicity lachte. »Ich glaube kaum. Ist es jetzt vorbei, was meinst du?«

Karla zuckte die Achseln. »Vermutlich. Die arme Mary-Beth. Glaubst du, Tristan hat sie die ganze Zeit dort gefangen gehalten? Absurd, der Gedanke, dass er so was getan haben könnte, er war doch noch so jung.«

»Er war nur drei Jahre jünger als ich«, rief Felicity ihr in Erinnerung.

»Gottchen, ja, entschuldige. Ich kann mich einfach nicht daran gewöhnen, dass du noch so ein Küken bist.«

»Verpiss dich.«

»Solche Kraftausdrücke in einem so zarten Alter!«

»Sehr lustig. Also, wie geht's jetzt weiter?«

Karla reichte Felicity einen Becher Kaffee. »Das weiß nur der liebe Gott. Ich warte immer noch darauf, dass die Polizei auftaucht und mich wegen Körperverletzung festnimmt. Und dich wegen ... ich weiß nicht, Freiheitsberaubung? Schließlich hast du sie gegen ihren Willen eingesperrt.«

Felicity machte ein finsteres Gesicht. »Das ist nicht witzig, Karla. Elf Monate habe ich gedacht, dass sie deshalb sterben musste – wegen dem, was ich getan habe. Wenn wir nicht alle nur daran gedacht hätten, unsere eigene Haut zu retten, hätten wir die Polizei dazu bringen können, ordentlich zu ermitteln. Dann wäre das alles nicht passiert.«

»Wenn Marcus nicht dafür gesorgt hätte, dass sein Anwalt Druck auf DCI Barrow ausübt, meinst du wohl. Glaub nicht, dass ich das nicht wüsste, Fliss. Ich habe keine Ahnung, wie es weitergehen soll. Um ganz ehrlich zu sein, am liebsten würde ich mit meiner Familie weit weggehen und nie wieder ein Wort über Severn Oaks oder Erica Spencer hören müssen.«

»Wenigstens redet Brandon wieder mit dir.«

»Das stimmt. Aber wir haben wohl noch einen steinigen Weg vor uns, bevor wir wieder behaupten können, eine Bilderbuchfamilie zu sein.«

»Hat Marcus' Verlag sich schon gemeldet?«

»Sie sind noch im Gespräch mit seinem Agenten, aber die Bücher, in denen seine Kindheit erwähnt wird, werden wohl vom Markt verschwinden müssen. Um ganz ehrlich zu sein, das ist irgendwie auch eine Erleichterung. Es ist ziemlich anstrengend, sein Leben auf einer Lüge aufzubauen.« Sie sah ihre beste Freundin nicht an, als sie fortfuhr: »Wir haben darüber gesprochen, das Haus zu verkaufen und wegzuziehen. Das Haus ist abbezahlt, und wir könnten uns verkleinern und vom Verkaufserlös und unseren Ersparnissen leben. Wir brauchen das alles nicht mehr.«

Felicity seufzte. »Ich lasse dich bloß ungern ziehen, das weißt du, aber ich verstehe es. Es ist nicht mehr dasselbe hier. Ich glaube nicht, dass es je wieder so sein wird wie vorher.«

»Was vermutlich sogar ganz gut ist«, sagte Karla, als leise Stimmen aus dem Familienzimmer drangen. »So wie es vorher war, war es nichts als Schein und Lügen.«

*

Mary-Beth King war am Leben. Harveys Erleichterung darüber war offensichtlich gewesen; eine weitere Leiche hätte das endgültige Aus für seine Polizeilaufbahn bedeutet. Sie war sofort ins Krankenhaus gebracht worden, wo man sich um sie kümmern und sie wieder gesund pflegen würde. Sie würde zu allem befragt werden, was in den letzten Wochen geschehen war, und vielleicht würden sie dann die Wahrheit erfahren.

»Harvey, kommen Sie rein.« Die Tür zum Büro des Dienststellenleiters stand offen, und Harvey bekreuzigte sich, bevor er eintrat, einst als Witz gedacht, der zur Gewohnheit geworden war.

»Sir.«

»Gute Arbeit, die Sie da geleistet haben, Harvey.« DCI Barrow stand auf und beugte sich über den Schreibtisch, um ihm die Hand zu schütteln.

Harvey widerstand dem Drang, sie an seiner Hose abzuwischen, aber sie brannte und fühlte sich unrein an.

»Es war im Grunde das schnelle Denken von DC Allan, das zur Auffindung von Mrs. King führte«, hörte Harvey sich sagen. »Ihm fiel ein, wo der Taxifahrer sie angeblich abgesetzt hatte, und er hat den Keller entdeckt.«

»Also Ende gut, alles gut«, bemerkte Barrow mit einem abscheulichen Lächeln im Gesicht.

Harvey hätte ihm am liebsten eine verpasst.

»Wohl kaum. Ein junger Mann ist tot.«

Barrow hob die Augenbrauen. »Ein junger Mann, der für die Entführung von Mary-Beth verantwortlich war, oder etwa nicht?«

»Wahrscheinlich ja.«

So sah es in der Tat aus. Der Fall war geklärt. Tristan Patterson hatte Mary-Beth entführt, weil sie gedroht hatte zu enthüllen, dass er hinter den Podcasts steckte. Als ihm klar wurde, dass es nur eine Möglichkeit gab, sie für immer zum Schweigen zu bringen, hatte er sie zum Sterben in der unterirdischen Kammer gelassen und sich selbst umgebracht. Patterson war der Übeltäter. Allerdings war Allan der Ansicht, dass es noch einige Ungereimtheiten gab, und Harvey glaubte ihm. Nur würde er diesmal nicht sofort zu seinem Vorgesetzten rennen, ohne Beweise zu haben.

»Ist schon klar, wie er sie dorthin gelockt hat?«

»Als er starb, hatte er ein Notizbuch von Erica Spencer in seinem Besitz. Wir glauben, dass er die Informationen daraus benutzte, um Mary-Beth King zum Campingplatz zu locken.

Wir wissen, dass sie sich ein Taxi dorthin genommen und niemandem verraten hat, wo sie hinwollte.«

»Das erklärt es. In welcher Verfassung befindet sie sich?«

Harvey erinnerte sich an die dreckige, stinkende Frau, die sie aus dem Bunker unter dem verlassenen Schuppen gezogen hatten. Laut dem Krankenhaus hatte sie Albträume und wollte die männlichen Ärzte nicht in ihre Nähe lassen, aber es gab keinerlei Anzeichen für eine Vergewaltigung, eigentlich überhaupt keine Anzeichen von Misshandlungen. Der Keller des Schuppens war feucht und eiskalt gewesen, und doch zeigte Mary-Beth keine Anzeichen von Unterkühlung. Überall lagen leere Wasserflaschen und Verpackungen von Getreideriegeln verstreut, und der Gestank nach Kot und Urin war überwältigend, aber sie war körperlich unversehrt.

»Es geht ihr besser, als erwartet werden konnte. Gibt es etwas Neues im Fall Spencer?«

»Die Staatsanwaltschaft erwägt den Fall noch, doch da Patterson nicht mehr am Leben ist und es keine Beweise für die im Podcast aufgestellten Behauptungen gibt, dürfte es schwer werden, die ursprüngliche Feststellung des Gerichts anzufechten. Soweit es mich betrifft, gibt es keine Beweise dafür, dass Erica Spencers Tod irgendwas anderes war als ein Unfall. Zu dieser Einschätzung waren Sie bei den Ermittlungen damals ja auch gelangt.«

»Wir«, sagte Harvey.

»Wie bitte?«

»Zu dieser Einschätzung waren wir bei den Ermittlungen damals gelangt. Wenn ich mich richtig erinnere, waren Sie derjenige, der vorschlug, dass wir den Tod von Mrs. Spencer als Unfall einstufen.«

»Wenn Sie sich richtig erinnern.« Die Stimme von DCI Barrow bekam einen harten Unterton, einen Unterton, den

Harvey sehr gut kannte. »Und wenn ich mich richtig erinnere – und glauben Sie mir, das tue ich –, waren Sie derjenige, der diese Berichte unterschrieben hat, Harvey.«

»Das ist richtig. Ich war gerade zur Kriminalpolizei gewechselt und habe den Rat meines Vorgesetzten befolgt. Das bedaure ich jetzt, und ich denke, angesichts von Tristan Pattersons Geständnis sollten wir die Ermittlungen wiederaufnehmen und uns genauer ansehen, was zu seinem Tod geführt hat –«

»Ich weiß Ihren Beitrag zu schätzen, DS Harvey. Ich werde empfehlen, den ursprünglichen Todesfall weiter als Unfall einzustufen und Pattersons Tod als Suizid zu den Akten zu legen, aber leider liegt das nicht mehr in unseren Händen. Sie können gehen.«

»Besten Dank auch«, murmelte Harvey.

»Oh, und Harvey?«

»Ja, Sir?«

»Wenn die Ermittlungen tatsächlich wiederaufgenommen werden sollten, werde ich abstreiten, dass in irgendeiner Form Druck auf Sie ausgeübt wurde. Verstanden?«

»Ja, Sir.«

78

Felicity atmete dreimal tief durch die Nase ein und durch den Mund aus.

Ich atme Ruhe ein, ich atme Hektik und Stress aus.

Ich atme Erfolg ein, ich atme Fehlschläge aus.

Ich atme Wahrheit ein, ich atme Lügen aus.

Sie stieß die Tür mit der Handfläche auf und lächelte die Frau im Krankenhausbett an.

»Felicity, schön, dass du mich besuchst. Ist Peter nicht mitgekommen?«

Mary-Beth blickte sich um, als könnte er sich irgendwo versteckt halten, bereit, hervorzuspringen und »Überraschung« zu rufen, und als das nicht geschah, machte sie ein enttäuschtes Gesicht.

»Er wäre gern mitgekommen«, versicherte Felicity ihr. »Aber ich wollte dieses eine Mal gern allein mit dir sprechen. Ich hoffe, es macht dir nichts aus?«

Mary-Beth lächelte leicht. »Früher oder später werden wir reden müssen. Ich hatte nur angenommen, du würdest damit warten, bis ich aus dem Krankenhaus entlassen werde.«

»Oh, ist das hier ein Krankenhaus?« Felicity tat so, als würde sie sich überrascht umsehen. »Sieht eher nach einem Vier-Sterne-Hotel aus.«

Mary-Beth verdrehte die Augen. »Du kennst ja Peter.«

»Ja«, sagte Felicity ruhig, »das tue ich.«

Eine Weile herrschte Schweigen, denn keine wusste, wie sie anfangen sollte.

Schließlich meinte Mary-Beth: »Dann bin ich jetzt wohl die böse Stiefmutter?«

Eine Aussage, die der Wahrheit näher kam, als Felicity ahnte.

»Wann hast du das mit Peter und mir herausgefunden?«, fragte sie.

Mary-Beth schien kurz aus der Fassung gebracht, erholte sich aber schnell. Denn das macht sie aus, dachte Felicity. Sie fasst sich rasch wieder und trifft schnelle Entscheidungen. Mary-Beth sah aus, als überlege sie, ob sie lügen sollte, entschied sich dann jedoch dagegen.

»Von Anfang an«, sagte sie.

Felicity war fassungslos, wie vom Donner gerührt.

»Ich wusste von dir, bevor Peter es tat. Deine Tante hatte mir erzählt, dass deine Mutter und Peter ein paarmal miteinander geschlafen haben – wir waren zusammen im Pub, und ich glaube nicht, dass sie vorhatte, so viel zu verraten. Jedenfalls erfuhr ich, dass deine Mutter im vierten Monat schwanger war und Zwillinge bekommen würde.«

»Sie –«

Mary-Beth ignorierte Felicitys Versuch, sie zu unterbrechen. »Ich habe mir damals geschworen, dass wir lange vor eurer Geburt weg sein würden. Wenn deine Mutter nicht vorhatte, es ihm zu sagen, würde ich es sicher nicht tun. Wir zogen weg, bevor man ihr die Schwangerschaft ansah. Peter, typisch Mann, merkte nichts. Ich habe ihn mir geschnappt und bin abgehauen, ohne einen Gedanken an die junge Mutter zu verschwenden oder an die Zwillinge, die nun keinen Vater haben würden. Es war meine Schuld, dass du ohne Vater aufgewachsen bist. Ich hätte darauf bestehen können, dass er Verantwortung für euch übernahm, aber ich habe es vorgezogen, eure Existenz zu ignorieren.«

Felicity biss sich auf die Lippen und sondierte ihre Gefühle. Hasste sie Mary-Beth jetzt? Sie hatte sich so lange schuldig gefühlt, weil Peter und sie seiner Frau die Wahrheit verschwiegen hatten, und dabei war es in Wahrheit Mary-Beth gewesen, die Geheimnisse hatte.

»Hast du gewusst, wer ich war, als ich hergezogen bin?«

»Aber natürlich. Ich fand immer schon, dass Peter nicht sonderlich gut darin ist, irgendwas geheim zu halten. Ständig erfand er irgendwelche dämlichen Entschuldigungen, um dann für zehn Minuten zu verschwinden – nicht lange genug für irgendeine Art Affäre, allerdings lange genug für ein kurzes Gespräch mit dir, um Versäumtes nachzuholen. Jedenfalls nahm ich an, dass es das war, was er tat.«

»Wann hast du den Rest herausgefunden?«

»Zur selben Zeit wie du. Ich war dort, in der Nacht, als sie stürzte. Ich habe alles mitangehört.«

Felicity schloss die Augen und atmete tief ein. Sie sah es nach wie vor deutlich vor sich: Als sie bemerkte, wie Erica ins Baumhaus hochstieg, hatte sie spontan beschlossen, sie wegen ihres Verhaltens beim Flaschendrehen zur Rede zu stellen. Sie war furchtbar wütend gewesen. Zu dem Zeitpunkt hatte Erica eindeutig bereits gewusst, dass sie Vater und Tochter waren, also wieso hatte sie Peter herausgefordert, Felicity zu küssen? Warum gab es der Frau einen solchen Kick, mies und gemein zu sein?

*

Felicity hievte sich auf die Plattform und nahm mit Befriedigung Ericas überraschte Miene zur Kenntnis. Sie hatte jemand anderen erwartet. Nur wen? »Ich weiß nicht, was das eben sollte«, begann Felicity. »Aber lass es einfach sein, Erica. Das ist kein Spiel. Du wirst bloß Mary-Beth damit verletzen, niemanden sonst.«

Erica hob die Augenbrauen. »Ich werde sie verletzen? Wie wird sie sich wohl fühlen, wenn sie erfährt, dass die heimliche Tochter ihres Mannes seit zwei Jahren im Haus nebenan wohnt, was meinst du? Ganz zu schweigen davon, dass er all das finanziert hat, das sie sich aufgebaut hat.«

»Ich habe Peter jeden Penny zurückgezahlt, den er in meine Agentur investiert hat. Und er will ihr ja von mir erzählen. Wenn der richtige Zeitpunkt gekommen ist.«

»Der dürfte früher kommen als erwartet«, grinste Erica höhnisch.

»Was soll das denn bitte bedeuten?«

»Tja, lass uns einfach sagen, dass deine Mutter nicht Peters letzte, äh, Indiskretion war.«

Mit Entsetzen sah Felicity, dass Erica eine Hand auf den Bauch legte.

»Du lügst.«

»Ich fürchte nicht. Wie viele wären es dann insgesamt, fünf? Sehr potent, dein Vater. Auch wenn es dein Erbe etwas schmälern wird.«

Felicity konnte kaum Sinn in die Gedanken bringen, die sich in ihrem Kopf überschlugen. Erica war also von Peter schwanger. Was würde das für sie alle bedeuten? Wenn Mary-Beth das erfuhr – sie würde ihm niemals verzeihen, dass er ihre beste Freundin geschwängert hatte. Sie hatten sich eingeredet, dass Mary-Beth einen Fehltritt verzeihen könnte, der vierundzwanzig Jahre her war – aber einen Fehltritt vor drei Monaten? Und dann noch direkt in der Nachbarschaft? Nein, Mary-Beth würde ihn verlassen und die Kinder mitnehmen, oder aber ihn rauswerfen. Die Kings würden von hier weggehen, entweder er oder sie oder sogar alle beide, und ihr Vater würde wieder verschwinden, wie bereits beim ersten Mal. Sie wäre wieder allein. Und die arme Mary-Beth ... Peter liebte seine Frau, da war Felicity sich ganz sicher. Wie hatte er nur so dämlich sein können?

Doch er war immer schwach gewesen, das hatte schon ihre Mutter gesagt. »So ist er eben. Er liebt seine Frau, bloß leider nicht genug, um ihr auch treu zu sein.« Und Felicity war wütend gewesen, nicht auf ihn, sondern auf ihre Mutter, weil sie sich mit einem verheirateten Mann eingelassen hatte und ihren Kindern den Vater vorenthielt – ziemlich ironisch, wenn man bedachte, wie ihr eigenes Leben sich entwickelt hatte.

»Du darfst es ihr nicht sagen«, beschwor sie Erica. »Warum solltest du auch? Es würde das Aus für deine Ehe bedeuten, und für deine Kinder wäre es ganz schrecklich. Du würdest alles zerstören, für alle Beteiligten.«

»Meine Ehe ist sowieso am Ende«, sagte Erica schlicht. »Nach Emilys Geburt hat Jack sich sterilisieren lassen. Sobald ich ihm von der Schwangerschaft erzähle, weiß er Bescheid.«

»Also sag es ihm nicht. Werde es los.« Als Felicity sich diese Worte aussprechen hörte, war sie entsetzt über sich selbst. Wie viele Leute hatten ihr geraten, die Zwillinge abzutreiben, als sie mit siebzehn schwanger geworden war? Ihr Liebhaber, dessen Frau, ihre eigene Mutter. Sie hatte nie verstanden, wie man einem anderen Menschen so gefühllos raten konnte, das eigene Kind umzubringen. Und jetzt tat sie genau dasselbe, um die Ehe ihres Vaters zu retten.

Erica blinzelte kurz. »Hartherzig rüberzukommen gelingt dir nicht so gut, Felicity. Vermutlich willst du lieber nicht dabei sein, wenn ich es ihr erzähle?«

»Ich bitte dich, es ihr nicht zu sagen, Erica. Du kannst das mit Jack klären. Sag ihm, es ist ein medizinisches Wunder oder

was auch immer. Aber zerstör nicht die Ehe deiner besten Freundin.«

»Ich lass mir das mal durch den Kopf gehen, danke, Felicity. Und nun verschwinde.«

Felicity konnte sich nicht erinnern, je so wütend gewesen zu sein. Erica saß auf dem Boden und schwankte leicht, die Augen fielen ihr zu. Ganz offensichtlich hatte sie zu viel getrunken, und da sie nicht an Alkohol gewöhnt war, fielen die Folgen schlimmer aus. Tja, sollte sie ruhig hier sitzen bleiben und ein wenig schmoren. Als Felicity das Baumhaus verließ, trat sie heftig gegen die oberste Stufe, die ein wenig lose war, und das Holz splitterte unter ihrem Absatz. Sie riss das Brett heraus und rammte es mit aller Kraft unter die Tür des Baumhauses. Jetzt konnte sie zumindest Mary-Beth vorwarnen, bevor Erica kam und ihre Ankündigung machte.

*

»Aber ich konnte dich nicht finden«, sagte Felicity. »Ich wollte dich vorwarnen, aber ich konnte dich einfach nirgends finden.«

»Ich war im Garten. Ich habe jedes Wort gehört, das sie zu dir gesagt hat. Ich habe gesehen, wie du die Tür verkeilt hast. Ich hatte vor, sie zur Rede zu stellen, aber zuerst wollte ich mich ein wenig beruhigen, also habe ich mir etwas zu trinken geholt. Ich habe Tristan nicht ins Baumhaus hochsteigen sehen. Ich dachte, sie wäre gestürzt.«

»Ich habe ihn auch nicht gesehen«, sagte Felicity leise. Sie wusste noch sehr gut, welche Verwirrung und Erleichterung sie empfunden hatte, als ihr klar wurde, dass Erica nicht bei dem Versuch zu Tode gestürzt war, sich gegen die verrammelte Tür des Baumhauses zu werfen. Dass jemand anders für ihren Tod verantwortlich war, nicht sie, wie sie so lange geglaubt hatte. »Ich bin ins Haus zurück und habe nach dir gesucht. Ich ging nach oben. Ich war im hinteren Schlafzimmer, als ich ihren Schrei hörte. Die Stiege zum Baumhaus kann man von dort aus nicht sehen; Tristan muss sofort nach Hause gelaufen sein.«

Mary-Beth blickte sie scharf an. »Du hast Erica schreien hören?«

Felicity nickte. »Ja, habe ich. Oben war die Musik nicht so laut, und ich blickte gerade in diese Richtung. Ich sah, wie sie auf dem Boden aufschlug.«

»Also hast du auch gesehen ...?«

»Ja.« Felicity schluckte. Um das zu sagen, war sie hergekommen. »Ich sah dich aus dem Haus kommen, Sekunden nach ihrem Sturz. Ich hatte erwartet, dass alle angerannt kommen würden, aber sonst hatte niemand ihren Schrei gehört, sie waren alle auf der anderen Seite des Hauses. Du hast sie angesehen, als sie da auf dem Boden lag. Sie hat die Hand gehoben, aber du bist einfach weggegangen. Du hast sie sterben lassen.«

79

»Peter!«

Peter sah DC Allan aus dem Wagen steigen. Er tat so, als hätte er ihn nicht gehört, und beschleunigte sein Tempo. Gab dieser Mann denn niemals auf? Was war aus den unfähigen Polizeibeamten geworden, über die die Medien sich immer beschwerten?

»Peter, warten Sie!«

Mit finsterer Miene fuhr er herum. »Das ist Polizeischikane, ist Ihnen das klar? Wenn Sie noch weitere Anschuldigungen – Entschuldigung, ich meinte Fragen – haben, wenden Sie sich an meinen Anwalt oder nehmen Sie mich fest.«

»Sie brauchen nicht so feindselig zu sein.«

Peter steuerte zügig auf den Eingang des Krankenhauses zu, doch Allan blieb an seiner Seite.

»Ich wollte lediglich wissen, wie es Mary-Beth geht. Ich habe sie gefunden, wussten Sie das?«

Peter blieb stehen. Vielleicht war er ja paranoid. So nervig der Mann auch gewesen war, er hatte sein Bestes getan, um Mary-Beth zu helfen. Es war nicht seine Schuld, dass sie seine Hilfe überhaupt nicht gewollt hatten. »Ja, das weiß ich, und ich bin Ihnen natürlich dankbar. DS Harvey sagte, wenn Sie nicht gewesen wären, wäre sie vielleicht verhungert.«

»Oh, ich glaube nicht, dass die Gefahr bestand.« Allan legte den Kopf zur Seite.

»Doch, selbstverständlich. Sie hätte nicht sehr viel länger mit dem bisschen Nahrung überleben können, die dieser Junge ihr dagelassen hatte.«

»Nein, das stimmt. Wie praktisch, dass noch genau so viel übrig war, wie sie gebraucht hätte, als wir sie fanden. Wissen Sie, was noch praktisch ist?«

Peter kniff die Augen zusammen. Die Richtung, in die sich das Gespräch entwickelte, gefiel ihm nicht. Er hätte einfach weitergehen sollen. »Was denn?«

»Tja, zum einen ist es wirklich seltsam, dass Mary-Beth keinerlei körperliche Schäden davongetragen hat, obwohl sie doch wochenlang in diesem Keller eingesperrt war. Ich habe mit den Ärzten gesprochen. Sie behalten sie noch zur Beobachtung da, aber bald kann sie entlassen werden. Keine Unterkühlung, keine Unterernährung, nichts.«

»Wir können froh sein, dass sie solches Glück hatte.«

»Ja, in der Tat. Wissen Sie, was noch ein Glück ist?«

Peter biss die Zähne zusammen. »Ich bin sicher, Sie werden es mir gleich sagen.«

»Das werde ich. Es ist noch einer von diesen nervigen Zufällen, wie zum Beispiel, dass man sie an genau dem Abend fand, an dem der letzte Podcast ausgestrahlt wurde. Sehen Sie, es gibt eine Reihe von Stehwohnwagen auf dem Campingplatz. Und wissen Sie, wer die leer stehenden Wohnwagen für die Campingplatzbesitzer verwaltet? Tonks – ich weiß, der Makler, für den Ihre Frau arbeitet. Wie hoch ist die Wahrscheinlichkeit dafür?«

»Ziemlich hoch, im Grunde.« Peter sog an seiner Unterlippe. »Das Maklerbüro Tonks verwaltet über tausend Immobilien in dieser Gegend. Sie werden praktisch in jeder Straße eine Immobilie finden, die von Tonks verkauft oder vermietet wird.«

»Auch in Ihrer Straße.«

»Ja, auch in unserer Straße.«

»Mary-Beth hat uns erzählt, dass Tristan an dem Nachmittag, an dem das Picknick stattfand, eine Hausbesichtigung vereinbart hatte. Sie parkte auf der anderen Straßenseite, und als sie aussteigen wollte, hat er sie entführt.«

»Dann war das auch so.«

»Ja, selbstverständlich. Seltsam ist nur, dass sie laut Aussage des Taxifahrers später am Abend in der Stadt in sein Taxi gestiegen ist und er sie genau dort abgesetzt hat, wo wir sie dann gefunden haben.«

»Dann muss er sich geirrt haben.«

»Reiner Zufall also? Und der Name, den sie angegeben hat, Erica Spencer? Auch reiner Zufall? Ich verstehe immer noch nicht, warum sie das getan hat. Vielleicht wollte sie erwischt werden. Ein Ende machen, bevor es zu weit ging. Vielleicht hat sie kalte Füße bekommen.«

»Oder der Taxifahrer hat den Namen in den Nachrichten gehört und sich eine entsprechende Geschichte ausgedacht. Spucken Sie's doch einfach aus. Wir wissen schließlich beide, was Sie sagen wollen.«

DC Allan grinste. »Na schön. Ich würde meine Theorie liebend gern mit jemandem besprechen. Sehen Sie, ich glaube, Mary-Beth hatte Tristan im Verdacht, hinter dem Podcast zu stecken. Sie wusste von seiner Beziehung zu Erica und dass er vorhatte, Sie alle als Verdächtige an den Pranger zu stellen, genau wie sie behauptet. Doch es war nicht so, dass er einen falschen Besichtigungstermin vereinbart hat, um sie zu entführen und zum Schweigen zu bringen. Vielmehr – korrigieren Sie mich, wenn ich mich irre –, hat Ihre Frau ihn in dem leer stehenden Haus, das er benutzt hat, zur Rede gestellt, und es ist etwas passiert. Vielleicht war es ein Unfall. Vielleicht wollte sie ihm nichts antun, aber sie hat es getan. Sie stößt ihn vom Balkon, damit es so aussieht, als könnte er ohne Erica nicht mehr weiterleben, und flieht.«

»Das ist doch –«, begann Peter. Sein Herz hämmerte so heftig, dass er fürchtete, mitten auf der Straße einen Herzinfarkt zu bekommen. Zumindest würde das Allan zum Schweigen bringen.

»Ich bin noch nicht fertig. Sie sieht in ihrer Handtasche nach und findet an dem einzigen Ort Unterschlupf, für den sie einen Schlüssel hat – ein leer stehender Wohnwagen auf dem Dalton-Campingplatz. Vermutlich werden sich dort Spuren finden lassen, die das belegen.«

»Sehr wahrscheinlich. Wie Sie bereits sagten, sie verwaltet diese Wohnwagen – sie ist ständig dort.«

»Wie praktisch. Davon haben Sie allerdings nichts erwähnt, als ich Ihnen sagte, dass der Taxifahrer sie dort abgesetzt hat.«

»Ich wusste nicht, dass ihr Maklerbüro diese Wohnwagen verwaltet, bis Sie eben davon sprachen. Es ist ja nicht so, als hätte meine Frau mir eine Liste sämtlicher Immobilien in ihren Büchern gegeben. Müssen über tausend sein.«

»Was schade ist. Sonst hätten wir sie vielleicht eher gefunden.«

»Nur dass sie nicht in einem Wohnmobil war – sie war in diesem furchtbaren Loch.«

»Behauptet sie.«

»Okay, mal sehen, ob ich Sie richtig verstanden habe. Mary-Beth – meine mörderische Gattin, die Frau, die Spinnen raussetzt, statt auf sie zu treten – bringt Tristan um, flieht und versteckt sich in einem Standwohnwagen, eine halbe Stunde von uns entfernt. Wie kommt es dann, dass sie in einem Kellerloch eingesperrt gefunden wurde?«

»Tja, das ist es ja.« DC Allan kniff die Augen zusammen.

»Sie war nicht direkt eingesperrt. Gut, die Leiter war hochgezogen, und die Luke ist schwer. Sie hätte nicht aus eigenen Kräften hinausgelangen können, das stimmt. Aber sie hätte hineinkommen können. Sie hätte sich nur hinunterlassen müssen, um dann die Luke mit der Stange zu schließen, die wir unten im Keller gefunden haben. Dann brauchte sie bloß noch abzuwarten, bis sie gefunden wurde.«

»Und wenn sie nicht gefunden worden wäre? Glauben Sie im Ernst, meine Frau wäre dumm genug, sich selbst in einem Kellerloch einzusperren, in der vagen Hoffnung, dass die Polizei ihre Arbeit mal ordentlich macht? Weil sie bei Erica ja auch schon so kompetent war?«

Allan ignorierte den Seitenhieb. »Wir haben sie nicht auf gut Glück gefunden, Peter. Hat Ihnen das niemand erzählt? Wir haben einen anonymen Hinweis bekommen. Das Problem ist bloß, Tristan war angeblich der Einzige, der wusste, dass sie sich dort befand, und Tristan war da bereits längst tot.«

»Vielleicht hat jemand ihre Hilferufe gehört.«

»Warum hat derjenige sich dann nicht einfach bei uns gemeldet? Jemand, der eine vermisste Person findet, ist ein Held. Eigenartig, dann nicht auf das Erscheinen der Polizei zu warten.«

»Dann muss Patterson einem seiner Freunde erzählt haben, was er getan hat.«

»Wenn ja, haben wir ihn nicht ausfindig machen können.«

»Hören Sie …« Peter verlor die Geduld. Wie hatte er je annehmen können, dass sie damit durchkommen würden? »Meine Frau musste wegen der Obsession eines jungen Mannes eine traumatische Erfahrung durchmachen, und es tut mir nicht leid, dass er tot ist. Mir ist klar, dass es eine viel bessere Geschichte wäre, wenn Mary-Beth und ich das Ganze zu unserem eigenen verkorksten Amüsement geplant hätten, aber Sie irren sich. Sie können nicht von mir erwarten, dass ich Ihnen die Taten eines Verrückten erkläre. Und wenn Sie mich weiter schikanieren, bleibt mir nichts anderes übrig, als zu Ihrem Vorgesetzten zu gehen und ihm von Ihren absurden Theorien zu erzählen. DCI Barrow, nicht wahr?«

DC Allan hob die Hände. »Gut, ich verstehe. Ich habe nur noch eine einzige Frage an Sie, dann sind Sie mich los.«

»Was denn jetzt noch?«

»Ich habe mich gefragt, ob Sie mir wohl etwas erklären können.« Er trat so dicht an Peter heran, dass der glaubte, eine schwache Alkoholfahne wahrzunehmen. »Ich habe versucht, es mir zu erklären, aber es ist mir nicht gelungen. Tristan war am 21. September bereits tot, und wenn Mary-Beth in diesem Keller eingesperrt war, wie kam es dann, dass eine WhatsApp-Nachricht des Eltern-Lehrer-Rats auf ihr Smartphone zugestellt wurde? Die Nachricht wurde nicht gelesen«, fügte er hinzu und beobachtete, wie Peter die Röte ins Gesicht stieg, »aber sie wurde zugestellt. Doch als Cynthia Elcock mich zehn Minuten später anrief, um das zu melden, war das Handy schon wieder ausgeschaltet.«

Peter blieb der Mund offen stehen. DC Allan hob die Hand. »Natürlich sind Sie kein Ermittler – ich erwarte nicht von Ihnen, dass Sie auf alles eine Antwort haben. Aber ich bin sicher, unsere Techniker werden uns alle Antworten geben, die wir brauchen. Meine Empfehlung an Mary-Beth.«

80

»Ich habe nicht sie sterben lassen, sondern das Baby«, berichtigte Mary-Beth. »Das Kind meines Mannes. Erica war nur ein Kollateralschaden.«

Felicity hatte Mary-Beth einfach weggehen sehen, als deren beste Freundin sterbend im Gras lag, und doch war diese Kälte ein Schock für sie.

»Glaubst du wirklich, ich hätte das Risiko eingehen können, dass Erica überlebt? Dass das Baby überlebt? Ich habe schon einmal an Peter festgehalten, damals, als er deine Mutter schwängerte, aber dieses Kind hätte ich auf keinen Fall ignorieren können. Wenn Erica es allen erzählt hätte, wäre mein Leben vorbei gewesen. Ich kann damit leben, dass das Ergebnis eines Seitensprungs, der vierundzwanzig Jahre her ist, direkt nebenan wohnt, aber solch eine Demütigung? Ein Kind als Beweis dafür, dass mein Mann nicht nur rumvögelt, sondern meine beste Freundin gebumst hatte? In dem Augenblick habe ich sie gehasst. Und ich habe Erica nicht umgebracht, ich habe sie einfach sterben lassen. Alle beide.«

»Und Tristan?«

Felicity hätte nicht gedacht, dass Mary-Beth noch weißer im Gesicht werden könnte, aber als sie den Namen des Jungen hörte, erbleichte sie. »Das war ein Unfall. Er wusste Bescheid – zumindest dachte ich das.«

»Du dachtest, er hätte dich gesehen?«

»Ich wusste nicht, dass er sie vom Baumhaus gestoßen hatte. Als ich sie fallen sah, bin ich gar nicht auf die Idee gekommen, hochzublicken, ich dachte, sie wäre allein im Baumhaus gewesen. Die Leiter war auf der anderen Seite, und ich habe Tristan überhaupt nicht gesehen. Als dann in diesem Facebook-Post behauptet wurde, dass jemand sie ermordet hätte, dachte ich, ich sei gemeint. Soweit mir bekannt war, war ich die Einzige, die in ihrer Nähe war, als sie starb.«

»Hast du gewusst, dass Tristan dahintersteckte?«

»Ja, sofort. Wegen etwas, das er in diesem ersten Post sagte, nämlich dass sie eine *hiesige Heldin* gewesen sei. Niemand von uns hätte sie so bezeichnet. Ich wusste von der Affäre der beiden, und ich wusste, wie besessen er von ihr war. Und als ich ihn darauf ansprach, hat er es gar nicht abgestritten, aber er hat sich geweigert, mir zu sagen, was er wusste.«

»Und dann hat er dich entführt und in einem Keller eingesperrt?«

Mary-Beth blickte sich um, als könnten die Wände ihre Worte mitkriegen. »Sei nicht albern. Glaubst du wirklich, Tristan Patterson wäre fähig gewesen, jemanden zu entführen?«

»Also was ist dann …?«

»Er wollte nicht zuhören. Ich musste ihn zum Schweigen bringen, ich musste dafür sorgen, dass er zuhörte. Ich habe mich auf ihn gestürzt … er lehnte am Balkongeländer, er hat das Gleichgewicht verloren. Ich … habe ihn bloß geschubst, mehr nicht.«

Felicity riss die Augen auf. »Du hast ihn umgebracht? Es hieß doch, er wäre gesprungen.«

»Es war ein Unfall. Ich wollte doch nicht, dass er vom Balkon stürzte! Sein Laptop war dort, und er war eingeschaltet. Ich habe versucht, bei seinem Hoster reinzukommen, um die Podcasts zu stoppen, aber sie waren passwortgeschützt, und wenn ich das falsche Passwort eingegeben hätte, hätte man gemerkt, dass jemand versucht hatte reinzukommen. Ich habe eine Nachricht getippt – *Ich kann ohne Erica nicht leben* –, und bin geflohen.«

»Wusste Peter, wo du die ganze Zeit warst?«

Mary-Beth senkte den Blick und studierte die Tischplatte.

»Ja«, erwiderte sie dann ruhig, »aber sei nicht böse auf ihn. Ich wusste nicht, was ich tun sollte. Als dann der Podcast trotzdem erschien, obwohl Tristan ihn ja nicht mehr hochladen konnte, wurde uns klar, dass er alles vorher aufgenommen und dafür gesorgt hatte, dass die Podcasts zu einer bestimmten Zeit hochgeladen wurden. Ich konnte nur voller Entsetzen zuhören. Peter hat mich mit Lebensmitteln versorgt, wann immer er konnte – einmal wäre er fast erwischt worden, als er mich warnen wollte, dass der Taxifahrer mich erkannt hätte. Es war dumm von mir, Ericas Namen zu verwenden, aber ich war völlig aufgelöst, und es war der einzige Name, der mir in dem Moment einfiel. Es war zu riskant, den Unterschlupf zu wechseln, die Polizei hat dann allerdings bloß mit einer Taschenlampe in den Wohnwagen geleuchtet und gegen die Tür gehämmert.«

»Also warst du die ganze Zeit auf dem Campingplatz?«

»Bis zur Ausstrahlung des letzten Podcasts. Peter hat mich angerufen, um mir zu sagen, dass Tristan gestanden hätte, Erica vom Baumhaus gestoßen zu haben.« Zum ersten Mal traten Mary-Beth Tränen in die Augen. »Er hat mich nicht einmal erwähnt. Jeder konnte sehen, dass es böse enden würde – mir war nur nicht klar, wie böse. Er ist wegen nichts gestorben.«

Felicity starrte schweigend die Wand an. Es fiel ihr schwer, das alles zu verdauen. Mary-Beth hatte Erica sterben lassen, das hatte sie bereits gewusst, als sie gekommen war. Aber das hier war etwas anderes, oder? Oder war es schlimmer, jemanden sterben zu lassen, als jemanden umzubringen, ohne es zu wollen? War das, war Mary-Beth dem jungen Mann angetan hatte, schlimmer als das, was sie Erica angetan hatte?

»Der Hinweis an die Polizei kam also von Peter?«

»Ja. Er meinte, es wäre okay, Tristan hätte die Wahrheit nicht verraten, und er würde der Polizei anonym einen Hinweis geben, wo ich zu finden sei. Er hatte den Bunker entdeckt, und ich musste nur reinsteigen und es so aussehen lassen, als wäre ich schon seit Wochen dort gefangen. Das war gar nicht so schwer – ich habe kaum etwas gegessen, seit Tristan …« Mary-Beth seufzte. »Er hat uns alle gehasst, weißt du. Er hat mir die Schuld dafür gegeben, dass Erica nicht mit ihm zusammen sein wollte. Und er fand es widerwärtig, wie egoistisch wir alle waren, dass wir alle logen, um unsere eigene Haut zu retten. Niemand von uns ist nach ihrem Tod zur Polizei gegangen, um die Wahrheit zu sagen, niemand hat gesagt, was er getan hatte. Wir haben immer weitergelogen, um uns zu selbst schützen, und taten so, als hätten wir Erica geliebt. Bloß dass sie mir wirklich wichtig gewesen war. Bis zu dem Moment, an dem sie drohte, meine Familie zu zerstören.«

»Ich frage mich immer noch, wie er so viel über uns wissen konnte«, sagte Felicity leise. »Es war, als könnte er in uns hineinschauen.«

»Vielleicht konnte er das ja wirklich«, erwiderte Mary-Beth. »Und möge Gott uns vergeben für das, was er dort zu sehen bekam.«

Epilog

Erica

Seit meinem Tod sind zwei Jahre vergangen, und die Erstausstrahlung von *Die Wahrheit über Erica* ist jetzt ein Jahr her. In Severn Oaks hat es inzwischen einige Veränderungen gegeben. Jack ist mit meinen Kindern ganz aus Cheshire weggezogen. Nur so war es ihm möglich, nach vorne zu blicken und weiterzuleben. Auch Karla und Marcus haben den Wohnort gewechselt, nicht aufgrund der finanziellen Verluste, die sie aufgrund der Enthüllungen hinnehmen mussten – sie waren immer noch wohlhabend genug –, sondern weil Karla darauf bestand, neu anzufangen und die Fehler wiedergutzumachen, die sie mit ihren Kindern gemacht hatten. Brandon studiert mittlerweile, er benutzt den Namen »Burgess« und konnte sich problemlos und völlig anonym ins normale Studentenleben einfügen. Seine Eltern besucht er alle paar Wochen, aber sie haben strikte Anweisung, unter gar keinen Umständen einen Fuß in seine Wohnung zu setzen.

Nach der Enthüllung, dass sie mich ohne mein Wissen betrunken gemacht hatte, stellte Miranda alle ihre Ämter zur Verfügung – im Eltern-Lehrer-Rat, im Gemeinderat und im Planungskomitee. Nirgends wurde ihr Rücktritt angenommen. Wie es scheint, ist sie sehr viel beliebter, seit sie nicht mehr so tut, als wäre sie perfekt. Sie hat jetzt sogar eine eigene Gruppe von Freundinnen, zu denen Cynthia Elcock allerdings nicht zählt.

Detective Sergeant Allan – ja, eine Beförderung und eine

Belobigung! – glaubt Mary-Beths Geschichte noch immer nicht, doch es will keiner auf ihn hören. Alle sind mehr als zufrieden mit der Version, die ihnen präsentiert wurde, mit einer Schleife darum herum: Tristan hat Erica umgebracht und danach sich selbst, er hat Mary-Beth zum Sterben im Bunker gelassen. Alle mit Ausnahme von DS Harvey, heißt das. Aus den beiden ist ein bemerkenswertes Ermittlerduo geworden, und ich glaube, irgendwann in naher Zukunft wird es ihnen gelingen, die Puzzleteile zusammenzufügen.

Peter und Mary-Beth leben nach wie vor in Severn Oaks, Felicity direkt nebenan. Von böser Stiefmutter kann keine Rede sein; die beiden Frauen kommen so gut miteinander aus, wie man es von Leuten erwarten kann, die ein Mördergeheimnis mit sich herumtragen. Felicity und ihre kleinen Töchter kommen mindestens zweimal die Woche zum Essen, und Mary-Beth backt ihr berühmtes Natronbrot für Mollie und Amalie, die es als Pausenbrot mit in die Schule nehmen. Weder seine Frau noch seine Tochter haben Peter erzählt, dass sie von seiner Affäre mit mir wissen. Wenn sie ihm gegenüber ehrlich gewesen wären, wüssten sie mittlerweile, dass alles, was am Abend meines Todes geschah – und alles, was seitdem passierte –, auf einer Lüge beruht.

Einer hat an diesem Abend gelogen und damit meinen Tod verursacht. Und das war ich.

Im Nachhinein betrachtet hätte ich niemals Felicity weismachen sollen, dass Peter der Vater meines ungeborenen Kindes ist, aber was ist schon eine kleine Lüge unter Nachbarn? Keine Sekunde hatte ich angenommen, dass sie mir glauben würde. Peter sollte seine geliebte Mary-Beth zum zweiten Mal betrogen haben? Und wie hätte ich wissen sollen, dass Mary-Beth jedes Wort hören würde? Ich wollte ihr die Wahrheit sagen, als ich sterbend auf dem Boden lag, ich wollte ihr sagen, dass Peter nie mit mir geschlafen hätte, und ich nicht mit ihm. Dafür haben wir sie beide zu sehr geliebt. Ich wollte lediglich Felicity wehtun – der schönen, klugen Felicity, deren bloße Existenz so schmerzlich für Mary-Beth war. Ich wollte ihr das Gefühl vermitteln, dass sie gar nichts Besonderes war, nicht das Ergebnis einer verbotenen Liebe, sondern einer schäbigen Affäre, die ihr Vater mit jeder beliebigen Frau hätte haben können. Sogar mit mir. Und doch war es diese eine Lüge, die meine beste Freundin gegen mich aufbrachte, diese simple Lüge.

Nur ist es nicht immer so einfach, oder? Sehen Sie, ich weiß aus zuverlässiger Quelle, dass jemand aus Severn Oaks nicht glaubt, dass Tristan Patterson Selbstmord begangen haben soll. Jemand, der selbst ein wenig nachgeforscht hat. Und ich wäre nicht überrascht, wenn in ein paar Tagen ein mysteriöser Post auf der Facebook-Seite der Severndale-Grundschule auftaucht. Denn obwohl die Öffentlichkeit jetzt ein wenig über die Vorgänge in Severn Oaks weiß, kennen bloß Sie die Wahrheit. Die ganze Wahrheit.

Bis zum nächsten Mal … bleiben Sie ehrlich.

Danksagung

Wie immer danke ich zuallererst meiner Agentin und Freundin Laetitia Rutherford. Es ist mittlerweile fünf Jahre her, seit wir uns begegnet sind, und du hast mein Leben auf eine Weise verändert, von der ich nie zu träumen gewagt hätte. Du hast mich stets ermutigt und unterstützt. Vielen Dank auch an Megan, Rachel und dem ganzen Team bei Watson Little.

Ich danke dem großartigen Team bei Headline, allen voran Jess Whitlum-Cooper, die beste Lektorin, die man sich bloß wünschen kann. Vielen Dank für die unbeirrbare Unterstützung und die fabelhaften Ratschläge. Vielen Dank auch an den Rest meiner Headline-Familie, insbesondere Jo Liddiard, Jenni Leech, Jen Doyle, sowie Shan Morley Jones fürs Redigieren, und allen anderen hinter den Kulissen, die ein Buch zu einem Erfolg machen.

Dies ist mein fünftes Buch, und es gab noch viele andere Menschen, die dafür gesorgt haben, dass ich weitermache – es sind zu viele, um sie hier namentlich erwähnen zu können, und ich hätte auch wahnsinnige Angst, jemanden zu vergessen. Aber bitte seien Sie versichert: Wenn Sie mir irgendwann per Nachricht, Tweet, E-Mail oder Brieftaube mitgeteilt haben, wie sehr Ihnen eins meiner Bücher gefallen hat, dann ist diese Danksagung für Sie. Wenn Sie eins meiner Bücher gut besprochen oder in Ihrem Blog erwähnt haben, oder Sie etwas von Ihrer Freizeit dafür geopfert haben, mich Freunden oder Familienmitgliedern weiterzuempfehlen – mein Dank gilt Ihnen. Sie sorgen dafür, dass wir weitermachen, wenn es zwischendurch mal nicht so gut vorangeht.

Ich danke meiner Krimiautoren-Familie, ohne die ich vermutlich vier Bücher im Jahr schreiben könnte – danke für die Hinauszögerung. Ihr wisst, wen ich meine.

Und dann gibt es noch die Menschen, die im wahren Leben mit mir zurechtkommen müssen. Die Leute, bei denen ich nicht meine Kommentare überarbeiten kann, bevor ich auf *Senden* klicke, die Leute, die wissen, dass mein Abgabetermin naht, wenn mein SPS (Schimpfwort-pro-Satz-Quotient) steigt, die sich auf die Lippen beißen, wenn ich meine Jeans verkehrt herum angezogen habe. Ich danke meinen Eltern und Jen für alles, was sie für uns tun, meiner Farrs-Familie und Vicky für all die spontane Kinderbetreuung in der Abgabewoche, und ich danke meinen beiden Großmüttern, die sich jede Radiosendung anhören, die nach wie vor anrufen, um mir zu erzählen, dass sie mich in irgendeiner Zeitschrift gesehen haben, und die immer noch meine Bücher lesen, selbst nach dem peinlichen Sexszenen-Vorfall.

Und am meisten danke ich meinen Jungs, Ash, Connor und Finlay, die immer noch mit mir zusammenleben, mich immer noch lieben und so tun, als wüssten sie nicht, wo ich meine Schokoladenvorräte verstecke.

Hätte ich damals die Wahrheit gesagt, wäre er jetzt nicht tot ...

Elizabeth Kay
SIEBEN LÜGEN
Psychothriller
Aus dem Englischen
von Rainer Schumacher
384 Seiten
ISBN 978-3-7857-2669-3

Mit einer kleinen Notlüge fängt alles an. »Natürlich passt ihr gut zusammen, du und Charles«, versichert Jane ihrer besten Freundin Marnie, auch wenn sie deren Verlobtem gegenüber insgeheim größtes Misstrauen hegt. Doch eine Lüge zieht bekanntlich weitere nach sich, und schon bald ist das Verhältnis der drei unwiederbringlich vergiftet. Stück für Stück gerät die Situation außer Kontrolle. Aus Unbehagen wird Verdacht, aus Verdacht Gewissheit – und aus Freundschaft eine tödliche Falle ...

Das atemberaubende Thriller-Debüt einer faszinierenden neuen Erzählstimme aus England

Lübbe

Eine Villa am Meer
Zwei ungleiche Mädchen
Eine gefährliche Freundschaft ...

Amanda Jennings
ICH WILL DEIN LEBEN
Roman
Aus dem Englischen
von Christina Neuhaus
448 Seiten
ISBN 978-3-404-18021-9

Cornwall im Sommer 1986. Fasziniert beobachtet die sechzehnjährige Tamsyn ihre neuen Nachbarn: den attraktiven Mr. Davenport, seine wunderschöne Ehefrau und ihre schillernde Tochter Edie, die etwa in Tamsyns Alter ist. Als sich die ungleichen Mädchen schließlich kennenlernen, hat dies ungeahnte Folgen. Denn hinter dem scheinbar perfekten Familienidyll der Davenports verbergen sich dunkle Abgründe, und Tamsyns neidvoller Blick auf ihre Nachbarn wird immer mehr zur unheilvollen Obsession ...
»Eine fesselnde Geschichte von Besessenheit, Verlangen, Trauer und Verrat – unbedingt lesen!« HEAT

Lübbe

Der Schatten eines ungesühnten Verbrechens liegt über diesem Haus …

Romy Fölck
BLUTHAUS
Kriminalroman
DEU
320 Seiten
ISBN 978-3-404-17717-2

Ein einsam gelegenes Reetdachhaus an der Ostsee. Die Inselbewohner nennen es das *Bluthus,* seit dort vor vielen Jahren eine Familie grausam ermordet wurde. Der Täter wurde nie gefunden.

Zwanzig Jahre später verschwindet eine alte Freundin von Frida Paulsen spurlos. Die junge Polizistin ist zutiefst beunruhigt. In der Wohnung der Vermissten findet sie ein Foto – es zeigt ein einsam gelegenes Reetdachhaus am Meer. Gemeinsam mit ihrem Kollegen Bjarne Haverkorn begibt sich Frida auf die Spur dieses rätselhaften Hauses, dessen unheilvolle Vergangenheit für sie alle zur tödlichen Bedrohung wird …

Lübbe